三苏文化

三苏文选

曾枣庄 曾涛 选注

巴蜀书社

图书在版编目（CIP）数据

三苏文选 / 曾枣庄，曾涛选注. —成都：巴蜀书
社，2023.4（2024.6重印）
ISBN 978-7-5531-1951-9

Ⅰ. ①三⋯ Ⅱ. ①曾⋯ ②曾⋯ Ⅲ. ①古典散文－散
文集－中国－宋代 Ⅳ. ①I264.4

中国国家版本馆 CIP 数据核字（2023）第 055547 号

三 苏 文 选
SAN SU WEN XUAN

曾枣庄
曾 涛　选注

责任编辑　康丽华
责任印制　谷雨婷　田东洋
封面设计　冀帅吉
出　　版　巴蜀书社
　　　　　四川省成都市锦江区三色路 238 号新华之星 A 座 36 层
　　　　　邮编：610023
　　　　　总编室电话：(028)86361843
网　　址　www.bsbook.com
发　　行　巴蜀书社
　　　　　发行科电话：(028) 86361852
经　　销　新华书店
照　　排　四川胜翔数码印务设计有限公司
印　　刷　成都蜀通印务有限责任公司　　(028)64715762
版　　次　2023 年 4 月第 1 版
印　　次　2024 年 6 月第 2 次印刷
成品尺寸　240mm×170mm
印　　张　20.5
字　　数　350 千
书　　号　ISBN 978-7-5531-1951-9
定　　价　68.00 元

本书若有印装质量问题，请与工厂调换

前　言

　　无名氏《史阙》载："轼、辙登科，明允（苏洵）曰：'莫道登科易，老夫如登天。莫道登科难，小儿如拾芥。'"不论《史阙》的记载是否属实，三苏父子的经历确实如此。

　　苏洵（1009—1066），字明允，眉州眉山（今属四川）人。他少不喜学，年二十五始知读书，年二十七始大发愤。但二十九岁举进士不中，三十七岁举茂才异等亦不中。他在《上韩丞相书》中说："及长，知取士之难，遂绝意于功名而自托于学术。"他焚毁了数百篇旧稿，闭户读书，绝笔不为文辞。七八年后又开始著书，并一发不可收拾，写出了《几策》《衡论》《权书》等堪称"王佐才"的名著。后经知益州张方平推荐，他送二子入京应试，成了文坛领袖欧阳修的座上客。先后任秘书省试校书郎、霸州文安县主簿、编纂太常寺礼书，直至去世。苏洵是大器晚成，即使他以文章名动京师后，仍未被重用，"书虽成于百篇，爵不过于九品"（《老苏先生会葬致语》）。

　　与苏洵相反，苏轼兄弟却是大器早成。苏轼（1036—1101），字子瞻，号东坡居士。苏辙（1039—1112），字子由，号颍滨遗老。他们在父亲的精心培养下，于嘉祐二年（1057）一举进士及弟。对他们兄弟来说，取得功名确如"拾芥"一般容易，"不足以骋其逸力"（张方平《文安先生墓表》）。

　　但他们一生仍然仕途多艰。在神宗朝，因与王安石政见不合，均先后离朝，苏轼出任杭州通判，密州、徐州、湖州知州；苏辙出任陈州教授、齐州掌书记、南京签书判官。元丰二年（1079）苏轼以谤讪新政的罪名被捕，后被贬为黄州团练副使；苏辙亦坐贬监筠州盐酒税。在神宗朝，苏轼虽不得志，但还曾"三典名郡"；苏辙却一直担任幕僚，直至元丰七年（1084）才担任了半年的绩溪县令："行年五十治丘民，初学催科愧庙神。"（《梓桐庙》）次年神宗去世后才以校书郎被召还朝："奔走半生头欲白，今年始得校书郎。"（《初

闻得校书郎，示同官三绝》)

元祐年间，苏辙的官职比功轼升得还快。哲宗继位时才十岁，由反对新法的高太后听政，苏轼兄弟均被召还朝。但因党争激烈，苏轼不安于朝，不断请求外任，先后出知杭州、颍州、扬州、定州；而朝廷又需要他，不断召他还朝，结果"筋力疲于往来，日月逝于道路"(《定州谢到任表》)。苏辙却一直在朝廷任职，短短五六年中由一位小小县令跃居尚书右丞、大中大夫守门下侍郎。当年宋仁宗读了苏轼兄弟的制策后，曾高兴地说："朕今日为子孙得两宰相矣!"(《宋史·苏轼传》)但苏轼一生都未取得相位，苏辙却做了三年副相。

元祐八年(1093)高太后去世，哲宗亲政，启用新党，苏轼兄弟再次贬官。苏轼贬谪惠州，再谪海南；苏辙再贬筠州，继贬雷州，后迁循州。直至哲宗崩，徽宗立，他们兄弟才遇赦北归。

苏轼回到常州就病逝了，享年六十五岁。苏辙回居许昌，杜门谢客，"教敕诸子弟，编排旧文章"(《次韵子瞻感旧》)，过了整整十二年闲适而又孤独的生活。政和二年(1112)卒，享年七十四岁。《宋史·苏辙传》说："辙与兄轼进退出处，无不相同，患难之中，友爱弥笃，无少怨尤，近古罕见。独其齿、爵，皆优于兄。"

苏洵的成就主要在散文方面，尤其是策论，文思博辩宏伟，语言质朴简劲。曾巩在《苏明允哀辞》中说："(洵文)少或百字，多或千言。其指事析理，引物托喻，侈能使之约，远能使之近，大能使之微，小能使之著，烦能不乱，肆能不流。其雄壮俊伟，若决江河而下也；其辉光明白，若引星辰而上也。"苏轼存世的散文比苏洵多得多，文体也丰富得多，政论、史论、杂说、游记、书启、随笔，几乎应有尽有。其文多为信笔抒意，千变万化，姿态横生：或气势磅礴，思路开阔，大有一泻千里之势；或状景模物，细腻缜密，似能牢笼万物之态。他在《自评文》中说："吾文如万斛泉源，不择地而出，在平地滔滔汩汩，虽一日千里无难。及其与山石曲折，随物赋形，而不可知也。所可知者，常行于所当行，常止于不可不止，如是而已矣。"要论苏轼散文的特色，没有比他自己这一总结更准确的了。苏辙的散文也很多，苏轼在《答张文潜书》中说:"子由之文实胜仆,而世俗不知,乃以为不如。其为人深不愿人知之,其文如其为人。故汪洋淡泊,有一唱三叹之声,而其秀杰之气终不可没。"汪洋淡泊掩不住秀杰之气,这就是苏辙散文的特色。苏辙说:"子瞻之文奇,吾文但稳耳。"(《栾城遗言》)"奇""稳"二字也颇能代表二人散文的不同风格。

三苏的诗风类其文风。苏洵存诗不多,通行本《嘉祐集》仅存诗二十余首,宋残本《类编增广老苏先生大全集》还保留着他的南行途中诗,加上其他一些佚诗,总计不过五十首。叶梦得《石林诗话》(卷下)云:"明允诗不多见,然精深有味,语不徒发,正类其文。……婉而不迫,哀而不伤,所作自不必多也。"本书所选的《九日和韩公》等诗,就具有这种"婉而不迫,哀而不伤""精深有味"的特色。苏轼存诗两千七百多首,其诗"本似李杜,晚喜陶渊明,追和之者几遍"(苏辙《东坡先生墓志铭》)。苏轼诗以贬官黄州为界,早年像杜甫一样,多刺世之作,并具有李白那种豪放不羁、纵横驰骋的特征。后期刺世之作渐少,但并未绝迹,如本书所选的《荔枝叹》,点名道姓地痛斥本朝大臣,讥刺当今皇上,就作于晚年。苏轼同李白一样,并非一味豪放,也具有"清水出芙蓉""天工与清新"的一面。而苏轼晚年更有意追求"发纤秾于简古,寄至味于淡泊"(《书黄子思诗集后》)的艺术境界,克服了早年诗过露过直的毛病。陆游说:"近世诗人老而亦严,盖未有如东坡者也。学者或以易(轻视、简慢)心读之,何哉!"(《跋东坡诗草》)苏辙存诗一千八百余首。苏轼说:"子由诗过吾远甚。"(《记子由诗》)这并不是客气话,而是真心话。因为苏轼诗虽以豪放为特征,但他所追求的,特别是晚年所追求的却是"质而实绮,癯而实腴"(苏辙《子瞻和陶渊明诗集引》)的境界,而苏辙诗正具这一特色。周必大说:"吾友陆务观(游),当今诗人之冠冕,劝予哦苏黄门诗。退取《栾城集》观,殊未识其旨趣。甲申闰月辛未,郊居无事,天寒,踞炉如饿鸱。刘友子澄忽自城中寄此卷相示,快读数过,温雅高妙,如佳人独立,姿态易见,然后知务观于此道为先觉也。"(《跋苏子由和刘贡父省上示座客诗》)明快的好诗,一读就会喜欢;淡泊的好诗,连周必大这样的"掌制手",初读都"未识其旨趣",而是在"无事"之时,反复"数过"，才体会到它的"温雅高妙"，其他人也就可想而知了。因此，读苏辙诗需要有耐心，慢慢品味。

苏洵无词传世。苏辙的词，《全宋词》也仅录四首。但从本书所选的《水调歌头·徐州中秋》看，他并非不能词，只是不喜作词罢了。苏轼存词三百多首，其中如《念奴娇·赤壁怀古》那样的豪放词虽不多，但他在词学史上的主要贡献就在于创立了豪放词。他更多的词是以清旷为特征的，"使人登高望远，举首高歌，而逸怀浩气，超乎尘垢之外"（胡寅《题酒边词》）。苏轼也写有不少以婉约为特征的言情词、咏物词，并大大提高了婉约词的格调。他扩大了词的题材，把词变得像诗一样"无意不可入，无事不可言"（刘熙载《艺概·词曲概》）。

苏轼在文学领域比父亲、弟弟发展得更全面，成就也更高，而在艺术领域更是如此。苏辙说："予先君宫师平生好画，家居甚贫而购画常若不及。予兄子瞻少而知画，不学而得用笔之理。辙少闻其余，虽不能深造之，亦庶几焉。"（《汝州龙兴寺吴画殿记》）苏洵、苏辙虽好画，但不足以名家。而苏轼在绘画上与文同齐名，共同形成了湖州画派。在书法方面也名列北宋四大书法家之首。宋代出通才，三苏父子都是通才，而苏轼更是全才。

苏洵出生时（1009），宋王朝才建立五十年；而从苏辙去世（1112）到北宋灭亡（1127），仅仅十五年。北宋一百六十七年中，三苏父子生活的时间有一百零三年。三苏父子登上文坛并开始产生影响，是在嘉祐元年（1056），到苏辙去世的这五十多年中，正是北宋文坛群星璀璨的时候。北宋文坛的繁荣主要在"两祐"时期。一为嘉祐年间，这时欧阳修是文坛领袖，而三苏父子则成了欧阳修为推动北宋诗文革新而树立的标兵。曾巩在《苏明允哀辞》中说："嘉祐初始与二子轼、辙复去蜀，游京师。今参知政事欧阳修为翰林学士，得其文而异之，以献于上。既而欧阳公为礼部，又得其二子之文，擢之高等。于是三人之文章盛传于世，得而读之者为之惊，叹不可及，或慕而效之。"二为元祐年间，苏轼已成为文坛领袖，在他周围聚集了一大群文人，形成了严羽所谓的"元祐体"，正如陈仲醇所说：

长公（苏轼）起自西裔，中更摈窜，流落于蜑坞獠洞之间，出入掉弄于悍相、狱吏、刀笔之手，几不能以身免。而所遭在人文极盛之时，且以文安先生为之父，文定为之弟。先辈则韩（琦）、范（仲淹）、欧（阳修）、富（弼）、蜀公（范镇）、温公（司马光），后辈则秦（观）、黄（庭坚）、张（耒）、晁（补之）四学士。以朝云、琴操为达生友，以元章（米芾）、伯时（李公麟）、与可（文同）为书画友，以赵德麟、王晋卿为赏鉴友，以参寥、辨才为禅友，以葆光、蹇道士为长生友。即有怼（怨怼）而与之角者，非理学之正叔（程颐），则经术之介甫（王安石）。而天地之人文，至此极矣！人文凑合如五星相聚，而长公以奎璧之精临之。诸君子而当长公，不得不五色相宣；长公而当诸君子，亦不得不八面受敌。三鼓而气不衰，百战而兵益劲，此天授，亦人力也。（《三苏文范》卷首）

这段话相当深刻地阐明了出现三苏特别是苏轼的历史环境。苏轼是"人文极盛"时代的产物，是特殊的家庭环境的产物，是一大批旗鼓相当的友人相切磋的产物，是强劲对手挑战的产物，也是他个人自强不息的产物。"此天授（人文极盛的环境），亦人力也（个人的努力）。"

最后对本书的体例还需略作一说明：（一）题注带有题解性质，总括介绍该篇的写作背景、思想内容和艺术特色。（二）为使注文适合中等文化程度的读者阅读，对过难的句子略作窜讲。（三）重复出现的词条，熟知者不注或只在第一次出现时作注；生僻而注文较短者重注，以减少读者翻检之劳；注文较长者则用见前注的办法，以省篇幅。（四）历代有关该篇的背景资料、评论文字，一般在注文中引用。但注文不能尽采，否则太累赘冗长，而又有一定参考价值者，则作为该篇附录。（五）全书以诗选、词选、文选为序，各选内部以苏洵、苏轼、苏辙为序。各作者的作品则以写作时间先后为序。写作时间未详者，则分别附后。（六）本书所选苏洵诗文，录自上海古籍出版社出版的《嘉祐集笺注》（曾枣庄和金成礼笺注）。苏轼作品，诗录自中华书局出版的《苏轼诗集》、词录自龙榆生的《东坡乐府笺》、文录自中华书局出版的《苏轼文集》，标点和分段未尽遵从。苏辙诗文则录自上海古籍出版社出版的

《栾城集》。

本书为我和曾涛合注，并由曾涛核对全部原文与引文。不当之处，敬希读者批评指正。

曾枣庄
1990 年 10 月 20 日

目　录

苏　洵

苏 辙

苏洵

仲兄字文甫说[一]

苏 洵

洵读《易》至《涣》之六四曰："涣其群，元吉。"[二]曰："嗟呼，群者，圣人所欲涣以混一天下者也。盖余仲兄名涣，而字公群，则是以圣人之所欲解散涤荡者以自命也，而可乎？"他日以告，兄曰："子可无为我易之？"[三]洵曰："唯。"[四]既而曰："请以文甫易之，如何？"

且兄尝见夫水之与风乎？油然而行[五]，渊然而留[六]，渟洄汪洋[七]，满而上浮者，是水也，而风实起之[八]。蓬蓬然而发乎太空[九]，不终日而行乎四方，荡乎其无形，飘乎其远来，既往而不知其迹之所存者，是风也，而水实形之[一〇]。今夫风水之相遭乎大泽之陂也[一一]。纡余委蛇[一二]，蜿蜒沦涟[一三]，安而相推，怒而相凌[一四]，舒而如云，蹙而如鳞[一五]，疾而如驰，徐而如徊[一六]，揖让旋辟[一七]，相顾而不前，其繁如縠[一八]，其乱如雾，纷纭郁扰，百里若一，汩乎顺流[一九]，至乎沧海之滨，磅礴汹涌，号怒相轧，交横绸缪，放乎空虚，掉乎无垠[二〇]，横流逆折，溃旋倾侧，宛转胶戾[二一]，回者如轮，萦者如带，直者如燧[二二]，奔者如焰，跳者如鹭，跃者如鲤，殊状异态，而风水之极观备矣！故曰："风行水上涣。"[二三]此亦天下之至文也。

然而此二物者岂有求乎文哉？无意乎相求，不期而相遭，而文生焉。是其为文也，非水之文也，非风之文也，二物者非能为文，而不能不为文也。物之相使而文出于其间也。故曰：此天下之至文也。

今夫玉非不温然美矣[二四]，而不得以为文；刻镂组绣，非不文矣，而不可与论乎自然。故夫天下之无营而文生之者[二五]，惟水与风而已。

昔者君子之处于世，不求有功，不得已而功成，则天下以为贤；不求有言，不得已而言出，则天下以为口实。呜呼，此不可与他人道之，惟吾兄可也。

（《苏洵集笺注》卷十五，以下只注卷次）

注

〔一〕仲兄：旧时兄弟排行常以伯、仲、叔、季为序，仲兄即次兄。苏轼《苏廷评行状》："（苏序）生三子：长曰澹，不仕，亦先公卒。次曰涣，以进士得官，所至有美称。……季则轼之先人讳洵。"苏辙《伯父墓表》："公讳涣，始字公群，晚字文甫。"此文写作时间不详，庆历末到皇祐初（1047—1049）苏洵兄弟同居父丧在家，可能作于这个时候。文章首段为叙事，建议其兄改字文甫；中间三段皆申说改字文甫的理由，尤其是第二段形容风水相遭，自然成文，非常形象生动，历来为人们所激赏。全文旨在说明苏涣改字文甫的理由，但却表现了苏洵重要的文艺思想：纯自然的东西虽美不得以为文，刻镂组绣虽文而不自然，只有风水相遭，自然成文，才堪称天下之至文。

〔二〕"洵读《易》"至"元吉"：《易》，《周易》，亦称《易经》，儒家经典。内容包括经、传两部分。经主要是六十四卦和三百八十四爻，传包括解释卦辞、爻辞的七种文辞共十篇。《涣》，卦名。六四，爻名。孔颖达《周易正义》："涣者，散释之名。""能为群物散其险害，故曰'涣其群'也。""能散群险，则大有功，故曰元吉。"元吉即大吉。

〔三〕子可无为我易之：你是否替我换一个"字"。可无，是否。

〔四〕唯：应答声。《论语·里仁》："子曰：'参乎，吾道一以贯之。'曾子曰：'唯。'"

〔五〕油然：水流貌。《庄子·知北游》："油然漻然，莫不入焉。"

〔六〕渊然：深聚貌。《庄子·知北游》："渊渊乎其若海。"

〔七〕渟洄汪洋：水聚积洄漩，无边无际。

〔八〕风实起之：谓水的留行聚荡由风引起。

〔九〕蓬蓬然：风起貌。《庄子·秋水》："蓬蓬然起于北海。"

〔一〇〕水实形之：谓风无形，从水形可见风形。

〔一一〕陂：圩岸。《诗·陈风·泽陂》："彼泽之陂，有蒲与荷。"

〔一二〕纡余委蛇：曲折貌。

〔一三〕沦涟：沦，微波。涟，水面风吹而成的波纹。

〔一四〕"安而相推"二句：言平静时后浪推前浪，怒涛水汹涌则一浪盖过一浪。

〔一五〕"舒而如云"二句：舒展时像空中稀疏的白云，蹙促时像密密麻麻的鱼鳞。

〔一六〕"疾而如驰"二句：快如骏马飞驰，慢如轻丝萦徊。

〔一七〕揖让：作揖、谦让。旋辟：旋转回避。辟，通"避"。

〔一八〕縠：丝织品。

〔一九〕汩乎顺流：在顺水中迅速流动。汩，水流迅急。

〔二〇〕掉乎无垠：在无边无际的大海中摇荡。掉，摇动。

〔二一〕宛转胶戾：回旋曲折。

〔二二〕燧：烽火。

〔二三〕风形水上涣：语见《周易·涣》。孔颖达疏："风行水上，激动波涛，故曰风行水上涣。"

〔二四〕温然：温润貌。

〔二五〕无营：无所经营，不专意追求。

附录

汤汉《妙绝古今》：老泉《仲兄文甫字说》，本论文而以功言并论，两者相形，词愈健而意愈明。一篇之旨，收拾只此数句。其放之也有万斛之奇，其收之也有万钧之重。呜呼，此亦天下之至文也已！（《三苏文范》卷四）

杨慎：毛苌《诗》传云："涟，风行水成文也。"苏老泉演之为《字说》一篇。（同上）

林希元：风水相遭，形态千变，不求文而文生焉，诚天下之至文也。然非老泉之胸襟笔力，孰能形容到此！至以立功立言结果，此尤高世之论，非止文章之工也。（同上）

茅坤：风水之形，人皆见之，老泉便描出许多变态来，令人目眩。（《苏文公文钞》卷十）

袁宏道：状物最妙，所谓"大能使之小，远能使之近"。此等文字，古今自有数。（《三苏文范》卷四）

储欣：体物之工，辞赋家当有惭色。（《苏老泉全集录》卷十，又见《评注苏老泉集》卷五）

名二子说〔一〕

苏 洵

　　轮、辐、盖、轸〔二〕，皆有职乎车〔三〕，而轼独若无所为者〔四〕。虽然〔五〕，去轼，则吾未见其为完车也。轼乎，吾惧汝之不外饰也。

　　天下之车莫不由辙〔六〕，而言车之功者，辙不与焉〔七〕。虽然，车仆马毙〔八〕，而患亦不及辙。是辙者，善处乎祸福之间也。辙乎，吾知免矣〔九〕。

（卷十五）

注

　　〔一〕名二子：为二子取名。王文诰《苏诗总案》系此文于庆历七年（1047），时苏轼十二岁，苏辙九岁。本文说明了他的两个儿子取名轼、辙的原因，表现了苏轼兄弟的不同性格以及苏洵对二子的担心和希望。前段"深忧长公不合世俗，恐得祸重"；后段"逆知少公得祸必轻"（袁宏道语，《三苏文范》卷四）。

　　〔二〕轮：车轮。辐（fú）：凑集于车轮中心毂上的直木，《老子》："三十辐，共一毂。"盖：车盖。轸（zhěn）：《考工记·总序》"车轸四尺"郑玄注："轸，舆后横者也。"

　　〔三〕皆有职乎车：对车来说皆各有职能。

　　〔四〕轼：车前用作扶手的横木。《释名·释车》："轼，式也，所伏以式敬者也。"

　　〔五〕虽然：即使如此。下同。

　　〔六〕辙：车子辗过的印迹，此指轨道。

　　〔七〕不与：不在其中。与（yù），参与，《左传·僖公二十三年》："秦伯纳女五人，怀嬴与焉。"

　　〔八〕车仆：翻车。仆，向前跌倒。

　　〔九〕吾知免矣：我知道你是能免除灾患的。《左传·桓公十八年》："祭仲以知免。"杜预注："知音智，又如字。"《晋书·郭璞传论》："初惭知免。"

附录

杨慎：字数不多而婉转折旋，有无限意思。此文字之妙观，此老泉之所以逆料二子之终身不差毫厘，可谓深知二子矣。与《木假山记》相出入。（《三苏文范》卷四）

唐顺之：此老泉所以逆探两公之终身也。卒也长公再以斥废，仅而能免；而少公终得以遗老自解脱，攸攸卒岁，亦奇矣。（《苏文公文钞》卷十，又见《苏老泉全集录》卷五）

茅坤：字仅百而无限宛转。（《苏文公文钞》卷十）

袁宏道：借形抑扬，以论二子优劣。（《三苏文范》卷四）

储欣：敢问何以知之（按：指逆料二子）？曰："惟天下之静者乃能见微而知著。"（《苏老泉全集》卷五）

审 势[一]

苏 洵

治天下者定所尚[二]。所尚一定，至于万千年而不变，使民之耳目纯于一[三]，而子孙有所守，易以为治。故三代圣人，其后世远者至七八百年[四]。夫岂惟其民之不忘其功，以至于是，盖其子孙得其祖宗之法而为据依，可以永久。夏之尚忠，商之尚质，周之尚文[五]，视天下之所宜尚而固执之，以此而始，以此而终，不朝文而暮质，以自溃乱。故圣人者也，必先定一代之所尚。周之世，盖有周公为之制礼[六]，而天下遂上文。后世有贾谊者说汉文帝[七]，亦欲先定制度，而其说不果用。今者天下幸方治安，子孙万世帝王之计，不可不预定于此时。然万世帝王之计，常先定尚，使其子孙可以安坐而守其旧。至于政弊，然后变其小节，而其大体卒不可革易[八]。故享世长远，而民不苟简。

今也考之于朝野之间，以观国家之所尚者，而愚犹有惑也。何则？天下之势有强弱，圣人审其势而应之以权[九]。势强矣，强甚而不已则折[一〇]；势弱矣，弱甚而不已则屈。圣人权之，而使其甚不到于折与屈者，威与惠也[一一]。夫强甚者，威竭而不振；弱甚者，惠亵而下不以为德[一二]。故处弱者利用威，而处强者利用惠。乘强之威以行惠，则惠尊；乘弱之惠以养威，则威发而天下振慄。故威与惠者，所以裁节天下强弱之势也。

然而不知强弱之势者，有杀人之威而下不惧，有生人之惠而下不喜。何者？威竭而惠亵故也。故有天下者，必先审知天下之势，而后可与言用威惠。不先审知其势，而徒曰我能用威，我能用惠者，末也。故有强而益之以威，弱而益之以惠，以至于折与屈者，是可悼也。譬之一人之身，将欲乳药饵石以养其生[一三]，必先审观其性之为阴，其性之为阳[一四]，而投之以药石。药石之阳而投之阴，药石之阴而投之阳，故阴不至于涸，而阳不到于亢。苟不能先审观己之为阴，与己之为阳，而以阴攻阴，以阳攻阳，则阴者固死于阴，而阳者固死于阳，不可救也。是以善养身者，先审其阴阳；而善制天下者，先审其强弱以为之谋。

昔者周有天下，诸侯太盛。当其盛时，大者已有地五百里，而畿内反不过千里[一五]，其势为弱。秦有天下，散为郡县[一六]，聚为京师，守令无大权柄，伸缩进退，无不在我，其势为强。然方其成、康在上[一七]，诸侯无小大，莫不臣伏，弱之势未见于外。及其后世失德，而诸侯禽奔兽遁，各固其国以相侵攘[一八]，而其上之人卒不悟，区区守姑息之道，而望其能以制服强国。是谓以弱政济弱势，故周之天下卒毙于弱。秦自孝公[一九]，其势固已骎骎焉日趋于强大[二〇]。及其子孙已并天下，而亦不悟，专任法制以斩挞平民。是谓以强政济强势，故秦之天下卒毙于强。周拘于惠而不知权，秦勇于威而不知本[二一]，二者皆不审天下之势也。

吾宋制治，有县令，有郡守，有转运使[二二]，以大系小，丝牵绳联，总合于上。虽其地在万里外，方数千里，拥兵百万，而天子一呼于殿陛间，三尺竖子，驰传捧诏[二三]，召而归之京师，则解印趋走，惟恐不及。如此之势，秦之所恃以强之势也。势强矣，然天下之病，常病于弱。噫，有可强之势如秦，而反陷于弱者，何也？习于惠而怯于威也，惠太甚而威不胜也。夫其所以习于惠而太甚者，赏数而加于无功也〔二四〕；怯于威而威不胜者，刑驰而兵不振也。由赏与刑与兵之不得其道，是以有弱之实著于外焉。何谓弱之实？曰官吏旷惰，职废不举，而败官之罚不加严也；多赎数赦，不问有罪，而典刑之禁〔二五〕，不能行也；冗兵骄狂，负力幸赏，而维持姑息之恩不敢节也；将帅覆军，匹马不返，而败军之责不加重也；羌胡强盛〔二六〕，陵压中国，而邀金缯，增币帛之耻不为怒也。若此类者，大弱之实也。久而不治，则又将有大于此，而遂浸微浸消〔二七〕，释然而溃〔二八〕，以至于不可救止者乘之矣。然愚以为弱在于政，不在于势，是谓以弱政败强势。今夫一舆薪之火，众人之所惮而不敢犯也。举而投之河，则何热之能为！是以负强秦之势，而溺于弱周之弊，而天下不知其强焉者以此也。

虽然，政之弱，非若势弱之难治也。借如弱周之势，必变易其诸侯，而后强可能也。天下之诸侯，固未易变易，此又非一日之故也。若夫弱政，则用威而已矣，可以朝改而夕定也。夫齐，古之强国也；而威王，又齐之贤王也。当其即位，委政不治，诸侯并侵，而人不知其国之为强国也。一旦发怒，裂万家，封即墨大夫，召烹阿大夫与常誉阿大夫者，而发兵击赵、魏、卫，赵、魏、卫尽走请和，而齐国人人震惧，不敢饰非者〔二九〕，彼诚知其政之弱，而能用其威以济其弱也。况今以天子之尊，藉郡县之势，言脱于口而四方响应，其所以用威之资，固已完具。且有天下者患不为，焉有欲为而不可者？今诚能一留意于用威〔三〇〕，一赏罚，一号令，一举动，无不一切出于威，严用刑罚而不赦有罪，力行果断而不牵于众人之是非，用不测之刑，用不测之赏，而使天下之人，视之如风雨雷电，遽然而至，截然而下，不知其所从发而不可逃遁。朝廷如此，然后平民益务检慎，而奸民滑吏亦常恐恐然惧刑罚之及其身而敛其手足，不敢辄犯法。此之谓强政。政强矣，为之数年，而天下之势可以复强。愚故曰：乘弱之惠以养威，由威发而天下震慄。然则以当今之势，求所谓万世为帝王，而其大体卒不可革易者，其尚威而已矣。

或曰：当今之势，事诚无便于尚威者。然孰知夫万世之间其政之不变，而必曰威耶？愚应之曰：威者，君之所恃以为君者也。一日而无威，是无君也。久而政弊，变其小节，而参之以惠，使不至若秦之甚，可也。举而弃之，过矣。

或者又曰：王者任德不任刑[三一]。任刑，霸者之事，非所宜言。此又非所谓知理者也。夫汤、武皆王也[三二]，桓、文皆霸也[三三]。武王乘纣之暴，出民于炮烙斩刖之地，苟又遂多杀人，多刑人以为治，则民之心去矣。故其治一出于礼义[三四]。彼汤则不然。桀之德固无以异纣[三五]，然其刑不若纣暴之甚也，而天下之民化其风，淫惰不事法度。《书》曰："有众率怠弗协。"[三六]而又诸侯昆吾氏首为乱[三七]。于是诛锄其强梗、怠惰、不法之人，以定纷乱。故《记》曰："商人先罚而后赏[三八]。"至于桓、文之事，则又非皆任刑也。桓公用管仲，仲之书好言刑[三九]，故桓公之治常任刑；文公长者，其佐狐、赵、先、魏皆不说以刑法[四〇]，其治亦未尝以刑为本，而号亦为霸。而谓汤非王而文非霸也，得乎？故用刑不必霸，而用德不必王，各观其势之何所宜用而已。然则今之势，何为不可用刑？用刑何为不曰王道？彼不先审天下之势，而欲应天下之务，难矣！

(上卷一)

注

〔一〕此文与《审敌》，同属《几策》，当为同时所作。《审敌》说："方今匈奴之君有内难，新立。"这里的"匈奴"指辽国。据《续资治通鉴》卷五十五载，至和二年（1055）八月"辽主殂……皇子燕赵国王洪基，奉遗诏即位枢前。"可知此文必作于至和二年八月后。又雷简夫上书韩琦推荐苏洵说："《审势》《审敌》《审备》（此文已佚）三篇，皇皇有忧天下心。……会今春将二子入都谋就秋试，幸其东去，简夫因约其暇日，令自袖所业求见节下。"（邵博《邵氏闻见后录》卷十五）苏洵"将二子入都谋就秋试"，在嘉祐元年三月，《审势》当作于此前，很可能作于至和二年冬。本文首论治天下当定所尚，次论定所尚须先审时度势，根据势之强弱，定政之威惠。而宋之特点在于势强政弱，故苏洵力主"尚威"，要"一留意于用威，一赏罚，一号令，一举动，无不一切出于威"，并对"王者任德不任刑"等异议作了有力反驳。

〔二〕尚：崇尚。《汉书·杨王孙传》："圣王生易尚，死易葬也。"颜师古注："尚，崇

也。"吕祖谦评："立一篇大意起。"(《古文关键》卷二)

〔三〕纯于一：即纯一、专一。儒法两家皆主张纯一，《书·大禹谟》："惟精惟一，允执厥中"；《韩非子·五蠹》："法莫如一而固。"只是儒家主张一于德，法家主张一于法。

〔四〕"故三代圣人"二句：三代指夏、商、周。据《史记·夏本纪》集解，从夏禹王至夏桀王，十七君，十四世，共四百七十一年；《殷本纪》集解，从汤灭夏至殷纣王，共二十九王，四百九二六年；《周本纪》集解，周凡三十七王，八百六十七年。

〔五〕"夏之尚忠"三句：《史记·高祖本纪》："夏之政忠。忠之敝，小人以野，故殷人承之以敬；敬之敝，小人以鬼，故周人承之以文。"《汉书·杜钦传》："殷因于夏，尚质；周因于殷，尚文。今汉家承周、秦之敝，宜抑文尚质。"

〔六〕周公为之制礼：周公，周初政治家，姬姓，名旦，周武王之弟。《礼记·明堂位》："武王崩，成王幼弱，周公践天子之位以治天下。六年朝诸侯于明堂，制礼作乐，颁度量，而天下大服。"

〔七〕贾谊(前200—前168)：洛阳(今属河南)人，文帝召为博士，超迁至太中大夫。谊"以为汉兴二十余年，天下和洽，宜当改正朔，易服色制度，定官名，兴礼乐，乃草具其仪法"。为大臣所嫉，出为长沙王太傅，后为梁怀王太傅，王坠马死，谊自伤，岁余亦死。事见《汉书·贾谊传》。

〔八〕"变其小节"二句：小节即细节，大体指大的带根本性的原则。《后汉书·冯衍传》有"论于大体，不守小节"语。小节可变而大体不可变的思想源于《周易》。《系辞上》说："天尊地卑，乾坤定矣。卑高以陈，贵贱位矣。"此即"大体卒不可革易"所本。《系辞下》说："变动不居，周流六虚，上下无常，刚柔相易，不可为典要，唯变所适。"此即"变其小节"所本。又说："刚柔者，立本者也。变通者。趋时者也。"后世所谓万变不离其宗，以不变应万变，均是这一思想的发挥。

〔九〕"天下之势有强弱"二句：吕祖谦称此句为一篇"主意"。权，权变，权宜。古代权与经(常规、常道)常相对，以虽有违于经而却有效者为权。《公羊传·桓公十一年》："权者何？权者反于经然后有善者也。"

〔一○〕强甚而不已则折：《文子》："木强则折。"

〔一一〕威与惠：吕祖谦称威惠二字为全篇"纲目"(《古文关键》卷二)。陆贽《收河中后请罢兵状》："夫君之大柄在威与惠，二者兼行，废一不可。惠而无威则不畏，威而不惠则不怀。"

〔一二〕亵：亲狎，不庄重。

〔一三〕乳药饵石：服食药物。乳药，服药。饵，食。石，古时用以砭刺之石针，此泛指药物。

〔一四〕"必先审观其性之为阴"二句：中医以为人体由阴阳二气构成，阴阳失调则病。《史记·扁鹊仓公列传》："闻病之阳，论得其阴；闻病之阴，论得其阳。"

〔一五〕畿内：京都所辖之地。《周礼·大行人》："邦畿方千里，其外方五百里，谓之侯服，岁一见，其贡祀物。"

〔一六〕"秦有天下"二句：《史记·秦始皇本纪》载，秦初并天下，李斯等皆曰："昔者五帝地方千里，其外侯服夷服，诸侯或朝或否，天子不能制。今陛下兴义兵，诛残贼，平定天下，海内为郡县，法令由一统，自上古以来未尝有，五帝所不及。"时秦"分天下以为三十六郡，郡置守、尉、监"。

〔一七〕成、康：指继周武王后的周成王、周康王。《史记·周本纪》："成康之际，天下安宁，刑错四十余年不用。"

〔一八〕"及其后世失德"三句：据《史记·周本纪》载，自周懿王后，王室渐衰，后申侯与缯侯引西夷犬戎攻杀周幽王，平王东迁，是为东周。从此诸侯兼并，政由方伯。

〔一九〕（秦）孝公（前381—前338）：名渠梁，用商鞅变法图强，内务耕稼，外劝战死，十余年间，秦遂称霸。事见《史记·秦本纪》。

〔二〇〕骎骎：《诗·小雅·四牡》："载骤骎骎。"毛传："骎骎，骤貌。"本指马骤行貌，此作迅速讲。

〔二一〕本：与权相对，指治国之根本。儒家以礼治仁政为治国之本。《礼记·经解》引孔子语："为政先礼，礼，其政之本欤！"《孟子·梁惠王上》："王欲行之，则盍（何不）反其本矣。"下即举"五亩之宅，树之以桑"等仁政措施。

〔二二〕转运使：《宋史·职官志七》："都转运使、转运使、副使、判官，掌经度一路财赋，而察其登耗有无，以足上供及郡县之费。岁行所部，检查储积，稽考帐籍。凡吏蠹民瘼，悉条以上达，及专举刺官吏之事。"

〔二三〕驰传捧诏：带着诏书，乘驾传车急行。传，传车，驿站专用之车。《史记·孟尝君列传》："使人驰传逐之。"

〔二四〕赏数：赏赐太频繁。数（shuò），频繁。

〔二五〕典刑：常刑。《书·舜典》："象（示人）以典刑。"《尔雅·释诂》："典，常也。"

〔二六〕羌胡：羌指西夏，胡指契丹。宋真宗景德元年（1004），契丹大举入侵，宋与之订立澶渊之盟，岁遗绢二十万匹，银十万两。宋仁宗庆历二年（1042），西夏赵元昊寇边，契丹乘机要挟，宋许契丹岁增绢十万匹，银十万两。西夏亦邀宋岁遗绢银而后议和。

〔二七〕浸微浸消：即渐微渐消。《易·遁》："浸而长也。"孔颖达疏："浸者，渐进之名。"

〔二八〕释然：消融溃散貌。《老子》："涣兮若冰之将释。"

〔二九〕"夫齐"至"不敢饰非者"：《史记·田敬仲完世家》："威王初即位以来，不治，委政卿大夫，九年之间，诸侯并伐，国人不治。于是威王召即墨大夫……封之万家。……烹阿大夫，及左右尝誉（阿大夫）者，皆并烹之。遂起兵西击赵、卫，败魏于浊泽而围惠王。惠王请献观以和解，赵人归我长城。于是齐国震惧，人人不敢饰非，务尽其诚。齐国大治。"

〔三〇〕今诚能一留意于用威：《韩非子·五蠹》："父母之爱不足以教子，必待州部之刑者，民固骄于爱，听于威矣。……是以赏莫如厚而信，使民利之；罚莫如重而必，使民畏之；法莫如一而固，使民知之。故主施赏不迁，行诛无赦，誉辅其赏，毁随其罚，则贤不肖俱尽其力矣。"又《韩非子·劫奸弑臣》："善任势者国安，不知因其势者国危。……故其治国也，正明法，陈严刑。"苏洵"用威"思想即本于此。

〔三一〕任德不任刑：语见董仲舒《对策》。

〔三二〕汤、武：指商汤、周武王。

〔三三〕桓、文：指齐桓公、晋文公。

〔三四〕"武王乘纣之暴"至"一出于礼义"：据《史记·周本纪》载，武王灭商，"革殷"暴政，封殷之余民，释箕子之囚，封比干之墓，散鹿台之财，发钜桥之粟，以振贫弱。所谓"一出于礼义"即指此。炮烙斩刖，泛指纣之酷刑。炮烙，《殷本纪》作炮格："百姓怨望而诸侯有叛者，于是纣乃重刑辟，有炮格之法。"《集解》引《列女传》："膏铜柱，下加之炭，令有罪者行焉，辄堕炭中。妲己笑，名曰炮格之刑。"斩，斩杀。刖，断足。

〔三五〕桀之德固无以异纣：桀，夏桀王。纣，殷纣王。《史记·夏本纪》："帝发崩，子帝履癸立，是为桀。……桀不务德而武伤百生，百姓弗堪。"《集解》引《谥法》："贼人多杀曰桀。"德通行本作恶，此从明王执礼本。《书·汤誓》："夏德若兹，今朕必往。""夏德"即"桀之德"，此指桀之凶德。

〔三六〕有众率怠弗协：见《书·汤誓》。《史记·殷本记》"弗协"作"不和"，《集解》引马融曰："众民相率怠惰，不和同。"

〔三七〕昆吾氏：夏、商间部落名，为商汤所灭。《史记·殷本纪》："夏桀为虐政淫荒，而诸侯昆吾氏为乱。汤乃兴师率诸侯，伊尹从汤，汤自把钺以伐昆吾，遂伐桀。"

〔三八〕商人先罚而后赏：《礼记·表记》引孔子曰："殷人尊神，率民以事神。先鬼而后礼，先罚而后赏。"

〔三九〕仲之书好言刑：仲，管仲（？—前645），名夷吾，字仲，春秋初政治家，为齐桓公所重用，在齐推行改革，使齐成为春秋时第一个霸主。今存《管子》七十六篇，多记管仲言行，系后人伪托。

〔四〇〕"文公长者"二句：《史记·晋世家》载，晋文公"好士"，以狐偃、赵衰、先轸、魏绛诸人为佐，流亡多年，返国后"修政施惠百姓"，文公虽不任刑，却成为继齐之后的又一霸主。

附录

楼钥：看他笔势名法，回护转换，救首救尾之妙。纵横之习，亦见于此。（《三苏文范》卷三）

邵宝：老泉自负其才如贾生，故先正亦谓此策如贾生，而文采过之。（同上）

李东阳：论治体，论时弊，警切可诵。（同上）

唐顺之：文势一步紧一步。（同上）

王慎中（一作汪玄豹）：老泉此论，于宋煞是对病之药，惜乎当时之不能用也。（《苏文公文钞》卷六）

茅坤：宋以忠厚立国，似失之弱，而苏氏父子往往汪议于此，以矫当世。（同上）

穆文熙：一气呵成文字，其字法布置，句法错综处，有万草千花之胜，不觉夺目。（《三苏文范》卷三）

袁宏道：起句立一篇大意，中间以威、惠、强、弱四字作骨，议论反复而整严，气脉错综而贯串，文之最有精神者。（同上）

储欣：《审势》《审敌》，贾生以来，一人而已。赏滥刑驰而兵不振，虽尧舜不能平治天下。此篇为宋策治内，其归宿在尚威，第一段先挈尚字起。（《评注苏老泉集》卷一）

心　术〔一〕

苏　洵

为将之道，当先治心〔二〕。泰山崩于前而色不变，麋鹿兴于左而目不瞬〔三〕。然后可以制利害，可以待敌。

凡兵上义〔四〕，不义，虽利勿动。非一动之为害，而他日将有所不可措手足也〔五〕。夫惟义可以怒士。士以义怒，可与百战。

凡战之道，未战养其财〔六〕，将战养其力〔七〕，既战养其气〔八〕，既胜养其心〔九〕。谨烽燧，严斥堠〔一〇〕，使耕者无所顾忌，所以养其财；丰犒而优游之〔一一〕，所以养其力；小胜益急，小挫益厉，所以养其气；用人不尽其所欲为，所以养其心。故士常蓄其怒，怀其欲而不尽。怒不尽则不余勇，欲不尽则有余贪，故虽并天下而士不厌兵。此黄帝之所以七十战而兵不殆也〔一二〕。不养其心，一战而胜，不可用矣。

凡将欲智而严〔一三〕，凡士欲愚〔一四〕。智则不可测，严则不可犯。故士皆委已而听命，夫安得不愚？夫惟士愚，而后可与之皆死。

凡兵之动，知敌之主，知敌之将，而后可以动于险〔一五〕。邓艾缒兵于穴中〔一六〕，非刘禅之庸，则百万之师，可以坐缚。彼固有所侮而动也。故古之贤将，能以兵尝敌〔一七〕，而又敌自尝，故去就可以决。

凡主将之道，知理而后可以举兵〔一八〕，知势而后可以加兵〔一九〕，知节而后可以用兵〔二〇〕。知理则不屈，知势则不沮，知节则不穷。见小利不动，见小患不避。小利不患不足以辱吾技也，夫然后可以支大利大患。夫惟养技而自爱者，无敌于天下。故一忍可以支百勇，一静可以制百动。

兵有长短，敌我一也。敢问吾之所长，吾出而用之，彼将不与吾校〔二一〕；吾之所短，吾蔽而置之，彼将强与吾角，奈何？曰：吾之所短，吾抗而暴之，使之疑而却；吾之所长，吾阴而养之，使之狎而堕其中〔二二〕。此用长短之术也。

善用兵者，使之无所顾，有所恃。无所顾，则知死之不足惜；有所恃，则知不至于必败。尺箠当猛虎，奋呼而操击；徒手遇蜥蜴〔二三〕，变色而却步，人之情也。知此者可以将矣。袒裼而按剑〔二四〕，则乌获不敢逼〔二五〕；冠胄衣甲，据兵而寝，则童子弯弓杀之矣。故善用兵者以形固〔二六〕。夫能以形固，则力有余矣。

注 ————————————————————————————————

〔一〕心术：这是《权书》十篇中的第一篇。欧阳修《赵郡苏明允墓志铭》言及苏洵"举茂材异等不中"后说："悉取所为文数百篇焚之，益闭户读书，绝笔不为文辞者五、六年。"（《欧阳文忠全集》卷三十四）苏洵"举茂材异等不中"在庆历六年（1046），其后五、六年为皇祐三、四年（1051、1052），此为《权书》写作时间的上限。又张方平《文安先生墓表》言及至和二年（1055）与苏洵初见时已言及《权书》《衡论》，此为《权书》写作时间的下限。苏洵《〈权书〉序》说："《权书》，兵书也。"其中，前五篇论为将用兵之道，"用仁济义之术"；后五篇论古代战争及其指挥者的得失。因"为将之道，当先治心"，故《心术》为十篇之首。文章首论"治心"之重要，其下分论七事，看似"互不连属"，实际都是围绕着治心说的。姜宝认为"此篇绝似《孙子·谋攻篇》，而文采过之。老泉自谓'孙吴之简切，无不如意'。非夸词也"（《三苏文选》）。

〔二〕当先治心：《管子·心术》："心之在体，君之位也。""心安是国安也，心治是国治也。治也者心也，安也者心也。"这段话说明了治心之重要，亦为苏洵所本。

〔三〕"泰山崩于前而色不变"二句：此言心不为外物所动。《孟子·公孙丑上》："不动心有道乎？曰：有，北宫黝之养勇也，不肤挠，不目逃。"

〔四〕凡兵上义：上通尚，崇尚。《孙膑兵法·将义》："义者，兵之首也。"又《见威王》："卒寡而兵强者，有义也。"

〔五〕措：安放。《论语·子路》："刑罚不中，则民无所措手足。"

〔六〕未战养其财：《孙子·军争》："军无辎重则亡，无粮食则亡，无委积则亡。"故未战当养其财。

〔七〕将战养其力：《孙子·军事》："以近待远，以佚待劳，以饱待饥，此治力者也。"

〔八〕既战养其气：《孙子·军事争》："朝气锐，昼气惰，暮气归，善用兵者，避其锐气，击其惰、归，此治气者也。"孙子所言为避敌锐气，苏洵所言相反，是要养己之锐气。

〔九〕既胜养其心：《孙子·军争》："以治待乱，以静待哗，此治心者也。"苏洵所说"养其心"也与孙子所言"治心"不同，是指下文所说"用人不尽其所欲为"，以继续保持斗志，类似《吴子·论将》所说的"虽克如始战"。

〔一〇〕"谨烽燧"二句：加强戒备。烽燧，《后汉书·光武帝纪下》："修烽燧。"李贤注："边方备警急，作高土台……有寇即燃火，举之以相告，曰烽；又多积薪，寇至即燔之，望其烟，曰燧。昼则燔燧，夜乃举烽。"斥堠，亦作斥候，侦察候望。《史记·李将军列传》："然亦远斥候，未尝遇害。"司马贞索隐引许慎注《淮南子》："斥，度也；候，视也。"堠，侦察敌情的土堡。

〔一一〕丰犒而优游之：给以丰厚的犒赏并让其悠闲自得。宋刘几说："夫椎牛酾酒，丰犒而休养之，非欲以醉饱为德，所以增士气也。"（《宋史·刘几传》）

〔一二〕黄帝之所以七十战而兵不殆也：黄帝，《史记·五帝本纪》："黄帝者，少典之子，姓公孙，名曰轩辕。……轩辕之时，神农氏世衰，诸侯相侵伐，暴虐百姓，而神农氏弗能征。于是轩辕乃习用干戈，以征不享（不朝享者），诸侯咸来宾从。"黄帝"七十战"事见兵书《六韬》。殆，危险。《论语·为政》："思而不学则殆。"

〔一三〕凡将欲智而严：《孙子·始计》："将者，智、信、仁、勇、严也。"

〔一四〕凡士欲愚：《孙子·九地》："将军之事，静以幽，正以治，能愚士卒之耳目，使之无知；易其事，革其谋，使人无识；易其居，迂其途，使人不得虑。"

〔一五〕"知敌之主"三句：《孙子·谋攻》："知彼知己，百战不殆。"

〔一六〕邓艾（197—264）：字士载，义阳棘阳（今河南新野境内）人，三国时仕魏，官至镇西将军。魏景元四年（263），司马昭遣邓艾伐蜀，艾知蜀后主刘禅暗弱，遂出奇兵自阳平行无人之地七百余里，"艾以毡自裹，推转而下。将士皆攀木缘崖，鱼贯而进"，直抵江由，降蜀将马邈，长驱直入，大破蜀军，刘禅降。事见《三国志·魏书·邓艾传》。缒，系绳而下。

〔一七〕尝敌：试敌。《左传·襄公十八年》："臣请尝之。"杜预注："尝，试其难易也。"

〔一八〕知理而后可以举兵：理指道义，理直则不屈。《孙子·军形》："善用兵者修道而保法，故能为胜败之政。"

〔一九〕知势而后可以加兵：势指战势，兵势，势强故不沮（沮丧、败坏）。《孙子·兵势》："激水之疾，至于漂石者，势也"；"如转圆石于千仞之山者，势也"；"勇怯，势也"。

〔二〇〕知节而后可以用兵：节指节律，节律求快，须速战速决，故下文云："知节则不穷。"《孙子·兵势》："善战者其势险，其节短。势如旷弩（张满弓弩），节如发机。"机，弩箭上的发动机关。《孙子·作战》："夫兵久而国利者，未之有也。故不尽知用兵之害者，则不能尽知用兵之利也。"

〔二一〕校（jiào）：较量。《晋书·江逌传》："难与校力，吾当以计破之。"

〔二二〕"吾之所短"至"堕其中"：《孙子·始计》："兵者，诡道也。故能而示之不能，用而示之不用。"苏洵反其意，言亦可暴露己之所短，使敌疑有伏而退。

〔二三〕蜥蜴：四足蛇，又叫壁虎。《史记·司马相如传》"神龟蛟鼍"注："鼍，似蜥蝎而大。"

〔二四〕袒裼：袒开或脱去外衣。《孟子·公孙丑上》："虽袒裼裸裎于我侧，尔焉能浼我哉！"

〔二五〕乌获：战国时秦国力士，为秦武王所宠用。

〔二六〕以形固：谓恃己之力以自固，即上文所说"尺箠当猛虎"，"袒裼而按剑"。《孙子·军形》："者之善战者，先为不可胜，以待敌之可胜。"

附录

宋濂：老于孙武子，一句一理，如串八宝珍瑰，间错而不断。文字极难学，惟苏老泉数篇近之，《心术》篇之类是也。（《三苏文范》卷二）

杨慎：篇中凡七段，各不相属，然先后不紊。由治心而养士，由养士则审势，由审势而出奇，由出奇而守备，段落鲜明，井井有序，文之善变化者。（同上）

茅坤：此文中多名言，但一段段自为支节，盖按古兵法与传记而杂出之者，非通篇起伏开合之文也。（《苏文公文钞》卷七）

储欣：段段说去，自有次第。（《苏老泉全集录》卷一。又见《评注苏老泉集》卷一）

吴楚材、吴调侯：此篇逐节自为段落，非一片起伏首尾议论也。然先后不紊。由治心而养士，由养士而审势，由审势而出奇，由出奇而守备，段落鲜明，井井有序，文之善变化也。（《古文观止》卷十）

攻 守〔一〕

苏洵

古之善攻者，不尽兵以攻坚城；善守者，不尽兵以守敌冲。夫尽兵以攻坚城，则钝兵费粮而缓于成功〔二〕；尽兵以守敌冲，则兵不分，而彼间行袭我无备〔三〕。故攻敌所不守，守敌所不攻〔四〕。

攻者有三道焉，守者有三道焉。三道：一曰正，二曰奇，三曰伏。坦坦之路，车毂击，人肩摩，出亦此，入亦此，我所必攻，彼所必守者，曰正道〔五〕。大兵攻其南，锐兵出其北，大兵攻其东，锐兵出其西者，曰奇道〔六〕。大山峻谷，中盘绝径，潜师其间，不鸣金，不挝鼓，突出乎平川，以冲敌人腹心者，曰伏道〔七〕。故兵出于正道，胜败未可知也；出于奇道，十出而五胜矣；出于伏道，十出而十胜矣〔八〕。何则？正道之城，坚城也；正道之兵，精兵也。奇道之城，不必坚也；奇道之兵，不必精也。伏道则无城也，无兵也。攻正道而不知奇道与伏道焉者，其将木偶人是也。守正道而不知奇道与伏道焉者，其将亦木偶人是也。

今夫盗之于人，抉门斩关而入者有焉，他户不扃健而入者有焉，乘坏垣坎墙趾而入者有焉。抉门斩关而主人不知察，几希矣；他户之不扃健而主人不知察，太半矣；乘坏垣坎墙趾而主人不知察，皆是矣。为主人者宜无曰门之固，而他户、墙隙之不恤焉〔九〕。夫正道之兵，抉门之盗也；奇道之兵，他户之盗也；伏道之兵，乘垣之盗也。

所谓正道者，若秦之函谷、吴之长江、蜀之剑阁是也。昔者六国尝攻函谷矣，而秦将败之〔一〇〕；曹操尝攻长江矣，而周瑜走之〔一一〕；钟会尝攻剑阁矣，而姜维拒之〔一二〕。何则？其为之守备者素矣。刘濞反攻大梁，田禄伯请以五万人别循江淮，收淮南、长沙，以与濞会武关〔一三〕。岑彭攻公孙述，自江州溯都江，破侯丹兵，径拔武阳，绕出延岑军后，疾以精骑赴广都，距成都不数十里〔一四〕。李愬攻蔡，蔡悉精卒以抗李光颜而不备愬，愬自文成破张柴，疾驰二百里，夜半到蔡，黎明擒元济〔一五〕，此用奇道也。汉武攻南越，唐蒙请发夜郎兵，浮船牂牁江，道番禺城下，以出越人不意〔一六〕。邓艾攻蜀，自阴平由景谷攀木缘磴，鱼贯而进，至江油而降马邈，至绵竹而斩诸葛瞻，遂降刘禅〔一七〕。田令孜守潼关，关之左有谷曰禁，而不知之备，林言、尚让入之，夹攻关而关兵溃〔一八〕。此用伏道也。

吾观古之善用兵者，一阵之间，尚犹有正兵、奇兵、伏兵三者以取胜，况守一国，攻一国，而社稷之安危系焉者，其可以不知此三道而欲使之将耶？

（同上）

注 ————————————————————————————————

〔一〕攻守：《权书》十篇之一。本文力主不攻坚城，不守敌冲，而要避实击虚，以奇兵，尤其是伏兵取胜。作者首先摆出中心论点，然后以功、守三道论之，以防盗喻之，引史证之，反复论证了避实击虚，以奇制胜的必要。

〔二〕"夫尽兵以攻坚城"二句：《孙子·谋攻》："攻城之法为不得已。修橹（大楯）轒辒（四轮车，攻城之具），具器械，三月而后成；距堙（城下垒土），又三月而后已。将不胜其忿而蚁附之（使士卒缘城而上如蚁之缘墙），杀士卒三分之一而城不拔者，此攻之灾也。"《作战》说："凡用兵之法，驰车千驷，革车千乘，带甲十万，千里馈粮，内外之费，宾客之用，胶漆之材，车甲之奉，日费千金，然后十万之师举矣。其用战也，胜久则钝兵挫锐，攻城则力屈，久暴师则国用不足。夫钝兵挫锐，屈力殚货，则诸侯乘其弊而起，虽有智者不能善其后矣。"此言"尽兵以攻坚城"之害。

〔三〕"尽兵以守敌冲"三句：《孙子·虚实》说："善守者，敌不知其所攻。……我不欲战，虽画地而守之，敌不得与我战者，乖其所之也。""乖其所之"即不守敌冲。杜牧《战论》说："尽宿厚兵，以塞虏冲，是六郡之师，严饬护疆，不可他使。"此即苏洵所说"守敌冲，则兵不分"。间，空隙。间行，乘隙而行。"兵不分"，乘隙而"袭我无备"，皆言"尽兵以守敌冲"之害。

〔四〕"故攻敌所不守"二句：《孙子·虚实》："攻而必取者，攻其所不守也；守而必固者，守其所不攻也。"

〔五〕"坦坦之路"至"曰正道"：坦坦，平坦貌。《周易·履》："履道坦坦。""车毂击，人肩摩"，语出《战国策·齐策》，言人车众多，来往拥挤。毂，车轮中心的圆木，此指车轮。苏洵所谓攻、守的正道，指正面作战。《孙膑兵法·奇正》说："刑（形）以应刑（形），正也。"所谓形以应形，指用有形对付有形，即正面作战。

〔六〕"大兵攻其南"至"曰奇道"：《孙子·始计》："兵者，诡道也。故能而示之不能，用而示之不用，近而示之远，远而示之近。……攻其无备，出其不意。"《虚实》："兵形象水，水之形避高而趋下，兵之形避实而击虚。"《孙膑兵法·奇正》："无刑（形）而裂（制）刑（形），奇也。"苏洵所谓奇道，即孙武所谓避实击虚，攻其无备，孙膑所谓以无形制服有形。

〔七〕"大山峻谷"至"曰伏道"：苏洵所谓伏道指偷袭。《孙子·军争》："军争之难者，以迂为直，以患为利。故迂其途而诱之以利，后人发，先人至……卷甲而趋，日夜不处，倍道兼行。”杜牧注：“言欲争夺，先以迂远为近，以患为利，诳绐敌人，使其慢易，然后急趋也。”又云：“以迂为直，是示敌人以迂远。敌意已怠，后诱敌以利，使敌心不专。然后倍道兼行，出其不意，故能后发先至，使得所争之要害也。”鸣金挝鼓是用来统一军队行动的。挝（zhuā），击，打。《军争》：“言不相闻，故为之金鼓；视不相见，故为之旌旗。夫金鼓旌旗者，所以一人之耳目也。人既专一，则勇者不得独进，怯者不得独退。”《吴子·治兵》：“金之不止，鼓之不进，虽有百万，何益于用？”不鸣金，不挝鼓，乃为“潜师”而行。

〔八〕“故兵出于正道”至“十出而十胜矣”：《孙子·兵势》：“三军之众，可使必受敌而无败者，奇正是也。兵之所加，如以碫投卵者，虚实是也。凡战者，以正合，以奇胜。故善出奇者，无穷如天地，不竭如江海。”

〔九〕“今夫盗之于人”至“他户、墙隙之不恤焉”：抉，撬开。关，门闩。抉门斩关即撬门斩闩。他户，别的门。扃（jiōng）鐍，门窗、箱柜上的插关，此作动词用，关锁之意。趾，脚，此亦作动词用，踮脚而行。趾而入，踮脚潜入主人之宅。恤，《战国策·秦策》：“不恤楚交。”注：“恤。顾。”《庄子·胠箧》：“将为胠箧、探囊、发匮之盗而为守备，则必摄缄縢、固扃鐍，此世俗之所谓知（智）也。然而巨盗至，则负匮、揭箧、担囊而趋，唯恐缄縢、扃鐍之不固也。然则向之所谓知者，不乃为大盗积者耶？”韩愈《守戒》：“宅于都者，知穿窬之为盗，则必峻其墙垣而内固扃鐍以防之。”苏洵化用其意。“主人不知察”，“知”，他本作“之”，亦通。

〔一〇〕“昔者六国尝攻函谷矣”二句：六国，齐、楚、燕、魏、韩、赵。函谷，在今河南灵宝东北。《史记·楚世家》：“（楚怀王）十一年（前318），苏秦约纵山东六国共攻秦，楚怀王为纵长，至函谷关，秦出兵击六国，六国兵皆引而归。”

〔一一〕“曹操尝攻长江矣”二句：指赤壁之战。据《三国志·吴志·周瑜传》，汉献帝建安十三年（208），曹操入荆州，得其水军，顺江东下攻吴。孙权以周瑜、程普为左右督，恃长江天险，联合刘备共破曹操于赤壁。

〔一二〕“钟会尝攻剑阁矣”二句：剑阁，在今四川北部。魏元帝景元四年（263），钟会、邓艾合攻蜀，钟会破关口，蜀将姜维退至剑阁，列营守险，钟会不能克。事见《三国志·蜀志·姜维传》。

〔一三〕“刘濞反攻大梁”四句：汉孝景帝三年（前154），吴王濞约刘姓七王反，攻大梁（今河南开封西北）。“吴王之初发也，吴臣田禄伯为大将军。田禄伯曰：‘兵屯聚而西，无他奇道，难以就功，臣愿得五万人，别循江淮而上，收淮南、长沙、入武关，与大王会，此亦一奇也。’”事见《史记·吴王濞列传》。

〔一四〕“岑彭攻公孙述”至“距成都不数十里”：据《后汉书·岑彭列传》，彭字君然，南阳棘阳人。初附更始帝，后归光武。公孙述据蜀称帝，光武十一年（35），遣岑彭讨公孙述，破荆门，下江州（今四川江北县），直指垫江（今四川忠县）。既破平曲，乃使辅威将军臧宫拒公孙述将延岑，自分兵还江州，溯都江（今岷江）而上，袭破侯丹兵，晨夜兼行二千余里，径拔武阳（今四川彭山县东），使精骑驰卜广都（今四川双流县西南），绕出延岑军后。公孙述大惊，“以杖击地曰：‘是何神也！’”

〔一五〕“李愬攻蔡”至“黎明擒元济”：据《旧唐书·李愬传》，愬字元直，李晟之子。唐元和中，为唐邓节度使。吴元济反，倚蔡州刺史董重质为焚剽，诏擢李光颜为忠武军节度使讨贼，元济悉以锐士当光颜。李愬乘其无备，直袭蔡州。初发文成栅，众请所向，愬曰：“东六十里止。”至张柴砦，尽杀其士卒，令军士少息复出。是夜，风雪甚大，急驰入蔡州，擒元济，斩于长安。

〔一六〕“汉武攻南越”至“以出越人不意”：汉武帝建元六年（前135），大行王恢击东越，因兵威使鄱阳令唐蒙风指晓南越。蒙上书说：“南越王黄屋左纛，地东西万余里，名为外臣，实一州主也。今以长沙、豫章往，水道多绝，难行。窃闻夜郎所有精兵，可得十余万，浮船牂柯江，出其不意，此制越一奇也。”见《史记·西南夷列传》。

〔一七〕“邓艾攻蜀”至“遂降刘禅”：参《心术》注〔一六〕。

〔一八〕“田令孜守潼关”至“关兵溃”：唐广明元年（880），黄巢起义军攻潼关，唐将田令孜悉以神策兵和关内诸节度兵十五万守关。潼关左有大谷，禁行人，号禁谷。田令孜屯关而未守谷，黄巢大将林言、尚让引众趋谷，与黄巢夹攻关，田令孜军遂溃。事见《旧唐书·黄巢传》。

附录

陈献章：前虚叙以兵家之要，后引证以实之，整整有律，是熟韬钤者。（《三苏文范》卷二）

林俊：大凡文字缓证固难，迤迤缓证尤难。盖迤迤缓证，惧伤于枯淡无味。此篇中考证凡几，言错而辩，文宕而严，妆点得精彩焕发，非若今之剽袭旧文者。（同上）

茅坤：攻守之革，无逾此篇，读者不可草草放过。（同上）按古传记论奇道伏道外，古今名言也。（《苏文公文钞》卷七）

袁宏道：风骨甚高，可与孙武子、荀卿驱骋。老泉熟于世故，故其譬喻曲尽人情，字字可法。老苏酷嗜《孟子》，有批点《孟子》行于世。今看其议论譬喻处，皆未经人道之语，孟子以后一人。

储欣：言兵者多知此三道，而证据详明，如画图之易晓。（《评注苏老泉集》卷一）

六 国 论[一]
苏 洵

六国破灭，非兵不利[二]，战不善，弊在赂秦。赂秦而力亏，破灭之道也。或曰：六国互丧，率赂秦耶[三]？曰：不赂者以赂者丧。盖失强援，不能独完。故曰：弊在赂秦也。

秦以攻取之外，小则获邑，大则得城[四]。较秦之所得，与战胜而得者，其实百倍；诸侯之所亡，与战败而亡者，其实亦百倍。则秦之所大欲，诸侯之所大患，固不在战矣。思厥先祖父[五]，暴霜露，斩荆棘，以有尺寸之地。子孙视之不甚惜，举以予人，如弃草芥，今日割五城，明日割十城，然后得一夕安寝。起视四境，而秦兵又至矣。然则诸侯之地有限，暴秦之欲无厌[六]，奉之弥繁，侵之愈急，故不战而强弱胜负已判矣。至于颠覆，理固宜然。古人云："以地事秦，犹抱薪救火，薪不尽，火不灭。"[七]此言得之。

齐人未尝赂秦，终继五国迁灭，何哉？与嬴而不助五国也[八]。五国既丧，齐亦不免矣[九]。燕、赵之君，始有远略，能守其土，义不赂秦。是故燕虽小国而后亡[一〇]，斯用兵之效也。至丹以荆卿为计，始速祸焉[一一]。赵尝五战于秦，二败而三胜[一二]。后秦击赵者再，李牧连却之[一三]。洎牧以谗诛，邯郸为郡[一四]，惜其用武而不终也。且燕赵处秦革灭殆尽之际，可谓智力孤危，战败而亡，诚不得已。向使三国各爱其地[一五]，齐人勿附于秦，刺客不行，良将犹在[一六]，则胜负之数，存亡之理，当与秦相较，或未易量。

呜呼，以赂秦之地封天下之谋臣，以事秦之心礼天下之奇才，并力西向，则吾恐秦人食之不得下咽也〔一七〕。悲夫，有如此之势，而为秦人积威之所劫，日削月割，以趋于亡。为国者无使为积威之所劫哉！

夫六国与秦皆诸侯，其势弱于秦，而犹有可以不赂而胜之之势。苟以天下之大，下而从六国破亡之故事，是又在六国下矣〔一八〕。

（卷三）

注

〔一〕六国论：本文为《权书》十篇之一。六国，战国末先后为秦所灭的韩、赵、魏、楚、燕、齐。本文首先提出六国破灭之因，二三两段分论赂秦必亡，不赂者亦以赂者亡，最后两段乃六国灭亡之教训，以刺朝廷厚赂契丹和西夏。正如何仲默所说："老泉论六国赂秦，其实借论宋赂契丹之事，而卒以此亡，可谓深谋先见之识矣。"（《唐宋文举要》甲编卷八）

〔二〕兵：兵器。贾谊《过秦论上》："收天下之兵，聚之咸阳。"

〔三〕率：都，一概。韩愈《进学解》："占小善者率以录，名一艺者无不庸。"

〔四〕"秦以攻取之外"三句：指秦除攻取得地外，主要靠贿赂得地。以魏为例，秦惠文王六年（前332），"魏纳阴晋"；八年（前330），"纳河西地"；十年（前328），"纳上郡十五县"；秦昭王二十一年（前286），"伐魏，魏入南阳以和"；五十三年（前254），秦又伐魏，"魏委国听命"。事见《史记·秦本纪》。

〔五〕思：发语词。《诗·鲁颂·泮水》："思乐泮水。"厥：其。《书·禹贡》："厥土惟白壤。"

〔六〕"然则诸侯之地有限"二句：《史记·虞卿列传》：虞卿对曰："且王之地有尽，而秦之求无已。"厌，满足。

〔七〕"古人云"至"火不灭"：《史记·魏世家》：苏代对魏（安釐）王说："夫以地事秦，譬犹抱薪救火，薪不尽，火不灭。"又《战国策·魏策》，孙臣与魏（安釐）王语，也有类似的话。

〔八〕与嬴而不助五国也：与，亲附，交好。嬴，秦之先伯翳佐舜调驯鸟兽，舜赐嬴氏，此代指秦。《史记·田敬仲完世家》："后胜相齐，多受秦间金，多使宾客入秦，秦又多与金。客皆为反间，劝王去从朝秦，不修攻战之备，不助五国攻秦。秦以故得灭五国。"

〔九〕"五国既丧"二句：《史记·田敬仲完世家》："五国已亡，秦兵卒入临淄，民莫敢格者。王建遂降，迁于共，故齐人怨王建不蚤（早）与诸侯合从攻秦。"

〔一〇〕"燕、赵之君"至"燕虽小国而后亡"：据《史记·燕召公世家》和《赵世家》载，燕、秦相距遥远，未尝交兵，燕亦未赂秦。相反，"（文公）二十八年（前334），苏秦始来见，说文公。文公予车马金帛以至赵，赵肃侯用之。因约六国，为从长"（《史记·燕召公世家》）。共与秦对抗。赵国武灵王时，胡服骑射，成为北方强国，多次与秦交兵。《史记·燕召公世家》："太史公曰：……燕外迫蛮貉，内措齐、晋，崎岖强国之间，最为弱小，几灭者数矣。然社稷血食者八九百岁，于姬姓独后亡。"

〔一一〕"至丹以荆卿为计"二句：丹，燕太子丹。荆卿，即荆轲。《史记·燕召公世家》："太子丹阴养壮士二十人，使荆轲献督亢地图于秦，因袭刺秦王。秦王觉，杀轲，使将军王翦击燕。（燕王喜）二十九年（前226），秦攻拔我蓟，燕王亡，徙居辽东，斩丹以献秦。……三十三年（前222），秦拔辽东，虏燕王喜，卒灭燕。"

〔一二〕"赵尝五战于秦"二句：《史记·苏秦列传》，苏秦说燕文侯语："秦、赵五战，秦再胜而赵三胜。"又见《战国策·燕策》，鲍彪注："设辞也。"考之史实，确非实指。

〔一三〕"后秦击赵者再"二句：李牧，赵末名将。《史记·赵世家》："（幽缪王迁）三年（前233），李牧率师与（秦）战肥下，却之。封牧为武安君。四年，秦攻番（pó）吾，李牧与之战，却之。"

〔一四〕"洎牧以谗诛"二句：洎，及。《史记·廉颇蔺相如列传》："赵王迁七年（前229），秦使王翦攻赵，赵使李牧、司马尚御之。秦多与赵王宠臣郭开金，为反间，言李牧、司马尚欲反。赵王乃使赵葱及齐将颜聚代李牧。李牧不受命，赵使人微捕得李牧，斩之。废司马尚。后三日，王翦因急击赵，大破杀赵葱，虏赵王迁及其将颜聚，遂灭赵。"邯郸为郡，谓赵亡后，秦以赵都邯郸（今河北邯郸市）为秦郡。

〔一五〕三国：指楚、魏、韩。

〔一六〕"刺客不行"二句：刺客指荆轲，良将指廉颇、李牧。廉颇，赵国良将，屡立战功。秦、赵长平之战，颇坚壁固守三年。赵信秦之间，以赵括代颇，大败，数十万之众降秦，并为秦坑杀。

〔一七〕吾恐秦人食之不得下咽也：谓秦将为六国所灭。《史记·秦始皇本纪》附班固论曰："（赵）高死之后，宾婚未得尽相劳，餐未及下咽，酒未及濡唇，楚兵已屠关中。"

〔一八〕"苟以天下之大"三句：高步瀛《唐宋文举要》甲编卷八："宋真宗景德元年（1004），与契丹主（圣宗）为澶渊之盟，宋输辽岁币银十万两，绢二十万匹。仁宗庆历二年（1042），契丹遣萧英、刘六符至宋求关南十县地。富弼再使契丹，卒定盟加岁币银绢各十万两匹，且欲改称献或纳。弼皆不可。仁宗用晏殊议，竟以纳字许之。此宋赂契丹之事也。至于西夏，亦复有赂。庆历三年（1043），元昊上书请和，赐岁币绢十万匹，茶三万斤。见《宋史》真宗、仁宗《本纪》，寇准、曹利用、富弼等《传》，及《续资治通鉴长编》。此虽非割地，然几与割地无异。故明允概乎其言之也。"

附录

茅坤：一篇议论，由《战国策》纵横之说来，却能与《战国策》相伯仲，当与子由《六国论》并看。（《苏文公文钞》卷七）

袁宏道：此篇论六国之所以亡，乃六国之成案。其考证处，开合处，为六国筹画处，皆确然正议。末影宋事，尤妙。（《三苏文范》卷二）

陶望龄：老泉曰：封谋臣，礼贤才，以并力西向，则恐秦人食之不得下咽也，可谓至论。（同上）

储欣：谓此悲六国乎？非也。刘六符一来求地，岁弊顿增，五城十城之割，如水就下，直易易耳。借古伤今，淋漓深痛。（《评注苏老泉集》卷一）

高　祖[一]

苏　洵

汉高祖挟数用术，以制一时之利害，不如陈平[二]；揣摩天下之势，举指摇目以劫制项羽，不如张良[三]。微此二人[四]，则天下不归汉，而高帝乃木彊之人而止耳[五]。然天下已定，后世子孙之计[六]，陈平、张良智之所不及，则高帝常先为之规画处置，以中后世之所为，晓然如目见其事而为之者。盖高帝之智，明于大而暗于小，至于此而后见也。

帝尝语吕后曰："周勃厚重少文[七]，然安刘氏必勃也。可令为太尉。"方是时，刘氏既安矣，勃又将谁安邪？故吾之意曰：高帝之以太尉属勃也，知有吕氏之祸也[八]。

虽然，其不去吕后，何也？势不可也。昔者武王没，成王幼，而三监叛〔九〕。帝意百岁后，将相大臣及诸侯王有武庚禄父者，而无有以制之也。独计以为家有主母，而豪奴悍婢不敢与弱子抗。吕后佐帝定天下，为大臣素所畏服〔一〇〕，独此可以镇压其邪心，以待嗣子之壮〔一一〕。故不去吕后者，为惠帝计也。

吕后既不可去，故削其党以损其权，使虽有变而天下不摇。是故以樊哙之功，一旦遂欲斩之而无疑〔一二〕。呜呼，彼岂独于哙不仁耶？且哙与帝偕起，拔城陷阵，功不为少矣。方亚父喉项庄时，微哙诮让羽〔一三〕，则汉之为汉，未可知也。一旦人有恶哙欲灭戚氏者，时哙出伐燕，立命平、勃即斩之。夫哙之罪未形也，恶之者诚伪未必也。且高帝之不以一女子斩天下之功臣，亦明矣。彼其娶于吕氏，吕氏之族，若产、禄辈，皆庸才不足恤。独哙豪健，诸将所不能制。后世之患，无大于此矣。夫高帝之视吕后也，犹医者之视堇也〔一四〕，使其毒可以治病，而无至于杀人而已矣。樊哙死，则吕氏之毒将不至于杀人，高帝以为是足以死而无忧矣。彼平、勃者，遗其忧者也。哙之死于惠之六年也〔一五〕，天也。使其尚在，则吕禄不可绐，太尉不得入北军矣〔一六〕。

或谓哙于帝最亲，使之尚在，未必与产、禄叛。夫韩信、黥布、卢绾皆南面称孤，而绾又最为亲幸，然及高祖之未崩也，皆相继以逆诛〔一七〕。谁谓百岁之后，椎埋屠狗之人〔一八〕，见其亲戚乘势为帝王，而不欣然从之邪？吾故曰：彼平、勃者，遗其忧者也。

（卷三）

注

〔一〕本文为《权书》十篇之一。高祖：即刘邦（前256—前195），字季，沛县（今属江苏）人，汉王朝的建立者。本文论刘邦"明于大而暗于小"，"挟数用术"虽不及人，但却善于为"后世子孙之计"，其"以太尉属勃"，"不去吕后"，欲斩樊哙三事，皆为防后患，而"先为之规画处置"。

〔二〕"汉高祖挟数用术"三句：数犹术，技能，《孟子·告子上》："奕之为数，小数也。"陈平（？—前178），汉初阳武（今河南原阳东南）人，初从项羽，后归汉，以反间计使项羽去其谋士范增，封曲逆侯，位至丞相。《史记·陈丞相世家》："常出奇计，救纷纠之难，振国家之患。……以荣名终，称贤相，岂不善始善终哉！非知谋，孰能当此者乎？"

〔三〕"揣摩天下之势"三句：举指摇目，喻轻而易举。劫制，劫持控制。张良（？—前186），字子房，传为城父（今安徽亳县）人。封于留（今江苏徐州），又称留侯。父祖辈相韩五世。曾暗杀秦始皇，未遂。陈胜起兵，良聚众归刘邦，成为刘邦谋士，是帮助刘邦反秦灭项（羽），建立汉朝的关键人物。刘邦曾说："夫运筹策帷帐之中，决胜于千里之外，吾不如子房。"（《史记·高祖本纪》）

〔四〕微：无。《论语·宪问》："微管仲，吾其被发左衽矣。"

〔五〕木彊之人：《史记·张丞相列传》："周昌，木彊人也。"张守节《正义》："（木彊），言其质直倔强如木石焉。"

〔六〕后世子孙之计：指下文"以太尉属勃"，"不去吕后"，欲斩樊哙等事。又《史记·高祖本纪》："吕后问：'陛下百岁后，萧相国（何）即死，令谁代之？'上曰：'曹参可。'问其次，上曰：'王陵可。然陵少戆，陈平可以助之。陈平智有余，然难以独任。周勃厚重少文，然安刘氏者必勃也。可令为太尉。'吕后复问其次，上曰：'此后亦非而所知也。'"

〔七〕周勃（？—前169）：沛县（今属江苏）人，秦末从刘邦起义，以军功为将军，封绛侯。汉初又从刘邦平定韩王信、陈豨、卢绾之乱。吕后时，任太尉。吕后死，诛吕禄、吕产、迎立汉文帝，任右丞相。

〔八〕吕氏之祸：刘邦死后，其妻吕雉（字娥姁）当权，囚刘邦宠姬戚夫人，酖赵王如意，封诸吕为王。后吕后病甚，虑大臣不平为变，乃令赵王吕禄掌北军。吕产居南军，太尉周勃不得入军中主军。吕后死，诸吕欲为乱，周勃用陈平计，诛诸吕。

〔九〕"昔者武王没"三句：武王，姬姓，名发，文王之子，周王朝的建立者。成王名诵，武王之子。三监之说有二：《汉书·地理志》谓周灭殷，分其畿内为三：邶以封纣王之子武庚禄父，鄘以管叔尹之，卫以蔡叔尹之，以监殷民。《帝王世纪》谓管叔监卫，蔡叔监鄘，霍叔监邶。《史记》无三监之说，但说"武王为殷初定未集，乃使其弟管叔鲜、蔡叔度相禄父（即武庚）治殷"（《史记·周本纪》）。武王崩，成王年幼，周公摄政。管、蔡疑周公，与武庚作乱，叛周。周公讨平之。

〔一〇〕"吕后佐帝定天下"二句：《史记·吕太后本纪》："吕后为人刚毅，佐高祖定天下，所诛大臣，多吕后力。"又《卢绾传》载绾语："往年春，汉族淮阴；夏，诛彭越，皆吕后计。今上病，属任吕后。吕后妇人，专欲以事诛异姓王者及大功臣。"

〔一一〕嗣子：当继位的嫡长子，此指汉惠帝刘盈。《汉书·惠帝纪》："孝惠皇帝，高祖太子也，帝年五岁，高祖初为汉王。二年，立为太子。十二年四月，高祖崩。五月丙寅，太子即皇帝位。"惠帝继位，年仅十七。

〔一二〕"是故以樊哙之功"二句：樊哙（？—前189），沛县（今属江苏）人，随刘邦起义，以军功封，号贤成君。汉初，随刘邦击破陈豨、臧荼、韩王信之判乱，任左丞相，封武阳侯。其妻吕须为吕后妹，被视为吕党。"卢绾反，高帝使哙以相国击燕。是时高帝病甚，人有恶哙党于吕氏，即上一日宫车宴驾，则哙欲以兵尽诛灭戚氏、赵王如意之属。高帝闻之大怒，乃使陈平载绛侯（周勃）代将，而即军中斩哙。陈平畏吕后，执哙诣长安。至则高祖已崩，吕后释哙，使复爵邑。"（《史记·樊郦滕灌列传》）

〔一三〕"方亚父嗾项庄时"二句：亚父即范增（前277—前204），居鄸（今安徽桐城）人。嗾，使狗声，嗾使。诮让，谴责。范增随项梁起兵，后为项羽谋士，被尊为亚父。汉元年（前206），项羽率军四十万进驻鸿门（今陕西临潼东），与范增定计请刘邦赴宴。范增于宴中令项庄舞剑，欲击刘邦。樊哙闻事急，乃撞入营，责项羽，使邦得入厕，走归灞上军。"是日微樊哙奔入营诮让项羽，沛公事几殆。"（《史记·樊郦滕灌列传》）

〔一四〕菫：药草，有毒，可治病。《吕氏春秋·劝学》："是救病而饮之以菫也。"高诱注："菫，毒药也，能毒杀人。"

〔一五〕哙之死于惠之六年也：《史记·樊郦滕灌列传》："孝惠六年（前189），樊哙卒，谥为武侯。"

〔一六〕"则吕禄不可绐"二句：绐，欺骗。《穀梁传·僖公元年》："恶公子之绐。"据《史记·吕太后本纪》，吕后崩，诸吕不自安，欲乱关中。太尉周勃与丞相陈平谋，使郦寄、刘揭绐说吕禄急归将印，以兵属太尉。陈平乃得入北军，灭诸吕。

〔一七〕"夫韩信"至"皆相继以逆诛"：韩信（？—前196），指韩王信，非淮阴侯韩信，故韩襄王庶孙。刘邦经略下韩故地，任为韩将，从邦入武关。及邦还定三秦，拜信为韩太尉，将兵略韩地，击败项羽所封韩王昌，立信为韩王。汉六年（前201），诏徙信王太原以御胡。数派使入匈奴求和解，高祖使人责让之。信恐诛，叛，兵败，亡走匈奴，为汉柴将军所斩。黥布（？—前195）即英布，六县（今安徽六安东北）人。秦末率骊山刑徒起义，尝为项羽前锋，封九江王。汉三年（前204），归汉，封淮南王。后举兵反，败，为长沙王所诱杀。卢绾（前247—前193），与刘邦同里，同日生，壮又相爱。秦末随刘邦起义，入汉中为将军、常侍中，出入卧内，衣被饮食赏赐，群臣莫敢望。汉五年（前202）封燕王。高祖东击黥布，召卢绾不至，又闻绾通匈奴，于是使樊哙击绾，绾亡入匈奴，死胡中。见《史记·韩信卢绾列传》《黥布列传》。

〔一八〕椎埋屠狗之人：指樊哙。椎埋，杀人埋尸，《汉书·酷吏传》："王温舒，阳陵人也，少时椎埋为奸。"颜师古注："椎杀人而埋之。"屠狗，《史记·樊郦滕灌列传》："舞阳侯樊哙者，沛人也，以屠狗为事。"张守节《正义》："时人食狗亦与羊豕同，故哙专屠以卖之。"

附录

曾巩：老泉之文侈能使之约，远能使之近，大能使之微，小能使之著，烦能不乱，肆能不流。作《高祖论》，其雄壮俊伟，若决江河而下也；其辉光明白，若引星辰而上也。（《三苏文范》卷二）

李廌：文字要驾空立意。苏明允《春秋论》，揣摩以天子之权与鲁之意，作一段议论；《高祖论》，揣摩不去吕后之意，作一段议论。当时夫子与高祖之意未必如此。皆驾空自出新意，文法最高，熟之必长于论。（同上）

吕祖廉：此篇须看抑扬、反复、过接处，将无作有，以虚为实。（《静观堂三苏文选》）

谢枋得：此论高祖命平、勃即军中斩樊哙事，有所见，遂作一段文字。知有吕后之祸，而用周勃，不去吕后二事，皆是穷思极虑，刻苦作文。非臆可到，必熟读暗记，方知其妙。（同上）

唐顺之：用吕氏以制天下，用周勃以制吕氏之祸而安刘，揣摩高帝之智，可八九中矣。规画区处，莫若用勃，而以平佐之。公却不循成说，实以斩哙一节，此犹高帝所或然者。独谓哙必与禄、产叛，为已甚耳。扬之而在云，抑之而在渊，文人胸中之奇，不可禁御如此！（《评注苏老泉集》卷二）

茅坤：虽非当汉成败确论，而行文却自纵横可爱。愚谓高帝死而吕后独任陈平，未必不由不斩哙一。且哙不死，其助禄、产之叛亦未必。观其谯羽鸿门与排闼而谏，哙亦似有气岸而能守正者，岂可以屠狗之雄而遽逆其诈哉！苏氏父子兄弟往往以事后成败摭拾人得失，类如此。（《苏文公文钞》卷七）

御　将[一]

苏　洵

人君御臣，相易而将难。将有二：有贤将，有才将。而御才将尤难。御相以礼，御将以术。御贤将之术以信，御才将之术以智。不以礼，不以信，是不为也。不以术，不以智，是不能也。故曰：御将难，而御才将尤难。

六畜[二]，其初皆兽也。彼虎豹能搏能噬[三]，而马亦能蹄，牛亦能触。先王知能搏能噬者，不可以人力制，故杀之；杀之不能，驱之而后已。蹄者可驭以羁绁[四]，触者可拘以楅衡[五]，故先王不忍弃其材而废天下之用。如曰是能蹄，是能触，当与虎豹并杀而同驱，则是天下无骐骥[六]，终无以服乘邪[七]？

先王之选才也，自非大奸剧恶如虎豹之不可以变其搏噬者，未有不欲制之以术，而全其才以适于用。况为将者，又不可责以廉隅细谨[八]，顾其才何如耳[九]。汉之卫[一〇]、霍[一一]、赵充国[一二]，唐之李靖[一三]、李勣[一四]，贤将也；汉之韩信[一五]、黥布[一六]、彭越[一七]、唐之薛万彻[一八]、侯君集[一九]、盛彦师[二〇]，才将也。贤将既不多有，得才者而任之可也。苟又曰是难御，则是不肖者而后可也。结以重恩，示以赤心，美田宅，丰饮馔，歌童舞女，以极其口腹耳目之欲，而折之以威，此先王之所以御才将也。

近之论者或曰：将之所以毕智竭虑，犯霜露，蹈白刃而不辞者，冀赏耳。为国家者不如勿先赏以邀其成功。或曰：赏所以使人，不先赏，人不为我用。是皆一隅之说[二一]，非通论也[二二]。将之才固有小大，杰然于庸将之中者，才小者也。杰然于才将之中者，才大者也。才小志亦小，才大志亦大。人君当观其才之大小，而为之制御之术以称其志。一隅之说，不可用也。

夫养骐骥者，丰其刍粒，洁其羁络，居之新闲，浴之清泉，而后责之千里。彼骐骥者，其志常在千里也，夫岂以一饱而废其志哉[二三]！至于养鹰则不然，获一雉，饲以一雀；获一兔，饲以一鼠。彼知不尽力于击搏，则其势无所得食，故然后为我用[二四]。才大者，骐骥也，不先赏之，是养骐骥者饥之而责其千里，不可得也。才小者，鹰也，先赏之，是养鹰者饱之而求其击搏，亦不可得也。是故先赏之说，可施之才大者；不先赏之说，可施之才小者：兼而用之可也。

昔者汉高祖一见韩信而授以上将，解衣衣之，推食哺之[二五]；一见黥布，而以为淮南王，供具饮食如王者[二六]；一见彭越，而以为相国[二七]。当是时，三人者未有功于汉也。厥后追项籍垓下，与信约期而不至，捐数千里之地以畀之，如弃敝屣〔二八〕。项氏未灭，天下未定，而三人者已极富贵矣。何则？高帝知三人者之志大，不极于富贵，则不为我用。虽极于富贵而不灭项氏，不定天下，则其志不已也。至于樊哙〔二九〕、滕公〔三〇〕、灌婴〔三一〕之徒则不然，拔一城，陷一阵，而后增数级之爵；否则，终岁不迁也。项氏已灭，天下已定，樊哙、滕公、灌婴之徒，计百战之功，而后爵之通侯。夫岂高帝至此而啬哉〔三二〕？知其才小而志小，虽不先赏，不怨；而先赏之，则彼将泰然自满〔三三〕，而不复以立功为事故也。

噫，方韩信之立于齐，蒯通、武涉之说未去也。当此之时而夺之王，汉其殆哉！夫人岂不欲三分天下而自立者？而彼则曰：汉王不夺我齐也〔三四〕。故齐不捐〔三五〕，则韩信不怀〔三六〕；韩信不怀，则天下非汉之有。呜呼，高帝可谓知大计矣。

（卷四）

注

〔一〕《御将》为《衡论》十篇之一。王充著有《论衡》，其《自纪》说："《论衡》者，论之平也。"苏洵《衡论》亦为衡情酌理，权衡国家得失之书。《衡论叙》有"始吾作《权书》"，"于是又作《衡论》"语，可知《衡论》作于《权书》后不久。《权书》言兵，《衡论》言政，乃姊妹篇。张方平《文安先生墓表》言及至和二年（1055）初见苏洵时，已有"既而得其所著《权书》《衡论》"语，可知《衡论》亦完成于至和二年前。宋王朝鉴于晚唐五代藩镇割据的教训，不敢信用武将。本文详尽论述了御相和御将，御贤将和御才将，御大才和御小才的不同之术，强调要敢于信用才将，文章具有强烈的现实针对性。

〔二〕六畜：马、牛、羊、鸡、犬、豕。

〔三〕搏：搏击。《史记·魏其武安侯列传》："夫醉，搏（窦）甫。"司马贞《索引》："搏，音博，谓击也。"噬：咬。《战国策·楚策一》："狗恶之，当门而噬之。"

〔四〕羁绁：络系犬马之具。《国语·晋语四》："从者为羁绁之仆。"韦昭注："马曰羁，犬曰绁。"

〔五〕楅衡：缚于牛角、牛鼻防其触人、便于牵引的横木。《诗·鲁颂·闳宫》："夏而楅衡。"郑玄笺："楅衡其牛角，为其触觟人也。"

〔六〕骐骥：良马名，《商君书·画策》："骐骥騄騄，每一日走千里。"下文"骐骥"亦指良马，《庄子·秋水》："骐骥骅骝，一日而驰千里。"

〔七〕服乘：古代一车驾四马，居中二马称服。《诗·郑风·大叔于田》："两服上襄，两骖雁行。"乘，车辆。《诗·小雅·六月》："元戎十乘。"无以服乘即无马可骑。

〔八〕廉隅细谨：品行端方，谨小慎微。《汉书·扬雄传》："不修廉隅以徼名当世。"《史记·项羽本纪》："大行不顾细谨。"

〔九〕顾：看。

〔一〇〕卫：卫青（？—前106），字仲卿，河东平阳（今山西临汾西南）人，以军功至大将军，封长平侯。七次出击匈奴，捕斩虏首五万余级。元朔六年（前123）卫青出定襄击匈奴，右将军苏建尽亡其军，议郎周霸请斩建以明威，青不敢自擅专诛，遂囚建归天子自裁，可见其行之检慎。事见《史记·卫将军骠骑列传》。

〔一一〕霍：霍去病（前104—前117），河东平阳人，以军功至嫖骑将军，封冠军侯。凡六次出击匈奴，斩捕虏首十一万余级，颇富边功。天子为霍修治府第，令其视之，霍曰："匈奴未灭，无以家为。"亦堪称德才兼备之将。事见《史记·卫将军骠骑列传》。

〔一二〕赵充国（前137—前52）：字翁孙，陇西上邽（今甘肃天水市西南）人，后徙金城令居。武帝时出击匈奴，勇敢善战，拜为中郎，迁车骑将军长史。昭帝时以大将军护国都尉击定武都氐人反，迁中郎将；击匈奴，获西祁王，擢为后将军。宣帝时封营平侯，将四万骑屯缘边九郡，屯田就食，以安国家。事见《汉书·赵充国传》。

〔一三〕李靖（571—649）：唐初军事家。本名药师，京兆三原（今属陕西）人。唐高祖时任行军总管，太宗时历任兵部尚书、尚书右仆射，先后击败东突厥、吐谷浑，封卫国公。著有《李际公兵法》（已佚）。事见《唐书》本传。

〔一四〕李勣（594—669）：字懋功，本姓徐，名世勣，曹州离狐（今山东东明县东南）人。隋末，附李密，以奇计破王世充。后归唐，授黎阳总管，从秦王平窦建德，降王世充，又从破刘黑闼、徐园郎，累迁左监门大将军。太宗即位，拜并州都督，迁光禄大夫。事见《唐书》本传。

〔一五〕韩信（？—前196）：秦末淮阴（今江苏清江）人，初从项羽，后投刘邦，拜为大将。助刘定齐地，败项羽，封楚王，后被告谋反，降为淮阴侯，为吕后所杀。事见《史记·淮阴侯列传》。

〔一六〕黥布：见《高祖》注〔一七〕。

〔一七〕彭越（？—前196）：昌邑（今山东金乡县西北）人，字仲。秦末，聚众起兵，无所属。汉元年，齐王田荣叛项羽，赐彭越将军印，越大破楚军。汉二年归刘邦，拜魏相国，下昌邑旁二十余城。会兵垓下，灭项羽，封梁王。后以谋反罪为刘邦所诛。事见《史记·魏豹彭越列传》。

〔一八〕薛万彻：本敦煌人，后徙雍州咸阳。归唐高祖，授车骑将军。从李靖讨突厥颉利可汗，以功授统军，进爵郡公。累迁左卫将军，尚丹阳公主，拜驸马都尉。后以谋立荆王元景罪被诛。事见《唐书》本传。

〔一九〕侯君集：幽州三水人，初从秦王征讨，累迁至东骑将军。太宗即位，以功进封潞国公。历任右卫大将军、兵部尚书、交河道行军大总管。后亦以谋逆伏诛。事见《唐书》本传。

〔二〇〕盛彦师：宋州虞城人，以行军总管击斩李密，追擒王伯当，封葛国公。拜武卫将军。会徐圆朗反，彦师为安抚大使与战，没于贼。后以罪赐死。事见《唐书》本传。

〔二一〕一隅之说：一种片面的见解。《荀子·解蔽》：“此数具有者，皆道之一隅也。”

〔二二〕通论：通达之论。语见杜预《春秋左氏传序》。

〔二三〕“夫养骐骥者”至“废其志哉”：韩愈《杂说四》：“马之千里者，一食或尽粟一石。食马者，不知其能千里而食也。是马也，虽有千里之能，食不饱，力不足，才美不外见，且欲与常马等不可得，安求其能千里也！”苏洵之意本此。刍粒，喂马的草料。羁络，马络头。闲，马厩。《周礼·夏官·校人》：“天子十有二闲，马六种。”

〔二四〕“至于养鹰则不然”至“故然后为我用”：《后汉书·刘焉袁术吕布列传》：陈登诣曹操返徐州语吕布曰：“登见曹公，言养将军譬如虎，当饱其肉，不饱则将噬人。公曰：‘不如卿言。譬如养鹰，饥即为用，饱则飏去。’”

〔二五〕“昔者汉高祖”三句：《史记·淮阴侯列传》：项羽使武涉说韩信“反汉与楚”，韩信谢曰：“汉王授我上将军印，予我数万众，解衣衣我，推食食我，言听计用，故吾得以至于此。夫人深亲信我，我倍之不祥，虽死不易。幸为信谢项王。”

〔二六〕“一见黥布”三句：《史记·黥布列传》：刘邦使随何说布叛楚归汉，“淮南王至，上方踞床洗，召布入见。布大怒，悔来，欲自杀。出就舍，帐御饮食从官如汉王居，布又大喜过望。……四年七月，立布为淮南王，与击项籍”。

〔二七〕“一见彭越”二句：《史记·魏豹彭越列传》：“汉王二年春，与魏王豹及诸侯东击楚，彭越将其兵三万余人归汉于外黄。汉王……乃彭越为魏相国，擅将其兵，略定梁地。”

〔二八〕“厥后追项籍垓下”四句：《史记·项羽本纪》：汉五年（前202），汉王追项王至阳夏南，与韩信、彭越期会击楚军。至固陵，而信、越之兵不会。与楚军战，败。汉王乃用张良计，发使者告韩信、彭越曰："并力击楚，楚破，自陈以东傅海与齐王（韩信），睢阳北至穀城与彭相国。"厥，其。畀，给予。

〔二九〕樊哙：参《高祖》注〔一二〕。

〔三〇〕滕公：即夏侯婴（？—前172），沛（今属江苏）人，随刘邦起兵，屡立战功，任太仆，封汝阴侯。吕后死，与陈平等共立文帝。曾任滕令，楚人称令为公，故称滕公。见《史记·樊郦滕灌列传》。

〔三一〕灌婴（？—前176）：睢阳（今河南商丘）人，少以贩缯为业，从刘邦起义，封颍阴侯。吕后死，与陈平等共立文帝。官至太尉、丞相。

〔三二〕啬：吝惜。

〔三三〕泰然：自安貌。

〔三四〕"方韩信之立于齐"至"汉王不夺我齐也"：据《史记·淮阴侯列传》，刘邦立韩信为齐王，项羽恐，使武涉往说韩信反汉，参分天下而王之。齐人蒯通亦言当时权在韩信，为汉则汉胜，为楚则楚胜，莫如两利而俱存之，参分天下，鼎足而居。但韩信犹豫不忍倍（背）汉，自以为功多，"汉终不夺我齐"。参本文注〔二五〕。

〔三五〕捐：舍弃。韩愈《进学解》："细大不捐。"

〔三六〕怀：归向。《尚书·皋陶谟》："黎民怀之。"此指归向刘邦。

附录

陈献章：此篇议论弘博，笔调清扬，引喻处尤其风逸。末以韩信事结束，有咏叹，亦有趣味。（《三苏文范》卷二）

陆简：通篇言御将之难……是老泉善读史处。看破汉高驭英雄之术，故立此论。（同上）

杨慎：此篇有格局，一步进一步，不似他篇，各为片段。（同上）

茅坤：老苏论驭才将以智，而引汉高祖待韩、彭一着，似痛切矣。独不思宋祖御诸将，更有处分。智之一字，决非至理。又：三转（指此文最后一段），譬诸悬千里之江汉而注之海，更作一番波澜湍急外。（《苏文公文钞》卷八）

广 士[一]

苏 洵

古之取士，取于盗贼，取于夷狄。古之人非以盗贼、夷狄之事可为也，以贤之所在而已矣。夫贤之所在，贵而贵取焉，贱而贱取焉。是以盗贼下人，夷狄异类，虽奴隶之所耻，而往往登之朝廷，坐之郡国，而不以为怍[二]。而绳趋尺步，华言华服者，往往反摈弃不用[三]。何则？天下之能绳趋而尺步，华言而华服者众也，朝迁之政，郡国之事，非特如此而可治也。彼虽不能绳趋而尺步，华言而华服，然而其才果可用于此，则居此位可也。

古者天下之国大而多士大夫者，不过曰齐与秦也。而管夷吾相齐，贤也，而举二盗焉[四]；穆公霸秦，贤也，而举由余焉[五]。是其能果于是非而不牵于众人之议也，未闻有以用盗贼、夷狄而鄙之者也。今有人非盗贼，非夷狄，而犹不获用，吾不知其何故也。

夫古之用人，无择于势。布衣寒士而贤则用之，公卿之子弟而贤则用之，武夫健卒而贤则用之，巫医方技而贤则用之[六]，胥史贱吏而贤则用之[七]。今也布衣寒士持方尺之纸，书声病剽窃之文[八]，而至享万钟之禄[九]；卿大夫之子弟饱食于家，一出而驱高车，驾大马，以为民上；武夫健卒有洒扫之力，奔走之旧，久乃领藩郡，执兵柄；巫医方技一言之中，大臣且举以为吏。若此者，皆非贤者，皆非功也，是今之所以进之之途多于古也。而胥史贱吏，独弃而不录。使老死于敲榜趋走，而贤与功者不获一施。吾甚惑也。不知胥吏之贤，优而养之，则儒生武士或所不若[一〇]。

昔者汉有天下，平津侯[一一]、乐安侯[一二]辈皆号为儒宗，而卒不能为汉立不世大功。而其卓绝隽伟，震耀四海者，乃其贤人之出于吏胥中者耳。夫赵广汉[一三]，河间之郡吏也；尹翁归[一四]，河东之狱吏也；张敞[一五]，太守之卒史也；王尊[一六]涿郡之书佐也：是皆雄隽明博，出之可以为将，而内之可以为相者也，而皆出于吏胥中者，有以也〔一七〕。夫吏胥之人，少而习法律，长而习狱讼，老奸大豪畏惮慑伏，吏之情状、变化、出入，夫不谙究，因而官之，则豪民猾吏之弊，表里毫末毕见于外，无所逃遁，而又上之人择之以才，遇之以礼，而其志复自知得自奋于公卿，故终不肯自弃于恶以贾罪戾〔一八〕，而败其终身之利。故当此时，士君子皆优为之，而其间自纵于大恶者，大约亦不过几人；而其尤贤者，乃至成功如是。

今之吏胥则不然，始而入之不择也，终而遇之以犬彘也。长吏一怒，不问罪否，袒而笞之；喜而接之，乃反与交手为市〔一九〕。其人常曰：长吏待我以犬彘，我何望而不为犬彘哉！是以平民不能自弃为犬彘之行，不肯为吏矣，况士君子而肯俯首为之乎！然欲使之谨饰可用如两汉〔二〇〕，亦不过择之以才，待之以礼，怒其小过，而弃绝其大恶之不可贳忍者〔二一〕，而后察其贤、有功而爵之，禄之，贵之，勿弃之于冗流之间〔二二〕。则彼有冀于功名〔二三〕，自尊其身，不敢匄夺〔二四〕，而奇才绝智出矣。

夫人固有才智奇绝而不能为章句、名数、声律之学者〔二五〕，又有不幸而不为者。苟一之以进士、制策〔二六〕，是使奇才绝智有时而穷也。使吏胥之人，得出为长史〔二七〕，是使一介之才无所逃也〔二八〕。进士、制策网之于上，此又网之下，而曰天下有遗才者，吾不信也。

（卷四）

注

〔一〕《广士》为《衡论》十篇之一，参见《御将》注〔一〕。本文力主用人应不拘一格，唯贤是用。苏洵所谓贤主要是指才，是能治国安邦的实才，而非"绳趋尺步，华言华服者"。正是从重视治国安天下的实才出发，苏洵才强调要从"胥史贱吏"中选拔人才。因为北宋取士制度既滥且隘。所谓滥，是指通过科举考试和荫补等，造成冗吏充斥，即苏洵所谓"今之所以进之之途多于古"。所谓隘，是指宋王朝几乎完全断绝了"胥史贱吏"的缙升之阶。正如清人储欣所说："入仕之途，宋隘于唐，明又隘于宋。老苏先生《广士》篇，所以救其隘也。"（《评注苏老泉集》卷二）

〔二〕"古之取士"至"而不以为作"：《韩非子·说疑》："圣王明君则不然，内举不避亲，外举不避雠。……观其所举，或在山林薮泽岩穴之间，或在囹圄缧绁缠索之中，或在割烹刍牧饭牛之事。然而明主不羞其卑贱也，以其能可以明法，便国利民，从而举之，身安名尊。"《汉书·武帝纪》："诏曰：盖有非常之功，必待非常之人。故马或奔踶而致千里，士或有负俗之累而立功名。夫泛驾（不循轨辙）之马，跅弛（废逐）之士，亦在御之而已。"《三国志·魏书·武帝纪》："若必廉士而后可用，则齐桓其何以霸世！今天下得无有被褐怀玉而钓于渭滨者乎？又得无盗嫂受金而未遇无知者乎？二三子其佐我明扬仄陋，唯才是举，吾得而用之。"杨慎："求才及于不善，汉武、魏武业已行之。老泉此议，袭其故智耳。"（《三苏文范》卷二）

〔三〕"而绳趋尺步"三句：绳、尺，工匠所用的墨绳和尺子，引申为法度。绳趋尺步指循规蹈矩，行为合法度的人，即《论语·乡党》所谓"立不中门，行不履阈（门坎）"之人，或贾谊《新书·容经》所谓"居有法则，动有文章""步中规，折中矩""言动以纪度"者。华言华服，指那些夸夸其谈，徒具其表之人，即《韩非子·五蠹》所谓"盛容服而饰辩说"者。摈弃：摈斥弃绝。《南史·范缜传》："摈弃在家。"

〔四〕"而管夷吾相齐"三句：管夷吾即管仲，见《审势》注（三九）。其举盗事见《礼记·杂记下》引孔子语"管仲遇盗，取二人焉，上以为公臣（向齐桓公推荐为臣），曰：'其所与游辟也（所与交游者乃辟邪之人），可人也（有长处可取的人）。'"

〔五〕"穆公霸秦"三句：（秦）穆公（？—前621）。春秋时秦国国君，名任好，任用由余为谋臣，称霸西戎。由余，其先为晋人，逃亡入戎，在等任职，后转入秦，为穆公所重用，任上卿，助穆公伐西戎，灭十二国。事见《史记·秦本纪》。

〔六〕巫医方技：指从事医、卜、星、相等技艺的人。《逸周书·大聚》："武王既胜殷，乡立巫医，具百药以备疾灾。"《汉书·艺文志》："方技者，皆生生之具，王官之一守也。太古有岐伯、俞拊，中世有扁鹊、秦和……汉兴有仓公。"

〔七〕胥史：办理文书的小吏。陆垂《拜吏部郎表》："何以区分管库，式鉴胥史。"

〔八〕声病剽窃之文：指不合声律或抄袭他人的应试文章。《宋史·选举志一》载宋祁等奏："有司束以声病，学者专于记诵，则不足尽人材。"

〔九〕万钟：钟，古量名。《左传·昭公三年》："釜十则钟。"杜预注："（钟）六斛四斗。"万钟指优厚的俸禄。《孟子·告子上》："万钟于我何加哉！"

〔一〇〕不若：不如。

〔一一〕平津侯：指公孙弘（前200—前121），字季，西汉菑川（今山东寿光南）人。弘贫，年六十征以贤良为博士。后迁内史、御史大夫，终至丞相，封平津侯。《史记·平津侯主父列传》：太史公曰"公孙弘行义虽修，然亦遇时。汉兴八十余年矣，上方乡文学，招俊乂，以广儒、墨，弘为举首。"

〔一二〕乐安侯：指匡衡，字稚圭，东海承（今山东苍山兰陵镇）人。宣帝时，射策甲科。元帝时，位至丞相，封乐安侯。时石显以中书令用事，衡畏显，不敢失其意。后以自益封地免为庶人。《汉书·匡张孔马传》赞云："自孝武兴学，公孙弘以儒相，其后蔡义、韦贤、玄成、匡衡……咸以儒宗居宰相位，服儒衣冠，传先王语，其醖藉可也，然皆持禄保位，被阿谀之讥。"

〔一三〕赵广汉（？—前65）：字子都，古汉涿郡蠡吾（旧属河间，今河北博野西南）人。少为郡吏，州从事。宣帝时任颍川太守，诛豪强原氏、褚氏等。迁京兆尹，执法不避权贵。后被杀害。事见《汉书·赵尹韩张两王传》。

〔一四〕尹翁归：字子兄（况），河东平阳（今山西临汾）人，徙杜陵。少孤，为狱小吏，晓习文法。宣帝时任东海太守，收取黠吏豪民，案致其罪，东海大治。入守右扶风，京师畏其威严。死后家无余财。见同上。

〔一五〕张敞：字子高，西汉河东平阳人，徙茂陵，以乡有秩补太守卒史。宣帝时仕太中大夫，后得罪霍光，出为函谷关都尉。旋为京兆尹，因与杨恽善，罢职。不久起用，任冀州刺史，直言敢谏，所至有治绩。见同上。

〔一六〕王尊：字子赣，涿郡高阳人。年十三，求为狱小吏。数岁，给事太守府，除补书佐。累官至京兆尹，迁东都太守。以刚直著闻。见同上。

〔一七〕以：原因。

〔一八〕贾：招致。《左传·定公六年》："以杨楯贾祸，弗可为也已。"罪戾：罪过，戾亦作罪解。《三国志·吴书·诸葛瑾传》："孤负恩惠，自陷罪戾。"

〔一九〕交手为市：携手于市。屈原《九歌·河伯》："子交手兮东行。"洪兴祖注："交手者，古人将别，则相执手，以见不忍相远之意。"王引之《经传释词》："为，犹于也。"

〔二〇〕谨饰：谨慎而能约束自己。《南史·程文季传》："临事谨饰。"

〔二一〕贳忍：赦免容忍。贳，通赦。《汉书·赵尹韩张两王传》："因贳其罪。"

〔二二〕冗流：庸劣之辈。冗，愚冗。流，流辈。

〔二三〕冀：望。

〔二四〕匄夺：匄同丐，丐求。《左传·昭公十六年》："毋或匄夺。"孔颖达疏："匄是乞也"，"乞，夺取也"，此言毋或匄夺，亦谓不得强匄。

〔二五〕章句：分章析句以解古书的学问。名数：名物数理之学。声律：诗歌声韵格律之学。

〔二六〕进士、制策：科举考试科目。制策又称制科、制举。《宋史·选举志一》："宋之科目，有进士，有诸科，有武举。常选之外，又有制科，有童子举。"《选举志二》："制举无常科，所以待天下之才杰，天子每亲策之。然宋之得才，多由进士，而以是科变诏者少。"

〔二七〕长史：官名，秦置，李斯曾为长史。西汉丞相，后汉三公各设长史，职任颇重，为三公辅佐。见《通志·职官六》。

〔二八〕一介之才：即一人之才。介，通"个"。《书·秦誓》："如有一介臣。"《礼记·大学》作"若有一个臣"。

附录

茅坤：韩子"不幸而出于胥商之族"一段议论，与此略同。（《苏文公文钞》卷九）

袁宏道：此篇大意欲择吏胥之贤者而用之，盗贼夷狄中含胥史贱吏。文气疏达可喜，句新。（《三苏文范》卷二）

钱丰寰：老泉平日镌肾镂骨，以求其至者，在《战国策》。故《权书》《衡论》诸篇，多似《战国策》。然其行文出没变化，错综吞吐处，自不同。试取苏、张、陈、楼、虞、范诸人之文参对之，自当了了。（同上）

养　才〔一〕

苏　洵

夫人之所为，有可勉强者，有不可勉强者。煦煦然而为仁，孑孑然而为义，不食片言以为信，不见小利以为廉，虽古之所谓仁与义、与信、与廉者，不止若〔二〕。而天下之人亦不曰是非仁人，是非义人，是非信人，是非廉人。此则无诸己而可勉强以到者也〔三〕。在朝延而百官肃，在边鄙而四夷惧〔四〕，坐之于繁剧纷优之中而不乱，投之于羽檄奔走之地而不惑〔五〕，为吏而吏，为将而将〔六〕：若是者，非天之所与，性之所有，不可勉强而能也。道与德可勉以进也，才不可强摧以进也〔七〕。今有二人焉，一人善揖让〔八〕，一人善骑射，则人未有不以揖让于骑射矣。然而揖让者未必善骑射，而骑射者舍其弓以揖让于其间，则未必失容〔九〕。何哉？才难强而道易勉也。吾观世之用人，好以可勉强之道与德，而加之不可勉强之才之上，而曰我贵贤贱能。是以道与德未足以化人，而才有遗焉。

然而为此者亦有由矣，有才者而不能为众人所勉强者耳。何则？奇杰之士常好自负〔一〇〕，疏隽傲诞〔一一〕，不事绳检〔一二〕，往往冒法律〔一三〕，触刑禁〔一四〕，叫号欢呼，以发其一时之乐而不顾其祸，嗜利酗酒，使气傲物〔一五〕，志气一发，则偶然远去〔一六〕，不可羁束以礼法。然及其一旦翻然而悟〔一七〕，折节而不为此〔一八〕，以留意于向所谓道与德可勉强者，则何病不至〔一九〕？奈何以朴樕小道加诸其上哉〔二〇〕！

夫其不肯规规以事礼法〔二一〕，而必自纵以为此者，乃上之人之过也。古之养奇杰也，任之以权，尊之以爵，厚之以禄，重之以恩，责之以措置天下之务，而易其平居自纵之心〔二二〕，而声色耳目之欲又已极于外，故不待放恣而后为乐。今则不然，奇杰无尺寸之柄，位一命之爵〔二三〕，食斗升之禄者过半，彼又安得不越法踰礼而自快耶？我又安可急之以法，使不得泰然自纵耶？今我绳之以法亦已急矣，急之而不已，而随之以刑，则彼有北走胡，南走越耳〔二四〕。

噫，无事之时既不能养，及其不幸，一旦有边境之患，繁乱难治之事，而后优诏以召之，丰爵重禄以结之，则彼已憾矣。夫彼固非纯忠者也，又安肯默然于穷困无用之地而已邪？

周公之时，天下号为至治，四夷已臣服，卿大夫士已称职。当是时，虽有奇杰无所复用，而其礼法风俗尤复细密，举朝廷与四海之人无不遵蹈，而其八议之中犹有曰议能者〔二五〕；况当今天下未甚至治，四夷未尽臣服，卿大夫士未皆称职，礼法风俗又非细密如周之盛时，而奇杰之士复有困于簿书米盐间者〔二六〕，则反可不议其能而恕之乎？所宜哀其才而赦其过〔二七〕，无使为刀笔吏所困〔二八〕。则庶乎尽其才矣〔二九〕。

或曰：奇杰之士有过得以免，则天下之人孰不自谓奇杰而欲免其过者，是终亦溃法乱教耳。曰：是则然矣。然而奇杰之所为，必挺然出于众人之上。苟指其已成之功以晓天下，俾得以赎其过〔二〇〕；而其未有功者，则委之以难治之事而责其成绩：则天下之人不敢自谓奇杰，而真奇杰者出矣。

（卷五）

注

〔一〕《养才》为《衡论》十篇之一，与《广士》可谓姊妹篇。《广士》强调用人要不拘一格，本文主张要敢于使用"奇杰之士"，认为"道易勉"而"才难强"，"奇杰之士""不肯规规以事礼法"，不可"以朴樕小道"责之。

〔二〕"煦煦然而为仁"至"不止若是"：煦煦然，和乐貌。《孔丛子·论势》："燕雀处屋，子母相哺，煦煦然，共相乐也。"孑孑然，小谨貌。《关尹子·极》："所谓圣人之道者，胡然孑孑尔。"不食片言，一点也不违背诺言。《书·汤誓》："朕不食言。"不见小利，《论语·子路》："见小利则大事不成。"这段话化用韩愈《原道》之意："彼（老子）以煦煦为仁，孑孑为义，其小之也则宜。其所谓道，道其所道，非吾所谓道也，其所谓德，德其所德，非吾所谓德也。"

〔三〕此则无诸己而可勉强以到者也：意谓煦煦为仁，孑孑为义，不食言，不见小利，即使不是自己本有的，也可勉强达到。

〔四〕四夷：指东夷、西戎、南蛮、北狄，对华夏以外各族的统称。《书·大禹谟》："四夷来王。"

〔五〕羽檄：征调军队的文书。《汉书·高帝纪下》："吾以羽檄征天下兵。"颜师古注："檄者，以木简为书，长尺二寸，用征召也。其有急事，则加以鸟羽插之，示速疾也。"

〔六〕"为吏而吏"二句：意谓为吏就能尽吏职，为将就能尽将职。

〔七〕揠：拔起。《孟子·公孙丑上》："宋人有闵其苗之不长而揠之者。"

〔八〕揖让：宾主相见的礼仪。《周礼·秋官·司仪》："揖让之节。"

〔九〕失容：仪容不合礼节。《诗·小雅·北山》："或王事鞅掌。"毛亨传："鞅掌，失容也。"

〔一〇〕自负：自恃，自以为是。

〔一一〕疏隽傲诞：粗疏隽拔，傲慢怪诞。

〔一二〕不事绳检：不受约束，此指不遵守世俗礼法。

〔一三〕冒：冒犯。

〔一四〕触：触犯。

〔一五〕使气傲物：意气用事，轻视他人。

〔一六〕倜然：高举远离貌。

〔一七〕翻然：一反原状。

〔一八〕折节：改变平日志向。

〔一九〕病：忧。《论语·卫灵公》："君子病无能焉，不病人不己知也。"

〔二〇〕朴樕：小木，此喻浅陋平庸。杜牧《贺平党项表》："朴樕散材。"

〔二一〕规规：拘泥貌。《庄子·秋水》："子乃规规然而求之以察。"

〔二二〕易：轻视。《左传·僖公二十二年》，"国无小，不可易也。"

〔二三〕位一命之爵：爵，爵位。命，官阶。周代官阶从一命到九命，一命为最低一级。《周礼·地官·党正》："一命齿于乡里。"

〔二四〕北走胡，南走越：《史记·季布栾布列传》："季布之贤而汉求之急如此，此不北走胡即南走越耳。"

〔二五〕八议之中犹有曰议能者：八议即八辟，周代减刑的八种条件。《周礼·小司寇》："以八辟丽邦法，附刑罚：一曰议亲之辟，二曰议故之辟，三曰议贤之辟，四曰议能之辟，五曰议功之辟，六曰议贵之辟，七曰议勤之辟，八曰议宾之辟。"贾公彦疏议能："若能者，惟有道艺，未必兼有德也。"

〔二六〕簿书米盐：指掌管财物出纳簿籍的小吏。

〔二七〕赍：见《广士》注〔二一〕。

〔二八〕刀笔吏：主办文书的小吏，亦指讼师狱吏。《史记·李将军列传》：李广随大将军卫青出击匈奴，失道，卫青使长史责李广之幕府对簿，广曰："广年六十余矣，终不能复对刀笔之吏。"遂自刭。

〔二九〕庶：表希望之词。《诗·大雅·生民》："庶无罪悔。"

〔三〇〕俾：使。

附录

茅坤：养奇杰之才而特挈出古者议能一节，以感悟当世，直是刺骨。（《苏文公文钞》卷八）

储欣：破庸人之论。马或奔踶而致千里，跅驰之士，国家固不当以常法困之。（《评注苏老泉集》卷二）

申　法〔一〕

苏　洵

古之法简，今之法繁。简者不便于今，而繁者不便于古。非今之法不若古之法，而今之时不若古之时也。

先王之作法也，莫不欲服民之心。服民之心，必得其情〔二〕。情然耶，而罪亦然，则固入吾法矣。而民之情又不皆如其罪之轻重大小〔三〕，是以先王悯其罪而哀其无辜，故法举其略，而吏制其详。杀人者死，伤人者刑〔四〕，则以著于法，使民知天子之不欲我杀人伤人耳。若其轻重出入，求其情而服其心者，则以属吏。任吏而不任法，故其法简。今则不然，吏奸矣，不若古之良；民谕矣〔五〕，不若古之淳。吏奸则以喜怒制其轻重而出入之，或至于诬执；民谕则吏虽以情出入，而彼得执其罪之大小以为辞。故今之法纤悉委备〔六〕，不执于一〔七〕，左右前后，四顾而不可逃。是以轻重其罪，出入其情，皆可以求之法，吏不奉法辄以举劾。任法而不任吏，故其法繁。古之法若方书〔八〕，论其大概，而增损剂量则以属医者，使之视人之疾，而参以己意。今之法若鬻屦〔九〕，既为其大者，又为其次者，又为其小者，以求合天下之足。故其繁简则殊，而求民之情以服其心则一也。

然则，今之法不劣于古矣，而用法者尚不能无弊。何则？律令之所禁，画一明备〔一〇〕，虽妇人孺子皆知畏避，而其间有习于犯禁而遂不改者，举天下皆知之而未尝怪也。先王欲杜天下之欺也，为之度，以一天下之长短；为之量，以齐天下之多寡；为之权衡，以信天下之轻重。故度、量、权衡，法必资之官，资之官而后天下同〔一一〕。今也，庶民之家刻木比竹、绳丝缒石以为之〔一二〕，富商豪贾内以大，出以小〔一三〕，齐人适楚，不知其孰为斗，孰为斛〔一四〕；持东家之尺而校之西邻，则若十指然〔一五〕。此举天下皆知之，而未尝怪者一也。先王恶奇货之荡民〔一六〕，且哀夫微物之不能遂其生也〔一七〕，故禁民采珠贝[一八]；恶夫物之伪而假真[一九]，且重费也[二〇]，故禁民糜金以为涂饰[二一]。今也采珠贝之民溢于海滨，糜金之工肩摩于列肆[二二]。此又举天下皆知之，而未尝怪者二也。先王患贱之凌贵，而下之僭上也，故冠服器皿皆以爵列为等差，长短大小莫不有制[二三]。今也，工商之家曳纨锦[二四]，服珠玉[二五]，一人之身循其首以至足[二六]，而犯法者十九[二七]。此又举天下皆知之，而未尝怪者三也。先王惧天下之吏负县官之势以侵夺齐民也[二八]，故使市之坐贾[二九]，视时百物之贵贱而录之，旬辄以上。百以百闻，千以千闻，以待官吏之私债[三〇]；十则损三，三则损一以闻，以备县官之公籴[三一]。今也吏之私债而从县官公籴之法，民曰公家之取于民也固如是，是吏与县官敛怨于下。此又举天下皆知之，而未尝怪者四也。先王不欲人之擅天下之利也[三二]，故仕则不商，商则有罚；不仕而商，商则有征[三三]。是民之商不免征，而吏之商又加以罚。今也，吏之商既幸而不罚，又从而不征，资之以县官公籴之法，负之以县官之徒，载之以县官之舟，关防不讥，津梁不呵。然则，为吏而商，诚可乐也，民将安所措手[三四]？此又举天下皆知之，而未尝怪者五也。若此之类，不可悉数，天下之人耳习目熟，以为当然；宪官法吏，目击其事，亦恬而不问[三五]。

夫法者，天子之法也。法明禁之，而人明犯之，是不有天子之法也，衰世之事也[三六]。而议者皆以为今之弊，不过吏胥舞法以为奸[三七]，而吾以为吏胥之奸由此五者始。今有盗白昼持梃入室[三八]，而主人不知之禁，则踰垣穿穴之徒，必且相告而恣行于其家。其必先治此五者，而后诘吏胥之奸可也[三九]。

（卷五）

注 ——————

〔一〕《申法》是《衡论》十篇之一，首先论述古今法之异同，古之法简，今之法繁，繁简虽殊，服民则一。接着详尽论述今之法之所以不足以服民，就在于有法不行，"法明禁之而人明犯之"的种种表现，其中不少都是切中时弊之言，引人深思。

〔二〕"先王之作法也"四句:《周礼·小司寇》:"以五刑听万民之狱讼,附于刑,用情讯之。"郑玄注:"附犹著也,故《书》附作付。讯,言也,用情理言之,冀有可以出之者。"《小司寇》又有"以五声听狱讼,求民情"语,皆为苏洵所本。

〔三〕民之情又不皆如其罪之轻重大小:谓犯罪情节和罪行大小往往不一,即罪虽重而情有可原。

〔四〕"杀人者死"二句:《汉书·高帝纪上》:刘邦至霸上,召诸县豪杰曰:"与父老约法三章耳:杀人者死,伤人及盗抵罪。"

〔五〕媮:同"偷",指民风浇薄,不厚道。《国语·晋语》:"其下偷以幸。"

〔六〕委备:委积完备。

〔七〕不执于一:不是按照一人标准执法。

〔八〕方书:关于医药方剂的书。

〔九〕鬻屦:卖鞋。

〔一〇〕画一明备:统一、明确、完备。《史记·曹相国世家》:"萧何为法,颣若画一。"《索引》:"言法明直若画一也。"

〔一一〕"先王欲杜天下之欺也"至"资之官而后天下同":杜,杜绝、堵塞。度,计算长短的标准。量,计算多少的标准。权衡,计算轻重的器物,权为秤锤,衡为秤杆。资,凭借。《书·舜典》:"同律度量衡。"孔颖达疏:"度之丈尺,量之斛斗,衡之斤两,皆使齐同,无轻重大小。"《周礼·质人》:质人"掌稽市之书契,同其度量,壹其淳制,巡而考之,犯禁者举而罚之"。可见在先秦已有专管度量衡的官员。

〔一二〕刻木比竹、绳丝缒石:指私造度、量、衡。比,比量。缒,系。

〔一三〕内以大,出以小:即今所谓大斗进,小斗出。内,通"纳"。

〔一四〕斛:十斗为斛。

〔一五〕"持东家之尺而校之西邻"二句:谓以两家的尺子相比较,像十指一样长短不齐。

〔一六〕奇货之荡民:《老子》第三章:"不贵难得之货,使民不为盗。不见可欲,使民心不乱。"荡,动摇。荡民,使民心动乱。

〔一七〕微物:指出产珍珠的贝类动物。遂其生:顺利生长。

〔一八〕禁民采珠贝:《周礼·地官·泽虞》:"掌国泽之政令,为之厉禁,使其地之人,守其财物,以时入之于玉府,颁其余于万民。"郑玄注:"其地之人占取泽物者,因以部分使守之以时,入之于玉府,谓皮角珠贝也,入之以当邦赋,然后得取其余以自为也。"

〔一九〕假真:以假乱真。

〔二〇〕重费：花费大。

〔二一〕糜金：研金成粉以作涂饰之用。

〔二二〕肩摩：肩挨肩，状人多拥挤。桓谭《新论》："楚之郢都，车挂毂，民摩肩。"列肆：开设商铺，此指街市。

〔二三〕"先王患贱之凌贵"四句：凌，侵犯。僭，僭越，下冒上之名。《左传·隐公三年》："且夫贱妨贵，少凌长……所谓六逆也。"《史记·礼书》："君臣朝廷尊卑贵贱之序，下及黎庶车舆衣服宫室饮食嫁娶丧祭之分，事有宜适，物有节文。"

〔二四〕曳：拖着。

〔二五〕服：佩。

〔二六〕循其首以至足：从头到足。循，沿着。

〔二七〕十九：十之九。

〔二八〕县官：此指天子、国家。《史记·绛侯周勃世家》："庸知其盗买县官器。"司马贞《索引》："县官谓天子也。所以谓国家为县官者。"

〔二九〕坐贾：别于行商而定居一地的商人。

〔三〇〕"百以百闻"三句：谓官吏私人按市价购买。价（yù）：此作买解。

〔三一〕"十者损三"三句，谓国家降价三分之一收购。公糴，公家收购。

〔三二〕擅：独揽。《史记·货殖列传》："擅其利数世。"

〔三三〕"故仕则不商"四句：《史记·平准书》："天下已定，高祖乃令贾人不得衣丝乘车，重租税以困辱之。孝惠、高后时，为天下初定，复弛商贾之律，然市井之子孙亦不得仕宦为吏。"

〔三四〕"今也"至"民将安所措手"：宋代并无官吏经商不征不罚之令，但由于宋代法纪松弛，对官吏经商多不予追究。苏洵《上文丞相书》亦云："国家法令甚严，洵从蜀来，见凡吏商者皆不征，非迫胥调发，皆得役天子之夫，是以知天下之吏犯法者甚众。"徒，徒役之人。"负之以县官之徒"即"役天子之夫"。关防，要塞。津梁，桥梁。此谓水路、陆路关卡皆不讥呵，任其通行无阻。

〔三五〕恬：无动于衷。

〔三六〕"法明禁之"四句：《管子·法法》："君有三欲于民，三欲不节，则上位危。三欲者何也？一曰求，二曰禁，三曰令。必求欲得，禁必欲止，令必欲行。……求而不得，则威日损；禁而不止，则刑罚侮；令而不行，则下凌上。"又《重令》："凡君国之重器莫重于令。令重则君尊，群尊则国安；令轻则君卑，君卑则国危。故安国在乎尊君，尊君在乎行令，行令在乎严罚。"

〔三七〕骫（wěi）：本指骨曲，此谓枉曲。骫法即枉法。《新唐书·李憕传》："肖炅内倚权，骫法殖私。"

〔三八〕梃：棍棒。《孟子·梁惠王上》："杀人以梃与刃，有以异乎？"

〔三九〕诘：追究、查办。聂夷中《公子行》："走马踏杀人，街吏不敢诘。"

附录

茅坤：（唐）荆川谓体如《盐铁（论）》中古今之异一段，良是。情曲而事庞杂，而文则凼。（《苏文公文钞》卷九）

储欣：任吏任法，烛照古今之变。（《评注苏老泉集》卷二）

乐 论[一]

苏 洵

礼之始作也，难而易行；既行也，易而难久。

天下未知君之为君，父之为父，兄之为兄，而圣人为之君父兄；天下未有以异其君父兄，而圣人为之拜起坐立；天下未肯靡然以从我拜起坐立[二]，而圣人身先之以耻。呜呼！其亦难矣。天下恶夫死也久矣，圣人招之曰：来，吾生尔[三]。既而其法果可以生天下之人，天下之人视其向也如此之危，而今也如此之安[四]，则宜何从？故当其时，虽难而易行。

既行也，天下之人视君父兄，如头足之不待别白而后识[五]，视拜起坐立如寝食之不待告语而后从事。虽然，百人从之，一人不从，则其势不得遽至乎此[六]。天下之人不知其初之无礼而死，而见其今之无礼而不至乎死也，则曰圣人欺我。故当其时，虽易而难久。

呜呼，圣人之所恃以胜天下之劳逸者，独有死生之说耳[七]。死生之说不信于天下[八]，则劳逸之说将出而胜之。劳逸之说胜，则圣人之权去矣[九]。酒有鸩，肉其菫[一〇]，然后人不敢饮食；药可以生死[一一]，然后人不以苦口为讳[一二]。去其鸩，彻其菫，则酒肉之权固胜于药。圣人之始作礼也，其亦逆知其势之将必如此也，曰：告人以诚，而后人信之。幸今之时，吾之所以告人者，其理诚然，而其事亦然，故人以为信。吾知其理，而天下之人知其事；事有不必然者，则吾之理不足以折天下之口〔一三〕。此告语之所不及也。告语之所不及，必有以阴趋而潜率之〔一四〕。于是观之天地之间，得其至神之机〔一五〕，而窃之以为乐。

雨，吾见其所以湿万物也；日，吾见其所以燥万物也；风，吾见其所以动万物也〔一六〕，隐隐铉铉而谓之雷者〔一七〕，彼何用也？阴凝而不散，物瘱而不遂〔一八〕，雨之所不能湿，日之所不能燥，风之所不能动，雷一震焉，而凝者散，瘱者遂。曰雨者，曰日者，曰风者，以形用；曰雷者，以神用。用莫神于声，故圣人因声以为乐〔一九〕。为之君臣、父子、兄弟者，礼也。礼之所不及，而乐及焉。正声入乎耳，而人皆有事君、事父、事兄之心，则礼者固吾心之所有也，而圣人之说又何从而不信乎？

(卷六)

注

　〔一〕《乐论》为苏洵《六经论》中的一篇。六经，指儒家的六部经典，即《诗》《书》《易》《礼》（已佚）《乐》《春秋》。《六经论》是论述这六部经典的。苏洵认为贪生怕死，好逸恶劳是人之常情，无法禁止，只能加以引导，使之不越轨。以人情说解释六经，可说是《六经论》的特点，与北宋理学"兴天理，灭人欲"的思想形成鲜明对比，在北宋理学之外别树一帜，因此，一直为宋明正统理学家、古文家所讥。在《乐论》中，苏洵从人之常情出发，论述了礼难作而易行，易行而难久，因此需要乐对人们进行潜移默化的引导，"阴驱而潜率之"。苏洵把乐看成个别圣人受到雷声启发而"窃之以为乐"，这当然是错误的，是"风俗之变，圣人为之"这一唯心的文化史观的表现。但他看到了礼法不能完全战胜人情，肯定了乐对人的潜移默化的教育作用，却是很有见地的。此文写作时间的上限为皇祐三、四年（1051、1052），参见《心术》注〔一〕。雷简夫至和二年《上欧阳内翰书》已推荐《六经论》，此为写作时间下限。

　〔二〕靡然：倒貌，形容跟着一起跪拜。

〔三〕吾生尔：我能使你活。

〔四〕"向也如此之危"二句：《礼记·曲礼上》："人有礼则安，无礼则危。"

〔五〕别白：辨别告语。

〔六〕遽：遂，就。

〔七〕"圣人之所恃以胜天下之劳逸者"二句：此承《易论》之说，苏洵认为"民之苦劳而乐易也，若水之走下"；人们之所以愿意弃乐即苦，弃逸即劳而守礼，是因为不守礼，人与人间即相杀无已；"人之好生也甚于逸，而恶死也甚于劳，圣人夺其逸死而与之劳生，此虽三尺竖子知所趋避矣。"也就是说，圣人利用贪生怕死的人之常情来战胜好逸恶劳的人之常情。

〔八〕死生之说不信于天下：此承前段，即一人不从（礼），不至于死，则说"圣人欺我"，故天下人不相信圣人"死生之说"。

〔九〕权：权术，圣人使人守礼之术。苏洵《易论》说："圣人惧其道之废，而天下复于乱也，然后作《易》。观天地之象以为爻，通阴阳之变以为卦，考鬼神之情以为辞，探之茫茫，索之冥冥，童而习之，白首而不得其源，故天下视圣人如神之幽，如天之高，尊其人而其教亦随而尊……《易》为之幽也。……此圣人用其机权，以持天下之心，而济其道于无穷也。"这无异于把儒家视为神圣的经书看作神道设教，运用"机权"使天下之人把圣人之道当作宗教来信奉。朱熹指责苏洵说："看老苏《六经论》，则是圣人全是以术欺天下。"（《朱子大全·杂著十》）近人王文濡也说："'机权'两字，诬圣人矣。"这从反面说明了苏洵观点的实质和意义。

〔一〇〕"酒有鸩"二句：鸩，鸟名，《汉书·齐悼惠王传》颜注引应劭曰："鸩鸟黑身赤目，食蝮蛇野葛，以其羽画酒中，饮之立死。"堇，见《高祖》注〔一四〕。鸩、堇皆代指毒。

〔一一〕生死：使将死之人复活，即所谓起死回生。

〔一二〕不以苦口为讳：《孔子家语》："良药苦口而利于病。"讳，忌讳。

〔一三〕折：折服。

〔一四〕阴趋而潜率之：谓使人潜移默化。《荀子·乐论》："夫声乐之入人也深，其化人也速，故先王谨为之文。乐中平则民和而不流，乐肃庄则民齐而不乱。"

〔一五〕得其至神之机：谓得天地精神之几妙，即下文"因（雷）声以为乐"。机通几，《列子·天瑞》："万物皆出于机，皆入于机。"

〔一六〕"雨"至"所以动万物也"：《易·说卦·传》："风以散之，雨以润之，日以烜之。"又云："挠万物者，莫疾乎风；燥万物者，莫熯乎火；说万物者，莫说乎泽，润万物者，莫润于水。"

〔一七〕隐隐辚（háng）辚：象声词。《法言·问道》："或问大声，曰：非雷非霆，隐隐辚辚。"

〔一八〕蹙而不遂：局促而不通达。

〔一九〕"曰雷者"至"故圣人因声以为乐"：《易·豫》："雷出地奋，豫，先王以作乐崇德。"此为"因（雷）声以作乐"所本。

附录

杨慎：礼非穷而后有乐，然一段议论，一篇章法，圆转健逸，熟之最利场屋。（《三苏文范》卷一）

茅坤：论乐之旨非是，而文特袅娜百折，无限烟波。苏氏父子兄弟于经术甚疏，故论《六经》处大都渺茫不根。特其行文纵横，往往空中布景，绝处逢生，令人有凌虚御风之态。（《苏文公文钞》卷四）

袁宏道：笔势如龙幻不可测。笔意空群。末结以中段死生劳逸之说，有关键，有意味。（《三苏文范》卷一）

刘大櫆：后半风驰雨骤，极挥斥之致，而机势圆转如辘轳。（《唐宋文举要》甲编卷八）

王畿：转折开阖，已见妙手。至其文势澎洗湃，尤若长万里。且论乐以辅礼之不及，却又精凿不磨。（《三苏文范》卷一）

史 论 下〔一〕
苏 洵

或问：子之论史，钩抉仲尼、迁、固潜法隐义〔二〕，善矣。仲尼则非吾所可评〔三〕，吾惟意迁、固非圣人，其能如仲尼无一可指之失乎？曰：迁喜杂说，不顾道所可否〔四〕；固贵谀伪，贱死义〔五〕。大者此既陈议矣，又欲寸量铢称以摘其失，则烦不可举〔六〕。今姑告尔其尤大彰明者焉。

迁之辞淳健简直，足称一家〔七〕。而乃裂取六经、传、记杂于其间，以破碎汩乱其体。《五帝》《三代》纪，多《尚书》之文；《齐》《鲁》《晋》《楚》《朱》《卫》《陈》《郑》《吴》《越》世家，多《左传》《国语》之文〔八〕；《孔子世家》《仲尼弟子传》，多《论语》之文。夫《尚书》《左传》《国语》《论语》之文非不善也，杂之则不善也。今夫绣绘绵縠，衣服之穷美者也。尺寸而割之，错而纫之以为服，则绔缯之不若。迁之书无乃类是乎？其《自叙》曰："谈为太史公。"又曰："太史公遭李陵之祸。"〔九〕是与父无异称也。先儒反谓固没彪之名〔一〇〕，不若迁让美于谈。吾不知迁于《纪》，于《表》、于《书》、于《世家》、于《列传》〔一一〕，所谓太史公者，果其父耶，抑其身耶？此迁之失也。

固赞汉自创业至麟趾之间，袭蹈迁论以足其书者过半〔一二〕。且褒贤贬不肖，诚己意也，尽己意而已。今又剽他人之言以足之，彼既言矣，申言之何益？及其传迁、扬雄，皆取其《自叙》，屑屑然曲记其世系〔一三〕。固于他载，岂若是之备哉〔一四〕？彼迁、扬自叙可也，已因之〔一五〕，非也。此固之失也。

或曰：迁、固之失既尔〔一六〕，迁、固之后为史多矣，范晔、陈寿实臣孶焉〔一七〕，然亦有失乎？曰：乌免哉！

晔之史之传，若《酷史》《宦者》《列女》《独行》，多失其人。间尤甚者，董宣以忠义，概之《酷吏》〔一八〕；郑众、吕强以廉明直谅，概之《宦者》〔一九〕；蔡琰以忍耻妻胡，概之《列子》〔二〇〕；李善、王忳以深仁厚义，概之《独行》〔二一〕。与夫《前书》张汤不载于《酷吏》〔二二〕，《史记》姚、杜、仇、赵之徒不载于《游侠》远矣〔二三〕。又其是非颇与圣人异。论窦武、何进，则戒以宋襄之违天〔二四〕；论西域，则惜张骞、班勇之遗佛书〔二五〕。是欲相将苟免以为顺天乎？中国叛圣人以奉戎神乎？此晔之失也。

寿之志三国也，纪魏而传吴、蜀〔二六〕。夫三国鼎立称帝，魏之不能有吴、蜀，犹吴、蜀之不能有魏也。寿独以帝当魏，而以臣视吴、蜀。吴、蜀于魏，何有而然哉？此寿之失也。

噫，固讥迁失，而固亦未为得；晔讥固失，而晔益甚；至寿复尔。史之才诚难矣〔二七〕！史之才诚难矣！后之史宜以是为监〔二八〕，无徒讥之也。

（卷九）

注

〔一〕《史论》分上、中、下三篇，前有《引》，皇祐三、四年至嘉祐元年春以前作。《引》叹作史之难，认为魏晋以后没有像左丘明、司马迁、班固、范晔、陈寿之类的史才。《史论上》论经、史之异同，认为二者体不相沿而用实相资，"经不得史无以证其褒贬，史不得经无以酌其轻重"，盛赞《春秋》为"忧小人"而作。《史论中》称美《史记》《汉书》"时得仲尼遗意"，"能为《春秋》继，而使后之史无及焉者"。《史论下》则论《史记》《汉书》《后汉书》《三国志》之失。所论各点未必全能为今人所首肯，如谓"仲尼则非吾所可评"，指责《史记》"裂取六经、传、记"，"迁喜杂说，不顾道所可否"等等。但苏洵的多数观点，均可谓切中前四史的要害。苏洵说："夫知其（作史）难，故思之深；思之深，固有得。"（《史论引》）雷简夫说："《史论》，真良史才也"，"得（司马）迁史笔。"（邵博《邵氏闻见后录》卷十五）读读《史论下》，就可知道确非自夸、虚美之词。

〔二〕钩抉仲尼、迁、固潜法隐义：钩抉，钩取抉择。仲尼，孔子。迁，司马迁。固，班固。潜法隐义，指他们作史的深微法则和意义。《史论上》称美孔子为惩劝小人而作《春秋》，使"乱臣贼子惧"。《史论中》称美司马迁、班固之史"隐而章（彰）""直而宽""简而明""微而切"。所谓"潜法隐义"即指此。

〔三〕仲尼则非吾所可评：自董仲舒提倡独尊儒术之后，孔子的言论逐渐成为不可品评的经典。刘知几《史通·六家》称美《春秋》"为不刊之言"。宋代理学渐兴，孔子地位更高。苏洵虽不乏离经叛道之言（如《六经论》等），但也不敢公开评论孔子的得失。

〔四〕"迁喜杂说"二句：即下文所谓《史记》"乃裂取六经、传、记，杂于其间，以破碎汩乱其体"。司马迁据《左传》《国语》《世本》《战国策》《楚汉春秋》，旁采诸子以成《史记》。班固《汉书·司马迁传》讥其"甚多疏略，或有牴牾"，"又其是非颇谬于圣人"。刘知几《史通·六家》："所载多聚旧记，时采杂言，故使览之者事罕异闻，而语饶重出，此撰录之烦者也。"

〔五〕"固贵谀伪"二句：范晔《后汉书·班彪列传下》："（班）彪、固讥迁，以为是非颇谬于圣人。然其论议常排死节，否正直，而不叙杀身成仁之为美，则轻仁义，贱守节愈（更甚）矣。"

〔六〕"大者此既陈议矣"三句：大者即指"迁喜杂说""固贵谀伪"等。与，"寸量铢称"对举。陈，陈述。铢，重量单位。《汉书·历律志上》："二十四铢为两，十六两为斤。"

〔七〕"迁之词淳健简直"二句：裴骃《史记集解序》引班固之言说："自刘向、扬雄，博极群书，皆称迁有良史之才，服其善序事理，辩而不华，质而不俚，其文直，其事核，不虚美，不隐恶，故谓之实录。驷以为固之所言，世称其当。虽时有纰缪，实勒成一家。"

〔八〕"《五帝》"至"《国语》之文"：《五帝》，指《史记·五帝本纪》，蒙后省。《三代》纪，指《史记》的夏、殷、周三代本纪。《齐》《鲁》等亦指《史记·齐太公世家》《鲁周公世家》等，同为蒙后省。

〔九〕"其《自叙》曰"至"太史公遭李陵之祸"：《自叙》指《史记·太史公自序》，因避其父苏序之讳，苏洵及其二子诗文中皆改"序"为"叙"，或为"引"。《史论引》即其一证。谈指司马迁之父司马谈，《自序》说，"喜生谈，谈为太史公"，"太史公执迁乎而泣曰"，此太史公指司马谈。又说："七年而太史公遭李陵之祸，幽于缧绁"，此太史公乃司马迁自谓。

〔一〇〕固没彪之名：彪指班彪，班固之父。《汉书·叙传》："彪字叔度，幼与从兄（班）嗣游学"，"著《王命论》以救时难"。范晔《后汉书·班彪列传上》："彪既才高而好述作，遂专心史籍之间。武帝时，司马迁著《史记》，自太初以后，阙而不录。后好事者颇或缀集时事，然多鄙俗，不足以踵继其书。彪乃继采前史遗事，傍贯异闻，作《后传》数十篇。"刘知几《史通·六家》也说："司马迁撰《史记》，终于今上，自太初以下阙而不录。班彪因之，演成《后记》，以续前篇。至于固乃断自高祖，尽于王莽……勒成一史，目为《汉书》。"可知班固《汉书》乃在其父《后传》（或《后记》）基础上写成。而其《叙传》却未言及其父著史事，并称其父"述而不作"。

〔一一〕"于《纪》"至"于《列传》"：据《史记·太史公自叙》，《史记》分为十二《本纪》、十《表》、八《书》、三十《世家》、七十《列传》。

〔一二〕"固赞汉自创业到麟趾之间"二句：赞指论赞，文体之一种。《文心雕龙·颂赞》："至相如属笔，始赞荆轲；及迁史固书，托赞褒贬。"此指班固《汉书》篇末"赞曰"部分。《太史公自序》言："述陶唐以来，至于麟止，自黄帝始。"司马贞《索引》引服虔云："武帝至雍获白麟，而铸金作麟足形，故云'麟止'。迁作《史记》止于此，犹《春秋》终于获麟然也。"趾与止通，麟趾即麟止。武帝获麟为太始二年（前95）。《汉书》为我国第一部断代史，起于高祖创业，讫于王莽篡汉。然自创业至太始二年一段，《汉书》论赞多抄袭《史记》。今举《史记·张耳陈余列传》以见一斑："太史公曰：张耳、陈余，世传所称贤者，其宾客厮役，莫非天下俊杰，所居国无不取卿相者。然张耳、陈余始居约时，相然信以死，岂顾问哉？及据国争权，卒相灭亡。何乡者相慕用之诚，后相倍之戾也！岂非以势利交哉？名誉虽高，宾客虽盛，所由殆与太伯、延陵季子异矣。"《汉书》"赞曰"，仅改"世传所称贤者"为"世所称贤"，改"莫非"为"皆"，改"然张耳、陈余"为"然耳、余"。改"相然信以死"为"相然信死",改"相慕用"为"慕用",改"岂非以势利交哉"以下为"势利之交,古人羞之,盖谓是矣。"可见除文字上略作删节外,从观点到语言,全是抄袭,难怪苏洵讥其"剽他人之言"。

〔一三〕"及其传迁、扬雄"三句:指《汉书·司马迁传》《扬雄传》均自其始祖大段抄袭迁、雄自序,以致乖其体例。屑屑然,烦细貌。《左传·昭公五年》:"屑屑焉习仪以亟。"曲记,婉转详尽地记载。

〔一四〕备:完备详尽。

〔一五〕因:沿袭。

〔一六〕尔:如此。

〔一七〕范晔、陈寿实巨擘焉:范晔(398—445),字蔚宗,顺阳(今河南淅川东)人,南朝宋史学家,著有《后汉书》。陈寿(233—297),字承祚,安汉(今四川南充北)人,西晋史学家,著有《三国志》。巨擘,大拇指,喻特出人物。《孟子·滕文公下》:"吾必以仲子为巨擘焉。"

〔一八〕"董宣以忠义"二句:《后汉书·酷吏列传》载,董宣为洛阳令,据法诛湖阳公主苍头(家奴)。公主还宫诉于光武帝,帝大怒,欲箠杀董宣。宣据理责帝,帝令宣叩头谢主,宣亦不从。帝为之赏饭赐钱。"由是搏击豪强,莫不震慄,京师号为卧虎。"

〔一九〕"郑众、吕强以廉明直谅"二句:据《后汉书·宦者列传》载,郑众为人谨敏有心机,时窦宪擅权,"朝臣上下莫不附之,而众独一心王室,不事豪党,帝亲信焉。及宪兄弟图作不轨,众遂首谋诛之"。吕强"为人清忠奉公",多次上书言事,"中平元年(184),黄巾贼起,帝问强所宜施行。强欲先诛左右贪浊者,大赦党人"。结果为诸常侍所谮,"遂自杀"。

〔二〇〕"蔡琰以忍耻妻胡"二句:《后汉书·列女传》:"陈留董祀妻者,同郡蔡邕之女也。名琰,字文姬,博学有才辩,又妙于音律。适河东卫仲道,夫亡无子,归宁于家。兴平中,天下丧乱,文姬为胡骑所获,没于南匈奴左贤王,在胡中十二年,生二子。曹操素与邕善,痛其无嗣,乃遣使者以金璧赎之,而重嫁于祀。"苏洵以蔡琰"忍耻妻胡",反对把她"概之《列女》",颇为迂腐。

〔二一〕"李善、王忳以深仁厚义"二句:《后汉书·独行列传》载,李善本李元苍头(家奴),"建武(光武帝年号)中疫疾,元家相继死没,唯孤儿续始生而数旬,而赀财千万,诸奴婢私共计议,欲谋杀续,分其财产。善深伤李氏而力不能制,乃潜负续逃去。……续年十岁,善与归本县,修理旧业,告奴婢于长吏,悉收杀之"。王忳,新都人,尝诣京师,于空舍中见一书生疾困,命在须臾。书生愿以腰下金十斤相赠,乞葬其骸骨,未及问姓名而绝。怆即鬻金一斤营其殡葬，余金九斤悉置诸棺下。

〔二二〕《前书》张汤不载于《酷吏》：《前书》即《汉书》，以别于《后汉书》。张汤曾任太中大夫、廷尉、御史大夫等职，治狱严峻，造五铢钱、专卖盐铁以限制富商大贾，出告缗令以摧抑豪富兼并之家。后为朱买臣等陷害，自杀。《史记》以张汤入《酷吏列传》。《汉书》为之单独立传，其《酷吏传》赞曰："（张）汤、（杜）周子孙贵盛，故别传。"

〔二三〕《史记》姚、杜、仇、赵之徒不载于《游侠》：《史记·游侠列传》："至若北道姚氏、西道诸杜、南道仇景、东道赵他羽公子（姓赵，名他羽，字公子）、南阳赵调之徒，此盗跖居民间者耳，曷足道哉！此乃乡者朱家之羞也。"朱家，汉初大侠。

〔二四〕"论窦武、何进"二句：《后汉书·窦何列传》载，窦武长女为桓帝后，何进异母妹为灵帝后，时宦官专权，谋诛宦官未成遇害。"论曰：窦武、何进藉元舅之资，据辅政之权，内倚太后临朝之威，外迎群英乘风之势，卒而事败阉竖，身死功颓，为世所悲。岂智不足而权有余乎？《传》曰：'天之废商久矣，君将兴之。'斯宋襄公所以败于泓也。"宋襄公，春秋时宋国国君。宋襄公十三年（前639）伐郑，与救郑的楚军战于泓水（今河南柘城西北），大败并受伤，次年因伤重而死。

〔二五〕"论西域"二句：张骞，西汉时曾两次出使西域。班勇，东汉时曾任西域长史，均建奇功。《后汉书·西域传》："佛道神化，兴自身毒（印度），而二汉方志莫有称焉。张骞但著地多暑湿，乘象而战。班勇虽列其奉浮图，不杀伐；而精文善法，导达之功，靡所传述。"

〔二六〕"寿之志三国也"二句：曹丕于汉延康元年（220）即皇帝位，改元黄初。刘备于魏黄初二年（221）即皇帝位，改元章武。孙权于魏太和三年（229）即皇帝位，改元黄龙。三国互不臣属。《隋书·经籍志二》正史类叙："晋时巴西陈寿删集三国之事，唯魏帝为纪，其功臣及吴、蜀之主并皆为传，仍各依其国，部类相从，谓之《三国志》。"南宋晁公武《郡斋读书志》："魏四纪、二十六列传，蜀十五列传，吴二十列传。"今通行本《三国志·魏书》已无本纪、列传之别，疑为南宋以后所删改。

〔二七〕史之才诚难：《史论引》："史之难其人久矣。魏、晋、宋、齐、梁、隋间，观其文亦固当然也。所可怪者，唐三百年，文章非三代、两汉无敌，史之才宜有如（左）丘明、迁、固辈，而卒无一人可与范晔、陈寿比肩。"

〔二八〕监：通鉴，借鉴。《书·酒诰》："当于民监。"

附录

茅坤：评隋诸家如酷吏断狱。（《苏文公文钞》卷五）

储欣：真是堂上人裁决如流。（《老泉先生全集录》卷三）

上张侍郎第二书〔一〕

苏 洵

省主侍郎执事：洵始至京师时〔二〕，平生亲旧，往往在此，不见者盖十年矣〔三〕。惜其老而无成，问所以来者。既而皆曰："子欲有求，无事他人，须张益州来乃济。"且云："公不惜数千里走表为子求官〔四〕，苟归，立便殿上，与天子相唯诺〔五〕，顾不肯耶〔六〕?"

退自思公之所与我者，盖不为浅。所不可知者，惟其力不足而势不便；不然，公于我无爱也。闻之古人："日中必熭，操刀必割。"〔七〕当此时也，天子虚席而待公，其言宜无不听用。洵也与公有如此之旧，适在京师，且未甚老，而犹足以有为也。此时而无成，亦足以见他人之无足求，而他日之无及也已。

昨闻车马至此有日，西出百余里迎见。雪后苦风，晨至郑州，唇黑面烈，僮仆无人色。从逆旅主人得束薪缊火〔八〕，良久，乃能以见。出郑州十里许，有导骑从东来，惊愕下马立道周。云宋端明且至〔九〕，从者数百人，足声如雷。已过，乃敢上马徐去。私自伤至此，伏惟明公所谓洁廉而有文，可以比汉之司马子长者〔一〇〕，盖穷困如此，岂不为之动心，而待其多言耶！

（卷十二）

注

〔一〕张侍郎：即张方平（1007—1091），字安道，号乐全居士。其先宋（今河南商丘市南）人。后徙扬州。官至参知政事，著有《乐全集》。至和元年（1054）以户部侍郎知益州，故称张侍郎或张益州。访知苏洵，洵有《上张益州书》。嘉祐元年（1056），张劝洵入京，并致书欧阳修推荐苏洵。洵决定送二子入京应试，有《上张侍郎第一书》。同年八月

"召端明殿学士知益州张方平为三司使"（见《续资治通鉴》卷五十六）。三司使是北宋主管财政的最高机构的长官，故称省主。从本文"雪后苦风"可知，张方平返京已在隆冬。时欧阳修虽已荐苏洵于朝，苏洵的文章虽已名动京师，但求官仍未遂。故苏洵再次上书张方平，求其荐举。其词凄切，哀婉动人。

〔二〕洵始至京师：苏洵父子于嘉祐元年（1056）五月到达京师，苏洵《上韩枢密书》："比来京师，游阡陌间……盖时五、六月矣。"

〔三〕不见者盖十年矣：苏洵于庆历七年（1047）因举制策不中离京，至嘉祐元年（1056）来京，正好十年。

〔四〕公不惜数千里走表为子求官：据张方平《文安先生墓表》载，张方平对苏洵说："'远方不足君名，盍（何不）游京师乎？'因以书先之于欧阳永叔。"走表为洵求官，当指向仁宗推荐苏洵，其事不详。

〔五〕唯诺：应答。《礼记·曲礼上》："必慎唯诺。"

〔六〕顾：岂，难道。《汉书·季布传》："顾不美乎？"

〔七〕"日中必熭"二句：语见贾谊《新书·宗首》。熭（wèi），晒。

〔八〕逆旅：客舍。《庄子·山木》："宿于逆旅。"束薪缊火：保暖之物。缊，旧絮。《汉书·蒯通传》："束缊请火于亡肉家。"

〔九〕宋端明：即宋祁（998—1061），字子京，安陆（今属湖北）人，官至工部尚书，与兄宋痒皆以文名，时称二宋。嘉祐元年（1056）八月张方平罢知益州任，宋祁以端明殿学士、特迁工部侍郎知益州，故称宋端明。事见吴廷燮《北宋经抚年表》卷五和《宋史·宋祁传》。

〔一○〕"伏惟明公所谓洁廉而有文"二句：张方平《文安先生墓表》："久之，苏君果至。即之，穆如也。听其言，知其博物洽闻矣。既而得其所著《权书》《衡论》，阅之，如大山之云出于山，忽布无方，倏散无余；如大川之滔滔，东至于海源。因谓苏君：'左丘明《国语》、司马迁善叙事，贾谊之明王道，君兼之矣。'"雷简夫《上欧阳内翰书》："张益州一见其文，叹曰：司马迁死矣，非子吾谁与！"（见邵博《邵氏闻见后录》卷十五）司马子长即司马迁。

附录

茅坤：告知己者之言，情词可涕。（《苏文公文钞》卷三）

储欣：就目前感动知己，妙绝。其模写亦直造司马子长。（《评注苏老泉集》卷四）

送石昌言使北引〔一〕

苏 洵

　　昌言举进士时，吾始数岁〔二〕，未学也。忆与群儿戏先府君侧〔三〕，昌言从旁取枣栗啖我〔四〕。家居相近，又以亲戚故〔五〕，甚狎〔六〕。昌言举进士，日有名。吾后渐长，亦稍知读书，学句读、属对、声律，未成而废〔七〕。昌言闻吾废学，虽不言，察其意甚恨。后十余年，昌言及第第四人〔八〕，守官四方〔九〕，不相闻。吾以壮大，乃能感悔，摧折复学〔一〇〕。又数年，游京师，见昌言长安〔一一〕，相与劳苦如平生欢〔一二〕。出文十数首，昌言甚喜，称善。吾晚学无师，虽日为文，中甚自惭〔一三〕。及闻昌言说，乃颇自喜。今十余年，又来京师〔一四〕，而昌言官两制〔一五〕，乃为天子出使万里外强悍不屈之虏庭〔一六〕，建大斾〔一七〕，从骑数百〔一八〕，送车千乘，出都门，意气慨然〔一九〕。自思为儿时，见昌言先府君旁，安知其至此！

　　富贵不足怪，吾于昌言独有感也。丈夫生不为将，得为使折冲口舌之间足矣〔二〇〕。往年彭任从富公使还〔二一〕，为我言：“既出境，宿驿亭，闻介马数万骑驰过〔二二〕，剑槊相摩〔二三〕，终夜有声，从者怛然失色〔二四〕。及明，视道上马迹，尚心掉不自禁。”〔二五〕凡虏所以夸耀中国者多此类〔二六〕，中国之人不测也，故或至于震惧而失辞，以为夷狄笑。呜呼，何其不思之甚也！昔者奉春君使冒顿，壮士、大马皆匿不见，是以有平城之役〔二七〕。今之匈奴〔二八〕，吾知其无能为也。孟子曰：“说大人者，藐之。”〔二九〕况于夷狄！请以为赠。

（卷十五）

注 ───────────────────────────────

　　〔一〕石昌言（995—1057）：名扬休。其先江都人，七世祖藏用徙家眉山。少孤力学，年十八举进士，宝元元年（1038）四十三岁才进士及第。累官至刑部员外郎、知制诰。嘉祐元年（1056）秋，奉命出使契丹，感疾，嘉祐二年卒，年六十三。（见《宋蜀文辑存》卷十《石工部墓志铭》）此《引》作于嘉祐元年，苏轼《跋送石昌言引》："右嘉祐元年九月十九日先君《送石昌言北使文》一首，其字则轼年二十一时所书与昌言本也。"

〔二〕"昌言举进士时"二句：司马光《石昌言哀辞》："眉山石昌言，年十八举进士，伦辈数百人，昌言为之首，声震西蜀。"据《石二部墓志铭》推算，石昌言生于宋太宗至道元年（995），"年十八举进士"，当在太中祥符五年（1012）；苏洵生于大中祥符二年（1009），石举进士时，洵年五岁。

〔三〕先府君：苏洵《族谱后录下篇》："先子讳序，字仲先，生于开宝六年（972），而殁于庆历七年（1047）。……先子少孤，喜为善而不好读书。晚乃为诗，能白道，敏捷立成。凡数十年得数千篇，上自朝廷郡邑之事，下至乡闾子孙畋渔治生之意，皆见于诗。"

〔四〕啖（dàn）：《汉书·王吉传》："吉妇取枣以啖吉。"颜师古注："啖，谓使食之。"

〔五〕亲戚：苏轼《苏廷评（序）行状》："女二人，长适杜垂裕，幼适石扬言。"石扬言、石扬休为兄弟，故苏、石两家有亲。

〔六〕狎：亲近。《左传·襄公六年》："宋华弱与乐辔少相狎。"杜预注："狎，亲习也。"

〔七〕"学句读、属对、声律"二句：语意已尽为句，语意未尽而须停顿为读（亦作逗）。何休《春秋公羊传解诂序》："援引他经，失其句读。"属对，撰写对句。《旧唐书·元稹传》："属对无差，而风情宛然。"声律，声韵格律。权德舆《裴公神道碑铭》："比兴属和，声律铿然。"苏洵《祭亡妻文》："昔予少年，游荡不学。子虽不言，耿耿不乐。我知子心，忧我泯没。"

〔八〕"后十余年"二句：司马光《石昌言哀辞》："四十三乃及第，及第十八年知制诰，又三年以疾终。光为儿（时），始执卷知昌言名，已而同登进士第，与昌言游凡二十二年。"石昌言生于至道元年（995），四十三岁时为宝元元年（1038）；查《司马文正公年谱》，司马光即宝元元年进士及第，故为"同登进士第"。时苏洵已二十九岁，同科亦应进士试，不中。

〔九〕守官四方：《宋史·石扬休传》："扬休少孤力学，进士高第，为同州观察推官，迁著作佐郎，知中牟县。……改秘书丞，为秘阁校理、开封府推官，累迁尚书祠部员外郎，历三司度支、盐铁判官。坐前在开封尝失盗，出知宿州。"

〔一〇〕"吾以壮大"三句：司马光《程夫人墓志铭》："府君（苏洵）年二十七犹不学，一日慨然谓夫人曰：'吾自视，今犹可学。然家待我而生，学且废生。奈何？'夫人曰：'我欲言之久矣，恶使子为因我而学者。子苟有志，以生累我可也。'即罄出服玩鬻之以治生，不数年，遂为富户。府君由是得专志于学，卒成大儒。"

〔一〕"又数年"三句：此指庆历五年（1045），苏洵年三十七，因举制策入京，途经长安。苏辙《东坡先生墓志铭》："公生十年（苏轼生于景祐三年，即 1036 年）而先君宦学四方。"

〔一二〕相与劳苦如平生欢：《史记·张耳陈余列传》："泄公劳苦如平生欢。"劳苦，慰劳。

〔一三〕中：此指心里。

〔一四〕"今十余年"二句：指嘉祐元年（1056）苏送二子入京应试，距庆历五年（1045）"见昌言长安"已十二年。

〔一五〕昌言官两制：洪迈《容斋三笔》卷十二："翰林学士、中书舍人为两制，言其掌行内外制也。舍人官未至者，则云'知制诰'。"时石昌言"以刑部员外郎知制诰"，故称两制。

〔一六〕虏庭：此指契丹。梅圣俞《送石昌言舍人使匈奴》："燕然山北大单于，汉家皇帝与玺书。持书大夫腰金鱼，飞龙借马出国都。"

〔一七〕旆：《左传·僖公二十八年》："狐毛设二旆而退之。"杜预注："旆，大旗也。"

〔一八〕从骑：骑马随从的人。《史记·信陵君列传》："从骑皆窃骂侯生。"

〔一九〕慨然：慷慨激昂貌。《后汉书·范滂传》："慨然有澄清天下之志。"

〔二〇〕折冲：本指折退敌方的战车（冲，冲车），引申为以外交谈判制胜。《战国策·齐策五》："百尺之冲，折之衽席之上。"

〔二一〕往年彭任从富公使还：富公，指富弼（1004—1083），字彦国。《宋史·仁宗纪》："庆历二年（1042）夏四月庚辰，知制诰富弼报使契丹。"苏轼《跋送石昌言引》："彭任字有道，亦蜀人，从富彦国使虏还，得灵河县主簿以死。石守道称之曰：'有道长七尺，而胆过其身。'一日坐酒肆，与其徒饮且酣，闻彦国当使不测之虏，愤愤椎酒床，拳皮裂，遂自请行，盖欲以死捍彦国者也。"

〔二二〕介马：《左传·成公二年》："不介马而驰之。"杜预注："介，甲也。"

〔二三〕剑槊相摩：剑和长矛相撞击。

〔二四〕怛然：《列子·黄帝篇》："怛然内热。"《广雅·释诂》："怛，惊也。"

〔二五〕尚心掉不自禁：还心跳，不能自我控制。掉，动荡。

〔二六〕中国：《史记·吴太伯世家》："武王克殷，封其后为二：其一虞，在中国；其一吴，在蛮夷。"此中国相对于蛮夷而言，指宋王朝辖区。

〔二七〕"昔者奉春君使冒顿"三句：奉春君即汉初娄敬，赐姓刘。《汉书·刘敬传》："汉七年，韩王信反，高帝（刘邦）自往击之。至晋阳，闻信与匈奴欲击汉。上大怒，使人使匈奴。匈奴匿其壮士、肥牛马，徒见其老弱及羸畜。使者十辈来，皆言匈奴易击。上使刘敬复往使匈奴，还报曰：'两国相击，此宜夸矜见所长。今臣往，徒见羸瘠老弱，此必欲见短，伏奇兵以争利。愚以为匈奴不可击也。'……上怒，骂敬曰：'齐虏！以舌得官，乃今妄言沮吾军。'械系敬广武，遂往，至平城，匈奴果出奇兵围高帝白登，七日然后得解。"冒顿（mò dú），汉时匈奴主。平城，在今山西大同东北。

〔二八〕今之匈奴：指契丹。《旧五代史·外国传》："契丹者，匈奴之种也。"

〔二九〕说大人者，藐之：见《孟子·尽心下》，原文为："说大人，则藐之。"说（shuì），游说。藐，小，藐视，小看。

附录

楼钥：议论好，笔力顿挫而雄伟，曲尽事物情状。（《静观堂三苏文选》）

吕祖谦：王氏之文，如海外奇香，风水啮蚀，已千余禩，树质将尽，独真液凝结，断然而犹存。余谓老泉之作，足以当之。（《三苏文范》卷四）

杨鼎：此作叙与昌言相遇本末，而离合悲欢俱见。……又见其自负不小。立意既高，文字复黯倔顿挫而苍古，真巨手也。（同上）

茅坤：文有生色，直当与韩昌黎《送殷员外（等）序》相伯仲。（《苏文公文钞》卷十）

上欧阳内翰第一书〔一〕

苏 洵

内翰执事〔二〕：洵布衣穷居〔三〕，尝窃有叹。以为天下之人，不能皆贤，不能皆不肖。故贤人君子之处于世，合必离，离必合。往者天子方有意于治〔四〕，而范公在相府〔五〕，富公为枢密副使〔六〕，执事与余公、蔡公为谏官〔七〕，尹公驰骋上下，用力于兵革之地〔八〕。方是之时，天下之人，毛发丝粟之才，纷纷然而起，合而为一。而洵也，自度其愚鲁无用之身，不足以自奋于其间。退而养其心，幸其道之将成，而可以复见于当世之贤人君子。不幸道未成，而范公西，富公北，执事与余公、蔡公分散四出，而尹公亦失势，奔走于小官〔九〕。洵时在京师〔一○〕，亲见其事，忽忽仰天叹息〔一一〕，以为斯人之去，而道虽成，不复足以为荣矣。既复自思，念往者众君子之进于朝，其始也，必有善人焉捘之；今也，亦必有小人焉推之〔一二〕。今之世无复有善人也，则已矣；如其不然也，吾何忧焉！姑养其心，使其道大有成而待之，何伤！退而处十年〔一三〕，虽未敢自谓其道有成矣，然浩浩乎〔一四〕，其胸中若与曩者异〔一五〕。而余公适亦有成功于南方〔一六〕，执事与蔡公复相继登于朝〔一七〕，富公复自外入为宰相〔一八〕，其势将复合为一。喜且自贺，以为道既已粗成，而果将有以发之也。既又反而思其向之所慕望爱悦之而不得见者，盖有六人，今将往见之矣。而六人者已有范公、尹公二人亡焉〔一九〕，则又为之潸然出涕以悲。呜呼，二人者不可复见矣！而所恃以慰此心者，犹有四人也，则又以自解。思其止于四人也，则又汲汲欲一识其面，以发其心之所欲言。而富公又为天子之宰相，远方寒士未可遽以言通于其前〔二○〕；余公、蔡公远者又在万里外〔二一〕；独执事在朝廷间，而其位差不甚贵，可以叫呼扳援而闻之以言。而饥寒衰老之病，又锢而留之，使不克自至于执事之庭〔二二〕。夫以慕望爱悦其人之心，十年而不得见，而其人已死，如范公、尹公二人者，则四人之中，非其势不可遽以言通者，何可以不能自往而遽已也？

执事之文章，天下之人莫不知之；然窃自以为洵之知之特深，愈于天下之人。何者？孟子之文，语约而意尽〔二三〕，不为巉刻斩绝之言〔二四〕，而其锋不可犯。韩子之文〔二五〕，如长江大河，浑浩流转，鱼鼋蛟龙，万怪惶惑，而抑遏蔽掩，不使自露，而人自见其渊然之光〔二六〕，苍然之色，亦自畏避，不敢迫视。执事之文，纡余委备〔二七〕，往复百折，而条达疏畅，无所间断；气尽语极，急言竭论，而容与闲易〔二八〕，无艰难劳苦之态。此三者，皆断然自为一家之文也。惟李翱之文〔二九〕，其味黯然而长〔三○〕，其光油然而幽〔三一〕，俯仰揖让，有执事之态。陆贽之文〔三二〕，遣言措意，切近的当，有执事之实。而执事之才，又自有过人者。盖执事之文，非孟子、韩之文，而欧阳子之文也。

夫乐道人之善而不为谄者，以其人诚足以当之也。彼不知者，则以为誉人以求其悦已也。夫誉人以求其悦已，洵亦不为也。而其所以道执事光明盛大之德，而不自知止者，亦欲执事之知其知我也。

虽然，执事之名满于天下，虽不见其文，而固已知有欧阳子矣。而洵也，不幸堕在草野泥涂之中〔三三〕，而其知道之心，又近而粗成，而欲徒手奉咫尺之书〔三四〕，自托于执事，将使执事何从而知之，何从而信之哉？洵少年不学，生二十五岁，始知读书，从士君子游〔三五〕。年既已晚，而又不遂刻意厉行，以古人自期。而视与同列者，皆不胜已，则遂以为可矣。其后困益甚〔三六〕，然后取古人之文而读之，始觉其出言用意，与已大异。时复内顾，自思其才，则又似夫不遂止于是而已者。由是尽烧曩时所为文数百篇〔三七〕，取《论语》《孟子》、韩子及其他圣人贤人之文，而兀然端坐〔三八〕，终日以读之者七八年。方其始也，入其中而惶然；博观于其外，而骇然以惊〔三九〕。及其久也，读之益精，而其胸中豁然以明，若人之言固当然者。然犹未敢自出其言也。时既久，胸中之言日益多，不能自制，试出而书之，已而再三读之，浑浑乎觉其来之易矣〔四〇〕。然犹未敢以为是也。近所为《洪范论》《史论》凡七篇〔四一〕，执事观其如何？嘻，区区而自言，不知者又将以为自誉，以求人之知已也。惟执事思其十年之心，如是之不偶然也而察之！

(卷十二)

注

〔一〕欧阳内翰：指欧阳修，见《欧阳永叔白兔》注〔一〕。内翰，即翰林学士，以掌内制，故称内翰。书中言及献书事，曾巩《苏明允哀词》说："嘉祐初，（洵）始与其二子轼、辙复去蜀，游京师。今参知政事欧阳公修为翰林学士，得其文而异之，以献于上。"可知此书作于嘉祐元年（1056）。

〔二〕执事：书信中对对方的敬称，表示不敢直称对方，而称其周围供役使的人。唐人赵璘《因话录》卷五："与宰相大僚书，往往呼执事，言阁下之执事人耳。"

〔三〕布衣：无官职的平民。《吕氏春秋·行论》："人主之行与布衣异。"

〔四〕往者天子方有意于治：往者指庆历三年，天子指宋仁宗赵祯。《续资治通鉴》卷四十六：庆历三年九月丁卯，"帝既擢任范仲淹、韩琦、富弼等，每进见，必以太平责之，数令条奏当时世务。仲淹语人曰：'上用我至矣。然事有后先，且革弊于久安，非朝夕可能也。'帝再赐手诏督促，既又开天章阁召对，赐坐，给笔札，使疏于前"。

〔五〕而范公在相府：范公指范仲淹（989—1052），字希文，吴县（今江苏苏州市）人，宋初著名政治家。宋真宗大中祥符八年（1015）进士及第，宋仁宗时守卫西北边疆，遏止西夏侵扰，政治上力主革新朝政。庆历三年四月任枢密副使，八月除参知政事，推行庆历新政。文章诗词都有名篇传世。

〔六〕富公为枢密副使：富公指富弼，庆历三年（1043）出使契丹，八月为枢密副使。见《续资治通鉴》卷四十五。

〔七〕执事：指欧阳修，于庆历三年三月知谏院。余公：指余靖（1000—1064），字安道，宋韶州曲江（今广东韶关）人，于庆历三年三月为右正言。蔡公：指蔡襄（1012—1067），字君谟，宋兴化仙游（今属福建）人，于庆历三年四月为秘书丞、知谏院。均见《续资治通鉴》卷四十五。

〔八〕"尹公驰骋上下"二句：尹公指尹洙（1001—1046），字师鲁，宋河南府（今河南洛阳）人。庆历初以太常丞知泾州（治所在今甘肃省泾川县），又以右司谏知渭州（治所在今甘肃省陇西县西南），兼领泾原路经略公事，参与抵抗西夏侵扰。事见《宋史·尹洙传》。

〔九〕"不幸道未成"至"奔走于小官"：指庆历新政失败，主持新政的人皆被逐出朝。庆历四年（1044）六月，以范仲淹为陕西、河东宣抚使，庆历五年（1045）正月出知邠州；富弼于庆历四年七月为河北宣抚使，五年正月知郓州（治所在今山东郓城县东）；欧阳修于庆历四年九月为河北都转运使，五年八月知滁州（今安徽滁县）；余靖以出使契丹作蕃语诗被劾，于庆历五年五月出知吉州（今江西吉安）；蔡襄于庆历四年十月出知福州（今属福建）；尹洙因与边臣意见不合，徙知庆州、晋州、潞州，又以自贷公使钱贬崇宁军节度副使，徙监均州（治所在今湖北光化县西北）酒税，不久病死。以上均见《续资治通鉴》卷四十六、四十七及《宋史》各本传。

〔一○〕洵时在京师：苏辙《东坡先生墓志铭》："公生十年而先君宦学四方。"苏轼生于景祐三年（1036），至庆历五年（1045），正好十年。可知苏洵当时正"宦学"在京。

〔一一〕忽忽：失意貌。司马迁《报任安书》："忽忽若有亡。"

〔一二〕搂：扶助。推：推挤，排斥。"搂之""推之"，有的本子作"推之""间之"。

〔一三〕退而处十年：苏洵自庆历七年（1047）因父丧返蜀后，直至嘉祐元年（1056），未再出蜀。苏洵《忆山送人》："到家不再出，一顿俄十年。"

〔一四〕浩浩：广大貌。

〔一五〕曩者：以往，先前。

〔一六〕而余公适亦有成功于南方：指皇祐四年（1052）余靖以广西路安抚使平定侬智高之乱。《宋史·余靖传》："侬智高反邕州，乘胜掠九郡，以兵围广州。朝廷方顾南事，就丧次起靖为秘书监、知潭州，改桂州，诏以广南西路委靖经制。……遣人入特磨道擒智高母、子、弟三，生致之阙下。"

〔一七〕执事与蔡公复相继登于朝：至和元年（1054）九月，欧阳修还朝任翰林学士（见《欧阳文忠公年谱》）。皇祐四年（1052）蔡襄迁起居舍人，至和元年（1054）迁龙图阁学士，知开封府（见欧阳修《端明殿学士蔡公墓志铭》）。

〔一八〕富公复自外入为宰相：《宋史·宰辅表二》：至和二年（1055）六月，"富弼自宣徽南院使、检校太保、判并州加户部侍郎、同平章事、集贤殿大学士"。

〔一九〕范公、尹公二人亡焉：范仲淹于皇祐四年（1052）五月卒于徐州，见《续资治通鉴》卷五十二。庆历六年（1046），尹洙贬监均州酒税，得疾无医而卒，见欧阳修《尹师鲁墓志铭》。

〔二〇〕遽：骤然。下文"而遽已也"的"遽"作遂、就解。

〔二一〕余公、蔡公远者又在万里外：嘉祐元年苏洵作此书时，余靖知桂州，见吴廷燮《北宋经抚年表》卷五；蔡襄由知泉州移知福州，见同上书卷四。

〔二二〕克：能够。

〔二三〕语约而意尽：文字简要而意思表达得很充分。

〔二四〕巉刻斩绝：谓文词锐利险峭。

〔二五〕韩子：指韩愈（768—824），字退之，河内河阳（今河南孟州市南）人，唐代文学家、思想家，著有《韩昌黎集》。

〔二六〕渊然：深邃貌。

〔二七〕纡余委备：谓文辞曲折详密。

〔二八〕容与闲易：谓文章从容不迫，舒缓有致。

〔二九〕李翱（772—841）：字习之，陇西成纪（今甘肃秦安）人。进士及第，历任礼部郎中、谏议大夫、中书舍人、工部尚书等职。为文学韩愈，以严谨平实胜。作《复性书》，开宋代理学之先河。

〔三〇〕黯然：暗黑貌。

〔三一〕油然：《礼记·祭义》郑玄注："油然，物始生好美貌。"

〔三二〕陆贽（754—805）：字敬舆，唐苏州嘉兴（今属浙江）人，进士及第，历任翰林学士、中书侍郎、同平章事等职，后因谗罢相，贬忠州（今重庆忠县）别驾。长于奏议，敢于揭露时弊。

〔三三〕草野泥涂：指平民所居之地。《左传·襄公三十年》："赵孟曰：'使吾子辱在泥涂久矣。'"

〔三四〕咫尺之书：《汉书·韩信传》："奉咫尺之书。"颜师古注："八寸曰咫，咫尺者，言其简牍或长咫，或长尺，喻轻率也。"

〔三五〕"洵少年不学"四句：苏洵《祭亡妻文》："昔予少年，游荡不学。子虽不言，耿耿不乐。我知子心，忧我泯没。感叹折节，以至今日。"欧阳修《苏明允墓志铭》："君少独不喜学，年已壮犹不知书。职方君（洵父苏序）纵而不问，乡闾亲族皆怪之。或问其故，职方君笑而不答，君亦自如也。年二十七始大发愤。""生二十五岁始知读书"与"年二十七始大发愤"并不矛盾，二者有程度之别。

〔三六〕其后困益甚：指"举进士再不中，又举茂材异等不中"（欧阳修《苏明允墓志铭》）。

〔三七〕尽烧曩时所为文数百篇：欧阳修《苏明允墓志铭》："悉取所为文数百篇焚之，益闭户读书，绝笔不为文辞者五六年，乃大究六经百家之说。"

〔三八〕兀然：不动貌。

〔三九〕"入其中而惶然"三句：《经进苏老泉文集事略》，"惶然"下有"以"字，则当读为"入其中而惶然以博，观于其外而骇然以惊"。《考异》："陈曰：他本无'以'字。案此句与下'骇然以惊'乃对举，'以'字不可少。惟'博'字难解，恐有误。后人因删去'以'字，而以'博'字属下句，作'博观于其外'，不知下句'以惊'二字与此句对举也。"可备一说。

〔四〇〕浑浑：泉水涌出貌。《荀子·富国》："财货浑浑如泉源。"

〔四一〕《洪范论》《史论》凡七篇：指《洪范论》（上、中、下）、《洪范后序》《史论》（上、中、下），共七篇，见《嘉祐集》卷九。

附录

姜宝：老泉此书所以求知于欧文忠者，只是文章一脉相得，故叙其平日学文之既成，又适当数君子合而离、离而合之际，正见用之时也，其所抱负不在韩、欧下。（《三苏文范》卷四）

黄省曾：前半感慨悲哀，后关委曲纡徐，熟之可无艰涩之弊。（同上）

茅坤：此书凡三段，一段历叙诸君子之离合，见已慕望之切；二段称欧阳公之文，见己知公之深；三段自叙平生经历，欲欧阳公之知之也。而情事婉曲周折，何等意气，何等风神。（"李翱之文"一段）突又入二子，以形容欧阳子之文，何等风态。（"时既久，胸中之言"一段）生平辛苦如此，然后得造其室，乃知为文之不易易也。（《苏文公文钞》卷三）

袁宏道：离合二句是一篇把柄，通篇所言要不出此。读此书可见老苏胸中有许大抱负在。（《三苏文范》卷四）

清高宗：其论韩、欧、李、陆文字，不爽铢两。交必如洵之与修，乃可面誉而不为谄，自述所得而不为夸。（《御选唐宋文醇》卷三十五）

汪玄杓：茅（坤）评固然，然尤妙在第一段中，历数诸君子离合，即将自己于道之成、未成夹叙。既为第一段之线，又为第三段之根。则十年慕望爱悦诸君子之心，即十年求道之心，首尾融洽，打成一片矣。（《唐宋文举要》甲编卷八）

张益州画像记[一]

苏 洵

至和元年秋，蜀人传言有寇至，边军夜呼，野无居人，妖言流闻，京师震惊[二]。方命择帅，天子曰："毋养乱，勿助变。众言朋兴，朕志自定。外乱不作，变且中起。不可以文令，又不可以武竞。惟朕一二大吏，孰为能处兹文武之间，其命往抚朕师[三]？"乃推曰："张公方平其人。"天子曰："然。"公以亲辞，不可，遂行。冬十一月至蜀。至之日，归屯军。撤守备，使谓郡县："寇来在吾，无尔劳苦。"[四]明年正月朔旦，蜀人相庆如他日，遂以无事[五]。

又明年正月，相告留公像于净众寺[六]，公不能禁。眉阳苏洵言于众曰[七]：未乱，易治也；既乱，易治也。有乱之萌，无乱之形，是谓将乱。将乱难治，不可以有乱急，亦不可以无乱弛。是惟元年之秋，如器之欹[八]，未坠于地。惟尔张公，安坐于其旁，颜色不变，徐起而正之。既正，油然而退[九]，无矜容[一〇]。为天子牧小民不倦，惟尔张公。尔繄以生[一一]，惟尔父母。且公尝为我言："民无常性，惟上所待。人皆曰蜀人多变〔一二〕，于是待之以待盗贼之意，而绳之以绳盗贼之法〔一三〕。重足屏息之民，而以砧斧令〔一四〕。于是民始忍以其父母妻子之所仰赖之身而弃之于盗贼，故每每大乱。夫约之以礼，驱之以法，惟蜀人为易。至于急之而生变，虽齐、鲁亦然〔一五〕。吾以齐、鲁待蜀人，而蜀人亦自以齐、鲁之人待其身。若夫肆意于法律之外〔一六〕，以威劫其民，吾不忍为也。呜呼，爱蜀人之深，待蜀人之厚，自公而前，吾未始见也。"皆再拜稽首曰〔一七〕："然。"

苏洵又曰："公之恩在尔心，尔死在尔子孙，其功业在史官，无以像为也。且公意不欲，如何？"皆曰："公则何事于斯〔一八〕？虽然，于我心有不释焉〔一九〕。今夫平居闻一善，必问其人之姓名与乡里之所在，以至于其长短、大小、美恶之状，甚者或诘其平生所嗜好〔二○〕。以想见其为人，而史官亦书之于其传。意使天下之人，思之于心，则存之于目；存之于目，故其思之于心也固。由此观之，像亦不为无助。"苏洵无以诘，遂为之记。

公南京人〔二一〕，为人慷慨有大节，以度量容天下。天下有大事，公可属。系之以诗曰：

天子在祚〔二二〕，岁在甲午〔二三〕。西人传言，有寇在垣〔二四〕。庭有武臣，谋夫如云。天子曰嘻，命我张公。公来自东，旗纛舒舒〔二五〕。西人聚观，于巷于途。谓公暨暨〔二六〕，公来于于〔二七〕。公谓西人："安尔室家，无敢或讹。讹言不祥，往即尔常。春尔条桑〔二八〕，秋尔涤场。"〔二九〕西人稽首，公我父兄。公在西囿，草木骈骈〔三○〕。公宴其僚，伐鼓渊渊〔三一〕。西人来观，祝公万年。有女娟娟〔三二〕，闺闼闲闲〔三三〕。有童哇哇〔三四〕，亦既能言。昔公未来，期汝弃捐〔三五〕。禾麻芃芃〔三六〕，仓庾崇崇〔三七〕。嗟我父子，乐此岁丰。公在朝廷，天子股肱〔三八〕。天子曰归，公敢不承〔三九〕？作堂严严〔四○〕，有庑有庭〔四一〕。公像在中，朝服冠缨〔四二〕。西人相告，无敢逸荒。公归京师，公像在堂。

（卷十五）

注

〔一〕张益州：即张方平，见苏洵《上张侍郎第二书》注〔一〕。益州即成都，《宋史·地理志五》："成都府，本益州。"时张方平知益州，故称张益州。本文说，张于至和元年（1054）冬十一月至蜀，明年（1055）正月朔旦蜀人相庆如他日，又明年（嘉祐元年，1056年）留公像于净众寺，可知此文作于嘉祐元年正月。本文既未详写张之生平，也未详写张在蜀之政绩，而着重突出他静以镇蜀，表现了张的大臣风度。宋楼昉评此文说："辞气严正有法度，说不必有像，亦不可以无像，此三四转甚奇。最好处是善回护蜀人，公蜀人也，所以尤难。"（《静观堂三苏文选》）

〔二〕"至和元年秋"至"京师震惊"：至和元年，1054年。苏轼《张文定公墓志铭》："转运使摄守事，西南夷有邛部川首领者，妄言蛮贼侬智高在南诏，欲来寇蜀。摄守，妄人也，闻之大惊，移兵屯边郡，益调额外弓手，发民筑城，日夜不得休息。民大惊扰，争迁居城中。男女婚会，不复以年。贱粥（鬻，卖）谷帛市金银，埋之地中。朝廷闻之，发陕西步卒戍蜀，兵仗络绎，相望于道。"

〔三〕"天子曰"至"其命往抚朕师"：天子指宋仁宗，这是模拟仁宗语气，林希元说："代天子言，就是天子气魄。"（《静观堂三苏文选》）朋兴，群起。朕，皇帝的自称。

〔四〕"归屯军"至"无尔劳苦"：苏轼《张文定公墓志铭》："诏促公行，且许以便宜从事。公言：'南诏去蜀二千余里，道险不通，其间皆杂种，不相役属，安能举大兵为智高寇我哉！此必妄也。臣当以静镇之。'道遇戍卒兵仗，辄遣还。入境，下令邛部川曰：'寇来吾自当之，妄言者斩。'悉归屯边兵，散遣弓手，罢筑城之役。"无尔劳苦，不用你们劳苦。

〔五〕"明年正月朔旦"三句：苏轼《张文定公墓志铭》："会上元观灯，城门皆通夕不闭，蜀遂大安。"

〔六〕净众寺：《蜀中名胜记》卷二《成都府二》："西门之胜：张仪楼、石笋街、笮桥、琴台、浣花溪、青羊宫、净众寺、少陵草堂。……僧无相，新罗国人，开元十六年至成都募化，檀越（施主）造净众寺。"

〔七〕眉阳：四川眉山。水北为阳，眉山因在岷江北岸，故称眉阳。

〔八〕欹：倾斜。《荀子·宥坐》："宥（同右）坐之器者（可置坐右以为戒之器），虚则欹，中则正，满则覆。"

〔九〕油然：舒缓从容貌。《孔子家语·五仪》："油然若将可越而终不可及者，君子也。"

〔一〇〕矜：自以为是。《尚书·大禹谟》："汝惟不矜，天下莫与汝争能。"

〔一一〕繄：是。繄以：是以。尔繄以生：谓你们以此得生。

〔一二〕蜀人多变：宋初，蜀人不堪压榨，多次起义，如乾德三年（965），"蜀兵愤怨，行至绵州，遂作乱"（《续资治通鉴》卷四）；淳化五年（994），"王小波起为盗"（同上卷十七）；咸平三年（1000），"益州戍卒赵延顺等为乱"（同上卷二十一）。

〔一三〕"于是待之以待盗贼之意"二句：如淳化四年（993）吴元载守成都，"颇尚苛察，民有犯法者，虽细罪不能容，又禁民游宴行乐，人用胥怨"（《续资治通鉴》卷十七）。

〔一四〕"重足屏息之民"二句：谓以武力对付怨愤之民。重足，叠足而立，不敢移动。《史记·汲郑列传》："今天下重足而立，侧目而视矣。"屏息，不敢出声。《列子·黄帝》："屏息良久，不敢复言。"砧斧，砧板与斧钺，古代杀人刑具。韩愈《元和圣德诗》："解脱挛索，夹以砧斧。"

〔一五〕虽齐、鲁亦然：谓即使礼仪之邦的齐国、鲁国之民，逼"急了"，也会"大乱"的。

〔一六〕肆意：任意，无所顾忌。《列子·周穆王》："肆意远游。"

〔一七〕稽首：叩头，古代九拜礼中最恭敬者。《周官·春官·大祝》贾公彦疏："头至地多时，则为稽首也。"

〔一八〕斯：此，代画像。

〔一九〕释：放下。心有不释：即放不下心，于心未安。

〔二〇〕诘：问。《新五代史·裴迪传》："乃屏人密诘之。"下文"苏洵无以诘"之"诘"，作责问、反问解。《老子》："视之不见名曰夷，听之不闻名曰希，博之不得名曰微，此三者不可致诘。"

〔二一〕南京：《宋史·地理志一》："应天府，河南郡，归德军节度。本唐宋州，至道中为京东路，景德三年升为应天府，大中祥符七年建为南京。"即今河南商丘。苏轼《张文定公墓志铭》："公姓张氏，讳方平，字安道，其先宋人也。后徙扬州。"可知"公南京人"乃指其祖籍。

〔二二〕祚：皇位。《史记·秦楚之际月表》："卒践帝祚。"

〔二三〕甲午：即至和元年（1054）。

〔二四〕垣：星位，我国古代将天体恒星分为紫微垣、太微垣、天市垣，称为三垣。《宋史·天文志二》：天市垣有二十二星，即东蕃十一星和西蕃十一星。西番十一星，"四曰巴，五曰蜀"。

〔二五〕纛：大旗。旗纛即旗帜。舒舒：徐缓貌。韩愈《复志赋》："慨余行之舒舒。"

〔二六〕 暨暨：果敢坚决貌。《礼记·玉藻》："戎容暨暨。"

〔二七〕 于于：行动舒缓貌。《庄子·应帝王》："其卧徐徐，其觉于于。"

〔二八〕 条桑：《诗·豳风·七月》："蚕月条桑。"郑玄笺："条桑枝落，采其叶也。"

〔二九〕 涤场：扫尽场上谷物。《诗·豳风·七月》："九月肃霜，十月涤场。"毛传："涤场，功毕也。"

〔三〇〕 骈骈：茂盛貌。

〔三一〕 伐鼓渊渊：语见《诗·小雅·采芑》，毛传："渊渊，鼓声也。"

〔三二〕 娟娟：美好貌。杜甫《狂夫》："风含翠筱娟娟静。"

〔三三〕 闺闼：闺门。闲闲：从容自得貌。《诗·魏风·十亩之间》："桑者闲闲兮。"

〔三四〕 哇哇：小儿哭声。欧阳修《茶歌》："小儿助噪声哇哇。"

〔三五〕 期汝弃捐：以为这些女、童必定会被抛弃。期，必定。

〔三六〕 芃芃：茂密貌。《诗·鄘风·载驰》："我行其野，芃芃其麦。"

〔三七〕 崇崇：高耸貌。扬雄《甘泉赋》："崇崇圜丘。"

〔三八〕 股肱：比喻帝王左右的得力大臣。《左传·昭公九年》："君之卿佐，是谓股肱。"

〔三九〕 公敢不承：张方平岂敢不顺承。

〔四〇〕 严严：严肃庄重貌。

〔四一〕 庑：大屋。《管子·国蓄》："夫以室庑籍。"尹知章注："小曰室，大曰庑。"

〔四二〕 朝服：朝会时所穿礼服。司马相如《上林赋》："袭（披）朝服，乘法驾。"冠：帽。缨：冠带。

附录

茅坤：（张）益州常称老苏似司马子长，此记自子长之后殆不多得。（《苏文公文钞》卷十）

袁宏道：老苏《张益州画像记》，其文劲悍浑深，有西汉人笔力，诗衍文气，有干有叶。（《三苏文范》卷四）

李贽：这等文字，从《虞典》《商谟》中脱化来，而气概春容，词调老苍，类圣世君臣都俞气象，非后来学操觚者所能仿佛也。（同上）

许国：此段前叙事，后议论。叙事古劲，而议论许多斡旋回护尤高。（同上）

储欣：持重若挽百钧之弓，不遗余力，诗亦朴雅入情。（《评注苏老泉集》卷

五）

吴楚材、吴调侯：末一段，写像处说不必有像，而亦不可无像。三、四转折，殊为深妙。系诗一结，更风《风》《雅》遗音。（《古文观止》卷十）

清高宗：不屑屑述益州治状，措词高浑而精彩光芒溢于豪楮。（《御选唐宋文醇》卷三十六）

上韩舍人书〔一〕

苏 洵

舍人执事：方今天下虽号无事，而政化未清〔二〕，狱讼未衰息，赋敛日重，府库空竭，而大者又有二虏之不臣〔三〕。天子震怒，大臣忧恐。自两制以上〔四〕，宜皆苦心焦思，日夜思念，求所以解吾君之忧者。

洵自惟闲人，于国家无丝毫之责，得以优游终岁，咏歌先王之道以自乐。时或作为文章，亦不求人知。以为天下方事事〔五〕，而王公大人岂暇见我哉！是以逾年在京师，而其平生所愿见如君侯者，未尝一至其门。有来告洵以所欲见之之意，洵不敢不见。然不知君侯见之而何也？天子求治如此之急，君侯为两制大臣，岂欲见一闲布衣，与之论闲事耶？此洵所以不敢遽见也。

自闲居十年，人事荒废，渐不喜承迎将逢，拜伏拳跽〔六〕。王公大人苟能无以此求之，使得从容坐隅，时出其所学，或亦有足观者。今君侯辱先求之，此其必有所异乎世俗者矣。

孟子曰："段干木逾垣而避之，泄柳闭门而不纳，是皆已甚。迫，斯可以见矣。"〔七〕呜呼，吾岂斯人之徒欤！欲见我而见之，不欲见而徐去之，何伤？况如君侯，平生所愿见者，又何辞焉？不宣〔八〕。洵再拜。

（卷十二）

〔一〕韩舍人：即韩绛（1012—1088），字子华，雍丘（今河南杞县）人，官至同中书门下平章事，封康国公。此书作于嘉祐二年（1057）春（从"逾年在京师"语可知），时韩绛与欧阳修同权知礼部贡举。苏轼进士及第后，有《谢韩舍人启》。王文诰《苏诗总案》卷一说，考《东都事略》和《宋史》本传，"不载（韩绛）除起居、中书舍人等官，疑其略去；但据公诗自注'知制诰缀舍人班'，似当日非翰林之知制诰，皆得称舍人也"。这里提出了两种可能，一是韩绛时为舍人而史失载，一为称知制诰为舍人。书中有"君侯为两制大臣"语，可知韩绛时为中书舍人而史失载。从韩绛主动求见，可看出苏洵当时"名动京师"之一斑；洵以不"论闲事"，不拘"世俗"之礼为条件，看似倨傲，实亦求重用，全文仍表现了苏洵渴望为国效力的急切之情，茅坤所谓"告知己者之言，情词可涕"（《唐宋八大家文钞》），即指此。

〔二〕政化：政令孝化。

〔三〕二虏：指辽和西夏。臣：臣服。

〔四〕两制：见苏洵《送石昌言使北引》注〔一五〕。

〔五〕事事：办事，前一事为动词。《史记·曹相国世家》："（曹）参不事事。"

〔六〕承迎将逢，拜伏拳跽：奉承迎候，顺从逢迎，伏身下拜，屈曲下跪。泛指繁文缛节。

〔七〕"段干木逾垣而避之"至"斯可以见矣"：语见《孟子·滕文公下》。赵岐注："孟子言魏文侯、鲁缪公有好善之心，而此二人距之太甚。迫窄，则可以见之。"段干木，战国魏人，"魏文侯欲见，造其门，干木逾墙避之"（皇甫谧《高士传》）。泄柳，春秋鲁国人，鲁缪公闻其贤，往见之，泄柳初闭门不纳，后为缪公臣。又见《孟子·公孙丑下》。

〔八〕不宣：书信末常用语，言不一一细说。

附录

茅坤：老苏强项如此，正与前篇（《上张侍郎第二书》）词旨不同。（《苏文公文钞》卷三）

储欣：欲韩公加礼而与论议天下之事。（《评注苏老泉集》卷四）

木假山记〔一〕

苏 洵

木之生，或蘖而殇〔二〕，或拱而夭〔三〕；幸而至于任为栋梁，则伐；不幸而为风之所拔，水之所漂，或破折，或腐；幸而得不破折，不腐，则为人之所材〔四〕，而有斧斤之患〔五〕。其最幸者，漂沉汩没于湍沙之间〔六〕，不知其几百年，而其激射啮食之余〔七〕，或仿佛于山者，则为好事者取去，强之以为山，然后可以脱泥沙而远斧斤。而荒江之濆〔八〕，如此者几何！不为好事者所见，而为樵夫野人所薪者，何可胜数！则其最幸者之中，又有不幸者焉。

予家有三峰〔九〕，予每思之，则疑其有数存乎其间〔一〇〕。且其蘖而不殇，拱而不夭，任为栋梁而不伐，风拔水漂而不破折，不腐。不破折，不腐，而不为人所材，以及于斧斤；出于湍沙之间，而不为樵夫野人之所薪，而后得至乎此，则其理似不偶然也。

然予之爱之，则非徒爱其似山〔一一〕，而又有所感焉；非徒爱之，而又有所敬焉。予见中峰魁岸踞肆〔一二〕，意气端重，若有以服其旁之二峰〔一三〕。二峰者庄栗刻削〔一四〕，凛乎不可犯〔一五〕，虽其势服于中峰，而岌然无阿附意〔一六〕。吁，其可敬也夫，其可以有所感也夫！

（卷十五）

注

〔一〕木假山：木经水蚀风化，状若小山，故称木假山。梅圣俞《苏明允木山》："空山枯楠大蔽牛，霹雳夜落鱼凫洲。鱼凫水射千秋蠹，肌烂随沙荡漾流。唯存坚骨蛟龙镂，形如三山中雄酋。左右两峰相挟翊，尊奉君长无慢尤。苏夫子见之惊且异，买于溪叟凭貂裘。因嗟大不为栋梁，又叹残不为薪樵。雨浸藓涩得石瘦，宜与夫子归隐丘。"诗的内容、主旨，并与记同。苏轼《木山并叙》："吾先君子尝蓄木山三峰，且为之记与诗（诗已佚）。诗人梅二丈圣俞见而赋之，今三十年矣。"苏轼此诗作于元祐二年（1087），逆数三十年，则苏洵此记作于嘉祐二年（1057）。当时苏洵因欧阳修奖拔，虽名动京师，却求官未遂，因妻子病逝而匆匆返蜀，心情十分抑郁。故借树木的种种不幸遭遇以抒发留名青史之艰难；并借木山的"魁岸踞肆"，"凛乎不可犯"，以抒自己不肯屈己从人的气概。

〔二〕或蘖而殇：或，有的，下同。蘖，树木的嫩芽。《孟子·告子上》："雨露之所润，非无萌蘖之生焉。"殇，未成年而死。《逸周书·谥法》："短折不成曰殇。"

〔三〕拱：两手合抱。《国语·晋语八》："拱木不生危（高险之地）。"

〔四〕为人之所材：被人认为是有用之材。

〔五〕斧斤：斧头。斤，斧之一种。《淮南子·说林》："林木茂而斧斤人。"

〔六〕汩没：沉沦埋没，罗隐《大梁见乔诩》："迹卑甘汩没。"湍沙：急流、泥沙。

〔七〕激射啮食：水波冲击，昆虫蛀食。啮，咬。苏轼《木山》："蓬婆雪岭巧雕镂，蚩虫行蚁为豪酋。"

〔八〕渍：沿河高地。《诗·大雅·常武》："铺敦淮渍。"

〔九〕予家有三峰：此指眉山老家的木山三峰，即苏洵《答二任》所说："庭前三小山，本为山中楂。当前凿方池，寒泉照谽谺。玩此可竟日，胡为踏朝衙?"嘉祐四年冬苏洵父子南行赴京，此木山并未运入京，苏洵《寄杨纬》说："家居对山木，谓是无言伴。去乡不能致。回顾颇自短。"以后他们在京城也蓄有木山，那是杨纬送的："谁知有杨子，磊落收百段。拣赠最奇峰，慰我苦长叹。"而眉山老家的木山，正如梅圣俞所说，是苏洵从溪叟那里换来的（"买于溪叟凭貂裘"）。前人不察，多把苏洵眉山老家的木山与京城所蓄木山混为一谈。

〔一〇〕数：气数、命运。

〔一一〕非徒：不只是。

〔一二〕魁岸踞肆：魁伟高大，倨傲放恣。踞，通倨。

〔一三〕若：好像。服：顺服，使二峰顺服。

〔一四〕庄栗刻削：庄肃戒惧，峻峭挺拔。庄，庄肃，严肃。栗，同慄，戒惧。刻削，如刻如削，状木山峭拔。

〔一五〕凛：通懔，懔栗，敬畏。

〔一六〕岌然：高耸貌。阿附：曲从附合。《汉书·王尊传》："御史大夫张谭皆阿附畏事（石）显。"

附录

黄庭坚：往尝观明允《木假山记》，以为文章气旨似庄周、韩非，恨不得趋拜其履舄间，请问作文关键。（《跋子瞻木山诗》）

方孝孺：首尾不过四百以下字，而起伏开合，有无限曲折。此老可谓妙于文字者矣。其终盖以三峰比父子三人。（《三苏文范》卷四）

林希元：说一木假山，必经历许多磨折跌宕……文字严急峻整，无一句懈怠，愈读愈不厌。（同上）

杨慎：大意言天之生材甚难，而公父子乃天之所与。如此切磋琢磨，自为师友，此公之所以自重，不偶然也。（同上）

茅坤：即木假山看出许多幸不幸来，有感慨，在态度。凡六转入山，末又一转，有百尺竿头之意。（《苏文公文钞》卷十）

袁宏道：以幸、不幸字反复立说，笔力变化，文字古茂。文势如累棋。（《三苏文范》卷四）

储欣：身世间幸不幸俱作如是观。（《评注苏老泉集》卷五）

与梅圣俞书〔一〕

苏 洵

圣俞足下〔二〕：揆间忽复岁晚〔三〕，昨九月中尝发书，计已达左右。洵闲居经岁，益知无事之乐，旧病渐复散去。独恨沦废山林，不得圣俞、永叔相与谈笑〔四〕，深以嗟惋。

自离京师，行已二年〔五〕，不意朝廷尚未见遗，以其不肖之文犹有可者〔六〕，前月承本州发遣赴阙就试。圣俞自思，仆岂欲试者〔七〕？惟其平生不能区区附合有司之尺度〔八〕，是以至此穷困。今乃以五十衰病之身，奔走万里以就试，不亦为山林之士所轻笑哉？自思少年尝举茂材〔九〕，中夜起坐，裹饭携饼，待晓东华门外〔一〇〕，逐队而入，屈膝就席，俯首据案。其后每思至此，即为寒心。今齿日益老〔一〕，尚安能使达官贵人复弄其文墨，以穷其所不知耶？

且以永叔之言与夫三书之所云〔一二〕，皆世之所见。今千里召仆而试之，盖其心尚有所未信，此尤不可苟进，以求其荣利也。昨适有病，遂以此辞。然恐无以答朝廷之恩。因为《上皇帝书》一通以进〔一三〕，盖以自解其不至之罪而已。不知圣俞当见之否？冬寒，千万加爱。

（卷十三）

注

〔一〕梅圣俞（1002—1060）：名尧臣，字圣俞，宣城（今属安徽）人，北宋诗人，官至尚书都官员外郎。他同欧阳修友谊甚深，颇多唱和。嘉祐二年（1057），欧阳修知贡举，他被辟为属官，曾向修推荐苏轼试卷。苏洵《上皇帝书》说："嘉祐三年（1058）十二月一日，眉州布衣臣苏洵谨顿首再拜，冒万死上书皇帝阙下。臣前月五日，蒙本州录到中书札子……召臣试策论舍人院。"本文有"为《上皇帝书》一通"，"冬寒"等语，可知作于其后不久。嘉祐元年（1056）秋欧阳修荐苏洵于朝，嘉祐三年十一月才召苏洵试策论于舍人院。苏洵上书仁宗，称病不赴试。这封信谈了他不赴试的真实原因，淋漓尽致地揭露了科举考试制度的摧残人才。

〔二〕足下：称呼对方的敬辞。乐毅《报燕惠王》："有害足下之义。"

〔三〕揆：测度。《诗·鄘风·定之方中》："揆之以日。"间：顷刻。《孟子·滕文公上》："抚然为间。"朱熹《集注》："为间者，有顷之间也。"

〔四〕永叔：即欧阳修，见《欧阳永叔白兔》注〔一〕。

〔五〕"自离京师"二句：苏洵于嘉祐二年（1057）五月因其妻程氏卒于家而匆匆离京，至嘉祐三年（1058）十二月将近两年。

〔六〕不肖之文：指苏洵所著、欧阳修上奏朝廷的《几策》《权书》《衡论》。苏洵《上皇帝书》："翰林学士欧阳修奏臣所著《权书》《衡论》《几策》二十篇（实为二十二篇）。"

〔七〕仆岂欲试者：苏洵《上韩丞相书》："洵少时自处不甚卑，以为遇时得位当不卤莽。及长，知取士之难，遂绝意于功名而自托于学术。"《上文丞相书》也说："不复以考举为意。"

〔八〕区区：专心一意。有司：官吏，古代设官分职，各有专司，故称有司。苏洵《广士》说："人固有才智奇绝而不能为章句、名数、声律之学者，又有不幸而不为者。苟一之以进士、制策，是使奇才绝智有时而穷矣。""不能为"，不长于此道；"不幸而不为""不屑于此道"苏洵兼此二者，故屡试不第。

〔九〕尝举茂材：苏轼《记史经臣兄弟》："先友史经臣与先君同举制策，有名蜀中。"欧阳修《苏明允墓志铭》："举进士再不中，又举茂材异等不中。"

〔一〇〕东华门：据《宋史·地理志一》载，东京宫城"东西面门曰东华、西华"，宫内有集英殿。顾炎武《历代宅京记》卷十六："集英殿，旧大明殿也。……太祖尝御策制科举人，故后为进士殿试之所。"

〔一一〕齿：年齿，年龄。《礼记·祭义》："有虞氏贵德而尚齿。"

〔一二〕永叔之言：指欧阳修《荐布衣苏洵状》。三书：指苏洵所著《权书》《衡论》《几策》。欧阳修《荐布衣苏洵状》说："眉州布衣苏洵，履行淳固，性识明达，亦尝一举有司，不中，遂退而力学。其论议精于物理，而善识变权，文章不为空言而期于有用。其所撰《权书》《衡论》《几策》二十篇，辞辩闳伟，博于古而宜于今，实有用之言，非特能文之士也。"

〔一三〕《上皇帝书》：苏洵在此书中提出了"十通"革新措施，其中多数是革新吏治的措施，与同年王安石《上仁宗皇帝书》所提出的变法主张颇不相同。

附录

储欣：屈膝俯首，已为寒心，若近世举场之法，又当何如！可叹可叹！（《评注苏老泉集》卷五）

上韩昭文论山陵书〔一〕

苏　洵

四月二十日将仕郎、守霸州文安县主簿、礼院编纂苏洵〔二〕，惶恐再拜，上书昭文相公执事：洵本布衣书生，才无所长，相公不察而辱收之，使与百执事之末，平居思所以仰报盛德而不获其所。今者先帝新弃万国，天子始亲政事，当海内倾耳侧目之秋〔三〕，而相公实为社稷柱石莫先之臣〔四〕，有百世不磨之功，伏惟相公将何以处之？

古者天子即位，天下之政必有所不及安席而先行之者。盖汉昭即位，休息百役，与天下更始，故其为天子曾未逾月，而恩泽下布于海内〔五〕。窃惟当今之事，天下之所谓最急，而天子之所宜先行者，辄敢以告于左右。

窃见先帝以俭德临天下，在位四十余年，而宫室游观无所增加，帏簿器皿弊陋而不易，天下称颂〔六〕，以为文、景之所不若〔七〕。今一旦奄弃臣下〔八〕，而有司乃欲以末世葬送无益之费〔九〕，侵削先帝休息长养之民，掇取厚葬之名而遗之，以累其盛明。故洵以为当今之议，莫若薄葬。窃闻顷者癸酉赦书既出〔一〇〕，郡县无以赏兵，例皆贷钱于民。民之有钱者皆莫肯自输，于是有威之以刀剑，驱之以笞箠，为国结怨，仅而得之者。小民无知，不知与国同忧，方且狼顾而不宁〔一一〕。而山陵一切配率之科又以复下〔一二〕，计今不过秋冬之间，海内必将骚然，有不自聊赖之人〔一三〕。窃惟先帝平昔之所以爱惜百姓者如此其深，而其所以检身节俭者如此其至也，推其平生之心而计其既殁之意，则其不欲以山陵重困天下，亦已明矣。而臣下乃独为此过当逾礼之费，以拂戾其平生之意，窃所不取也。且使今府库之中财用有余，一物不取于民，尽公力而为之，以称遂臣子不忍之心，犹且获讥于圣人；况夫空虚无有，一金以上非取于民则不获，而冒行不顾以徇近世失中之礼，亦已惑矣。

然议者必将以为，古者"君子不以天下俭其亲"〔一四〕。以天下之大，而不足于先帝之葬，于人情有所不顺。洵亦以为不然。使今俭葬而用墨子之说〔一五〕，则是过矣；不废先王之礼，而去近世无益之费，是不过矣。子思曰："三日而殡，凡附于身者必诚必信，勿之有悔焉耳矣；三月而葬，凡附于棺者必诚必信，勿之有悔焉耳矣。"〔一六〕古之人所由以尽其诚信者，不敢有略也，而外是者则略之。昔者华元厚葬其君，君子以为不臣〔一七〕；汉文葬于霸陵，木不改列，藏无金玉，天下以为圣明，而后世安于太山〔一八〕。故曰：莫若建薄葬之议，上以遂先帝恭俭之诚，下纾百姓目前之患〔一九〕，内以解华元不臣之议，而万世之后以固山陵不拔之安。

洵窃观古者厚葬之由，未有非其时君之不达，欲以金玉厚其亲于地下，而其臣下不能禁止，俛俛而从之者〔二〇〕；未有如今日之事，太后至明，天子至圣，而有司信近世之礼，而遂为之者：是可深惜也。且夫相公既已立不世之功矣，而何爱一时之劳而无所建明？洵恐世之清议，将有任其责者。

如日诏敕已行，制度已定，虽知不便，而不可复改，则此又过矣。盖唐太宗之葬高祖也，欲为九丈之坟，而用汉世长陵之制，百事务从丰厚；及群臣建议，以为不可，于是改从光武之陵，高不过六丈，而每事俭约〔二一〕。夫君子之为政，与其坐视百姓之艰难而重改令之非，孰若改令以救百姓之急？

不胜区区之心〔二二〕，敢辄以告。惟恕其狂狷之诛〔二三〕，幸甚幸甚！不宣。洵惶恐再拜。

（卷十三）

注

〔一〕韩昭文，即韩琦，见《九日和韩魏公》注〔一〕。《宋史·宰辅表》二：嘉祐六年（1061）"闰八月庚子，韩琦自工部尚书、同平章事加昭文馆大学士"。故称之为韩昭文或昭文相公。山陵：帝王坟墓，《水经注》十九《渭水下》："秦名天子冢曰山，汉曰陵，故通曰山陵矣。"嘉祐八年（1063）三月仁宗去世，英宗即位，以韩琦为山陵使，厚葬仁宗，苏洵上此书。张方平《文安先生墓表》："初作昭陵（仁宗陵），凶礼废阙，琦为大礼使事，从其厚。调发辄办，州县骚动。先生以书谏琦，且再三至，引华元不臣以责之。琦为变色，然顾大义，为稍省其过甚者。"苏洵当时虽为从九品小官，但却直言敢谏，且亦善谏，"反复论辩，皆归于至理"（《静观堂三苏文选》文登甫语）。

〔二〕将仕郎、守霸州文安县主簿、礼院编纂苏洵：将仕郎，文散官官阶。据《宋史·职官志九》，属从九品。守，同上载："凡除职事官，以寄禄官品之高下为准：高一品以上为行，下一品为守，下二品以下为试。""以其阶卑，则谓之守。"霸州文安县，宋属河北路，见《宋史·地理志二》；今属河北省。主簿，宋千户以上县置主簿；位在县令、县丞之下、县尉之上，见《宋史·职官志七》。礼院，指太常礼院。《宋史·职官志四》："别置太常礼院，虽隶本寺（太常寺），其实专达。有判院、同知院四人，寺与礼院事不相兼。康定元年（1040）置判寺、同判寺，始并兼礼院事。"宋初编纂礼书不常，北宋末始"令本寺因革礼，五年一检举，接续编修。"据《续资治通鉴长编》，苏洵任此职在嘉祐六年（1061）

七月。欧阳修《苏明允墓志铭》："会太常（寺）修纂建隆以来礼书，乃以（洵）为霸州文安县主簿，使食其禄，与陈州项城县令姚辟同修礼书。"

〔三〕倾耳侧目：谓注意听取、观察。《战国策·秦策》一："（苏秦）妻侧目而视，倾耳而听。"

〔四〕相公实为社稷柱石莫先之臣：谓没有比韩琦更重要的承担国家重任的臣子了。社稷，本指土、谷神，后作为国家政权的代称。《孟子·尽心下》："民为贵，社稷次之，君为轻。"柱石，《汉书·霍光传》："（田）延年曰：'将军为国柱石。'"谓其如柱支梁，如石承柱，承担重任。《宋史·韩琦传》："琦早有盛名，识量英伟，临事喜愠不见于色。论者以重厚比周勃，政事比姚崇。……嘉祐、治平间再决大策，以安社稷。当是时，朝廷多故，琦处危疑之际，知无不为。"

〔五〕"盖汉昭即位"至"而恩泽下布于海内"：汉昭帝刘弗陵（前94—前74），汉武帝子，年幼即位，则霍光等辅政。《汉书·昭帝纪》赞说："承武帝奢侈余敝师旅之后，海内虚耗，户口减半，（霍）光知时务之要，轻徭薄赋，与民休息。"

〔六〕"窃见先帝"至"天下称颂"：宋仁宗赵祯于1022—1063年在位，凡四十二年。《宋史·仁宗纪》赞说："仁宗恭俭仁恕，出于天性，一遇水旱，或密祷禁廷，或跣立殿下。有司请以玉清旧地为御苑，帝曰：'吾奉先帝苑囿，犹以为广，何以是为！'燕私常服澣濯，帷幃衾裯，多用缯绨。宫中夜饥，思膳烧羊，戒勿宣索，恐膳夫自此戕贼物命，以备不时之须。"

〔七〕文、景：汉文帝、汉景帝。经汉初数十年休养生息，至文帝、景帝时，经济繁荣，政治安定，史称"文景之治"。《汉书·景帝纪》赞："汉兴，扫除烦苛，与民休息。至于孝文，加之以恭俭。孝景遵业，五六十载之间，至于移风易俗，黎民淳厚。周云成、康，汉言文、景，美矣。"

〔八〕奄：忽然。任昉《齐竟陵文宣王行状》："奄见薨落。"

〔九〕有司：见《与梅圣俞书》注〔八〕。

〔一○〕癸酉赦书：指嘉祐八年（1063）四月"癸酉大赦，优赏诸军"。知谏院司马光说："国家用度数窘，复遭大丧，累世所藏，几乎扫地。传闻外州，军官库无钱之处，或借贷民钱以供赏给。一朝取办，逼以捶楚。"（均见《续资治通鉴》卷六十一）

〔一一〕狼顾：狼行进时，常反顾，以防被袭。此喻人心不宁。《汉书·食货志》："失时不雨，民且狼顾。"

〔一二〕配率之科：《五代史·卢质传》："三司史王玫请率民财以佐用，乃使质与玫共议配率，而贫富不均，怨讼并起。"配，分派。率，计算。《汉书·高帝纪下》："郡各以其

082

口数率，人岁六十三钱，以给献费。"

〔一三〕聊赖：依托。蔡琰《悲愤诗》："虽生何聊赖。"

〔一四〕君子不以天下俭其亲：语见《孟子·公孙丑下》。

〔一五〕墨子之说：墨子名翟，相传原为宋国人，后居鲁国，是春秋战国之际的思想家，墨家学派创始人，其学说见于《墨子》一书。《墨子·节葬下》说："棺三寸，足以朽骨；衣三领，足以朽肉；掘地之深，下无菹漏，气无发泄于上，垄足以期（期会）其所，则止矣。"

〔一六〕"子思曰"至"勿之有悔焉耳矣"：子思姓孔名伋，孔子之孙，战国初年的思想家。语见《礼记·檀弓上》，郑玄注："言其日月，欲以尽心修备之。附于身谓衣衾，附于棺谓明器之属。"

〔一七〕"昔者华元厚葬其君"二句：华元，春秋时宋国大夫。《史记·宋微子世家》："文公卒，子共公瑕立，始厚葬，君子讥华元不臣矣。"

〔一八〕"汉文葬于霸陵"至"后世安于太山"：《汉书·文帝纪》载，汉文帝崩，遗诏曰："当今之世，咸嘉生而恶死，厚葬以破业，重服以伤生，吾甚不取。……其令天下吏民，令到出临三日，皆释服。无禁取妇、嫁女、祠祀、饮酒、食肉。……霸陵山川因其故，无有所改。"霸陵，文帝陵墓，在今陕西西安市东北。太山，即泰山。

〔一九〕纾：解除。《左传·庄公三十年》："以纾楚国之难。"

〔二〇〕僶俛：努力。贾谊《新书·劝学》："舜僶俛而加志。"

〔二一〕"盖唐太宗之葬高祖也"至"每事俭约"：《资治通鉴》卷一九四载，贞观九年五月唐高祖李渊崩，七月。丁巳，诏：'山陵依汉长陵（汉高祖陵）故事，务存隆厚。'期限既促，功不能及。"秘书监虞世南上疏，谓"陛下圣德度越唐、虞，而厚葬其亲乃以秦汉为法，臣窃为陛下不取。……伏愿陛下依《白虎通》，为三仞之坟，器物制度率皆节损，仍刻石立之陵旁，别书一通，藏之宗庙，用为子孙永久之法"。房玄龄等以为"汉长陵高九丈，原陵（光武帝陵）高六丈。今九丈则太崇，三仞则太卑，请依原陵之制"。从之。

〔二二〕区区：犹拳拳，忠爱专一。《古诗十九首》："一心抱区区。"

〔二三〕狂狷：《论语·子路》："不得中行而与之，必也狂狷乎？狂者进取，狷者有所不为也。"进取、不为，皆各执一端，故泛指偏激。《汉书·刘辅传》："不罪狂狷之言。"

附录

茅坤：论葬礼甚透，当与刘向《昌陵疏》参看。（《苏文公文钞》卷二）

唐顺之：一事反复议论。（同上）

储欣：此书急欲救山陵配率之科，与前人谏厚葬者指归有别，其原本先帝处最动人。（《老泉先生全集录》卷五）

管 仲 论〔一〕

苏 洵

管仲相桓公，霸诸侯，攘戎狄，终其身齐国富强，诸侯不叛〔二〕。管仲死，竖刁、易牙、开方用，桓公薨于乱，五公子争立，其祸蔓延，讫简公，齐无宁岁〔三〕。

夫功之成，非成于成之日，盖必有所由起；祸之作，不作于作之日，亦必有所由兆。则齐之治也，吾不曰管仲，而曰鲍叔〔四〕；及其乱也，吾不曰竖刁、易牙、开方，而曰管仲。何则？竖刁、易牙、开方三子，彼固乱人国者，顾其用之者，桓公也。夫有舜而后知放四凶〔五〕，有仲尼而后知去少正卯〔六〕。彼桓公何人也？顾其使桓公得用三子者，管仲也。

仲之疾也，公问之相。当是时也，吾以仲且举天下之贤者以对。而其言乃不过曰竖刁、易牙、开方三子，非人情，不可近而已〔七〕。呜呼，仲以为桓公果能不用三子矣乎？仲与桓公处几年矣，亦知桓公之为人矣乎？桓公声不绝乎耳，色不绝乎目，而非三子者则无以遂其欲。彼其初之所以不用者，徒以有仲焉耳。一日无仲，则三子者可以弹冠相庆矣〔八〕。仲以为将死之言，可以絷桓公之手足耶〔九〕？夫齐国不患有三子，而患无仲。有仲，则三子者，三匹夫耳。不然，天下岂少三子之徒？虽桓公幸而听仲，诛此三人，而其余者，仲能悉数而去耶？呜呼，仲可谓不知本者矣！因桓公之问，举天下之贤者以自代，则仲虽死，而齐国未为无仲也，夫何患？三子者，不言可也。

五霸莫盛于桓、文〔一〇〕。文公之才不过桓公，其臣又皆不及仲〔一一〕。灵公之虐不如孝公之宽厚〔一二〕。文公死，诸侯不敢叛晋，晋袭文公之余威，得为诸侯之盟主者百有余年〔一三〕。何者？其君虽不肖，而尚有老成人焉〔一四〕。桓公之薨也，一乱涂地，无惑也。彼独恃一管仲，而仲则死矣。夫天下未尝无贤者，盖有有臣而无君者矣。桓公在焉，而曰天下不复有管仲者，吾不信也。仲之书，有记其将死论鲍叔、宾胥无之为人，且各疏其短，是其心以为是数子者皆不足以托国，而又逆知其将死，则其书诞谩不足信也〔一五〕。

吾观史鰌以不能进遽伯玉而退弥子瑕，故有身后之谏〔一六〕；萧何且死，举曹参以自代〔一七〕。大臣之用心，固宜如此也。夫国以一人兴，以一人亡，贤者不悲其身之死，而忧其国之衰，故必复有贤者而后可以死。彼管仲者，何以死哉！

（卷九）

注

〔一〕 管仲：见苏洵《审势》注〔三九〕。本文既肯定管仲之功，又责管仲不能临殁荐贤，以致身死齐即乱。立论新颖，笔力纵横，富有说服力。

〔二〕 "管仲相桓公"至"诸侯不叛"：《管子·内言》："桓公用管仲，合诸侯，伐山戎，攘白狄之地，遂至西河，故中国诸侯莫不宾服。"此言管仲之功。

〔三〕 "管仲死"至"齐无宁岁"：竖刁、易牙、开方，皆桓公宠臣。参见本文注〔七〕。五公子，《史记·齐太公世家》："桓公好内，多内宠，如夫人者六人：长卫姬，生无诡；少卫姬，生惠公元；郑姬，生孝公昭；葛嬴，生昭公潘；密姬，生懿公商人；宋华子，生公子雍。"时昭立为孝公，故称五公子。"管仲死，而桓公不用管仲言，卒近用三子（竖刁、易牙、开方），三子专权。""桓公病，五公子各树党争立。及桓公卒，遂相攻，以故宫中空，莫敢棺。桓公尸在床上六十七日，尸虫出于户。"（同上书）宋襄公助孝公立。孝公卒，公子潘杀孝公子而自立，是为昭公。昭公卒，公子商人杀昭公子舍而自立，是为懿公。其后直至简公，内忧外患相继。

〔四〕 "则齐之治也"三句：《史记·管晏列传》："管仲夷吾者，颍上人也。少时常与鲍叔牙游，鲍叔知其贤。管仲贫困，常欺鲍叔，鲍叔终善遇之，不以为言。已而鲍叔事齐公子小白，管仲事公子纠。及小白立，为桓公，公子纠死，管仲囚焉。鲍叔遂进管仲。管仲既用，任政于齐。齐桓公以霸，九合诸侯，一匡天下，管仲之谋也。……天下不多管仲之贤，而多鲍叔能知人也。"

〔五〕 有舜而后知放四凶：《尚书·舜典》："流共工于幽洲，放驩兜于崇山，窜三苗于三危，殛鲧于羽山，四罪而天下咸服（天下皆服舜用刑当其罪）。"

〔六〕有仲尼而后知去少正卯：《孔子家语·始诛》："孔子为鲁司寇，摄行相事……朝政七日而诛乱政大夫少正卯，戮之于两观之下，尸于朝三日。"

〔七〕"仲之疾也"至"不可近而已"：《史记·齐太公世家》："管仲病，桓公问曰：'群臣谁可相者？'管仲曰：'知臣莫如君。'公曰：'易牙如何？'对曰：'杀子以适君，非人情，不可。'公曰：'开方如何？'对曰：'倍（背）亲以适君，非人情，难近。'公曰：'竖刁如何？'对曰：'自宫以适君，非人情，难亲。'"

〔八〕弹冠相庆：《汉书·王吉传》："吉与贡禹为友，世称'王阳在位，贡公弹冠'，言其取舍同也。"王吉字子阳，故称王阳。

〔九〕絷：拴住。《诗·小雅·白驹》："絷之维之。"

〔一〇〕五霸莫盛于桓、文：霸，又作"五伯"，指齐桓公、宋襄公、晋文公、秦穆公、楚庄公（一说指齐桓、晋文、楚庄、吴王阖闾、越王勾践）。《孟子·告子下》："五霸，桓公为盛。"

〔一一〕其臣又皆不及仲：指佐晋文公的狐偃、赵衰、先轸等人皆不及管仲。

〔一二〕灵公之虐不如孝公之宽厚：灵公指晋灵公，文公之孙，襄公之子。《史记·晋世家》："灵公壮，侈，厚敛以雕（画）墙，从台上弹人，观其避丸也。宰夫胹（煮）熊蹯（熊掌）不熟，灵公怒，杀宰夫。"孝公指齐孝公，齐桓公子。孝公宽厚事，史载不详。《左传·僖公二十六年》载，齐孝公伐鲁北鄙，问"鲁人恐乎"？展喜回答说，桓公纠合诸侯，匡救王室，及君即位，诸侯望其"率桓之功"，"恃此以不恐"。孝公于是还师。此可为宽厚之一例。

〔一三〕"文公死"四句：据《史记·晋世家》载。文公九年（前628）冬文公死后，襄公曾"败秦师于殽"；灵公时，"赵盾为将，往击秦，败之令狐"；"成公与楚庄王争强"，"败楚师"；景公败齐师，齐"欲上尊晋景公为王"；厉公先后败秦楚，"晋由此威诸侯"；悼公率诸侯伐秦军，"大败秦军"；直至晋平公末年（前531），晋"政在私门"，始衰，入"季世"。袭，承。《史记·乐书》："三王异世，不相袭礼。"

〔一四〕"其君虽不肖"二句：谓晋文公死后，灵公、厉公等多不肖，而先后有赵盾、随会、韩厥、赵武、魏绛等为辅，故能维持霸业。老成人，阅历丰富，练达世事之人。《诗·大雅·荡》："虽无老成人，尚有典刑。"

〔一五〕"仲之书"至"不足信也"："仲之书"指《管子·内言》。"各疏其短"指《内言》如下一段话："鲍叔之为人，好直而不能以国诎；宾胥无之为人也，好善而不能以国诎；宁戚之为人，能事而不能以足息；孙在之为人，善言而不能以信默。"管仲独称隰朋，以为"朋之为人也，动必量力，举必量技"，但又喟然叹曰："天之生朋以为夷吾舌也，其身（自指）死，舌（指朋）焉得生哉！"所谓"逆知其将死"即指此。诞谩，荒诞。

〔一六〕"吾观史鳅以不能进"二句：据《孙子家语·困誓》，卫蘧伯玉贤，而卫灵公不用，弥子瑕不肖而用之。史鳅（史鱼）谏，不从。史鳅病将卒，命其子曰："是吾为臣不能正其君也。生而不能正其君，则死无以成礼。我死，汝置尸牖下，于我毕矣。"其子从之。灵公往吊，见而怪之，其子以父言告。灵公于是用蘧伯玉，退弥子瑕。

〔一七〕"萧何且死"二句：《史记·萧相国世家》载，萧何病，汉惠帝临视，问："君即百岁后，谁可代君者？"对曰："知臣莫如主。"惠帝问："曹参何如？"何顿首曰："帝得之矣，臣死不恨矣！"

附录

吕祖谦：老苏大率多是权书，惟此文句句的当。前亦可学，后不可到。此篇义理的当，抑扬反复及警策处多。（《古文关键》卷二）

谢枋得：议论精明而断制，文势圆活而婉曲，有抑扬，有顿挫，有擒纵。（《文章轨范》卷三）

丘濬：有许多笔法，许多光景，学者须熟读暗记，方尽其妙。（《三苏文范》卷一）

茅坤：通篇只罪管仲不能临殁荐贤，起起伏伏，光景不穷。（《苏文公文钞》卷六）

陆粲：韩非子言管仲荐隰朋，而桓公不能用，则仲亦不可深罪。（《三苏文范》卷一）

方应选：老泉诸论中，惟此论尽纯正开合抑扬之妙，责管最深切处，意在言外。（同上）

储欣：议论正而行阵甚坚。（《评注苏老泉集》卷三）

吴楚材、吴调侯：通篇总是责管仲不能临殁荐贤。起伏照应，开合抑扬。立论一层深一层，引证一段紧一段。似此卓识雄文，方能令古人心服。（《古文观止》卷十）

辨奸论[一]

苏 洵

事有必至，理有固然，惟天下之静者乃能见微而知著[二]。月晕而风，础润而雨，人人知之。人事之推移，理势之相因[三]，其疏阔而难知，变化而不可测者，孰与天地阴阳之事？而贤者有不知，其故何也？好恶乱其中，而利害夺其外也。

昔者山巨源见王衍曰："误天下苍生者，必此人也。"[四]郭汾阳见卢杞曰："此人得志，吾子孙无遗类矣。"[五]自今而言之，其理固有可见者。以吾观之，王衍之为人，容貌言语固有以欺世而盗名者。然不忮不求[六]，与物浮沉，使晋无惠帝，仅得中主，虽衍百千，何从而乱天下乎[七]？卢杞之奸固足以败国，然而不学无文，容貌不足以动人，言语不足以眩世，非德宗之鄙暗，亦何从而用之[八]？由是言之，二公之料二子，亦容有未必然也。

今有人口诵孔、老之言，身履夷、齐之行，收召好名之士，不得志之人，相与造作言语，私立名字，以为颜渊、孟轲复出[九]。而阴贼险狠，与人异趣，是王衍、卢杞合而为一人也，其祸岂可胜言哉？夫面垢不忘洗，衣垢不忘浣[一〇]，此人之至情也。今也不然，衣臣虏之衣，食犬彘之食，囚首丧面而谈诗书[一一]，此其情也哉？凡事之不近人情者，鲜不为大奸慝，竖刁、易牙、开方是也[一二]。以盖世之名，而济其未形之患，虽有愿治之主，好贤之相，犹将举而用之，则其为天下患，必然而无疑者，非特二子之比也。

孙子曰："善用兵者无赫赫之功。"[一三]使斯人而不用也，则吾言为过，而斯人有不遇之叹，孰知其祸至于此哉？不然，天下将被其祸，而吾获知言之名，悲夫！

（卷九）

注

〔一〕此文为刺王安石而作。第一段总论"见微而知著"的可能性，第二段引史以证其说，第三段不指名地指责王安石为"大奸慝"，必为"天下患"，末段盼其言不中以免天下"被其祸"。苏洵、王安石早在见面之前，其政治主张就很不同，而苏洵的友人如张方平、鲜于侁等皆不满王安石。嘉祐元年（1056）苏、王初见面时，即相互指责，互不交往；嘉祐三年（1058）苏、王各有上皇帝书一通，苏洵力主改革吏治，王安石力主变法；嘉祐六年（1061）苏轼兄弟应制科试，王安石对其应试文章"尤嫉之"，苏辙为商州军事推官，安石"不肯撰词"，苏、王矛盾进一步尖锐化；故嘉祐八年（1063），"（王）安石之母死，士大夫皆吊之，先生（苏洵）独不往，作《辨奸论》一篇"（张方平《文安先生墓表》）。关于此文的真伪和写作时间，学术界颇有分歧。宋、元、明三朝无人怀疑此文为苏洵所作。清人李绂、蔡上翔断言为邵伯温伪作，信者颇多。但从此文的写作背景。苏、王交恶的由来和发展，此文同苏洵其他文章的观点和用语的类似以及宋、明绝大多数版本的苏洵集皆收此文看，李、蔡之说是不可信的。苏洵对王安石的指责不够公正是事实，但说此文非苏洵作则不符合实际。关于此文的写作时间还有嘉祐元年说、嘉祐五年说两种。张方平与苏洵为同时代人，他首先推荐苏洵于朝，并与苏轼兄弟结为忘年之交，他的记载当是可信的。

〔二〕静者：默观静思的人。杜甫《寄张彪》："静者心多妙。"见微而知著：从微小的苗头就可看清明显的趋势和实质。班固等《白虎通义·情性节》："智者知也，独见前闻，不惑于事，见微而知著也。"

〔三〕相因：相互沿袭。《史记·酷吏列传》："杜周为廷尉，二千石系者，新故相因。"

〔四〕"昔者山巨源见王衍曰"三句：山巨源（205—283），名涛，西晋河内怀县（今河南武涉西）人，好老庄学说，与嵇康、阮籍等交游，为竹林七贤之一。仕魏至吏部员外郎，入晋任吏部尚书、尚书右仆射等职。因欲引嵇康仕晋，康遂与之绝交。事见《晋书·山涛传》。王衍（256—311），字夷甫，琅琊临沂（今属山东）人，尚清谈，历任中书令、尚书令、太尉等要职，后为石勒所杀。《晋书·王衍传》："（王衍）神情明秀，风姿详雅。总角尝造山涛，涛嗟叹良久，既去，目而送之曰：'何物老妪，生宁馨儿！然误天下苍生者，未必非此人也。'"

〔五〕"郭汾阳见卢杞曰"三句：郭汾，即郭子仪（697—781），华州郑县（今陕西华县）人。安史之乱时，任朔方节度使击败史思明；又任关内河东副元帅，配合回纥兵，收复长安、洛阳。以功升任中书令，进封汾阳郡王。代宗时，联合回纥兵平定仆固怀恩之乱。

事见《旧唐书·郭子仪传》。卢杞，字子良，唐大臣，滑州灵昌（今河南滑县西南）人，官至门下侍郎、同中书门下平章事，为人阴贼险狠，迫害忠良，大肆搜刮民财，怨声载道，后贬死于沣州。《旧唐书·卢杞传》："尚父（郭）子仪病，百官造问，皆不屏姬待。及闻杞至，子仪悉令屏去，独隐几以待之。杞去。家人问其故，子仪曰：'杞形陋而心险，左右见之必笑。若此人得权，即吾族无类矣。'"

〔六〕不忮不求：不嫉妒不贪求。《诗·邶风·雄雉》："不忮不求，何用不臧？"

〔七〕"使晋无惠帝"四句：晋惠帝司马衷（259—306），昏庸愚暗，听任贾后专权，酿成八王之乱，相传为东海王司马越毒死。事见《晋书·惠帝纪》。

〔八〕"非德宗之鄙暗"二句：唐德宗李适，初政清明而性猜忌，信用卢杞，因为乱阶，姚令犯京，朱泚僭号。事见《旧唐书·德宗纪》。又《旧唐书·卢杞传》："上曰：'众人论杞奸邪，朕何不知？'（李）勉曰：'卢杞奸邪，天下人皆知，唯陛下不知，此所以为奸邪也！'"

〔九〕"今有人口诵"至"孟轲复出"：老，指《老子》，孔，指六经、《论语》等。夷、齐，指伯夷、叔齐，商孤竹君之二子，因相互让位而逃至周。周武王灭纣，义不食周粟，饿死于首阳山。曾巩《再与欧阳舍人书》："巩之友有王安石者，文甚古，行称其文。……此人古今不常有。如今时所急，虽无常人千万，不害也；顾如安石，此不可失也。"陈襄《与两浙安抚陈舍人荐士书》："有舒州通判王安石者，才性贤明，笃于古学，文辞政事，已著闻于时。"程俱《麟台故事》载文彦博言："安石恬然自守，未易多得。"张方平《文安先生墓表》："嘉祐初，王安石名始盛，党友倾一时。……造作言语，至以为几于圣人。"

〔一〇〕浣：洗濯。《诗·周南·葛覃》："薄浣我衣。"

〔一一〕"衣臣虏之衣"三句：前一衣（yì）为动词，作穿解。《邵氏闻见录》："魏公知扬州，王荆公（王安石）初及第为签判，每读书至达旦，略假寐，日已高，急上府，多不及盥漱。"

〔一二〕竖刁、易牙、开方：皆齐桓公悻臣。见苏洵《管仲论》注〔三〕〔七〕。

〔一三〕"孙子曰"二句：《孙子·军形》："善战者之胜也，无智名，无勇功。"曹操注："敌兵形未成，胜之，无赫赫之功也。"

附录

方勺：温公在翰苑时，尝饭客，客去，独老苏少留，谓公曰："适坐有囚首丧面者何人？"公曰："王介甫也，文行之士。子不闻之乎？"洵曰："以某观之，此人异时必乱天下，使其得志立朝，虽聪明之主，亦将为其诳惑。内翰何为与之游

乎?"洵退，于是作《辨奸论》行于世。是时介甫方作馆职，而明允犹布衣也。（《泊宅编》卷上）

叶梦得：苏明允本好言兵，见元昊叛，西方用事久无功，天下事有当改作。因挟其所著书，嘉祐初来京师，一时推其文章。王刑公为知制诰，方谈经术，独不嘉之，屡诋于众。以故明允恶荆公甚于仇雠。会张安道亦为荆公所排，二人素相善，明允作《辨奸论》一篇密献安道，以荆公比王衍、卢杞，而不以示欧文忠。刑公后微闻之，因不乐子瞻兄弟，两家之隙遂不可解。《辨奸》久不出，元丰间子由从安道辟南京，请为《明允墓表》，特全载之。（《避暑录话》卷十）

舒芬：结处更发得有余不尽，令人一唱三叹。（《三苏文范》卷一）

王守仁：晏子一狐裘三十年，长孙道生一熊皮障泥数十年，盖贵而能俭。若渊明十年着一冠，则贫也。安有面垢不洗，衣垢不澣者乎? 故老苏曰："凡事之不近人情者，鲜不为大奸慝。"盖至论也。（同上）

李东阳：知介甫于未用者，苏明允。（同上）

茅坤：荆川尝读韩非子《八奸篇》，谓是一面照妖镜，余于老泉此论亦云。（《苏文公文钞》卷五）

袁宏道：开端三句言安石必乱天下，但静以观之自见。及安石用事，人服其先见云。引两人（王衍、卢杞）比安石无丝毫走作。安石乃王衍、卢杞合而为一人，当时人不能识亦不能道（《三苏文范》卷一）

储欣：不近人情四字，遂为道学正传。其不近人情愈甚，则其为道学愈大矣。余读《论语》《家语》诸书，夫子生平无一不近人情之事，无一不近人情之言。而后之号为颜、孟复出，且驾颜、孟而上之者，若此何也?（《评注苏老泉集》卷三）

吴楚材、吴调侯：介甫名始盛时，老苏作《辨奸论》，讥其不近人情。厥后新法烦苛，流毒寰宇。见微知著，可为千古观人之法。（《古文观止》卷十）

谏　论　上〔一〕

苏　洵

古今论谏，常与讽而少直，其说盖出于仲尼〔二〕。吾以为讽、直一也，顾用之之术何如耳〔三〕。伍举进隐语，楚王淫益甚〔四〕；茅焦解衣危论，秦帝立悟〔五〕。讽固不可尽与，直亦未易少之。吾故曰：顾用之之术何如耳。

然则仲尼之说非乎？曰：仲尼之说，纯乎经者也；吾之说，参乎权而归乎经者也〔六〕。如得其术，则人君有少不为桀、纣者〔七〕，吾百谏而百不听矣，况虚己者乎？不得其术，则人君有少不若尧、舜者，吾百谏而百不听矣，况逆忠者乎？

然则奚术而可？曰：机智勇辩，如古游说之士而已。夫游说之士，以机智勇辩济其诈，吾欲谏者以机智勇辩济其忠。请备论其效：周衰，游说炽于列国，自是世有其人。吾独怪乎谏而从者百一，说而从者十九；谏而死者皆是，说而死者未尝闻。然而牴触忌讳，说或甚于谏。由是知不必乎讽，而必乎术也。

说之术可为谏法者五：理谕之，势禁之，利诱之，激怒之，隐讽之之谓也。

触龙以赵后爱女贤于爱子，未旋踵而长安君出质〔八〕；甘罗以杜邮之死诘张唐，而相燕之行有日〔九〕；赵卒以两贤王之意语燕，而立归武臣〔一〇〕：此理而谕之也。

子贡以内忧教田常，而齐不得伐〔一一〕；鲁武公以麋虎胁顷襄，而楚不敢图〔一二〕；周鲁连以烹醢惧垣衍，而魏不果帝秦〔一三〕：此势而禁之也。

田生以万户侯启张卿，而刘泽封〔一四〕；朱建以富贵饵闳孺，而辟阳赦〔一五〕；邹阳以爱幸悦长君，而梁王释〔一六〕：此利而诱之也。

苏秦以牛后羞韩，而惠王按剑太息〔一七〕；范雎以无王耻秦，而昭王长跪请教〔一八〕；郦生以助秦凌汉，而沛公辍洗听计〔一九〕：此激而怒之也。

苏代以土偶笑田文〔二〇〕，楚人以弓缴感襄王〔二一〕，蒯通以娶妇悟齐相〔二二〕：此隐而讽之也。

五者，相倾险诐之论〔二三〕。虽然，施之忠臣，足以成功。何则？理而谕之，主虽昏必悟；势而禁之，主虽骄必惧；利而诱之，主虽怠必奋；激而怒之，主虽懦必立；隐而讽之，主虽暴必容。悟则明，惧则恭，奋则勤，立则勇，容则宽。致君之道尽于此矣。吾观昔之臣言必从，理必济，莫如唐魏郑公〔二四〕。其初实学纵横之说，此所谓得其术者欤！

嗟，龙逢、比干不获称良臣〔二五〕，无苏秦、张仪之术也；苏秦、张仪不免为游说〔二六〕，无龙逢、比干之心也。是以龙逢、比干，吾取其心，不取其术；苏秦、张仪，吾取其术，不取其心：以为谏法。

（卷九）

注

〔一〕《谏论》分上、下两篇，写作时间不详。下篇说："夫臣能谏，不能使君必纳谏，非真能谏之臣；君能纳谏，不能使臣必谏，非真能纳谏之君。"《谏论》上篇论臣"使君必纳谏"之术，下篇论君"使臣必谏"之术。本文力主以游说之术（理喻、势禁、利诱、激怒、隐讽）谏君，既要有忠君敢谏之心，更要有善谏之术。唐顺之说："老泉《谏论上》，可称千古绝调，道有道术，仁有仁术，术字善看亦无病。"（《三苏文范》卷一）

〔二〕"古今论谏"三句：与，赞许。少，轻视。《孔子家语·辨政》载孔子语："忠臣之谏君，有五义焉：一曰谲谏，二曰戆谏，三曰降谏，四曰直谏，五曰讽谏，唯度主以行之。吾从其讽谏乎？"王肃注："讽谏依违，远罪避害者也。"

〔三〕顾：看。《史记·儒林列传》："为治者不在多言，顾力行如何耳。"

〔四〕"伍举进隐语"二句：《史记·楚世家》："庄王即位三年，不出号令，日夜为乐，令国中曰：'有敢谏者无赦。'伍举入谏，庄王左抱郑姬，右抱赵女，坐钟鼓之间。伍举曰：'愿有进。'隐曰：'有鸟在于阜，三年不蜚不鸣，是何鸟也？'庄王曰：'三年不蜚，蜚将冲天。三年不鸣，鸣将惊人。举退矣，吾知之矣。'居数月，淫益甚。"

〔五〕"茅焦解衣危论"二句：危论，《后汉书·党锢传》："危言深论，不隐豪强。"危言谓不畏危难而直言。危论犹危言。秦始皇母幸郎嫪毐，生两子。事闻，始皇车裂毐，杀两弟，迁太后于萯阳宫，下令曰："敢以太后事谏者，戮而杀之。"齐客茅焦请谏，始皇大怒，按剑召之。茅焦曰："陛下车裂假父（毐），有嫉妒之心；囊扑两弟，有不慈之名；迁母萯阳宫，有不孝之行；从蒺藜于谏士，有桀、纣之治。今天下闻之尽瓦解，无向秦者。"乃解衣伏质（同锧，刑具）。始皇亟赦之，立焦为仲父，迎太后归咸阳。事见刘向《说苑》卷九《正谏》。

〔六〕"仲尼之说"四句：经与权是一对相对立的概念，经指至当不变之道：《书·大禹谟》："与其杀不辜，宁失不经。"注："经：常。"权指权变，《春秋公羊传·桓公十一年》："权者何？权者反于经，然后有善者也。"

〔七〕少：稍，略微。《战国策·赵策四》："太后之色少解。"

〔八〕"触龙以赵后爱女贤于爱子"二句：据《战国策·赵策四》，赵孝成王三年（前263）。秦伐赵，赵求救于齐。齐要以赵长安君为质，赵后不肯。左师触龙以请为其少子舒祺补吏事为借口，进见太后，为说太后爱女甚于爱子，并说："今媪尊长安君之位……而不及今令有功于国。一旦山陵崩，长安君何以自托于赵？"赵后悟，乃以长安君出为质使齐。

〔九〕"甘罗以杜邮之死诘张唐"二句：据《史记·樗里子甘茂列传》，甘罗年十二事秦相文信侯吕不韦。秦使张唐往相燕，唐不欲行。甘罗对张唐说："应侯欲攻赵，武安君难之，去咸阳七里而立死于杜邮。今文信侯自请卿相燕而不肯行，臣不知卿所死处矣。"张唐遂行。有日，行期已定。

〔一〇〕"赵卒以两贤王之意语燕"二句：据《史记·张耳陈余列传》："在秦末农民起义中，武臣自立为赵王，以陈余为大将军，张耳为右丞相，北略燕地。赵王为燕军所得，赵厮养卒走燕为说：'夫武臣、张耳、陈余杖马箠下赵数十城，此亦各欲南面而王，岂欲为卿相终已耶？夫臣与主岂可同日而道哉？顾其势初定，未敢参分而王，且以少长先立武臣为王，以持赵心。今赵地已服，此两人亦欲分赵而王，时未可耳。今君乃囚赵王。此两人名为求赵王，实欲燕杀之，此两人分赵自立。夫以一赵尚易（轻视）燕，况以两贤王左提右挈，而责杀王之罪，灭燕易矣。'燕将以为然，乃归赵王。"

〔一一〕"子贡以内忧教田常"二句：《史记·仲尼弟子列传》："田常欲作乱于齐，惮高、国、鲍、晏（高照子、国惠子、鲍牧、晏圉，皆齐国大臣），故移其兵欲以伐鲁。"子贡往说田常："臣闻之，忧在内者攻强，忧在外者攻弱。今君忧在内。吾闻君三封而三不成者，大臣有不听者也。今君破鲁以广齐，战胜以骄主，破国以尊臣，而君之功不与焉，则交日疏于主。……如此，则君之立于齐危矣。"田常遂停伐鲁。

〔一二〕"鲁武公以麋虎胁顷襄"二句：《史记·楚世家》载，楚顷襄王欲与齐、韩联合伐秦图周，周王赧使武公对楚相昭子说："好事之君，喜攻之臣，发号用兵，未尝不以周为始终，是何也？见祭器在焉，欲器之至而忘弑君之乱。今韩以器之在楚，臣恐天下以器雠楚也。臣请譬之：夫虎肉臊，其兵利身，人犹攻之也。若使泽中之麋蒙虎之皮，人之攻之必万于虎矣。"于是楚计不行。

〔一三〕"周鲁连以烹醢惧垣衍"二句：据《史记·鲁仲连邹阳列传》，秦兵围赵之邯郸，魏安釐王使客辛垣衍说赵尊秦昭王为帝以求罢兵。鲁仲连对辛垣衍说："昔者九侯、鄂侯、文王、纣之三公也。九侯有子而好，献之于纣，纣以为恶，醢（把人剁成肉酱的酷刑）

九侯。鄂侯争之强，辩之疾，故脯（制成干肉）鄂侯。文王闻之，喟然而叹，故拘之羑里之库百日，欲令之死。曷为与人俱称王，卒就脯醢之地？"魏于是不敢复言帝秦。

〔一四〕"田生以万户侯启张卿"二句：《汉书·荆燕吴传》载，刘邦从父兄弟刘泽初封营陵侯，尝以金结田生。田生对吕后所幸谒者张卿说："太后欲立吕产为吕王……恐大臣不听。今卿最幸，大臣所敬，何不讽大臣以闻太后，太后必喜。诸吕以王，万户侯亦卿之有。"吕产为王后，田生又对张卿说："吕产王也，诸大臣未大服。今营陵侯泽，诸刘长。……今卿言太后裂十余县王之，彼得王喜，于诸吕王益固矣。"张卿言于吕后，遂立刘泽为琅琊王。

〔一五〕"朱建以富贵饵闳孺"二句：据《汉书·朱建传》载，辟阳侯审食其下狱，朱建对惠帝幸臣闳籍孺（《佞倖传》作闳孺）说："今辟阳侯幸太后而下吏，道路皆言君谗，欲杀之。今日辟阳侯诛，且日太后含怒，亦诛君。君何不肉袒为辟阳侯言帝？帝听君出辟阳侯，太后大欢。两主俱幸君，君富贵益倍矣。"闳孺从其计，惠帝果赦辟阳侯。

〔一六〕"邹阳以爱幸悦长君"二句：《汉书·邹阳传》载，梁孝王令人刺爰盎事发，邹阳至长安对王美人兄长君说："窃闻长君弟得幸后宫，天下无有，而长君行迹多不循道理者。今爰盎事即穷竟，梁王恐诛，如此，则太后怫郁泣血，无所发怒，切齿侧目于贵臣矣。臣恐长君危于累卵，窃为足下忧之。"长君从邹阳之计，以亲亲之道说天子，事果得不治。

〔一七〕"苏秦以牛后羞韩"二句：《史记·苏秦列传》：苏秦对韩王说："臣闻鄙谚曰：'宁为鸡口，无为牛后。'今西面交臂而臣事秦，何异于牛后乎？夫以大王之贤，挟强韩之兵，而有牛后之名，臣窃为大王羞之。"韩王勃然作色，攘臂瞋目，按剑仰天太息，说："寡人虽不肖，必不能事秦。"张守节《正义》："鸡口虽小，犹进食；牛后虽大，乃出粪也。"故有"宁为鸡口，无为牛后"之语。

〔一八〕"范雎以无王耻秦"二句：《史记·范雎蔡泽列传》载，范雎初入秦，时宣太后擅权，宠用其弟穰侯。雎欲激怒秦昭王，故意对宦者说："秦安得王？秦独有（宣）太后、穰侯耳。"昭王闻言，屏左右，三次跪而请教，雎乃进言。

〔一九〕"郦生以助秦凌汉"二句：《史记·郦生陆贾列传》载，郦生谒刘邦（沛公），刘邦方倨床使两女子洗足，郦生说："足下欲助秦攻诸侯乎？且欲率诸侯破秦也？……必聚徒合义兵诛无道秦，不宜倨见长者。"于是刘邦辍洗，起摄衣，延郦生上坐。

〔二〇〕苏代以土偶笑田文：苏代，苏秦之弟。田文，即孟尝君。《史记·孟尝君列传》载，孟尝君将入秦，宾客谏阻，不听。苏代对孟尝君说："今旦代从外来，见木禺（偶）人与土禺人相与语。木禺人曰：'天雨，子将败矣。'土禺人曰：'我生于土，败则归土。今天雨，流子而行，未知止息也。'今秦，虎狼之国也，而君欲往，如有不得还，君得无为土禺人所笑乎？"孟尝君乃止。

〔二一〕楚人以弓缴感襄王：《史记·楚世家》载，楚有好射者，楚顷襄王闻，召而问之。楚人以为"小矢之发也，何足为大王道也？"并说"先王为秦所欺而客死于外，怨莫大焉"，要顷襄王射秦这一"大鸟"。于是顷襄王遣使于诸侯，复为纵，欲以伐秦。

〔二二〕蒯通以娶妇悟齐相：齐相指齐悼惠王相曹参。齐有处士东郭先生、梁石君，蒯通向曹参推荐二人说："妇人有夫死三日而嫁者，有幽居守寡不出门者。足下即欲求妇，何取？"参曰："取不嫁者。"蒯通说："然则求臣亦犹是也。彼东郭先生、梁石君，齐之俊士也，隐居不嫁，未尝卑节下意以求仕也。愿足下使人礼之。"曹参皆以为上宾。事见《汉书·蒯通传》。

〔二三〕相倾险诐之论：相互倾轧、狠毒（险）不正（诐）的言论。《荀子·成相》："谗人罔极，险陂（诐）倾侧此之疑。"

〔二四〕魏郑公：《旧唐书·魏徵传》："魏徵，字玄成，钜鹿曲城人也。……征少孤贫，落拓有大志，不事生业，出家为道士，好读书，多所通涉。见天下渐乱，尤属意纵横之说。"隋末参加瓦冈起义军，入唐，为太宗所重用，以直言敢谏著称。封郑国公。

〔二五〕龙逢、比干不获称良臣：据《帝王世纪》，诸侯叛桀，关龙逢引《皇图》谏桀，桀怒，焚《皇图》，杀龙逢，又据《史记·殷本纪》，纣淫乱不止，比干强谏，纣怒曰："吾闻圣人心有七窍。"遂剖比干，观其心。《旧唐书·魏徵传》："徵再拜曰：'愿陛下使臣为良臣，勿使臣为忠臣。'帝曰：'忠、良有异乎？'征曰：'良臣，稷、契、咎陶是也。忠臣，龙逢、比干是也。良臣使身获美名，君受显号，子孙传世，福禄无疆。忠臣身受诛夷，君陷大恶，家国并丧，空有其名。以此而言，相去远矣。'"

〔二六〕苏秦、张仪：皆战国时纵横家。苏秦字季子，初说秦惠王吞并天下不用，遂游说六国合纵抗秦，为合纵之长，佩六国相印。后在齐国车裂而死。张仪初与苏秦俱事鬼谷子，后入秦为相，行连衡之策，破坏六国合纵抗秦。后死于魏。

附录

邹守益：此篇议论精明，文势圆活，引喻典实，如老吏断狱，一字不可增减。后生熟此，下笔自惊世骇俗矣。（《三苏文范》卷一）

钱丰寰：议论的确，笔力精研，而疏越之气未尝不存，真国手也。（同上）

吕雅山：老泉习纵横家，故以纵横之术矫孔子之论，然其说亦不可废。（同上）

明刻《三苏文粹》卷三：此文平铺直叙，最尽事情。与《春秋论》别是一格。故知文之奇正，惟耳所用耳。

茅坤：贤君不时有，忠臣不时得，故作《谏论》。千古绝调。荆川（唐顺之）谓此等文字摹荀卿，良是。（《苏文公文钞》卷五）

储欣：上篇标一术字，下篇标一势字，是两篇关键处。（《评注苏老泉集》卷三）

苏轼

省试刑赏忠厚之至论[一]

苏 轼

尧、舜、禹、汤、文、武、成、康之际[二]，何其爱民之深，忧民之切，而待天下之以君子长者之道也。有一善，从而赏之，又从而咏歌嗟叹之，所以乐其始而勉其终。有一不善，从而罚之，又从而哀矜惩创之[三]，所以弃其旧而开其新。故其吁俞之声[四]，欢休惨戚[五]，见于《虞》《夏》《商》《周》之书[六]。

成、康既没，穆王立，而周道始衰[七]。然犹命其臣吕侯，而告之以祥刑[八]。其言忧而不伤，威而不怒，慈爱而能断，恻然有哀怜无辜之心，故孔子犹取焉[九]。《传》曰："赏疑从与"，所以广恩也；"罚疑从去"，所以慎刑也[一〇]。

当尧之时，皋陶为士[一一]。将杀人，皋陶曰："杀之!"三。尧曰："宥之!"三[一二]。故天下畏皋陶执法之坚，而乐尧用刑之宽。四岳曰："鲧可用!"尧曰："不可! 鲧方命圮族。"既而曰："试之!"[一三]何尧之不听皋陶之杀人，而从四岳之用鲧也? 然则圣人之意，盖亦可见矣。《书》曰："罪疑惟轻，功疑惟重。与其杀不辜，宁失不经。"[一四]呜呼! 尽之矣!

可以赏，可以无赏，赏之过乎仁。可以罚，可以无罚，罚之过乎义[一五]。过乎仁，不失为君子；过乎义，则流而入于忍人[一六]。故仁可过也，义不可过也。古者赏不以爵禄，刑不以刀锯。赏以爵禄，是赏之道行于爵禄之所加[一七]，而不行于爵禄之所不加也。刑之以刀锯，是刑之威施于刀锯之所及，而不施于刀锯之所不及也。先王知天下之善不胜赏，而爵禄不足以劝也[一八]；知天下之恶不胜刑，而刀锯不足以裁也[一九]。是故疑则举而归之于仁，以君子长者之道待天下，使天下相率而归于君子长者之道，故曰：忠厚之至也!

《诗》曰："君子如祉，乱庶遄已。君子如怒，乱庶遄沮。"[二〇]夫君子之已乱[二一]，岂有异术哉？制其喜怒[二二]，而不失乎仁而已矣！《春秋》之义，立法贵严而责人贵宽。因其褒贬之义以制赏罚，亦忠厚之至也。

（《苏轼文集》卷二，下只注卷次）

注 ─────────────────────────────────

〔一〕嘉祐二年（1057）应礼部考试试文。宋代各州县贡士到京，由尚书省的礼部主持考试，故称省试。《宋史·苏轼传》："嘉祐二年，试礼部。方时文磔裂诡异之弊胜，主司欧阳修思有以救之，得轼《刑赏忠厚论》，惊喜，欲擢冠多士，犹疑其客曾巩所为，但置第二；复以《春秋》对义居第一（即回答关于《春秋》一书的问题获第一），殿试中乙科。后以书见修，修语梅圣俞（尧臣）曰：'吾当避此人出一头地。'"该文初步阐明了苏轼一生所遵循的以仁政治国，即"以君子长者之道待天下，使天下相率而归于君子长者之道"的思想，具体表现就是要赏罚分明，"立法贵严而责人贵宽"，"罪疑惟轻，功疑惟重"，"与其杀不辜，宁失不经"，这样才堪称"忠厚之至"，与欧阳修等人的政治主张一致。另一方面，宋初文坛深受"五代文弊"的影响，"风俗靡靡，日以涂地"；朝廷虽正致力于矫正"五代文弊"，"罢去浮巧轻媚丛错采绣之文"，而恢复两汉三代的朴实文风，但"余风未殄，新弊复作"，"求深者或至于迂，务奇者怪僻而不可读"（均见苏轼《谢欧阳内翰书》），在这种情况下，苏轼这篇"有孟轲之风"（梅尧臣语）的质朴文章，自然大受正在倡导古文革新的欧、梅二人的称赏和奖拔。

〔二〕尧、舜、禹、汤、文、武、成、康之际：谓从唐尧、虞舜，经夏（禹）、商（汤），到西周前期。际，彼此间。

〔三〕惩创：惩戒、警戒。《尚书·益稷》："予创若时。"孔安国传云："创，惩也。"

〔四〕吁俞：吁，表示不同意的叹声。《尚书·尧典》："帝曰：'吁！咈哉！'"俞，应允之声。同上书："帝曰：'俞！'"

〔五〕欢休惨戚：欢乐和悲哀。休，喜乐。戚，忧愁、悲伤。《诗·小雅·小明》："自诒伊戚。"

〔六〕《虞》《夏》《商》《周》之书：指《尚书》。《尚书》由此四部分组成。

〔七〕"成、康既没"三句：《史记·周本纪》："（周）康王卒……立昭王子满，是为穆王。穆王即位，春秋已五十年矣，王道衰微。"没，同"殁"。

〔八〕"然犹命其臣吕侯"二句：吕侯，即甫侯，周穆王时司寇（相）。《史记·周本纪》："诸侯有不睦者，甫侯言于王，作修刑辟。"王曰："吁，来！有国有土，告汝祥刑。"《集解》引《尚书》孔安国传云："告汝善用刑之道也。"一说《尚书·吕刑》篇（有关刑罚的文告）即因吕侯之请而颁。

〔九〕"其言忧而不伤"至"故孔子犹取焉"：这是周穆王对吕侯说的关于"祥刑"的一段话（见《尚书·吕刑》）的评价。取，取法，采择。"孔子犹取焉"指孔子删定六经时录入《尚书》。

〔一○〕"《传》曰"至"所以慎刑也"：传，解说经义的文字。语出《尚书·大禹谟》："罪疑惟轻，功疑惟重。"孔安国传云："刑疑附轻，赏疑从重，忠厚之至。"意谓加罪之刑有怀疑当从轻处置，庆功之赏有怀疑当从重奖励，这样才是忠厚之至。与，给与。去，舍去。慎刑，审慎用刑。

〔一一〕皋陶：一作咎繇，被帝舜（作者误为尧）任为士，即掌管刑罚的狱吏。《尚书·舜典》："帝曰：'皋陶……汝作士，五刑有服。'"

〔一二〕杨万里《诚斋诗话》载欧阳修问苏轼："'皋陶曰：杀之三，尧曰宥之，三，此见何书？'坡曰：'事在《三国志·孔融传》注。'欧退而阅之无有。他日再问坡，坡云：'曹操灭袁绍，以袁熙妻赐其子丕，孔融曰：昔武王伐纣，以妲己赐周公。操惊问何经见？融曰：以今日之事观之，意其如此。尧、皋陶之事，某亦意其如此。'欧退而大惊曰：'此人可谓善读书，善用事，他日文章必独步天下。'"三，三次。宥，宽宥，赦罪。

〔一三〕"四岳曰"至"试之"：《尚书·尧典》："帝曰：'咨四岳，汤汤洪水方割（害），荡荡怀山襄陵，浩浩滔天。下民其咨（咨嗟忧愁），有能俾乂（使治）？'（四岳）佥（皆）曰：'於，鲧哉！'帝曰：'吁，咈（狠戾）哉，方命圮族。'"四岳，相传为尧舜时的四方部落首领。一说为四人，即羲和的四个儿子（皆为尧臣），分管四方诸侯。一说为官名。鲧，相传为帝禹之父，受四岳推举，奉尧命治水，九年未成而被舜处死。一说他与禹同为治水有功的人。方命，亦作"放命"，违命。圮族，残害同族。

〔一四〕"罪疑惟轻"四句：见《尚书·大禹谟》。参本文注〔一○〕。经，常规、常道。

〔一五〕义：《释名·释言语》："义，宜也，裁制事物使合宜也。"仁与义，常作反义词。《说文·我部》段注引董子曰："仁者人也，义者我（義）也。仁必及人，义必由中断制也。""过乎义"与前"过乎仁"对举，亦为反义。

〔一六〕忍人：残忍的人。

〔一七〕加：施及。《左传·哀公十五年》："吴人加敝邑以乱。"

〔一八〕劝：提倡，勉励。《史记·循吏列传》："秋冬则劝民山采。"

〔一九〕裁：制裁。

〔二○〕"君子如祉"四句：语见《诗·小雅·巧言》，此处颠倒了句序。《毛传》："祉，福（喜）也。""遄，疾。沮，止也。"《郑笺》："福者，福贤者，谓爵禄之也如此，则乱亦庶几（或许）可疾止也。"意谓如果君子喜纳贤人，怒斥小人，那就可望消除祸乱了。

〔二一〕已乱：消除祸乱。已，停止。

〔二二〕制：控制。

附录

罗大经：庄子之文，以无为有，东坡平生极熟此书，故其为文驾空行危，惟意所到。其论刑赏也，曰"杀之，三"等议论，读者皆知其所欲出，推者莫知其所自来，将无作有，是古今议论之杰然者。（《三苏文范》卷五）

钱文登：东坡尝言："凡文章少小时须令气象峥嵘采绚。渐老渐熟，乃造平淡。不是平淡，乃绚烂之极。"观东坡此论，是何等气象，何等采色！初学读之，下笔自滂沛无窒塞之病。（同上）

茅坤：东坡试论文安，悠扬宛宕，于今场屋中极利者也。（《苏文忠公文钞》卷十七）

唐顺之：此文一意翻作数段。（同上）

沈德潜：以"罪疑惟轻，功疑惟重"二语作主，文势如川云岭月，其出不穷。以长公之高才，欧文忠之巨眼，而闱中遇合之文，圆熟流美如是，宜后世墨卷不矜高格也。为之三叹。（《唐宋八大家文读本》卷二十引）

储欣：风气将开，拔此大才，以奏扫荡廓清之烈，欧阳公力也。（《东坡先生全集录》卷一）

张伯行：东坡自谓文如行云流水，即应试论可见，学者读之，用笔自然圆畅。中间"赏不以爵禄，刑不以刀锯"一段，议论极有至理。（《唐宋八大家文钞》卷八）

吴楚材、吴调侯：此长公应试文也。只就本旨，从"疑"上全写其忠厚之至。每段述事，而断以婉言警语。天才灿然，自不可及。（《古文观止》卷十）

上梅直讲书〔一〕

苏 轼

　　某官执事〔二〕：轼每读《诗》至《鸱鸮》〔三〕，读《书》至《君奭》〔四〕，尝窃悲周公之不遇。及观《史》，见孔子厄于陈、蔡之间，而弦歌之声不绝〔五〕。颜渊、仲由之徒〔六〕，相与问答。夫子曰："'匪兕匪虎，率彼旷野'〔七〕，吾道非耶？吾何为于此？"颜渊曰："夫子之道至大，故天下莫能容；虽然，不容何病〔八〕？不容然后见君子。"夫子油然而笑曰〔九〕："回！使尔多财，吾为尔宰。"〔一〇〕夫天下虽不能容，而其徒自足以相乐如此。乃今知周公之富贵，有不如夫子之贫贱。夫以召公之贤，以管、蔡之亲〔一一〕，而不知其心，则周公谁与乐其富贵？而夫子之所与共贫贱者，皆天下之贤才，则亦足与乐乎此矣！

　　轼七、八岁时，始知读书〔一二〕。闻今天下有欧阳公者〔一三〕，其为人如古孟轲、韩愈之徒；而又有梅公者，从之游，而与之上下其议论〔一四〕。其后益壮，始能读其文词，想见其为人，意其飘然脱去世俗之乐而自乐其乐也〔一五〕。方学为对偶声律之文〔一六〕，求斗升之禄〔一七〕，自度无以进见于诸公之间〔一八〕。来京师逾年〔一九〕，未尝窥其门〔二〇〕。今年春〔二一〕，天下之士，群至于礼部〔二二〕，执事与欧阳公实亲试之〔二三〕。诚不自意，获在第二〔二四〕。既而闻之人，执事爱其文，以为有孟轲之风。而欧阳公亦以其能不为世俗之文也而取焉。是以在此，非左右为之先容〔二五〕，非亲旧为之请属〔二六〕，而向之十余年间闻其名而不得见者，一朝为知己。退而思之，人不可以苟富贵〔二七〕，亦不可以徒贫贱〔二八〕，有大贤焉而为其徒，则亦足恃矣！苟其侥一时之幸，从车骑数十人，使闾巷小民聚观而赞叹之，亦何以易此乐也！

　　《传》曰："不怨天，不尤人"〔二九〕，盖"优哉游哉，可以卒岁"〔三〇〕。执事名满天下，而位不过五品，其容色温然而不怒，其文章宽厚敦朴而无怨言，此必有所乐乎斯道也。轼愿与闻焉！

（卷四十八）

注

〔一〕梅直讲，即梅尧臣（1002—1060），字圣俞，宋诗的开山祖师，与苏舜钦齐名，诗坛上并称"苏梅"，是北宋诗歌革新运动的推动者。因当时任国子监直讲，故称梅直讲。嘉祐二年（1057）正月苏轼参加礼部考试，梅尧臣为考官，负责编排评定等具体事务。他对苏轼的试文《刑赏忠厚之至论》十分赞赏，认为"有孟轲之风"，并向欧阳修推荐。此书即为苏轼中进士后写给梅尧臣的感谢信。全文洋溢着仕途得志和喜遇知己的快乐之情。

〔二〕某官执事：称梅尧臣。古人书信中常以"某官"代称对方官职。执事，见苏洵《上欧阳内翰第一书》注〔二〕。

〔三〕《鸱鸮》：《诗·幽风》中的一篇。《毛诗序》："《鸱鸮》，周公救乱也。成王未知周公之志，公乃为诗以遗王，名之曰《鸱鸮》焉。""救乱"指周公讨伐武庚、管权、蔡叔，周成王却怀疑周公另有图谋，所以周公托言鸱鸮表白自己。

〔四〕《君奭》：《尚书·周书》中的一篇。其《序》云："召公为保，周公为师，相成王为左右。召公不悦，周公作《君奭》。"召公名奭，周武工死后，他与周公共同辅佐成王。"不悦"指召公怀疑周公有篡夺王位的野心，于是周公作《君奭》为自己申辩。

〔五〕及观《史》"三句：《史》指《史记》。《史记·孔子世家》载，陈、蔡大夫为阻止楚国人聘孔子，"于是乃相与发徒役围孔子于野。不得行，绝粮。从者病，莫能兴。孔子讲诵弦歌不衰"。陈、蔡，皆周王朝诸侯国。陈，在今河南开封县以东，在今安徽亳县以北一带。蔡，在今河南上蔡县和新蔡县一带。

〔六〕颜渊、仲由：皆孔子弟子。颜渊，名回，字子渊。仲由，字子路。

〔七〕"匪兕匪虎"二句：语出《诗·小雅·何草不黄》。匪，同"非"。兕，犀牛。率，沿着，引申为奔忙。

〔八〕病：担忧。《左传·襄公二十四年》："范宣子为政，诸侯之币重，郑人病之。"

〔九〕油然：一作"犹然"，温和貌。

〔一〇〕宰：家臣。以上孔子与其弟子的对话，见《史记·孔子世家》，文字上略有删简。

〔一一〕管、蔡：管叔和蔡叔。管叔名鲜，蔡叔名度，都是周公的弟弟。他们曾说周公想篡夺王位。

〔一二〕"轼七、八岁时"二句：苏轼《记陈太初尸解事》："吾八岁入小学，以道士张易简为师。"

〔一三〕欧阳公：指欧阳修，见苏洵《上欧阳内翰第一书》注〔一〕。

〔一四〕上下：增减，此谓讨论，商榷。《周礼·秋官·司仪》："从其爵而上下之。"郑玄注："上下，犹丰杀也。"

〔一五〕意：同"臆"，猜测，猜想。

〔一六〕对偶声律之文：指诗、赋等讲究对仗、押韵的文体。当时科举考试要考诗赋。参《日喻》注〔一〕。

〔一七〕斗升之禄：指小官俸禄微薄。

〔一八〕度：揣测。

〔一九〕来京师逾年：苏轼于嘉祐元年五月随父到达京师（今河南开封），九月参加举人考试获中。第二年正月参加礼部考试，三月苏轼兄弟同科进士及第。"逾年"指过了嘉祐元年，非指周年。

〔二○〕窥其门：谓登门拜访。

〔二一〕今年春：即嘉祐二年正月。

〔二二〕礼部：掌管礼仪、祭享、贡举等职的官署，自北周至清末历代相沿。

〔二三〕执事与欧阳公实亲试之：欧阳修《归田录》："嘉祐二年，余与韩子华、王禹玉、范景仁、梅公仪知礼部贡举，辟梅圣俞为小试官，凡锁院五十日。"

〔二四〕获在第二：苏辙《东坡先生墓志铭》载欧阳修得苏轼文，"欲以冠多士，疑曾子固（巩）所为。子固，文忠（欧阳修）门下士也。乃置公第二"。榜首为章衡，见《宋史·章衡传》。

〔二五〕左右：指欧、梅二人身边的亲信。先容：先为推荐，疏通。

〔二六〕属：同"嘱"，嘱托，打招呼。

〔二七〕苟富贵：苟且于富贵，即为富贵而不循礼法，不走正道。

〔二八〕徒贫贱：徒然于贫贱，即因无所作为而处贫贱。

〔二九〕"不怨天"二句：语见《论语·宪问》。尤，责备。

〔三○〕"优哉游哉"二句：语出《左传·襄公二十一年》引《诗经·小雅·采菽》（今本《诗经》仅有前一句）。优哉游哉，悠闲自得貌。

附录

杨慎：此书叙士遇知己之乐，遂首援周公有蔡、管之流言，召公之不悦，乃不能相知，以形容其乐，而自比于圣门之徒。（《三苏文范》卷十三）

《三苏文范》卷十三眉批（疑袁宏道语）：通篇不脱一乐字贯串，意高词健。

茅坤：文潇洒而入思少吃紧。（《苏文忠公文钞》卷九）

金圣叹：空中忽然纵臆而谈，劣周公，优孔子，岂不大奇？文态如天际白云，飘然从风，自成卷舒。人固不知其胡为而然，云亦不自知其所以然。（《天下才子必读书》卷十四）

沈德潜：见富贵不足重，而师友以道相乐，乃人间之至乐也。周公、孔、颜，凭空发论；以下层次照应，空灵飘洒。东坡文之以韵胜者。（《唐宋八家文读本》卷二十三）

吴楚材、吴调侯：长公之推尊梅公，与阴自负意，亦极高矣。细看此文，是何等气象，何等采色！其议论真足破千古来俗肠。绝妙。（《古文观止》卷十一）

储欣：见道之言。（《东坡先生全集录》卷八）先将圣贤师友相乐立案，因说己遇知梅公之乐，且欲闻梅公之所以乐乎斯道者，最占地步，最有文情。（《唐宋八大家类选》卷九）

南行前集叙[一]

苏　轼

夫昔之为文者，非能为之为工，乃不能不为之为工也。山川之有云雾，草木之有华实[二]，充满勃郁而见于外[三]，夫虽欲无有，其可得耶？自少闻家君之论文[四]，以为古之圣人有所不能自已而作者。故轼与弟辙为文至多，而未尝敢有作文之意[五]。

己亥之岁[六]，侍行适楚[七]，舟中无事，博弈饮酒[八]，非所以为闺门之欢[九]。而山川之秀美，风俗之朴陋，贤人君子之遗迹，与凡耳目之所接者，杂然有触于中[一〇]，而发于咏叹。盖家君之作与弟辙之文皆在，凡一百篇，谓之《南行集》。将以识一时之事[一一]，为他日之所寻绎[一二]，且以为得于谈笑之间，而非勉强所为之文也。

时十二月八日江陵驿书[一三]。

（卷十）

注 ──

〔一〕嘉祐四年（1059）十月苏轼兄弟服母丧期满，沿江而下，随父入京，十二月抵江陵（今属湖北）。父子三人途中所作诗文汇为《南行集》，苏轼作叙。这篇叙文除发挥了苏洵文贵自然，反对为文而文的观点外（参苏洵《仲兄字文甫说》），还提出了"凡耳目之所接者，杂然有触于中，而发于咏叹"的见解。这句话揭示了文艺与现实的关系：文艺不是对现实的机械反映，而是现实触动作者的心弦而抒发出来的情感。离开"有触于中"，是谈不上文艺创作的。

〔二〕华：通"花"。

〔三〕勃郁：蕴积甚厚的样子。宋玉《风赋》："勃郁烦冤。"

〔四〕家君：指父亲苏洵。苏洵论文，参见《仲兄字文甫说》。

〔五〕作文：指为作文而作。

〔六〕己亥之岁：即嘉祐四年。

〔七〕侍行：侍父旅行。适楚：往楚（今湖北一带）。苏轼《上王兵部书》："自蜀至于楚，舟行六十日。"

〔八〕博弈：下棋。

〔九〕闺门之欢：这次是全家赴京，除苏洵之妻程氏已去世外，苏轼之妻王氏，苏辙之妻史氏皆同行。苏洵《初发嘉州》"托家舟航千里速"可证。

〔一〇〕中：心中。

〔一一〕识：记。

〔一二〕寻绎：寻思推求，此谓回忆玩味。谢惠连《雪赋》："王乃寻绎玩味。"

〔一三〕江陵驿：在今湖北江陵。

决壅蔽^{〔一〕}
苏 轼

所贵乎朝廷清明而天下治平者，何也？天下不诉而无冤，不谒而得其所欲〔二〕，此尧、舜之盛也。其次不能无诉，诉而必见察〔三〕；不能无谒，谒而必见省〔四〕；使远方之贱吏，不知朝廷之高；而一介之小民〔五〕，不识官府之难，而后天下治。

今夫一人之身，有一心两手而已。疾痛苛痒〔六〕，动于百体之中〔七〕，虽其甚微不足以为患，而手随至。夫手之至，岂其一一而听之心哉？心之所以素爱其身者深，而手之所以素听于心者熟，是故不待使令而卒然以自至〔八〕。圣人之治天下，亦如此而已。百官之众，四海之广，使其关节脉理，相通为一。叩之而必闻，触之而必应，夫是以天下可使为一身。天子之贵，士民之贱，可使相爱；忧患可使同，缓急可使救。

今也不然。天下有不幸而诉其冤，如诉之于天；有不得已而谒其所欲，如谒之于鬼神。公卿大臣不能究其详悉，而付之于胥吏〔九〕。故凡贿赂先至者，朝请而夕得；徒手而来者，终年而不获，至于故常之事〔一〇〕，人之所当得而无疑者，莫不务为留滞，以待请属〔一一〕。举天下一毫之事〔一二〕，非金钱无以行之。

昔者汉、唐之弊，患法不明，而用之不密，使吏得以空虚无据之法而绳天下〔一三〕，故小人以无法为奸。今也法令明具，而用之至密，举天下惟法之知。所欲排者，有小不如法，而可指以为瑕；所欲与者〔一四〕，虽有所乖戾〔一五〕，而可借法以为解〔一六〕，故小人以法为奸。今天下所为多事者，岂事之诚多耶？吏欲有所鬻而不得〔一七〕，则新故相仍〔一八〕，纷然而不决，此王化之所以壅遏而不行也〔一九〕。

昔桓、文之霸〔二〇〕，百官承职〔二一〕，不待教令而办；四方之宾至，不求有司〔二二〕。王猛之治秦，事至纤悉，莫不尽举，而人不以为烦。盖史之所记：麻思还冀州，请于猛。猛曰："速装，行矣；至暮而符下。"及出关，郡县皆已被符。其令行禁止，而无留事者，至于纤悉，莫不皆然〔二三〕。符坚以戎狄之种，至为霸王，兵强国富，垂及升平者，猛之所为，固宜其然也〔二四〕。

今天下治安，大吏奉法，不敢顾私；而府史之属〔二五〕，招权鬻法，长吏心知而不问〔二六〕，以为当然。此其弊有二而已：事繁而官不勤，故权在胥吏。欲去其弊也，莫如省事而厉精〔二七〕。省事，莫如任人；厉精，莫如自上率之。

今之所谓至繁，天下之事，关于其中〔二八〕，诉之者多而谒之者众，莫如中书与三司〔二九〕。天下之事，分于百官，而中书听其治要〔三〇〕；郡县之钱币，制于转运使〔三一〕，而三司受其会计〔三二〕，此宜若不至于繁多。然中书不待奏课以定其黜陟〔三三〕，而关预其事，则是不任有司也；三司之吏，推析赢虚〔三四〕，至于毫毛，以绳郡县〔二五〕，则是不任转运使也。故曰：省事，莫如任人。

古之圣王，爱日以求治〔三六〕，辨色而视朝〔三七〕。苟少安焉〔三八〕，而至于日出，则终日为之不给〔三九〕。以少而言之，一日而废一事，一月则可知也；一岁，则事之积者不可胜数矣。欲事之无繁，则必劳于始而逸于终，晨兴而晏罢〔四〇〕。天子未退，则宰相不敢归安于私第；宰相日昃而不退〔四一〕，则百官莫不震悚〔四二〕，尽力于王事，而不敢宴游。如此，则纤悉隐微莫不举矣。天子求治之勤，过于先王〔四三〕，而议者不称王季之晏朝〔四四〕，而称舜之无为〔四五〕；不论文王之日昃〔四六〕，而论始皇之量书〔四七〕：此何以率天下之怠耶？臣故曰：厉精，莫如自上率之，则壅蔽决矣。

（卷八）

注

〔一〕嘉祐六年（1060），苏轼参加才识兼茂制科考试（皇帝特别下诏举行的考试）。试前献《进策》《进论》各二十五篇。《进策》中的《微略》五篇总论当时形势"有治平之名而无治平之实"；《策别》十七篇主要是针对当时日趋尖锐的阶级矛盾和民族矛盾而提出的政治、经济、军事等方面的具体革新措施；《策断》三篇是为抗击辽和西夏而提出的战略策略。本文为《策别·课百官》中的第三篇。文章前半部分提出了国家清明治平的标准，分析了现状，淋漓尽致地抨击了宋王朝贿赂公行，以法为奸的腐败状况。后半部分分析了造成这种状况的原因，提出了去弊的措施。

〔二〕谒：进见请求。

〔三〕见察：被详审。

〔四〕见省：被了解。

〔五〕介：通"芥"，纤芥，喻微贱。

〔六〕疾痛苛痒：语出《礼记·内则》。苛，通"疴"，郑玄注："苛，疥也。"

〔七〕百体：指身体的各个器官。

〔八〕卒：通"猝"，忽，急。

〔九〕胥吏：官府中办理文书的小官。

〔一〇〕故常之事：习见而寻常的事，此指按规矩该办的事。

〔一一〕请属：请求、属（嘱）托，指求情行贿。

〔一二〕举：整个。

〔一三〕绳：约束。

〔一四〕与：荐举，与"排（斥）"相对。《礼记·礼运》："选贤与能。"

〔一五〕乖戾：违背。

〔一六〕解：开脱。

〔一七〕鬻：卖，即下文的"鬻法"。

〔一八〕新故相仍：谓新案旧案接连不断。

〔一九〕王化：王道教化，具体指官府政令。壅遏：堵塞。

〔二〇〕桓、文：指齐桓公和晋文公，皆春秋霸主。

〔二一〕承职：奉职，即履行职责。

〔二二〕有司：古代设官分职，各有专司，因称官吏为"有司"。

〔二三〕"王猛之治秦"至"莫不皆然"：王猛（325—375），字景略，北海剧（今山东寿光）人，十六国时前秦大臣，苻坚谋士，治国果断力行。《晋书·王猛传》："广平（今河北鸡泽县）麻思流寄关右（函谷关以西），因母亡归葬，请还冀州（指广平）。猛谓思曰：'便可速装（赶快整理行装），是暮已符卿发遣。'及始出关，郡县已被符（接到官府的文告）管摄。其令行禁止，事无留滞，皆此类也。"

〔二四〕"苻坚以戎狄之种"至"固宜其然也"：苻坚（338—385），字永固，十六国时前秦皇帝，公元357—385在位，任用王猛，统一了北方大部分地区和东晋的益州，在淝水之战中为晋所败。他是氐族，故云"戎狄之种"。《晋书·王猛传》："猛宰政公平，流放尸素，拔幽滞，显贤才，外修兵革，内案儒学，劝课农桑，教以廉耻，无罪而不刑，无才而不任，庶绩咸熙，百揆时叙。于是兵强国富，垂及升平，猛之力也。"垂及，几乎达到。垂，接近。

〔二五〕府史：在官府办事的小官吏。

〔二六〕长吏，即大吏，地位较高的官吏。《汉书·景帝纪》："吏六百石以上，皆长吏也。"颜师古注引张晏曰："长，大也，六百石位大夫。"

〔二七〕厉：通"励"。厉精：即励精图治。

〔二八〕关于其中：谓总揽天下大事。《后汉书·张衡传》："施关设机。"关，枢机，引申为管理。

〔二九〕中书：即中书省，又名政事堂，掌管进拟庶务、宣奉命令、兴创改革、除授职官等。三司：宋代中央财政机关。通管盐铁、度支、户部，故称"三司"。

〔三〇〕听其治要：了解处理治国的大政要务。

〔三一〕制：管制。转运使：见苏洵《审势》注〔二二〕。

〔三二〕会计：指财政的计算和出纳方面的事。

〔三三〕奏课：申奏考课，即下级官吏向中书省说明情况。定其黜陟：决定官员的升降。

〔三四〕推析赢虚：推算分析盈亏。

〔三五〕绳：衡量，纠正。

〔三六〕爱日：珍惜时间。《大戴礼记·小辨》："社稷之主爱日。"

〔三七〕辨色：指天刚亮。视朝：临朝听政。《礼记·玉藻》："朝，辨色始入。"

〔三八〕少：通"稍"。

〔三九〕不给：谓时间不充足。

〔四〇〕晨兴：早起。晏罢：晚退（朝）。

〔四一〕昃：日过正午。

〔四二〕震悚：惊惧，谓小心翼翼。

〔四三〕"天子求治之勤"二句：天子指宋仁宗。这是在恭维仁宗。

〔四四〕王季之晏朝：王季，名季历，周文王的父亲。据说他"日中不暇食而待士"（《史记·周本纪》）。

〔四五〕舜之无为：《论语·卫灵公》："子曰：'无为而治者，其舜也与！夫何为哉？恭己正南面而已矣。'"何晏《集解》："言任官得其人，故无为而治。"

〔四六〕文王之日昃：《尚书·无逸》："文王……自朝至于日中昃，不遑暇食。"又皇甫谧《帝王世纪》："文王晏朝不食，以延四方之士。"（《太平御览》卷八十四引）

〔四七〕始皇之量书：《史记·秦始皇本纪》谓秦始皇统一天下后，"天下之事无小大皆决于上，上至以衡（秤）石（一百二十斤）量书，日夜有呈（标准），不中呈，不得休息"。

附录

杨慎：文势累累相贯，如走盘之珠。（《三苏文范》卷九）

茅坤：省事、励精二者亦切中今日之情。（《苏文忠公文钞》卷二十）

唐顺之：前半言壅蔽之当决，后言所以决之之道。（同上）

储欣：是亦非托之空言者。（《东坡先生全集录》卷三）

教战守策〔一〕

苏 轼

夫当今生民之患，果安在哉？在于知安而不知危，能逸而不能劳。此其患不见于今，将见于他日。今不为之计，其后将有所不可救者。

昔者先王知兵之不可去也〔二〕，是故天下虽平，不敢忘战。秋冬之隙，致民田猎以讲武〔三〕。教之以进退坐作之方，使其耳目习于钟鼓、旌旗之间而不乱，使其心志安于斩刈、杀伐之际而不慑〔四〕。是以虽有盗贼之变，而民不至于惊溃。及至后世，用迂儒之议，以去兵为王者之盛节〔五〕；天下既定，则卷甲而藏之〔六〕。数十年之后，甲兵顿弊〔七〕，而人民日以安于佚乐，卒有盗贼之警〔八〕，则相与恐惧讹言，不战而走。开元、天宝之际，天下岂不大治？惟其民安于太平之乐，酣豢于游戏、酒食之间〔九〕，其刚心勇气，消耗钝眊〔一〇〕，痿蹶而不复振〔一一〕。是以区区之禄山一出而乘之〔一二〕，四方之民兽奔鸟窜，乞为囚虏之不暇〔一三〕，天下分裂〔一四〕；而唐室因以微矣〔一五〕。

盖尝试论之：天下之势譬如一身。王公贵人，所以养其身者，岂不至哉〔一六〕？而其平居常苦于多疾〔一七〕。至于农夫小民，终岁劳苦，而未尝告疾。此其故何也？夫风雨、霜露、寒暑之变，此疾之所由生也。农夫小民，盛夏力作，而穷冬暴露〔一八〕，其筋骸之所冲犯，肌肤之所浸渍，轻霜露而狃风雨〔一九〕，是故寒暑不能为之毒。今王公贵人，处于重屋之下〔二〇〕，出则乘舆，风则袭裘〔二一〕，雨则御盖〔二二〕。凡所以虑患之具，莫不备至。畏之太甚，而养之太过，小不如意，则寒暑入之矣。是故善养身者，使之能逸而能劳，步趋动作，使其四体狃于寒暑之变〔二三〕；然后可以刚健强力，涉险而不伤。夫民亦然。今者治平之日久，天下之人，骄惰脆弱，如妇人孺子，不出于闺门。论战斗之事，则缩颈而股栗；闻盗贼之名，则掩耳而不愿听。而士大夫亦未尝言兵，以为生事扰民，渐不可长〔二四〕。此不亦畏之太甚而养之太过欤〔二五〕！

且夫天下固有意外之患也。愚者见四方之无事，则以为变故无自而有，此亦不然矣。今国家所以奉西、北之虏者，岁以百万计〔二六〕。奉之者有限，而求之者无厌，此其势必至于战。战者，必然之势也。不先于我，则先于彼；不出于西，则出于北。所不可知者，有迟速远近，而要以不能免也。天下苟不免于用兵，而用之不以渐，使民于安乐无事之中，一旦出身而蹈死地〔二七〕，则其为患必有所不测。故曰：天下之民，知安而不知危，能逸而不能劳，此臣所谓大患也。

臣欲使士大夫尊尚武勇，讲习兵法；庶人之在官者〔二八〕，教以行阵之节；役民之司盗者〔二九〕，授以击刺之术。每岁终则聚之郡府，如古都试之法〔三〇〕，有胜负，有赏罚。而行之既久，则又以军法从事。然议者必以为无故而动民，又悚以军法，则民将不安。而臣以为此所以安民也。天下果未能去兵，则其一旦将以不教之民而驱之战。夫无故而动民，虽有小恐，然孰与夫一旦之危哉〔三一〕？

今天下屯聚之兵，骄豪而多怨，陵压百姓而邀其上者〔三二〕，何故？此其心以为天下之知战者，惟我而已。如使平民皆习于兵，彼知有所敌，则固已破其奸谋，而折其骄气。利害之际，岂不亦甚明欤！

（卷八）

注

〔一〕 这是二十五篇《进策》之一，《策别·安万民》中的第五篇。本文清醒地认识到当时严峻的现实，认为与辽和西夏的战争不可避免，明确指出"知安而不知危，能逸而不能劳"是当时的最大祸患，这是全文的中心论点。文章劈头立论，然后用正反两方面的史实论证，再用个人养生之道比喻说明国家防御之策，接着根据形势阐明战争的必然性，最后提出教民战守的具体方案。《三苏文范》卷九引唐文献语："坡翁此策，说破宋室膏肓之病，其后靖康之祸，如逆睹其事者，信乎有用之言也。至其文阔衍浩大，尤不可及。"

〔二〕先王：指古代帝王。兵：军事，军备。《孙子·计》："兵者，国之大事。"

〔三〕"秋冬之隙"二句：古时秋冬农闲时节，召集百姓打猎习武。《周礼·夏官·大司马》："中秋，教治兵，如振旅之陈。""中冬，教大阅。"

〔四〕"教之以进退坐作之方"三句：《周礼·夏官·大司马》："以教坐（跪下）作（起立）、进退、疾徐、疏数之节。"郑玄注云："习战法。"习于钟鼓、旌旗，即习于战事，古人打仗用旗鼓指挥。心志，精神和意志。刈，割，引申为杀。《大戴礼记·用兵》："及后世贪者之用兵也，以刈百姓。"

〔五〕去兵：解除军备。盛节：隆盛的时节。《汉书·倪宽传》："昭姓考瑞，帝王之盛节也。"

〔六〕甲：铠甲，泛指武备。

〔七〕兵：兵器。顿：通"钝"。

〔八〕卒：通"猝"，突然。警：警报。

〔九〕豢：安养。

〔一〇〕钝眊：动作迟钝，精力衰竭。眊，通"耄"，衰老。

〔一一〕痿蹶：萎弱，僵仆。

〔一二〕禄山：即安禄山（？—757），唐营州柳城（今辽宁朝阳南）胡人。玄宗时深得信任，兼任平卢、范阳、河东三节度使，有众十五万。天宝十四年（755）冬在范阳起兵叛乱，史称"安史之乱"，前后历时七年多。

〔一三〕"四方之民"二句：《资治通鉴》卷二百十七载，天宝十四年（755），"海内久承平，百姓累世不识兵革，猝闻范阳兵起，远近震骇。河北皆禄山统内，所过州县，望风瓦解。守令或开门出迎，或弃城窜匿，或为所擒戮，无敢拒之者"。

〔一四〕天下分裂：指唐肃宗（756—761在位）以后形成的藩镇割据的形势。

〔一五〕唐室因以微矣：安史之乱内战延续七八年之久，唐王朝从此趋向衰落。

〔一六〕至：到了极点。

〔一七〕平居：即平常，平日。

〔一八〕穷冬：隆冬。穷，极。

〔一九〕狎：亲近。

〔二〇〕重屋：重檐之屋，指大屋。《周礼·冬官·考工记·匠人》："殷人重屋。"一说为层叠之屋，犹今之楼。

〔二一〕袭：衣上加衣。《礼记·内则》："寒不敢袭。"

〔二二〕御盖：犹言撑伞。

〔二三〕狃于：习惯于。《左传·桓公十三年》："莫敖狃于蒲骚之役。"

〔二四〕渐：事物发展刚露出的端倪。如"防微杜渐"。

〔二五〕"盖尝试论之"一段：《苏长公合作》卷五引李九我云："此段以养生喻治国，明悉婉至，神流词旺，如叠嶂层峦，种种争丽。"

〔二六〕"今国家所以奉西、北之虏者"二句：西，指西夏；北，指辽国（契丹）。据《宋史纪事本末》卷二十一和卷三十载，真宗景德元年（1004）北宋与契丹订立澶渊之盟后，岁输契丹十万两银、二十万匹绢。仁宗庆历二年（1042），又岁增银、绢各十万两、匹。庆历四年岁输西夏银、绮、绢、茶二十五万五千。"百万"是就成数而言。

〔二七〕出身：投身。死地：指战场。

〔二八〕庶人之在官者：在官府供职的普通百姓。《孟子·万章下》："下士与庶人在官者同禄，禄足以代其耕也。"赵岐注："庶人之在官者，未命为士者也。"

〔二九〕役民之司盗者：负有缉捕盗贼任务的服兵役的平民。《文献通考·职役一》载宋制："耆长、弓手、壮丁以逐捕盗贼。"

〔三〇〕古都试之法：都试，汇聚在郡府所在地演习武事。《汉书·韩延寿传》："及都试讲武，设斧钺旌旗，习射御之事。"汉都试本于春秋时期的乡射礼（见《仪礼·乡射礼》）。

〔三一〕一旦之危：指上文"一旦将以不教之民而驱之战"的危险。

〔三二〕邀：要挟。

附录

宗臣：此篇文字绝好，词意之玲珑，神髓之融液，势态之蹁跹，各臻其妙。（《三苏文范》卷九）

王维桢：通篇是大文字，一笔写成，不加点窜。（同上）

李贽：北狩之事，公已看见，时不用公，可奈之何？（《苏长公合作》卷五）

陈继儒：见析悬镜，机沛涌泉。至于兵弱必亡，暗指宋家时事。而语语警策，可垂不朽之文。（同上）

茅坤：宋之嘉祐间，海内狃于晏安而耻言兵，故子瞻特发此论。（《苏文忠公文钞》卷二十二）

留侯论〔一〕

苏 轼

古之所谓豪杰之士者，必有过人之节〔二〕。人情有所不以能忍者，匹夫见辱〔三〕，拔剑而起，挺身而斗，此不足为勇也。天下有大勇者，卒然临之而不惊〔四〕，无故加之而不怒，此其所挟持者甚大〔五〕，而其志甚远也。

夫子房受书于圯上之老人也〔六〕，其事甚怪〔七〕，然亦安知其非秦之世有隐君子者出而试之？观其所以微见其意者〔八〕，皆圣贤相与警戒之义。而世不察，以为鬼物〔九〕，变已过矣。且其意不在书〔一〇〕。当韩之亡〔一一〕，秦之方盛也，以刀锯鼎镬待天下之士〔一二〕，其平居无罪夷灭者〔一三〕，不可胜数；虽有贲、育〔一四〕，无所复施。夫持法太急者，其锋不可犯，而其末可乘〔一五〕。子房不忍忿忿之心，以匹夫之力，而逞于一击之间〔一六〕。当此之时，子房之不死者，其间不能容发〔一七〕，盖亦已危矣！千金之子，不死于盗贼〔一八〕。何者？其身之可爱，而盗贼之不足以死也。子房以盖世之才，不为伊尹、太公之谋〔一九〕，而特出于荆轲、聂政之计〔二〇〕，以侥倖于不死，此固圯上之老人所为深惜者也。是故倨傲鲜腆而深折之〔二一〕，彼其能有所忍也，然后可以就大事，故曰："孺子可教也。"

楚庄王伐郑，郑伯肉袒牵羊以逆。庄王曰："其君能下人，必能信用其民矣。"遂舍之〔二二〕。勾践之困于会稽，而归臣妾于吴者，三年而不倦〔二三〕。且夫有报人之志，而不能下人者〔二四〕，是匹夫之刚也。夫老人者，以为子房才有余而忧其度量之不足，故深折其少年刚锐之气，使之忍小忿而就大谋。何则？非有平生之素〔二五〕，卒然相遇于草野之间，而命以仆妾之役，油然而不怪者，此固秦皇之所不能惊〔二六〕，而项籍之所不能怒也〔二七〕。

观夫高祖之所以胜〔二八〕，而项籍之所以败者，在能忍与不能忍之间而已矣。项籍唯不能忍，是以百战百胜，而轻用其锋；高祖忍之，养其全锋而待其弊，此子房教之也。当淮阴破齐而欲自王，高祖发怒，见于词色，由此观之，犹有刚强不忍之气，非子房其谁全之〔二九〕？

太史公疑子房以为魁梧奇伟，而其状貌乃是妇人女子，不称其志气〔三〇〕。呜呼，此其所以为子房欤！

（卷四）

注

〔一〕嘉祐六年（1061）苏轼应制科试所献二十五篇《进论》之一。留侯即张良，见苏洵《高祖》注〔三〕。文章首先区别了豪杰之勇和匹夫之勇，接着以留侯受书坯上以证之，又杂引郑伯肉袒、勾践臣吴、刘邦封韩信为佐证，最后以张良之貌不称其志气作结。全文征引史实若即若离，忽放忽收，舒卷自如，议论风生。"能忍不能忍是一篇主意。"（谢枋得《文章轨范》卷三）但应当指出，作者把刘、项成败仅仅归因于张良是否能"忍小忿而就大谋"，是有失偏颇的。

〔二〕节：气节，操守。

〔三〕匹夫：凡人。

〔四〕卒：通"猝"。

〔五〕挟持者：拥有的东西。此谓抱负。

〔六〕坯上：桥上。坯上老人指黄石公。张良受书事，见《史记·留侯世家》："良尝闲从容步游下邳（今江苏睢宁）坯上。有一老父，衣褐，至良所，直坠其履坯下。顾谓良曰：'孺子，下取履！'良鄂（愕），欲殴之；为其老，强忍，下取履。父曰：'履我！'良业为取履，因长跪履之。父足以受，笑而去。良殊大惊，随目之。父去里所，复还，曰：'孺子可教矣！后五日平明，与我会此。'良因怪之，跪曰：'诺。'五日平明，良往，父已先在，怒曰：'与老人期，后，何也？'去，曰：'后五日早会。'五日鸡鸣，良往。父又先在，复怒曰：'后，何也？'去，曰：'后五日复早来。'五日，良夜未半往。有顷，父亦来。喜曰：'当如是。'出一编书，曰：'读此则为王者师矣。'"

〔七〕其事甚怪：《史记·留侯世家》记坯上老人对张良说："（后）十三年孺子见我济北，穀城山下黄石即我矣。"司马迁云："学者多言无鬼神，然言有物（精怪）。至如留侯所见老父予书，亦可怪也。"以下苏轼把这件人们"以为鬼物"的事，解释得合情合理，除去了这个传说的神秘色彩。

〔八〕微见其意：隐约表露用意。见，同"现"。

〔九〕以为鬼物：王充《论衡·自然》："张良游泗水之上，遇黄石公，授太公书。盖天佐汉诛秦，故命令神石为鬼书授人……黄石授书，亦汉且兴之象也。妖气为鬼，鬼象人形，自然之道，非或为之也。"

〔一〇〕其意不在书：用意不在于授书。

〔一一〕韩之亡：秦国于公元前230年灭韩国。

〔一二〕刀锯鼎镬：皆古代刑具。鼎，用于烹煮的器物。镬，大锅，常用作刑具。

〔一三〕夷：铲平。夷灭：杀戮，特指灭族。

〔一四〕贲、育：孟贲和夏育，古代传说中两个力大过人的勇士。

〔一五〕而其末可乘：又作"而其势未可乘"。此句与上句"其锋不可犯"对举而义相反，若作"其势未可乘"，则句义重复。

〔一六〕"子房不忍忿忿之心"三句：《史记·留侯世家》载，张良原是韩国贵族，韩为秦灭后，张良"悉以家财求客刺秦王，为韩报仇。……得力士，为铁椎重百二十斤。秦皇帝东游，良与客狙击秦皇帝博浪沙中，误中副车。秦皇帝大怒，大索天下，求贼甚急，为张良故也"。张良从此开始了隐姓埋名的逃亡生活。

〔一七〕其间：生死之间。

〔一八〕"千金之子"二句：《史记·袁盎传》："千金之子，坐不垂堂（堂屋檐下）。"又《货殖列传》："千金之子，不死于市。"此袭用其意。

〔一九〕伊尹：商朝开国功臣。太公：吕尚，周朝开国功臣。

〔二〇〕荆轲、聂政：皆战国时著名刺客。前者为燕太子丹刺杀秦王，失败亡身。后者为严仲子刺杀韩相侠累。事均见《史记·刺客列传》。

〔二一〕倨傲：骄傲轻慢。倨，傲慢。鲜腆：没有礼貌的样子。

〔二二〕"楚庄王伐郑"至"遂舍之"：《左传·宣公十二年》载楚庄王伐郑，"克之，入自皇门，至于逵路。郑伯（郑襄公）肉袒（祖衣露体以示屈从）牵羊以逆（迎），曰：'孤不天，不能事君，使君怀怒，以及敝邑，孤之罪也，敢不唯命是听！……'王曰：'其君能下人，必能信用其民矣，庸可几（冀）乎？'退三十里，而许之平。"

〔二三〕"勾践之困于会稽"三句：《左传·哀公元年》："吴王夫差败越于夫椒，报李樵（越曾于此败吴军）也。遂入越。越子（勾践）以甲楯五千，保于会稽（山），使大夫种因吴大宰嚭以行成。……越及吴平。"又《国语·越语下》载勾践"令大夫种守于国，与范蠡入宦于吴，三年而吴人遣之"。归臣妾于吴，谓归顺于吴而为其臣妾。《史记·越王勾践世家》载勾践派文种去吴国求和，"膝行顿首曰：'君王亡臣勾践使陪臣种敢告下执事：勾践请为臣，妻为妾。'"会稽，今浙江绍兴。

〔二四〕下人：处人之下。

〔二五〕非有平生之素：谓向来不熟悉。素，向来，往常。

〔二六〕秦皇：即秦始皇。

〔二七〕项籍：即项羽。

〔二八〕高祖：汉高祖刘邦。

〔二九〕"当淮阴破齐而欲自王"至"非子房其谁全之"：淮阴指淮阴侯韩信，见苏洵《御将》注〔一五〕。《史记·淮阴侯列传》："汉四年，遂皆降平齐。使人言汉王（刘邦）曰：'齐伪诈多变，反覆之国也，南边楚，不为假王以镇之，其势不定，愿为假王便。'当是时，楚方急围汉王于荥阳，韩信使者至，发书，汉王大怒，骂曰：'吾困于此，旦暮望若来佐我，乃欲自立为王！'张良、陈平蹑汉王足，因附耳语曰：'汉方不利，宁能禁信之王乎？不如因而立，善遇之，使自为守；不然，变生。'汉王亦悟，因复骂曰：'大丈夫定诸侯，即为真王耳，何以假为！'乃遣张良往立信为齐王，征其兵击楚。"

〔三〇〕"太史公疑子房以为魁梧奇伟"三句：《史记·留侯世家》："太史公曰：'……余以为其人计魁梧奇伟，至见其图，状貌如妇人好女。盖孔子曰："以貌取人，失之子羽。"留侯亦云。'"太史公即司马迁。不称，不相称。

附录

吕祖谦：格制好。先说忍与不忍之规模，方说子房受书之事，其意在不忍，此老人所以深惜，命以仆妾之役，使之忍小耻就大谋，故其后辅佐高祖，亦使忍之有成。一篇纲目在"忍"字。（《古文关键》卷二）

杨慎：东坡文如长江大河，一泻千里，至其浑浩流转，曲折变化之妙，则无复可以名状，而尤长于陈述叙事。留侯一论，其立论超卓如此。（《三苏文范》卷七）

钱文登：一意反覆到底，中间生枝生叶，愈出愈奇。（《苏长公合作》卷六）

归有光：作文须寻大头脑，立得意定，然后遣词发挥，方是气象浑成。如……苏子瞻《留侯论》以"忍"字贯说是也。（《文章指南》）

茅坤：此文只是一意反覆，滚滚议论，然子瞻胸中见解亦本黄老来也。（《苏文忠公文钞》卷十四）

王慎中：此文若断若续，变幻不羁，曲尽文家操纵之妙。（同上）

金圣叹：此文得意在"且其意不在书"一句起，掀翻尽变，如广陵秋涛之排空而起也。（《天下才子必读书》卷十四）

吴楚材、吴调侯：淡语作收，含蓄多少！（《古文观止》卷十）

张伯行：论子房生平以能忍为高，却从老人授书、桥下取履一节说入，乃是无中生有之法，其大旨则本于《老子》柔胜刚、弱胜强意思，非圣贤正经道理。但古来英雄才略之士，多用此术以制人。（《唐宋八大家文钞》卷八）

储欣：博浪沙击秦，一事也；圯桥进履，又一事也。于绝不相蒙处连而合之，可以开拓万古之心胸。（《东坡先生全集录》卷二）

清圣祖玄烨：以"忍"字作骨，而出以快笔。岂子瞻胸中先有此一段议论，乃因留侯而发之耶？（《御选唐宋文醇》）

刘大櫆：忽出忽入，忽主忽宾，忽浅忽深，忽断忽接。而纳履一事，止随文势带出，更不正讲，尤为神妙。（《古文辞类纂评注》卷四）

沈德潜："其意不在书"一语，空际掀翻，如海上潮来，银山蹴起。（《唐宋八家文读本》卷二十一）

贾谊论[一]

苏 轼

非才之难，所以自用者实难[二]。惜乎！贾生王者之佐[三]，而不能自用其才也[四]。

夫君子之所取者远，则必有所待；所就者大，则必有所忍[五]。古之贤人，皆有可致之才[六]，而卒不能行其万一者，未必皆其时君之罪，或者其自取也[七]。

愚观贾生之论，如其所言，虽三代何以远过[八]？得君如汉文[九]，犹且以不用死。然则是天下无尧舜，终不可以有所为耶？仲尼圣人，历试于天下[一〇]，苟非大无道之国，皆欲勉强扶持，庶几一日得行其道。将之荆，先之以子夏，申之以冉有〔一一〕。君子之欲得其君，如此其勤也。孟子去齐，三宿而后出昼，犹曰："王其庶几召我。"〔一二〕君子之不忍弃其君，如此其厚也。公孙丑问曰："夫子何为不豫？"孟子曰："方今天下，舍我其谁哉？而吾何为不豫？"〔一三〕君子之爱其身，如此其至也。夫如此而不用，然后知天下之果不足与有为，而可以无憾矣。若贾生者，非汉文之不用生，生之不能用汉文也〔一四〕。

夫绛侯亲握天子玺而授之文帝〔一五〕，灌婴连兵数十万，以决刘、吕之雄雌〔一六〕，又皆高帝之旧将，此其君臣相得之分，岂特父子骨肉手足哉〔一七〕？贾生，洛阳之少年。欲使其一朝之间，尽弃其旧而谋其新，亦已难矣〔一八〕。为贾生者，上得其君，下得其大臣，如绛、灌之属，优游浸渍而深交之〔一九〕，使天子不疑，大臣不忌，然后举天下而唯吾之所欲为，不过十年，可以得志。安有立谈之间，而遽为人"痛哭"哉〔二〇〕！观其过湘为赋以吊屈原，纡郁愤闷，趯然有远举之志〔二一〕。其后卒以自伤哭泣，至于夭绝〔二二〕。是亦不善处穷者也。夫谋之一不见用，安知终不复用也？不知默默以待其变，而自残至此〔二三〕。呜呼！贾生志大而量小，才有余而识不足也。

古之人有高世之才，必有遗俗之累〔二四〕。是故非聪明睿哲不惑之主，则不能全其用。古今称苻坚得王猛于草茅之中，一朝尽斥去其旧臣，而与之谋〔二五〕。彼其匹夫略有天下之半〔二六〕，其以此哉！愚深悲贾生之志，故备论之。亦使人君得如贾谊之臣，则知其有狷介之操〔二七〕，一不见用，则忧伤病沮，不能复振。而为贾生者，亦慎其所发哉〔二八〕！

(卷四)

注 ————————————————————————

〔一〕嘉祐六年（1061）应制科试所献二十五篇《进论》之一。贾谊：见苏洵《审势》注〔七〕。本文论述贾谊平生悲剧的根源在于他"不能自用其才"，不能"忍"和"待"，急于得到君主的赏识，一旦不行，就悲痛忧伤，一蹶不振。也不善处穷，志大量小，才有余而识不足，即不善于等待时机实现自己的抱负。苏轼把贾谊的悲剧归结为"性格悲剧"，有一定道理；但完全忽视权贵旧臣排斥贾谊的决定作用，就略觉偏颇，起码不能完全服人。

〔二〕"非才之难"二句：不是才能难得，而是能够运用自己才能的人实在难得。

〔三〕贾生：即贾谊，汉代习惯称儒者为"生"。

〔四〕《古文观止》卷十评第一段："一起断尽，立一篇主意。"

〔五〕"夫君子之所取者远"四句：意同苏轼《留侯论》："所挟持者甚大，而其志甚远也。"

〔六〕可致之才：可以达到目的的才干。

〔七〕自取：《古文观止》卷十："以其不能待且忍，故云'自取'。申'不能自用其才'句。"

〔八〕三代：夏、商、周三代。

〔九〕汉文：汉文帝刘桓（前202—前157），前180—前157在位。吕后死后，周勃等平定诸吕之乱，他以代王入为皇帝，实行"以民为本"的政策，减轻赋役和刑罚，使农业生产有很大恢复和发展。历史上把他和汉景帝统治的时期相提并论，称为"文景之治"。

〔一〇〕"仲尼圣人"二句：指孔子为了让各诸侯国实行自己的政治主张，不辞辛劳，带领门徒，游说列国。参《史记·孔子世家》。历试，一一尝试。

〔一一〕"将之荆"三句：《礼记·檀弓上》："昔者夫子失鲁司寇，将之荆，盖先之以子夏，又申之以冉有，以斯知不欲速贫也。"之，往。荆，即楚国。子夏、冉有皆孔子弟子。申，重申，一说作"继"解。

〔一二〕"孟子去齐"三句：《孟子·公孙丑下》载，孟子见齐王不行王道，便辞官准备离开齐国，但孟子希望齐王醒悟后能召他回去，所以在齐国边境昼（今山东临淄）逗留等待了三天，最后才离去。孟子说："予三宿而出昼，于予心犹以为速，王庶几改之！王如改诸，则必反予。夫出昼，而王不予追也。"

〔一三〕"公孙丑问曰"至"而吾何为不豫"：《孟子·公孙丑下》："孟子去齐，充虞路问曰：'夫子若有不豫（不高兴）色然……'孟子曰：'彼一时，此一时也。五百年必有王者兴，其间必有名世者。由周而来，七百有余岁矣。以其数，则过矣；以其时考之，则可矣。夫天未欲平治天下也；如欲平治天下，当今之世，舍我其谁也？吾何为不豫哉？"此处作者误将充虞记为公孙丑。二人皆孟子弟子。

〔一四〕"非汉文之不用生"二句：不是汉文帝不重用贾谊，而是贾谊不能为汉文帝重用。"此段说出得君勤、爱君厚、爱身至，必如是始可以无憾。摹写古圣贤用世之不苟，以责贾生。见得贾生欲得君甚勤，但爱君不厚，爱身不至耳。故曰'生之不能用汉文也'，甚有意味。"（《古文观止》卷十）

〔一五〕夫绛侯亲握天子玺而授之文帝：绛侯，即周勃，见苏洵《高祖》注〔七〕。《史记·孝文本纪》："代王（汉文帝）驰至渭桥，群臣拜谒称臣。代王下车拜。……太尉（周勃）乃跪上天子玺符。"玺，皇帝玉印。

〔一六〕"灌婴连兵数十万"二句：灌婴，见苏洵《御将》注〔三一〕。连兵数十万以决刘、吕之雌雄事，见《史记·灌婴列传》："太后崩，吕禄等以赵王自置为将军，军长安，为乱。齐哀王闻之，举兵西，且入诛不当为王者。上将军吕禄等闻之，乃遣婴为大将，将军往击之。婴行至荥阳（今河南荥阳），乃与绛侯等谋，因屯兵荥阳，风齐王以诛吕氏事，齐兵止不前。绛侯等既诛诸吕，齐王罢兵归，婴亦罢兵自荥阳归，与绛侯、陈平共立代王为孝文皇帝。"

〔一七〕特：只，仅仅。

〔一八〕"贾生"至"亦已难矣"：《史记·屈原贾生列传》载，贾谊向汉文帝上疏后，"于是天子（汉文帝）议以为贾生任公卿之位。绛、灌、东阳侯、冯敬之属尽害之，乃短贾生曰：'雒阳之人，年少初学，专欲擅权，纷乱诸事。'于是天子后亦疏之，不用其议，乃以贾生为长沙王太傅。"一朝之间，与下文"立谈之间"都是形容时间短暂。

〔一九〕优游：即优哉游哉，从容不迫的样子。浸渍：逐渐渗透。

〔二〇〕而遽为人"痛哭"哉：指贾谊《治安策》："臣窃惟事势，可为痛哭者一，可为流涕者二，可为长太息（叹息）者六。"

〔二一〕"观其过湘为赋以吊屈原"三句：《史记·屈原贾生列传》："贾生既辞往行，闻长沙卑湿，自以寿不得长，又以适去，意不自得。及渡湘水，为赋以吊屈原。"萦纡，缭绕。跃，跃然，跳跃起飞的样子。远举，高飞，一般多指远隐。此指《吊屈原赋》中"凤漂漂其高逝兮，固自隐而远去；袭九渊之神龙兮，沕深潜以自珍"一类的思想。

〔二二〕"其后卒以自伤哭泣"二句：《史记·屈原贾生列传》："居数年，（梁）怀王骑，坠马而死，无后。贾生自伤为傅无状，哭泣岁余，亦死。"夭绝，即夭折，早死。

〔二三〕自残：自己残害自己。

〔二四〕遗俗之累：被世俗之人遗弃的祸害。累，累赘。《史记·赵世家》："夫有离世之名，必有遗世之累。"

〔二五〕"古今称苻坚得王猛草茅之中"三句：苻坚、王猛，见苏轼《决壅蔽》注〔二四〕、〔二三〕。《晋书·载记·苻坚下》："苻坚将有大志，闻（王）猛名，遣吕婆楼招之，一见便若平生，语及废兴大事，异符同契，若玄德（刘备）之遇孔明也。及坚僭位，以猛为中书侍郎。"后又"迁尚书左丞、咸阳内史、京兆尹。未几，除吏部尚书、太子詹事，又迁尚书左仆射、辅国将军、司隶校尉、加骑都尉，居中宿卫。时猛年三十六，岁中五迁，权倾内外，宗戚旧臣皆害其宠。尚书仇腾、丞相长史席宝数潜毁之，坚大怒，黜腾为甘松护军，宝白衣领长史。尔后上下咸服，莫有敢言"。

〔二六〕匹夫：指苻坚。他在公元370年灭前燕，公元376年灭凉、代，统一了北方，与东晋抗衡。

〔二七〕狷介：狷急耿介。操：节操，此指性格。

〔二八〕慎：谨慎小心，引申为注意。发：指发挥自己的才能。

附录

茅坤：细观此文，子瞻高于贾生一格。（《苏文忠公文钞》卷十四）

唐顺之：不能深交绛、灌，不知默默自待，本是两柱子，而文字浑融，不见踪迹。（同上）

王慎中：谓贾生不能用汉文，直是说得贾生倒，而文字翻覆变幻，无限烟波。（同上）

储欣：子瞻于韩、富、欧阳周旋无失，得渐渍深交之道矣。绍圣以后，窜谪万里，仅仅一子自随，而读书养性，不弃其身，殆亦鉴前车而免于覆者。（《东坡先生全集录》卷二）

吴楚材、吴调侯：贾生有用世之才，卒废死于好贤之主。其病原欲疏间绛、灌旧臣，而为之痛哭，故自取疏废如此。所谓不能"谨其所发"也。末以苻坚用王猛责人君以全贾生之才，更有不尽之意。（《古文观止》卷十）

刘大櫆：长公笔有仙气，故文极纵荡变化，而落韵甚轻。（《古文辞类纂评注》卷四）

喜雨亭记〔一〕

苏 轼

亭以雨名，志喜也〔二〕。古者有喜则以名物，示不忘也。周公得禾，以名其书〔三〕；汉武得鼎，以名其年〔四〕；叔孙胜狄，以名其子〔五〕。其喜之大小不齐，其示不忘一也。

余至扶风之明年[六]，始治官舍，为亭于堂之北，而凿池其南，引流种树，以为休息之所。是岁之春，雨麦于岐山之阳[七]，其占为有年[八]。既而弥月不雨，民方以为忧。越三月乙卯乃雨[九]，甲子又雨[一〇]，民以为未足；丁卯大雨[一一]，三日乃止。官吏相与庆于庭，商贾相与歌于市，农夫相与忭于野[一二]。忧者以乐，病者以愈，而吾亭适成。

于是举酒于亭上以属客[一三]，而告之曰："五日不雨可乎？"曰："五日不雨则无麦。""十日不雨可乎？"曰："十日不雨则无禾。"无麦无禾，岁且荐饥[一四]，狱讼繁兴，而盗贼滋炽。则吾与二三子[一五]，虽欲优游以乐于此亭，其可得耶？今天不遗斯民，始旱而赐之以雨，使吾与二三子，得相与优游而乐于此亭者，皆雨之赐也。其又可忘邪？

既以名亭，又从而歌之，曰：使天而雨珠，寒者不得以为襦；使天而雨玉，饥者不得以为粟。一雨三日，繄谁之力[一六]？民曰太守[一七]，太守不有[一八]。归之天子，天子曰不然。归之造物，造物不自以为功[一九]。归之太空，太空冥冥[二〇]。不可得而名，吾以名吾亭。

（卷十一）

注

〔一〕嘉祐七年（1062）任凤翔府（治所在今陕西凤翔）签书判官时作。喜雨亭位于凤翔府城东北。文章从亭的命名着笔，先叙修亭，次记雨，渲染百姓久旱逢雨的欢乐，再通过对话说明雨水对百姓生活的重要，最后以对雨的赞歌收笔。文章处处体现出作者"民以食为天"的思想，与民同忧乐的感情。《三苏文范》卷十四引虞集云："此篇题小而语大，议论干涉国政民生大体，无一点尘俗气，自非具眼者未易知也。"

〔二〕志：记。

〔三〕"周公得禾"二句：《尚书·周书·微子之命》："唐叔（周成王的同母弟弟）得禾，异亩同颖（异株而合生一穗），献诸天子。王命唐叔，归周公于东，作《归禾》。周公既得命禾，旅（宣扬）天子之命，作《嘉禾》。"《归禾》《嘉禾》皆《尚书》篇名，原文已佚。

〔四〕"汉武得鼎"二句：据《汉书·武帝纪》载，汉武帝于元狩七年夏六月在汾水上得一宝鼎，因而把这年年号改为"元鼎元年"（前116）。

〔五〕"叔孙胜狄"二句：《左传·文公十一年》载，狄人（北方少数民族）侵鲁，鲁文公使叔孙得臣击狄，大胜，并活捉狄人国君侨如，因"以命（名）宣伯。"《春秋左传诂》引服虔注："宣伯，叔孙得臣子侨如也。得臣获侨如以名其子，使后世识其功。"

〔六〕扶风：即凤翔府。苏轼于嘉祐六年到任，至扶风之明年即嘉祐七年。

〔七〕雨：动词，下雨。雨麦：即播麦。岐山：在凤翔东北。阳：山南。

〔八〕占：占卜。有年：丰收年成。

〔九〕越三月乙卯乃雨："越"当作"至"，因乙卯为三月八日。

〔一〇〕甲子：三月十七日。

〔一一〕丁卯：三月二十日。

〔一二〕忭：喜乐。

〔一三〕属客：向客人劝酒。

〔一四〕且：将。荐饥：连年饥荒。荐：重至，屡次。

〔一五〕二三子：谓大家。

〔一六〕繄：语助词，无意义。

〔一七〕太守：州府行政长官。据王文诰《苏诗总案》卷四，当时凤翔府太守是宋选。

〔一八〕不有：不据为己有。《老子》第二章："生而不有，为而不恃。"

〔一九〕"归之造物"二句：造物，古人以为万物皆天所造，故称天为造物。《老子》第九章："功成身退，天之道。"第七十七章："功成而不处。"

〔二〇〕太空：即天空。冥冥：高远、昏昧。

附录

楼昉：蝉蜕污浊之中，浮游尘埃之外，所谓以文为戏。（《三苏文范》卷十四）

林希元：说喜雨处，切当人情；末虽似戏，然自太守而归功天子、造化，亦是实理，非虚美也。文字通澈流动，如珠走盘而不离乎盘，他人虽有此意思，未必有此笔力，真大家也。（同上）

王世贞：读此歌可见苏公心肠尽是珠玉锦绣。（同上）

钱文登：一反一正，说尽喜雨之情。（《苏长公合作》卷一）

陈伯修：《喜雨亭记》，自非具眼目者，未易知也。（《古文集成》卷八）

王世贞：看来东坡此篇文字，胸次洒落，真是半点尘埃不到。（同上）

茅坤：公之文好为滑稽。（《苏文忠公文钞》卷二十五）

吴楚材、吴调侯：只就"喜雨亭"三字，分写、合写，倒写、顺写，虚写、实写，即小见大，以无化有。意思愈出而不穷，笔态轻举而荡漾，可谓极才人之雅致矣。（《古文观止》卷十一）

储欣：浅制耳。然数百年家弦户诵文字，不可不存。（《东坡先生全集录》卷五）从亭上看出喜雨意，掩映有情。（《唐宋八大家类选》卷十二）

凌虚台记〔一〕

苏 轼

国于南山之下〔二〕，宜若起居饮食，与山接也。四方之山，莫高于终南；而都邑之丽山者〔三〕，莫近于扶风。以至近求最高，其势必得。而太守之居，未尝知有山焉〔四〕。虽非事之所以损益〔五〕，而物理有不当然者〔六〕，此凌虚之所为筑也。

方其未筑也，太守陈公杖屦逍遥于其下〔七〕，见山之出于林木之上者，累累如人之旅行于墙外而见其髻也，曰"是必有异"。使工凿其前为方池，以其土筑台，高出于屋之危而止〔八〕。然后人之至于其上者，恍然不知台之高〔九〕，而以为山之踊跃奋迅而出也。

公曰："是宜名凌虚。"以告其从事苏轼，而求文以为记。轼复于公曰："物之废兴成毁，不可得而知也。昔者荒草野田，霜露之所蒙翳〔一〇〕，狐虺之所窜伏〔一一〕。方是时，岂知有凌虚台耶？废兴成毁，相寻于无穷〔一二〕；则台之复为荒草野田，皆不可知也。尝试与公登台而望，其东则秦穆之祈年、橐泉也〔一三〕，其南则汉武之长杨、五柞〔一四〕，而其北则隋之仁寿〔一五〕，唐之九成也〔一六〕。计其一时之盛，宏杰诡丽，坚固而不可动者，岂特百倍于台而已哉〔一七〕？然而数世之后，欲求其仿佛，而破瓦颓垣，无复存者。既已化为禾

129

泰荆棘丘墟陇亩矣，而况于此台欤？夫台犹不足恃以长久，而况于人事之得丧，忽往而忽来者欤？而或者欲以夸世而自足，则过矣！盖世有足恃者，而不在乎台之存亡也！"〔一八〕既已言于公，退而为之记。

（卷十一）

注

〔一〕嘉祐八年（1063）任凤翔府签判时作。这年正月，陈希亮（字公弼）接替宋选知凤翔。陈"天资刚正"（《邵氏闻见后录》卷十五），待下甚严，威震帝郡，僚吏不敢仰视。苏轼《陈公弼传》云："轼官于凤翔，实从公二年。方是时，年少气盛，愚不更事，屡与公争议，至形于颜色，已而悔之。"所以有时他们的关系很紧张。凌虚台为陈希亮在凤翔所筑，并请苏轼作记，苏轼"因以讽之"（《苏诗总案》卷四）；官高位显并不足恃。《三苏文范》卷十四引杨慎云："《喜雨亭记》，全是赞太守；《凌虚台记》，全是讥太守。《喜雨亭》直以天子造化相形，见得有补于民；《凌虚台》则以秦汉隋唐相形，见得无补于民，而机局则一也。"这就是本文的主旨。全文"如有许多层节，却只是兴成废毁二段，一写再写耳"（《天下才子必读书》卷十五）。

〔二〕国：郡国，此指凤翔。南山：即下文的"终南（山）"，在今陕西西安市南，为秦岭主峰之一。

〔三〕丽：附丽，接近。

〔四〕未尝知有山：即看不到终南山。

〔五〕虽非事之所以损益：即于事无损之意。损益，此为偏义词。

〔六〕而物理有不当然者：按事物的常理不当如此。物理，情理，事物常理。《鹖冠子·度万》："愿闻其人情物理。"

〔七〕陈公：即陈希亮（1000—1065），字公弼，青神（今属四川）人，天圣八年进士，历知长沙县，房、宿、曹、庐等州，嘉祐八年知凤翔府。治平二年卒，年六十六。其子陈慥为苏轼好友。事详苏轼《陈公弼传》。

〔八〕危：屋脊，屋顶。《史记·魏世家》："（范）痤因上屋骑危。"裴骃《集解》："危，栋上也。"

〔九〕恍然：仿佛。

130

〔一○〕蒙翳：覆盖，遮蔽。

〔一一〕虺：毒蛇。

〔一二〕相寻于无穷：谓由废而兴，由成而毁，循环往复，无穷无尽。

〔一三〕祈年、橐泉：二宫名，秦穆公墓在此。《汉书·地理志上》"右扶风·雍"下云："橐泉宫，孝公起；祈年宫，惠公起。"苏轼《凤翔八观·秦穆公墓》："橐泉在城东，墓在城中无百步。乃知昔未有此城，秦人以泉识公墓。"《凤翔八观·诅楚文》苏轼自注："秦穆公葬于雍橐泉、祈年观下。"

〔一四〕长杨：古宫名，旧址在今陕西周至县东南。《三辅黄图·秦宫》："长杨宫在今周至县东南三十里，本秦旧宫，至汉修饰之以备行幸。宫中有垂杨数亩，因为宫名。"五柞：汉宫名，亦在周至，为祀神处。

〔一五〕仁寿：宫名，杨素为隋文帝所建，见《隋书·杨素传》。

〔一六〕九成：宫名。《新唐书·地理志一》"凤翔府扶风郡·麟游"下云："西五里有九成宫，本隋仁寿宫。"

〔一七〕特：只，仅仅。

〔一八〕"盖世有足恃者"二句：李涂《文章精义》："子瞻《喜雨亭记》结云：'太空冥冥，不可得而名，吾以名吾亭'，是化无为有。《凌虚台记》结云：'盖世有足恃者，而不在乎台之存亡也'，是化有为无。"

附录

李贽：太难为太守矣。一篇骂太守文字耳。文亦好，亦可感。（《三苏文范》卷十四）

钟惺：后段说理，反不精神。（同上）

陈元植：登高感慨，写出杰士风气，卓老谓骂非也。（《苏长公合作》卷二）

郑之惠：台方成而所言皆颓废之景，别是世味外一种文字。（同上外编）

茅坤：苏公往往有此一段旷达处，却于陈太守少回护。（《苏文忠公文钞》卷二十五）

赖山阳：子瞻此时二十七八，而波澜老成如此，宜乎老欧畏之，所谓自今廿余年后人不复说老夫者，真矣。（《纂评唐宋八大家读本》卷七）

吴楚材、吴调侯：悲歌慷慨，使人不乐。然在我有足恃者，何不乐之有？盖其胸中实有旷观达识，故以至理出为高文。若认作一篇讥太守文字，恐非当日作

记本旨。(《古文观止》卷十一)

储欣：登高望远，人人具有此情。惟公能发诸语言文字耳。"世有足恃"云云，自是宋人习气，或云自负所有、揶揄陈太守者，非也。(《唐宋八大家类选》卷十二)

祭欧阳文忠公文[一]

苏 轼

呜呼哀哉！公之生于世，六十有六年。民有父母[二]，国有蓍龟[三]，斯文有传[四]，学者有师[五]，君子有所恃而不恐，小人有所畏而不为；譬如大川乔岳[六]，不见其运动，而功利之及于物者，盖不可以数计而周知。

今公之没也，赤子无所仰芘，朝廷无所稽疑，斯文化为异端，而学者至于用夷[七]，君子以为无为为善，而小人沛然自以为得时[八]；譬如深渊大泽，龙亡而虎逝，则变怪杂出，舞鳅鳝而号狐狸[九]。

昔其未用也[一○]，天下以为病；而其既用也[一一]，则又以为迟；及其释位而去也[一二]，莫不冀其复用；至其请老而归也[一三]，莫不惆怅失望，而犹庶几于万一者，幸公之未衰，孰谓公无复有意于斯世也，奄一去而莫予追[一四]！岂厌世混浊，洁身而逝乎？将民之无禄，而天莫之遗[一五]？

昔我先君怀宝遁世[一六]，非公则莫能致，而不肖无状，因缘出入，受教于门下者，十有六年于兹[一七]。闻公之丧，义当匍匐往救，而怀禄不去[一八]，愧古人以忸怩[一九]，缄词千里[二○]，以寓一哀而已矣！盖上以为天下恸，而下以哭其私[二一]。呜呼哀哉！

(卷六十三)

注 _____

〔一〕熙宁五年（1072）九月欧阳修病逝，时苏轼任杭州通判，公务在身，不能赴丧，作此文。文章"前二段见欧公之存亡，关系朝廷国家否泰消长之运。第三段倒说转来，自未用而既用，即释位而请老，直至于死。第四段知两世通家之好，却两句括世道之感，朋友之怀"(《三苏文范》卷十六杨廷和语)。

〔二〕民有父母：赞美欧阳修做官如民父母。《诗·小雅·南山有台》："乐只(哉)君子，民之父母。"

〔三〕国有蓍龟：谓有了欧阳修，就能预知和把握国家的命运。蓍龟，蓍草和龟甲，古时用来占卜吉凶。《史记·龟策列传》："五者决定诸疑，参以十筮，断以蓍龟。"

〔四〕斯文有传：《论语·子罕》："天之将丧斯文也，后死者不得与于斯文也。"斯即此。斯文指孔子删定的六经。苏辙《欧阳文忠公神道碑》："公之于文……独步当世，求之古人，亦不可多得。公于六经，长《易》《诗》《春秋》，其所发明，多古人所未见。"

〔五〕学者有师：《宋史·欧阳修传》："乐引后进，如恐不及，赏识之下，卒为闻人。曾巩、王安石、苏洵、洵子轼、辙，布衣屏处，未为人知，游其声誉，谓必显于世。"

〔六〕乔岳：高山。

〔七〕"赤子无所仰芘"四句：与上"民有父母"四句对照而言。《晚村精选八大家古文》引楼昉云："欧阳之存亡，其关于否泰消长之运如此，非坡公笔力不能及也。"赤子，百姓。芘，同"庇"。稽疑，决断疑事。异端，指正统儒学之外的学说。用夷，谓用外来的佛教。苏轼《六一居士集叙》："欧阳子没十有余年，士始为新学，以佛老之似，乱周孔之实，识者忧之。"《晚村精选八大家古文》引楼昉批云："学者至于用夷""此说王介甫(安石)"。

〔八〕小人沛然自以为得时：《晚村精选八大家古文》引楼昉批："此说章子厚、吕惠卿辈。"沛然，充盛貌。

〔九〕"譬如深渊大泽"四句：《晚村精选八大家古文》引楼昉云："模写小人情状，极其底蕴，介甫门下观之，能无怒乎?"鳝，同"鳅"，泥鳅。鳝，同"鳝"，黄鳝。

〔一〇〕昔其未用也：指未任宰辅时。

〔一一〕而其既用也：指"(嘉祐)五年，以本官为枢密副使。明年，为参知政事"(苏辙《欧阳文忠公神道碑》)。

〔一二〕及其释位而去也：指治平四年"公亦坚求退，上(神宗)知不可夺，除观文殿学士，知亳州事"(苏辙《欧阳文忠公神道碑》)。

〔一三〕至其请老而归也：指"公在亳，已六请致仕。比至蔡逾年，复请。(熙宁)四年以观文殿学士、太子少师致仕"(苏辙《欧阳文忠公神道碑》)。

〔一四〕奄：忽，遽。

〔一五〕"将民之无禄"二句：还是百姓没有福禄，老天不肯留下他呢？"昔其未用也"至此：《苏长公合作》卷八："凡五转，波洄曲折，一转一泪。"

〔一六〕先君：指父苏洵。怀宝遁世指苏洵在嘉祐元年（1056）以前的十年间，隐居乡间，不肯求仕。苏辙《欧阳文忠公神道碑》："公之在翰林也，先君文安先生以布衣隐居乡间。闻天子复用正人，喜以书遗公。公一见其文，曰此孙卿子（荀子）之书也。"

〔一七〕"而不肖无状"四句：不肖，作者自指。无状，没有善状，没有长处。因缘出入：谓借此机会（机缘）进出欧阳修之门。苏轼于嘉祐二年因进士及第得识主考官欧阳修，至此时已十六年。

〔一八〕怀禄：谓公务在身。

〔一九〕忸怩：惭愧貌。《书·五子之歌》："颜厚有忸怩。"孔颖达疏："忸怩，羞不能言，心惭之状。"

〔二〇〕缄词：封寄祭文。

〔二一〕"盖上以为天下恸"二句：沈德潜《唐宋八家文读本》卷二十四："朝无君子，斯文失传，为天下恸也；叙两世见知于公，哭其私也。末语收拾通体，而情韵幽咽，自然恻恻感人。"

附录

楼昉：模写小人情状，极其底蕴，介甫门下观之，能无怒乎？然欧阳之存亡，其关于否泰消长如此，非坡公笔力不能及也。（《晚村精选八大家古文》引）

茅坤：欧阳文忠公知子瞻最深，而子瞻为此文以祭之，涕入九原矣。（《苏文忠公文钞》卷二十八）

王文濡：大处落墨，劲气直达，读之想见古大臣之概。（《古文辞类纂评注》卷七十四）

邵茂诚诗集叙[一]

苏 轼

贵贱寿夭，天也。贤者必贵，仁者必寿，人之所欲也。人之所欲，适与天相值〔二〕，实难。譬如匠庆之山，而得成虡〔三〕，岂可常也哉！因其适相值，而责之以常然〔四〕，此人之所以多怨而不通也〔五〕。

至于文人，其穷也固宜〔六〕。劳心以耗神，盛气以忤物〔七〕，未老而衰病，无恶而得罪，鲜不以文者〔八〕。天人之相值既难，而人又自贼如此〔九〕，虽欲不困，得乎！

茂诚讳迎〔一○〕，姓邵氏，与余同年登进士第〔一一〕。十有五年而见之于吴兴孙莘老之座上〔一二〕，出其诗数百篇。余读之，弥月不厌〔一三〕。其文清和妙丽，如晋、宋间人。而诗尤可爱，咀嚼有味，杂以江左、唐人之风〔一四〕。其为人笃学强记，恭俭孝友；而贯穿法律，敏于吏事。其状若不胜衣，语言气息仅属〔一五〕。余固哀任其众难以瘁其身〔一六〕，且疑其将病也。逾年而茂诚卒。又明年，余过高邮〔一七〕，则其丧在焉。入哭之，败帏瓦灯，尘埃萧然〔一八〕，为之出涕太息〔一九〕。夫原宪之贫〔二○〕，颜回之短命〔二一〕，扬雄之无子〔二二〕，冯衍之不遇〔二三〕，皇甫士安之笃疾〔二四〕，彼遇其一而人哀之至今。而茂诚兼之，岂非命也哉！余是以录其文，哀而不怨，亦茂诚之意也。

(卷十)

注

〔一〕熙宁七年（1074）通判杭州时作。邵茂诚简况已见文中。本文结合邵茂诚的身世遭遇，集中表达了"文人固穷""穷而后工"的思想。作者首先感慨人们的理想同现实的矛盾；而文人尤其如此，多因文章心劳神竭，未老先衰，盛气忤物，无罪遭罚；而邵茂诚更是如此，他集贫困、短命、无子、失意、多病于一身。苏轼虽是在为朋友的不幸悲伤叹息，但实际也包含着他自己的辛酸和不幸，特别是"盛气以忤物""无恶而得罪"二语，正好概括了苏轼自己的个性和命运。苏轼把这一切都归之"天命"，当然是唯心的；但"诗穷而后工"的观点，却深刻道出了生活实践对文艺创作的决定性作用，即没有真切的生活体验，是写不出好作品的。

〔二〕适：恰恰。相值：相当，一致。

〔三〕"譬如匠庆之山"二句：《庄子·达生》："梓庆削木为镶。镶成，见者惊犹鬼神。

鲁侯问焉，对曰：'臣将为镰，必斋以静心。斋七日，忘吾有四肢形体也，然后入山林，见成镰，然后加手焉。'"匠庆即梓庆。之，往。虡，通"镰"，悬挂钟磬的木架。苏轼举此说明如愿以偿的事情是不多的。

〔四〕责：要求。常然：经常如此。

〔五〕通：通达，顺畅。

〔六〕"至于文人"二句：韩愈《荆潭唱和诗序》："欢愉之辞难工，而穷苦之词易好。"欧阳修《梅圣俞诗集序》："予闻世谓诗人少达而多穷，夫岂然哉？盖世所传诗者，多出于古穷人之辞也。……内有忧思感愤之郁积，其兴于怨刺以道羁臣寡妇之叹，而写人情之难言，盖愈穷则愈工，然则非诗之穷人，殆穷者而后工也。"苏轼"诗穷而后工"的思想直接来自欧阳修，并且谈得更多："非诗能穷人，穷者诗乃工。此语信不妄，吾闻诸醉翁（欧阳修）。"（《僧惠勤初罢僧职》）"信知诗是穷人物，近觉王郎不作诗。"（《呈定国》）"诗能穷人，从来尚矣，而于轼特甚。"（《答陈师仲书》）等等。

〔七〕忤：违逆。

〔八〕鲜不以文：很少不是因为文章。

〔九〕自贼：自己残害自己。

〔一〇〕讳：古时为示尊敬，不直称其名叫讳。

〔一一〕同年：指嘉祐二年（1057）。

〔一二〕"十有五年而见之于"句：嘉祐二年过十五年当为熙宁五年（1072）。吴兴，今属浙江。孙莘老，名觉，早年与王安石相友善，后因反对新法，出任地方官。时知湖州，苏轼通判杭州，二人唱和甚多。

〔一三〕弥月：整月。

〔一四〕江左：旧时称江东为江左。东晋、南朝的宋、齐、梁、陈的统治地区都在长江东部，故称这五朝为江左。

〔一五〕语言气息仅属：谓说话上气不接下气。属，连接。

〔一六〕任其众难以瘁其身：承担着各种艰难困苦而毁坏了自己的身体。瘁：毁坏。

〔一七〕高邮：今属江苏。

〔一八〕萧然：萧条冷落貌。

〔一九〕太息：叹息。

〔二〇〕原宪之贫：原宪字子思，孔子弟子。《史记·仲尼弟子列传》："孔子卒，原宪遂亡在草泽中。子贡相卫……宪摄敝衣冠见子贡。子贡耻之，曰：'夫子岂病夫？'原宪曰：'吾闻之，无财者谓之贫，学道而不能行者谓之病。若宪，贫也，非病也。'"

〔二一〕颜回之短命：颜回字子渊，又称颜渊，孔子弟子。《史记·仲尼弟子列传》："回年二十九，发尽白，蚤（早）死。孔子哭之恸，曰：'自吾有回，门人益亲。'鲁哀公问：'弟子孰为好学？'孔子对曰：'有颜回者好学，不迁怒，不贰过，不幸短命死矣。今也则亡。'"

〔二二〕扬雄之无子：《汉书·扬雄传》："自季至雄，五世而传一子，故雄亡它扬于蜀。"颜师古注："蜀诸扬者皆非雄族，故言雄无它扬。"

〔二三〕冯衍之不遇：冯衍字敬通，东汉人。王莽遣廉丹征山东，衍说丹弃莽兴汉，丹不能用；后与鲍永从更始帝，更始没，归光武帝，光武怨衍不时至，黜之；为曲阳令，有功当赏，因谗不行。衍不得志，曾作《显志赋》抒怀。事见《后汉书·冯衍传》。

〔二四〕皇甫士安之笃疾：皇甫谧字士安，晋人，家贫，躬自稼穑，以著书为务。"后得风痹疾，犹手不释卷。"晋武帝累征不起。事见《晋书·皇甫谧传》。

盐官大悲阁记〔一〕

苏 轼

羊豕以为羞，五味以为和〔二〕；秫稻以为酒，曲蘖以作之〔三〕，天下之所同也。其材同，其水火之齐均，其寒暖燥湿之候一也，而二人为之，则美恶不齐。岂其所以美者，不可数取欤〔四〕？然古之为方者〔五〕，未尝遗数也〔六〕。能者即数以得其妙，不能者循数以得其略。其出一也，有能有不能，而精粗见焉。人见其二也，则求精于数外，而弃迹以逐妙，曰："我知酒食之所以美也。"而略其分齐，舍其度数〔七〕，以为不在是也，而一以意造，则其不为人之所呕弃者寡矣。

今吾学者之病亦然。天文、地理、音乐、律历、官庙、服器、冠昏、丧祭之法〔八〕，《春秋》之所去取，礼之所可，刑之所禁，历代之所以废兴，与其人之贤不肖〔九〕，此学者之所宜尽力也。曰是皆不足学，学其不可载于书而传于口者。子夏曰："日知其所亡，月无忘其所能，可谓好学也已。"〔一〇〕古之学者，其所亡与其所能，皆可以一二数而日月见也。如今世之学，其所亡者果何物，而所能者果何事欤？孔已曰："吾尝终日不食，终夜不寝，以思，无益，不如学也。"〔一一〕由是观之，废学而徒思者，孔子之所禁，而今世之所上也〔一二〕。

岂惟吾学者，至于为佛者亦然。斋戒持律，讲诵其书，而崇饰塔庙，此佛之所以日夜教人者也。而其徒或者以为斋戒持律〔一三〕，不如无心〔一四〕；讲诵其书，不如无言；崇饰塔庙，不如无为。其中无心〔一五〕，其口无言，其身无为，则饱食游嬉而已，是为大以欺佛者也。

杭州盐官安国寺僧居则，自九岁出家，十年而得恶疾且死〔一六〕。自誓于佛，愿持律终身，且造千手眼观世音像〔一七〕，而诵其名千万遍。病已而力不给，则缩衣节口三十余年，铢积寸累〔一八〕，以迄于成，其高九仞〔一九〕，为大屋四重以居之，而求文以为记。余尝以斯言告东南之士矣，盖仅有从者。独喜则之勤苦从事于有为，笃志守节，老而不衰，异夫为大以欺佛者。故为记之，且以讽吾党之士云。

（卷十二）

注 ——————————————————————————————

〔一〕大悲阁在杭州盐官（今浙江海宁市西南）。《乌台诗话》云："熙宁八年（1075）轼知密州日，有杭州盐官县安国寺相识僧居则请轼作《大悲阁记》，意谓旧日科场以赋取人，赋题所出多关涉天文、地理、礼乐、律历，故学者不敢不留意于此等事。今来科场以大义取人，故学者只务大言高论，而无实学，以见朝廷更改科场法度不便也。"可见苏轼写这篇文章的目的，在于反对王安石对科举考试的改革（参苏轼《日喻说》注〔一〕），批评当时学者"废学而徒思"，僧徒"为大以欺佛"。但此文对今人的意义却大得多，它通过生动的比喻，说明了要做好任何一件事，"数（基本知识）"、基本技能都是缺一不可的。同时，也提出了美学上一个重要问题，美须以"数"取，离不开一定的比例，即苏轼所谓"得自然之数，不差毫厘"（《书吴道子画后》）。

〔二〕"羊豕以为羞"二句：以猪羊为美食，需要五味去调和它。豕，猪。羞，通"馐"，美好的食品。五味，《礼记·礼运》郑玄注："五味，酸、苦、辛（辣）、咸、甘也。"

〔三〕"秫稻以为酒"二句：以高粱、稻谷酿酒，需要酒母发酵。秫，高粱。曲蘖，酒母。《尚书·说命下》："若作酒醴，尔惟曲蘖。"

〔四〕数：具体指所用材料的种类、数量及温度、湿度等条件。

〔五〕为方者：制定菜谱、酿酒之方的人。

〔六〕遗数：不顾材料的种类、数量及温度、湿度等。遗，舍弃。

〔七〕"而略其分齐"二句：意与"遗数"同。分，分量。齐，定限。

〔八〕冠昏：冠礼和婚礼。古代男子年二十加冠。昏，通"婚"。《诗·邶风·谷风》："宴尔新昏。"

〔九〕不肖：不贤。

〔一〇〕"日知其所亡"三句：语见《论语·子张》。意谓经常学习还没有掌握的知识，不要忘记已经掌握的知识。子夏，孔子弟子。亡，通"无"。

〔一一〕"吾尝终日不食"至"不如学也"：语见《论语·卫灵公》。

〔一二〕上：通"尚"，崇尚。

〔一三〕斋戒持律：不吃荤，不饮酒，严守戒律。

〔一四〕无心：无所用心。

〔一五〕中：心中。

〔一六〕且死：将死。

〔一七〕观世音：佛教大乘菩萨之一。

〔一八〕铢积寸累：谓一点一滴地积累。铢，古代重量单位，二十四分之一两。

〔一九〕仞：八尺。

附录

茅坤：无论学禅学圣贤，均从笃行上立脚。（《苏文忠公文钞》卷二十五）

超然台记〔一〕
苏 轼

凡物皆有可观。苟有可观，皆有可乐，非必怪奇玮丽者也。餔糟啜醨〔二〕，皆可以醉，果蔬草木，皆可以饱。推此类也，吾安往而不乐？

夫所为求福而辞祸者，以福可喜而祸可悲也。人之所欲无穷，而物之可以足吾欲者有尽。美恶之辨战乎中，而去取之择交乎前，则可乐者常少，而可悲者常多〔三〕，是谓求祸而辞福。夫求祸而辞福，岂人之情也哉！物有以盖之矣〔四〕。彼游于物之内，而不游于物之外〔五〕；物非有大小也，自其内而观之，未有不高且大者也〔六〕。彼挟其高大以临我，则我常眩乱反复，如隙中之观斗，又乌知胜负之所在？是以美恶横生，而忧乐出焉。可不大哀乎！

余自钱塘移守胶西〔七〕，释舟楫之安〔八〕，而服车马之劳〔九〕；去雕墙之美，而庇采椽之居〔一〇〕；背湖山之观，而行桑麻之野〔一一〕。始至之日，岁比不登，盗贼满野，狱讼充斥；而斋厨索然，日食杞菊〔一二〕，人固疑余之不乐也。处之期年〔一三〕，而貌加丰，发之白者，日以反黑。余既乐其风俗之淳，而其吏民亦安予之拙也，于是治其园囿，洁其庭宇，伐安丘、高密之木〔一四〕，以修补破败，为苟完之计。而园之北，因城以为台者旧矣〔一五〕；稍葺而新之，时相与登览，放意肆志焉〔一六〕。南望马耳、常山〔一七〕，出没隐见，若近若远，庶几有隐君子乎！而其东则卢山，秦人卢敖之所从遁也〔一八〕。西望也穆陵，隐然如城郭，师尚父、齐桓公之遗烈，犹有存者〔一九〕。北俯潍水，慨然太息，思淮阴之功，而吊其不终〔二〇〕。台高而安，深而明，夏凉而冬温。雨雪之朝，风月之夕，余未尝不在，客未尝不从。撷园蔬〔二一〕，取池鱼，酿秫酒〔二二〕，瀹脱粟而食之〔二三〕。曰：乐哉游乎！

方是时，余弟子由适在济南，闻而赋之，且名其台曰"超然"〔二四〕。以见余之无所往而不乐者，盖游于物之外也。

（卷十一）

注

〔一〕熙宁八年（1075）由杭州通判改知密州时作。超然台：故址在今山东诸城市（参注〔一七〕）。本文"前（指一、二段）发超然之意"（唐顺之《文编》卷五十六），即从正、反两面阐述凡物皆可观可乐，"吾安往而不乐"的思想。"后段（指第三段）叙事"（同上），叙述描写由杭到密生活环境的巨大变化，自己在艰难的环境中怎样悠然自处，以及增葺废台、登台眺远、台上游乐，从中抒发超然物外之情。末以寥寥数语点题。本文思想"皆本之庄生"（同上），"通篇含超然意"（《唐宋八家文读本》卷二十三）。作者以"极伟丽之文"写"极闲淡之意"（《纂评唐宋八大家文读本》卷七引赖山阳语），"文思温润有余，而说安遇顺性之理，极为透彻"（《三苏文范》卷十四引吕雅山语），令人读之不厌。

〔二〕铺糟啜醨：食酒糟饮淡酒。《楚辞·渔父》："众人皆醉，何不铺其糟而歠（饮）其醨。"

〔三〕"美恶之辨战乎中"四句：《老子》第十二章云："五色令人目盲，五音令人耳聋，五味令人口爽（差失），驰骋畋猎令人心发狂。"《庄子·至乐篇》论富贵云："夫富者，苦身疾作，多积财而不得尽用，共为形（保养身体）也亦外矣！夫贵也，夜以继日，思虑善否，其为形也亦疏矣。"此正是老、庄思想的发挥。中，心中。

〔四〕盖：蒙盖，蒙蔽。

〔五〕"彼游于物之内"二句：意谓那些求福辞祸的人为外物所囿，而不能超然物外。

〔六〕"物非有大小也"三句：本于庄子万物齐一的思想。《庄子·齐物论》："是亦彼也，彼亦是也。彼亦一是非，此亦一是非。"《德充符》："自其异者视之，肝胆楚越也；自其同者视之，万物皆一也。"《秋水》："以物观之，自贵而相贱；以道观之，物无贵贱。"

〔七〕钱塘：代指杭州。胶西：胶河（在今山东）以西，此指密州。

〔八〕释：放弃，舍弃。

〔九〕服：驾御。《易·系辞下》："服牛乘马。"

〔一〇〕庇：遮蔽，引申为躲避。采：同"棌"，栎木。采椽之居：言房舍粗陋。

〔一一〕以上对比杭州和密州生活环境的巨大差别。

〔一二〕"始至之日"至"日食杞菊"：苏轼《后杞菊赋》序云："余仕宦十有九年，家日益贫，衣食之俸，殆不如昔者。及移守胶西，意且一饱，而斋厨索然，不堪其忧，日与通守刘君廷式，循古墙废圃，求杞菊而食之。"岁比不登，连年收成不好。

〔一三〕期年：整整一年。

〔一四〕安丘、高密：二县名。分别在今山东潍县南和胶县西北。

〔一五〕因：沿。

〔一六〕放意肆志：纵意任情。《列子·杨朱》："放意所好。"《史记·韩世家》："肆志于秦。"

〔一七〕马耳、常山：张淏《云谷杂记》卷三："北台在密州之北，因城为台；马耳与常山在其南。东坡为守日，葺而新之，子由因请名之曰超然台。"

〔一八〕"而其东则庐山"二句:《淮南子·应道训》"卢敖游于北海"。许慎注云:"卢敖,燕人,秦始皇召为博士,使求神仙,亡而不返也。"

〔一九〕"西望穆陵"四句:穆陵即穆陵关,故址在今山东临驹东南的大岘山上。师尚父即吕尚,俗称姜太公,曾辅佐周武王灭商,封于齐。齐桓公是春秋五霸之一。

〔二〇〕"北俯潍水"四句:潍水即今潍河,源于山东五莲县,流经诸城。太息:叹息。淮阴指淮阴侯韩信,曾在这一带作战。《史记·淮阴侯列传》:"信因袭齐历下军,遂至临菑。齐王田广……走高密,使使之楚请救。韩信已定临菑,遂东追广至高密西。"韩信为刘邦建立了不朽功业,后被吕后以谋叛罪诛杀,不得善终。

〔二一〕撷:采摘。杜牧《将赴湖州留亭菊》:"正是撷芳时。"

〔二二〕秫酒:秫,黏高粱,多用以酿酒。

〔二三〕瀹脱粟:煮糙米。

〔二四〕"方是时"四句:时苏辙任齐州(治所在今山东济南)掌书记。苏辙《超然台赋》序说,苏轼问他"将何以名之",他回答说:"老子曰:'虽有荣观,燕处超然。'尝试以'超然'命之可乎?"

附录

宗臣:东坡胸中本无轩冕,故其风神笔墨皆自潇洒。(《三苏文范》卷十四)

唐顺之:记内叙山川景象甚长,叙四时景象甚短。盖坡公才气豪迈,故操纵伸缩无不如意。(同上)

姜宝:此记有即其所居之位,乐其日用之常,脱出尘寰之外意,故名之曰超然。此东坡之所以为东坡也。(同上)

茅坤:子瞻本色。与《凌虚台记》并本之庄生。(《苏文忠公文钞》卷二十五)

焦竑:公时坐谪极困,台名超然,用以自遣。记中言安遇自得甚彻,真无聊中能达观者。(《三苏文范》卷十四)

吴楚材、吴调侯:是记先发超然之意,然后入事。其叙事处,忽及四方之形胜,忽入四时之佳景,俯仰情深,而总归之一乐。真能超然物外者矣。(《古文观止》卷十一)

方苞:子瞻记二台(凌虚台、超然台),皆以东西南北点缀,颇觉肤套。此类蹊径,乃欧(阳修)、王(安石)所不肯蹈。(《古文辞类纂评注》卷五十六)

吴汝纶:前辈议东南西北等为习俗常语,吾谓此但字句小疵,其精神意态实

有寄于笔墨之外者，故自与前幅议论相称。（同上）

凫绎先生诗集叙[一]

苏 轼

孔子曰："吾犹及史之阙文也。有马者借人乘之，今亡矣夫。"[二]史之不阙文与马之不借人也，岂有损益于世也哉！然且识之，以为世之君子长者日以远矣，后生不复见其流风遗俗，是以日趋于智巧便佞而莫之止[三]。是二者虽不足以损益，而君子长者之泽在焉，则孔子识之，而况其足以损益于世者乎？

昔吾先君适京师[四]，与卿士大夫游，归以语轼曰[五]："自今以往，文章其日工，而道将散矣。士慕远而忽近，贵华而贱实，吾已见其兆矣。"[六]以鲁人凫绎先生之诗文十余篇示轼曰："小子识之，后数十年，天下无复为斯文者也。先生之诗文，皆有为而作，精悍确苦[七]，言必中当世之过，凿凿乎如五谷必可以疗饥[八]，断断乎如药石必可以伐病[九]。其游谈以为高[一〇]，枝词以为观美者[一一]，先生无一言焉。"

其后二十余年[一二]，先君既殁[一三]，而其言存。士之为文者，莫不超然出于形器之表[一四]，微言高论[一五]，既已鄙陋汉、唐；而其反复论难，正言不讳[一六]，如先生之文者，世莫之贵矣[一七]。轼是以悲于孔子之言而怀先君之遗训，益求先生之文，而得之于其子复[一八]，乃录而藏之。先生讳太初，字醇之，姓颜氏，先师兖公之四十七世孙云[一九]。

（卷十）

注

〔一〕熙宁十年（1077）知徐州时作。凫绎先生即颜太初，《宋史·颜太初传》："颜太初，字醇之，徐州彭城（今江苏徐州）人，颜子（颜回）四十七世孙。……喜为诗，多讥切时事。……所居在凫、绎两山之间，号凫绎处士。"《乌台诗话》载："熙宁七年轼知密州日，颜复寄书与轼，云先父自号凫绎先生，求作文集叙。轼意谓更改法度，使学者皆空言，不便。"可见此叙是为反对"空言"，即"超然出于形器之表"的所谓"微言高论"而作，故详记苏洵对当时文坛不良风气的批评，对颜太初诗文的推尊，反对"慕远而忽近，贵华而贱实"，主张"诗文皆有为而作"，"言必中当世之过"，如谷可充饥，药可治病。

〔二〕"吾犹及史之阙文也"三句：语见《论语·卫灵公》。阙文，脱漏的文句。"史之阙文"与"有马者借人乘之"二者有什么关系，很费解。前人有的把它们看成两件互不相关的事（如包咸《论语章句》），有的怀疑"有马"等七字为衍文（如叶梦得《石林燕语》）。杨伯峻《论语译注》的译文是："我还能够看到史书存疑的地方。有马的人，（自己不会训练），先给别人使用，这种精神，今天也没有了罢！"亦觉牵强。从苏轼行文看，他是把这二者作为不重要也不相关的事看待的。

〔三〕便佞：花言巧语，善以言辞取媚于人。此就当时文风而言。

〔四〕昔吾先君适京师：指父亲苏洵于庆历五年（1045）三十七岁时因举制策入京。适，往。

〔五〕归以语轼：苏洵应制举不中后，南游庐山等地，于庆历七年（1047）因父亲苏序病逝才返蜀。

〔六〕兆：征兆。

〔七〕精悍：就颜文的风格而言。确苦：真确忧苦，就颜文的内容而言。

〔八〕凿凿：确凿无疑。

〔九〕断断：决然无疑，非常肯定。药石：治病的药物和砭石，泛指药物。伐病：治病。

〔一○〕游谈：指虚浮不实之言。

〔一一〕枝词：指与题旨无关的话。

〔一二〕其后二十余年：庆历七年之后二十余年即熙宁年间（1068—1077），时王安石正推行新学。

〔一三〕先君既殁：苏洵去世于治平三年（1066）。殁，去世。

〔一四〕莫不超然出于形器之表：谓脱离现实具体问题。超然，高举远引貌。形器，指具体事物。《易·系辞》："形而上者谓之道，形而下者谓之器。"

〔一五〕微言高论：似乎很精微的高不可攀的言论。《汉书·艺文志》："仲尼没而微言绝。"《史记·张释之冯唐列传》："毋甚高论，令今可施行也。"

〔一六〕正言不讳：直说而无忌讳。

〔一七〕世莫之贵：即世莫贵之，世上没有人珍视它。

〔一八〕复：《宋史·颜复传》："颜复字长道，鲁人，颜子（颜回）四十八世孙也"，赐进士出身，官至中书舍人兼国子监直讲。

〔一九〕兖公：即颜回，唐张之宏撰有《兖公颂》，即颂颜回。

附录

茅坤：非公着意文，却亦淡宕而有深思云。（《苏文忠公文钞》卷二十三）

日 喻〔一〕
苏 轼

生而眇者不识日〔二〕，问之有目者。或告之曰："日之状如铜盘。"扣盘而得其声。他日闻钟，以为日也。或告之曰："日之光如烛。"扪烛而得其形〔三〕。他日揣籥〔四〕，以为日也。日之与钟、籥亦远矣，而眇者不知其异，以其未尝见而求之人也。

道之难见也甚于日〔五〕，而人之未达也〔六〕，无以异于眇。达者告之，虽有巧譬善导，亦无以过于盘与烛也。自盘而之钟〔七〕，自烛而之籥，转而相之〔八〕，岂有既乎〔九〕！故世之言道者，或即其所见而名之，或莫之见而意之〔一〇〕，皆求道之过也。

然则道卒不可求欤〔一一〕？苏子曰："道可致而不可求。"何谓"致"？孙武曰："善战者致人，不致于人。"〔一二〕子夏曰："百工居肆以成其事，君子学以致其道。"〔一三〕莫之求而自至，斯以为"致"也欤？

南方多没人〔一四〕，日与水居也，七岁而能涉〔一五〕，十岁而能浮，十五而能浮没矣。夫没者岂苟然哉！必将有得于水之道者〔一六〕。日与水居，则十五而得其道；生不识水，则虽壮〔一七〕，见舟而畏之。故北方之勇者，问于没人，而求其所以没，以其言试之河，未有不溺者也。故凡不学而务求道，皆北方之学没者也。

昔者以声律取士，士杂学而不志于道〔一八〕；今者以经术取士，士求道而不务学〔一九〕。渤海吴君彦律〔二〇〕，有志于学者也，方求举于礼部〔二一〕，作《日喻》以告之。

（卷六十四）

注

〔一〕《乌台诗案》："元丰元年（1078），轼知徐州。十月十三日，在本州监酒正字吴琯锁厅得解，赴省试。轼作文一篇，名为《日喻》，以讥讽近日科场之士，但务求进，不务积学，故皆空言而无所得。以讥讽朝廷更改科场新法不便也。"北宋前期，承袭唐代科举制，以考试诗赋取士，王安石变法后，改为考试经术取士，助长了当时学者空谈义理，不重实学的风气。本文的目的就在于指出以经术取士的这种弊端，但也同时指出了以诗赋取士的流弊，即只注重诗赋等"杂学"，而忽视了"明道"的更高要求。全文的基本观点是"道可致而不可求"，即客观事物的规律只能通过长期实践自然而然地达到，而不可能通过"达者告之"一下子就求得。作者所谈的"道"虽然基本上属于儒家之道的范畴，但文中阐述的"求道"的方法和过程，却有合理之处，能给人以启发。

〔二〕眇：一只眼睛。《易·履·六三》："眇能视。"此"眇者"指瞎子（双目失明）。

〔三〕扪：抚摸。《诗·大雅·抑》："莫扪朕舌。"

〔四〕揣：摸索。籥：古乐器，形如笛管。

〔五〕道：特指儒家传统的政治理想、学术思想以及道德规范等。

〔六〕未达：指不明白了解事理。下"达者"指通晓事理的人。

〔七〕之：动词，到。

〔八〕转而相之：辗转（一个接一个地）相比。相，形容，比拟。

〔九〕既：尽，完。以上眇者问日之喻，又见苏轼《易传》卷一："古之言性者如告鼓瞽者，以其所不识也。瞽者未尝有见也，欲告之以物；患其不识也，则又一物状之。夫以一物状之，则又一物也，非是物矣。彼唯无见，故告之以一物而不识，又可以多物眩之乎？"

〔一〇〕"或即其所见而名之"二句：有的人就自己的一得之见来解释事物（这是讲认识的片面性），有的人没有见到而作臆测（这是讲认识的主观性）。意，通"臆"，猜测。

146

〔一一〕卒：终究。

〔一二〕"善战者致人"二句：语出《孙子·虚实篇》："凡先处战地而待敌者佚，后处战地而趋战者劳。故善战者致人，而不致于人。"《集注》引杜牧云："致令敌来就我，我当蓄力待之，不就敌人，恐劳我也。"又引王皙云："致人者，以佚乘其势，致于人者，以劳乘其佚。"致，使……自至。

〔一三〕"子夏曰"三句：卜商字子夏，孔子弟子。引语出《论语·子张》。邢昺《正义》云："肆，谓官府造作之处也。致，至也。言百工处其肆，则能成其事；犹君子勤于学，则能至于道也。"

〔一四〕没人：能潜水的人。

〔一五〕涉：徒步渡水。

〔一六〕水之道：指水性。

〔一七〕壮：三十岁为壮，见《礼记·曲礼上》。

〔一八〕"昔者以声律取士"二句：指王安石变法前，宋代的科举多沿唐制，以诗赋取士。诗赋考试涉及内容广，故所学繁杂，士子不能有志于孔孟之道。声律，见苏轼《上梅直讲书》注〔一六〕。

〔一九〕"今者以经术取士"二句：《东都事略·本经八》载宋神宗熙宁四年（1071）王安石当政时，"罢贡举词赋科，以经术取士"。据《宋史·选举志一》载，王安石认为，"今以少壮时，正当讲求天下正理，乃闭门学作诗赋，乃其入官，世事皆所不习"，故主张废除诗赋考试。苏轼则认为："自唐至今，以诗赋为名臣者，不可胜数，何负于天下，而必欲废之？"

〔二〇〕渤海：郡名，在今山东省阳信县。吴君彦律：吴琯字彦律，苏轼知徐州时，吴任该州正字（负责校正书籍）。

〔二一〕礼部：见苏轼《上梅直讲书》注〔二二〕。

附录

杨慎：《日喻》与《稼说》二作，长公皆根极道理，确非漫然下笔。宋儒谓其文兼子厚之愤激、永叔之感慨，而发之以谐谑。如此等文，殆不然矣。（《三苏文范》卷十六）

陆贞山：此明学道也。起语设问日者，说明道不可过求；后设学没水一段话，明道不可不学，有据之论。（同上）

张之象：妙道不可以告人而可以告人。以其不可以告人者告之，是真告人。此篇引而不发，可谓方便济人者也。（同上）

茅坤：公之以文点化人，如佛家参禅妙解。（《苏文忠公文钞》卷二十八）

储欣：今之取科第而不识威烈王为何代人者，盖有之矣。觉亦求道而不务学使然。与"道可致而不可求"，片言彻札。（《东坡先生全集录》卷九）

林纾：东坡雄杰，轶出凡近，吾读其《日喻》一篇，亦不无可疑处。入手以钟籥喻日，语妙天下。及归宿到言道处，宜有一番精实之言；乃曰"莫之求而自至"，则过于聪明，不必得道之纲要；大概类《庄子》所言"同乎无知，其德不离；同乎无欲，是谓素朴"者，非圣人之道也。朱子言坡文雄健有余，只下字亦有不贴实处。不贴实，正其聪明过人，故有此失。（《春觉斋论文·忌虚枵》）

李氏山房藏书记〔一〕

苏　轼

象犀珠玉怪珍之物〔二〕，有悦于人之耳目，而不适于用。金石草木丝麻五谷六材〔三〕，有适于用，而用之则弊，取之则竭。悦于人之耳目而适于用，用之而不弊，取之而不竭，贤不肖之所得，各因其才，仁智之所见，各随其分〔四〕，才分不同，而求无不获者，惟书乎！

自孔子圣人〔五〕，其学必始于观书。当是时，惟周之柱下史老聃为多书〔六〕。韩宣子适鲁，然后见《易象》与《鲁春秋》〔七〕。季札聘于上国，然后得闻《诗》之风、雅、颂〔八〕。而楚独有左史倚相，能读《三坟》《五典》《八索》《九丘》〔九〕。士之生于是时，得见《六经》者盖无几，其学可谓难矣。而皆习于礼乐，深于道德，非后世君子所及。自秦、汉以来，作者益众，纸与字画日趋于简便〔一〇〕，而书益多，士莫不有，然学者益以苟简〔一一〕，何哉？余犹及见老儒先生，自言其少时，欲求《史记》《汉书》而不可得，幸而得之，皆手自书，日夜诵读，惟恐不及。近岁市人转相摹刻诸子百家之书〔一二〕，日传万纸，学者之于书，多且易致如此，其文词学术，当倍蓰于昔人〔一三〕，而后生科举之士，皆束书不观，游谈无根，此又何也？

　　余友李公择，少时读书于庐山五老峰下白石庵之僧舍。公择既去，而山中之人思之，指其所居为李氏山房。藏书凡九千余卷。公择既已涉其流，探其源[一四]，采剥其华实，而咀嚼其膏味，以为己有，发于文词，见于行事，以闻名于当世矣。而书固自如也，未尝少损。将以遗来者，供其无穷之求，而各足其才分之所当得[一五]。是以不藏于家，而藏于其故所居之僧舍，此仁者之心也。

　　余既衰且病，无所用于世，惟得数年之闲，尽读其所未见之书，而庐山固所愿游而不得者，盖将老焉。尽发公择之藏，拾其余弃以自补，庶有益乎[一六]？而公择求余文以为记，乃为一言，使来者知昔之君子见书之难，而今之学者有书而不读为可惜也。

（卷十一）

注

　　〔一〕李氏：李常（1027—1090），字公择，宋南康军建昌（今江西南城）人，黄庭坚的舅父，苏轼通过他结识黄庭坚。李常少读书于庐山白石庵僧舍，苏轼有"先生生长匡庐山，山中读书三十年"的诗句（《与李公择饮》），既仕而藏书山中，后增至九千余卷，时人号为"李氏山房"。文章夹叙夹议，主要通过说明书籍的重要作用，追述古人得书之难而求学之勤，批评当时"科举之士，皆束书不观，游谈无根"，告诫人们要珍惜"倍蓰于昔"的读书条件，不要"有书而不读"。

　　〔二〕象犀：象牙和犀牛角。

　　〔三〕五谷：《孟子·滕文公上》："树艺五谷"。赵岐注："五谷，谓稻、黍、稷、麦、菽也。"六材：指干、角、筋、胶、丝、漆六种材料。

　　〔四〕"仁智之所见"二句：即仁者见仁，智者见智。

　　〔五〕孔子圣人：《史记·孔子世家》："孔丘，圣人之后。"《集解》引服虔云："圣人谓商汤。"

　　〔六〕惟周之柱下史老聃为多书：《史记·老子韩非列传》云：老子"姓李氏，名耳，字聃，周守藏室之史也"。《索隐》："藏室史，周藏书室之史也。又《张苍传》：'老子为柱下史。'盖即藏室之柱下，因以为官名。"

〔七〕"韩宣子适鲁"二句：《左传·昭公二年》："春，晋侯使韩宣子来聘，且告为政而来见，礼也。观书于太史（藏书官）氏，见《易象》与《鲁春秋》，曰：'周礼尽在鲁矣。'"韩宣子，晋国大夫。适，往。

〔八〕"季札聘于上国"二句：《左传·襄公二十九年》载，吴公子季札朝聘于鲁，"请观于周乐"，鲁国"使（乐）工为之歌"二南、国风、雅、颂，季札都一一作了评论。上国，春秋时称中原诸侯国为上国，此指鲁国。《左传·昭公二十七年》："使延州来季子聘于上国。"孔颖达疏引服虔云："上国，中国（中原地区）也。盖以吴辟东南，地势卑下，中国在其上流，故谓中国为上国也。"

〔九〕"而楚独有左史倚相"二句：《左传·昭公十二年》载楚灵王对子革说，左史倚相"是良史也，子善视之，是能读《三坟》《五典》《八索》《九丘》。"孔颖达疏云："孔安国《尚书序》云：伏羲、神农、黄帝之书谓之《三坟》，言大道也。少昊、颛顼、高辛、唐（尧）、虞（舜）之书谓之《五典》，言常道也。八卦之说谓之《八索》，求其义也。九州之志谓之《九丘》，丘，聚也，言九州所有土地所生风气所宜皆聚此书也。"左史，官名。周代史官分左史、右史，右史记言，左史记行。

〔一〇〕纸与字画日趋于简便：古代无纸，秦、汉以前文字主要刻写在甲骨、青铜器、石头、竹木条上。秦、汉以来竹木简册和帛书成为主要的书写材料。后汉时发明了纸。六朝隋唐演变成手抄的帛书和纸书。五代时才开始发展成为印本。文字，战国前为古文（籀文、大篆），秦汉出现了小篆、隶书，三国时出现楷书，以后又有印刷体，文字的书写也日趋简便。

〔一一〕益以苟简：更加苟且简慢。

〔一二〕近岁市人转相摹刻：北宋刻书业不断发展，宋神宗时又取缔了不准擅刻图书的禁令，私刻、坊刻图书业更加发达。市人，指书商。

〔一三〕蓰：五倍。倍蓰：几倍。

〔一四〕涉其流，探其源：谓探讨学问源流。

〔一五〕各足其才分之所当得：即首段"才分不同，而求无不获"之意。

〔一六〕庶：或许。

附录

茅坤：题本小，而文旨特放而远之，才不鲜腆。（《苏文忠公文钞》卷二十四）

放鹤亭记[一]

苏 轼

　　熙宁十年秋，彭城大水[二]，云龙山人张君天骥之草堂[三]，水及其半扉。明年春，水落，迁于故居之东，东山之麓[四]。升高而望，得异境焉，作亭于其上。彭城之山，冈岭四合，隐然如大环，独缺其西十二[五]，而山人之亭适当其缺。春夏之交，草木际天[六]。秋冬雪月，千里一色。风雨晦明之间，俯仰百变。山人有二鹤，甚驯而善飞。旦则望西山之缺而放焉，纵其所如[七]，或立于陂田，或翔于云表，暮则傃东山而归[八]。故名之曰放鹤亭。

　　郡守苏轼，时从宾客僚吏往见山人，饮酒于斯亭而乐之[九]，揖山人而告之曰："子知隐居之乐乎？虽南面之君[一〇]，未可与易也。《易》曰：'鸣鹤在阴，其子和之。'[一一]《诗》曰：'鹤鸣于九皋，声闻于天。'[一二]盖其为物，清远闲放，超然于尘垢之外，故《易》《诗》人以比贤人君子隐德之士。狎而玩之[一三]，宜若有益而无损者，然卫懿公好鹤则亡其国[一四]。周公作《酒诰》[一五]，卫武公作《抑》戒[一六]，以为荒惑败乱无若酒者，而刘伶、阮籍之徒以此全其真而名后世[一七]。嗟夫！南面之君虽清远闲放如鹤者犹不得好，好之则亡其国，而山林遁世之士，虽荒惑败乱如酒者犹不能为害，而况于鹤乎[一八]！由此观之，其为乐未可以同日而语也。"山人听然而笑曰[一九]："有是哉。"乃作放鹤、招鹤之歌曰：

　　鹤飞去兮，西山之缺。高翔而下览兮，择所适。翻然敛翼，婉将集兮，忽何所见，矫然而复击[二〇]。独终日于涧谷之间兮，啄苍苔而履白石。鹤归来兮，东山之阴[二一]。其下有人兮，黄冠草履葛衣而鼓琴。躬耕而食兮，其余以汝饱[二二]。归来归来兮，西山不可以久留。

　　元丰元年十一月初八日记。

注

〔一〕元丰元年（1078）知徐州时作。第一段为记，简述放鹤亭修建的经过、位置、景色及二鹤的早放暮归。第二段为议，写隐居之乐超过君主之乐。末以二歌作结，一歌放鹤，二歌招鹤，首尾呼应而又不露痕迹。

〔二〕"熙宁十年秋"二句：熙宁十年即公元1077年。彭城即徐州。彭城大水事，详见苏轼《九日黄楼作》诗及苏辙《黄楼赋》。

〔三〕云龙山人张君天骥：张师厚，字天骥，居云龙山（在徐州西），号云龙山人。邵博《邵氏闻见后录》卷十五："或问东坡：'云龙山人张天骥者，一无知村夫耳。公为作《放鹤亭记》，以比古隐者；又遗以诗，有"脱身声利中，道德自濯澡"，过矣。'东坡笑曰：'装铺席耳。'东坡之门，稍上者不敢言，如琴聪、蜜殊之流，皆铺席中物也。"

〔四〕"明年春"四句：苏轼《访张山人得山中字二首》："鱼龙随水落，猿鹤喜君还。旧隐丘墟外，新堂紫翠间。"麓，山角。

〔五〕"彭城之山"四句：苏轼《徐州上皇帝书》："臣观其地，三面被山，独其西平川数百里。"西十二，西面的十分之二。

〔六〕际天：连天。

〔七〕纵其所如：任它到什么地方。如，往。

〔八〕傃：向。

〔九〕"郡守苏轼"三句：苏轼《过云龙山人张天骥》："病守（自指）亦欣然，肩舆白门道。……下有幽人居，闭门空雀噪。"《游张山人园》："惯与先生为酒伴，不嫌刺史亦颜开。"《云龙山观烧得云字》："偶从二三子，来访张隐居。"

〔一〇〕南面之君：《庄子·至乐》："死无君于上，无臣于下，亦无四时之事，纵然以天地为春秋，虽南面王乐不能过也。"

〔一一〕"鸣鹤在阴"二句：见《易·中孚·九二》。

〔一二〕"鹤鸣于九皋"二句：见《诗·小雅·鹤鸣》。《毛传》："皋，泽也。言身隐而名著也。"《郑笺》："皋，泽中水溢出所为坎，从外数至九，喻深远也。"

〔一三〕狎：亲近。

〔一四〕卫懿公好鹤则亡其国：《左传·闵公二年》："冬十二月，狄人伐卫，卫懿公好鹤，鹤有乘轩（大夫所乘之车）者。将战，国人受甲者皆曰：'使鹤，鹤实有禄位，余焉能战？'……及狄人，战于荥泽，卫师败绩，遂灭卫。"

〔一五〕《酒诰》：《尚书》篇名。该篇孔安国传云："康叔监殷民，殷民化纣嗜酒，故以戒酒诰。"

〔一六〕《抑》：《诗·大雅》篇名。《毛诗序》云："《抑》，卫武公刺厉王，亦以自警也。"其中有"颠覆厥德，荒湛于酒"的诗句。

〔一七〕刘伶：《晋书·刘伶传》："刘伶，字伯伦……初不以家产有无介意。常乘鹿车，携一壶酒，使人荷锸而随之，谓曰：'死便埋我。'其遗形骸如此。"阮籍：《晋书·阮籍传》："阮籍，字嗣宗……本有济世志，属魏晋之际，天下多故，名士少有全者，籍由是不与世事，遂酣饮为常。文帝初欲为武帝求婚于籍，籍醉六十日，不得言而止。……籍闻步兵厨营人善酿，有贮酒三百斛，乃求为步兵校尉。"

〔一八〕而况于鹤乎：沈德潜《唐宋八家文读本》卷二十三评此句："玲珑跳脱，宾主分明，极行文之能事。"

〔一九〕听然：张口笑貌。《史记·司马相如列传》："无是公听然而笑。"

〔二○〕"翻然敛翼"四句：谓鹤似将飞回，而又突然飞走了。翻然，回飞貌。婉，好像。矫然，强健貌。

〔二一〕阴：山北为阴。

〔二二〕"其下有人兮"四句：描写张天骥的隐士形象。草履，草鞋。葛衣，用葛草制成的衣服。其余以汝饱，谓剩余的粮食就用来养鹤。

附录

李涂：文字请客对主极难，独子瞻此篇以酒对鹤，大意谓清闲者莫如鹤，然卫懿公好鹤则其国亡；乱德者莫如酒，然刘伶、阮籍之徒反以酒全其真而名后世，南面之乐，岂足以易隐居之乐哉？鹤是主，酒是客，请客对主，分外精神。又归得放鹤亭隐居之，意切，然须是前面陷"饮酒"二字，方入得来，亦是一格。（《三苏文范》卷十四）

崔仲凫：他人记此亭，拘于题目，必极其所以模写隐士之好鹤有何意思，公乃于题外酒上说入好鹤，隐然为天下第一快乐，固在言外矣。（同上）

杨循吉：东坡自海外归，移守彭城，而此记皆自《赤壁赋》后文字，而叠山谓坡公自《庄子》觉悟来，良是。（同上）

茅坤：疏旷爽然，特少沉深之思。（《苏文忠公文钞》卷二十四）

储欣：（歌词）清音幽韵，序亦不烦。（《东坡先生全集录》卷五）叙次议论并

超逸，歌亦清旷，文中之仙。（《唐宋八大家类选》卷十二）

吴楚材、吴调侯：记放鹤亭，却不实写隐士之好鹤。乃于题外寻出"酒"字，与"鹤"字作对。两两相较，真见得南面之乐无以易隐居之乐。其得心应手处，读之最能发人文机。（《古文观止》卷十一）

沈德潜：插入饮酒一段，见人君不可留意于物，而隐士之居，不妨轻世肆志，此南面之君未易隐居之乐也。（《唐宋八家文读本》卷二十三）

文与可画《筼筜谷偃竹》记〔一〕

苏　轼

竹之始生，一寸之萌耳〔二〕，而节叶具焉。自蜩腹蛇蚹以至于剑拔十寻者〔三〕，生而有之也〔四〕。今画者乃节节而为之，叶叶而累之〔五〕，岂复有竹乎〔六〕！故画竹必先得成竹于胸中，执笔熟视〔七〕，乃见其所欲画者，急起从之〔八〕，振笔直遂〔九〕，以追其所见，如兔起鹘落〔一〇〕；少纵〔一一〕，则逝矣。

与可之教予如此。予不能然也，而心识其所以然。夫既心识其所以然而不能然者，内外不一，心手不相应，不学之过也。故凡有见于中而操之不熟者〔一二〕，平居自视了然，而临事忽焉丧之，岂独竹乎！

予由为《墨竹赋》以遗与可〔一三〕，曰："庖丁，解牛者也，而养生者取之〔一四〕；轮扁，斫轮者也，而读书者与之〔一五〕。今夫夫子之托于斯竹也，而予以为有道者，则非邪〔一六〕？"子由未尝画也，故得其意而已；若予者，岂独得其意，并得其法。

与可画竹，初不自贵重〔一七〕。四方之人持缣素而请者〔一八〕，足相蹑于其门〔一九〕。与可厌之，投诸地而骂曰："吾将以为袜材！"士大夫传之，以为口实〔二〇〕。

及与可自洋州还，而余为徐州〔二一〕。与可以书遗余曰："近语士大夫：'吾墨竹一派近在彭城〔二二〕，可往求之。'袜材当萃于子矣。"〔二三〕书尾复写一诗，其略曰："拟将一段鹅溪绢〔二四〕，扫取寒梢万尺长。"〔二五〕予谓与可："竹长万尺，当用绢二百五十匹〔二六〕。知公倦于笔砚，愿得此绢而已。"与可无以答，则曰："吾言妄矣！世岂有万尺竹也哉？"余因而实之〔二七〕，答其诗曰："世间亦有千寻竹，月落庭空影许长。"与可笑曰："苏子辩则辩矣〔二八〕！然二百五十匹，吾将买田而归老焉。"因以所画《筼筜谷偃竹》遗予，曰："此竹数尺耳，而有万尺之势。"

筼筜谷在洋州，与可尝令予作《洋州三十咏》〔二九〕，《筼筜谷》其一也。予诗云："汉川修竹贱如蓬〔三〇〕，斤斧何曾赦箨龙〔三一〕。料得清贫馋太守〔三二〕，渭滨千亩在胸中。"〔三三〕与可是日与其妻游谷中，烧笋晚食；发函得诗，失笑喷饭满案〔三四〕。

元丰二年正月二十日，与可没于陈州〔三五〕。是岁七月七日，予在湖州曝书画〔三六〕，见此竹，废卷而哭失声〔三七〕。昔曹孟德祭桥公文有"车过""腹痛"之语〔三八〕；而予亦载与可畴昔戏笑之言者〔三九〕，以见与可于予亲厚无间如此也。

（卷十一）

注

〔一〕文同字与可，见苏洵《与可许惠所画舒景，以诗督之》注〔一〕。筼筜谷，在今陕西洋县西北，因谷中多产竿粗节长的筼筜竹得名。偃竹，倒伏而生的竹子。《筼筜谷偃竹》是文同送给苏轼的一幅墨竹写生。元丰二年（1079）正月文同病逝，同年七月苏轼在湖州（今浙江吴兴）曝晒书画时，看到文同这幅遗作，写下这篇怀念亡友的文章。苏轼在文中通过对他与文同的日常交往以及一些生活琐事的回忆，生动地再现了文同的音容笑貌；同时，总结了文同（也是作者自己的）关于绘画的艺术经验。其中，"胸有成竹"说涉及艺术构思，"少纵则逝"涉及灵感在创作中的作用，"手心相应"说强调实践在艺术创作中的重要性，而"咫尺万里"则涉及在有限的篇幅中创造无限的气势和意境。本文是苏轼文艺理论的重要篇章之一。

〔二〕萌：嫩芽。

〔三〕蜩：蝉子。蜩腹：指蝉子后腹上的横纹。蚹：蛇皮上的横鳞。竹笋表面紧包着一层一层的笋壳，与蜩腹蛇蚹形状相似，故以之比喻竹笋。剑拔：剑一样挺拔。寻：八尺。十寻，言其高。

〔四〕生而有之：指从笋到竹都有节有叶。

〔五〕"今画者乃节节而为之"二句：谓一节一节地画，一叶一叶地画。累，添加，堆砌。

〔六〕岂复有竹乎：米芾《画史》："子瞻作墨竹，从地一直起至顶。余问何不遂节分？曰：'竹生时何尝逐节生？'运思清拔，出于文同与可，自谓与文拈一瓣香（师承其法意）。"

〔七〕熟视：久视，谓认真观察。

〔八〕从：跟从，追随。

〔九〕振笔直遂：挥笔径直完成。

〔一〇〕兔起鹘落：兔子起跑，鹘鸟落地。形容迅速。

〔一一〕少纵：稍稍放松。少，同"稍"。

〔一二〕有见于中：心中有所认识。

〔一三〕遗：赠送。

〔一四〕"庖丁"三句：见《庄子·养生主》。讲庖丁非常了解牛的筋骨脉络结构，宰牛快而不损刀，游刃自如。文惠王（即养生者）看了庖丁宰牛后，从中悟出了要顺应自然的养生之道。庖，厨工。丁，厨工的名字。

〔一五〕"轮扁"三句：见《庄子·天道》。讲齐桓公在堂上读书，轮扁从堂下经过，轮扁对齐桓公说他读的书不过是古人留下的糟粕。桓公听后很生气，轮扁便以自己造车轮为例，说明学习做一件事情要靠实践和经验，即使父子之间口授也没有用。桓公认为他说得有道理，十分赞赏。轮，指造车轮的匠人。扁，匠人的名字。读书者，指齐桓公。与，赞同。

〔一六〕"今夫夫子之托于斯竹也"三句：《墨竹赋》在这三句前还有"万物一理也，其所以为之者异耳"。夫子指文与可。谓文与可把精神寄托于竹子，是有道的表现，难道不是这样吗？

〔一七〕初：本来。

〔一八〕缣、素：丝织品，都叫绢。洁白的叫素，带黄色的叫缣。古人用来写字作画。

〔一九〕足相蹑：脚踩脚。形容人多。

〔二〇〕口实：话柄，谈话资料。

〔二一〕"及与可自洋州还"二句：文同熙宁八年（1075）知洋州，十年（1077）冬回到京师。苏轼于熙宁十年四月知徐州，元丰二年（1079）三月离任。

〔二二〕彭城：即徐州。

〔二三〕袜材：指求画的缣、素。萃：聚集。

〔二四〕鹅溪：地名，在今四川省盐亭县西北，出产绢，十分珍贵，唐、宋时常用作贡品。

〔二五〕扫取：画出。寒梢：指竹梢。

〔二六〕二百五十匹：古时一匹（疋）为四十尺。一万尺合二百五十匹的长度。

〔二七〕实之：证实有。

〔二八〕辩：能说会辩。

〔二九〕《洋州三十咏》：即《和文与可洋州园池三十首》。下面所引《筼筜谷》为其中之一。

〔三〇〕汉川：汉水。此指洋州，汉水流经洋州。

〔三一〕箨龙：竹笋。

〔三二〕馋太守：指文与可。

〔三三〕渭滨千亩在胸中：此乃戏语，谓洋州的竹笋都被文与可吃了。《史记·货殖列传》有"渭川千亩竹"语，此借渭滨指洋州。

〔三四〕失笑：《苏长公合作》卷一："有此'失笑'，那得不'哭失声'（见下文）。"

〔三五〕陈州：今河南淮阳。

〔三六〕予在湖州：苏轼于元丰二年由徐州改知湖州，四月到任。

〔三七〕废卷：放下画卷。

〔三八〕"昔曹孟德祭桥公"句：桥公指桥玄，对青年时代的曹操多所奖助。建安七年（202）操遣使祭桥玄说："承从容约誓之言：'殂逝之后，路有经由，不以斗酒只鸡过相沃酹，车过三步，腹痛勿怪。'虽临时戏笑之言，非至亲之笃好，胡肯为此辞乎？"（《三国志·魏书·武帝纪》）

〔三九〕畴昔：往昔，从前。

附录

邱濬：自画法说起，而叙事错列，见与可竹法之妙；而公与与可之情，尤最厚也。笔端出没，却是仙品。（《三苏文范》卷十四）

赵宽：人言此记类《庄》，余谓有类司马子长体。（同上）

钟惺：前段便是《庄子》"庖丁解牛"全文，因后段添许多妙论，所以隔一

层。（同上）

茅坤：中多诙谐之言，而论画竹入解。（《苏文忠公文钞》卷二十四）

储欣：诙嘲游戏皆可书而诵之，此记其一斑也。须知此出天才，尤不易学，学之辄俚俗村鄙，令人欲呕矣。（《东坡先生全集录》卷五）

答李端叔书〔一〕

苏 轼

轼顿首再拜〔二〕。闻足下名久矣，又于相识处，往往见所作诗文，虽不多，亦足以仿佛其为人矣〔三〕。寻常不通书问，怠慢之罪，犹可阔略〔四〕，及足下斩然在疚〔五〕，亦不能以一字奉慰，舍弟子由至〔六〕，先蒙惠书，又复懒不即答，顽钝废礼〔七〕，一至于此，而足下终不弃绝，递中再辱手书〔八〕，待遇益隆，览之面热汗下也。足下才高识明，不应轻许与人〔九〕，得非用黄鲁直、秦太虚辈语〔一〇〕，真以为然耶？不肖为人所憎，而二子独喜见誉〔一一〕，如人嗜昌歜、羊枣〔一二〕，未易诘其所以然者〔一三〕。以二子为妄则不可，遂欲以移之众口，又大不可也。

轼少年时，读书作文，专为应举而已。既及进士第〔一四〕，贪得不已，又举制策〔一五〕，其实何所有。而其科号为直言极谏，故每纷然诵说古今，考论是非，以应其名耳。人苦不自知，既以此得，因以为实能之，故说说至今，坐此得罪几死〔一六〕，所谓齐虏以口舌得官〔一七〕，真可笑也。然世人遂以轼为欲立异同，则过矣。妄论利害，搀说得失〔一八〕，此正制科人习气。譬之候虫时鸟〔一九〕，自鸣自已，何足为损益！轼每怪时人待轼过重，而足下又复称说如此，愈非其实。

得罪以来，深自闭塞，扁舟草履，放浪山水间，与樵渔杂处〔二〇〕，往往为醉。人所推骂，辄自喜渐不为人识，平生亲友无一字见及，有书与之，亦不答，自幸庶几免矣〔二一〕。足下又复创相推与，甚非所望。

木有瘿〔二二〕，石有晕〔二三〕，犀有通〔二四〕，以取妍于人〔二五〕，皆物之病也。谪居无事，默自观省，回视三十年以来所为，多其病者。足下所见皆故我，非今我也。无乃闻其声不考其情，取其华而遗其实乎〔二六〕？抑将又有取于此也？此事非相见不能尽。自得罪后，不敢作文字。此书虽非文，然信笔书意，不觉累幅，亦不须示人。必喻此意。岁行尽，寒苦。惟万万节哀强食。不次。

（卷四十九）

注

〔一〕李之仪，字端叔，自号姑溪居士，沧州（今河北沧县）人，元丰间进士。元祐年间从苏轼于定州幕府，后因受苏轼辟和作范纯仁遗表而两次被贬官。著有《姑溪居士集》。此信作于元丰三年（1080）十二月贬官黄州时。在众人诽谤苏轼的时候，李端叔却对他称颂备至，多次写信问候。苏轼因不肯连累他人，一再推诿不答，而终因盛情难却，写了这封回信。全文抒发了他贬黄州期间对当年"妄论利害"的后悔，对世态炎凉的感叹，以及忧谗畏讥、放浪山水的感情。其中，对于三十多年来的"故我"的否定，不过是含蓄的牢骚而已。

〔二〕顿首：顿首即叩头。《周礼·春官·大祝》："辨九撵（拜），一曰稽首，二曰顿首。"再拜：拜两次。二者常用于书信的开头或末尾，以示尊敬。

〔三〕仿佛：大致了解。

〔四〕阔略：宽恕。

〔五〕斩然在疚：《左传·昭公十年》："斩焉在衰绖之中。"王引之《经义述闻》卷十九："斩读为惭，惭焉者，哀痛忧伤之貌。"在疚，居丧。后文"节哀强食"也表明当时李端叔有亲人去世。

〔六〕舍弟子由至：苏轼《与秦太虚书》记元丰三年"五月末，舍弟来"。舍弟，在别人面前对弟弟的谦称。

〔七〕顽钝：愚顽钝拙。

〔八〕递：指驿递，古代传递书信的驿车。辱：谦辞，承蒙。

〔九〕许与：赞赏。与，赞同。

〔一〇〕黄鲁直：《宋史·黄庭坚传》："黄庭坚字鲁直，洪州分宁人。……与张耒、晁补之、秦观俱游苏轼门，天下称为四学士。"秦太虚：秦观字少游、太虚，高邮（今属江苏）人，北宋词人，"苏门四学士"之一。

〔一〕见誉：加誉，给以赞美。

〔一二〕嗜昌歇、羊枣：昌歇，《左传·僖公三十年》："王使周公阅来聘，饗有昌歇。"杜预注："菖蒲菹也。"一种生在沼泽地中的植物，有香味。羊枣，《孟子·尽心下》："曾皙嗜羊枣。"《尔雅·释木》："遵羊枣。"郭璞注："羊枣，实小而圆，紫黑色，今俗呼之羊矢（屎）枣。"

〔一三〕诘：责问。

〔一四〕既及进士第：嘉祐二年（1057）事，参苏轼《省试刑赏忠厚之至论》注〔一〕。

〔一五〕又举制策：嘉祐六年事，参苏轼《决壅蔽》注〔一〕。

〔一六〕"故谤谤至今"二句：元丰二年（1079）三月苏轼由徐州改知湖州，四月二十九日到任。七月御史台李定等人摘苏轼《湖州谢上表》中语和这之前所作诗，以谤讪新政的罪名逮捕苏轼入狱。经多方营救，十二月二十九日结案，责授黄州团练副使，本州安置，不得签书公事。谤谤，喧闹嘈杂的争辩声。坐，特指办罪的因由。

〔一七〕齐虏以口舌得官：齐虏，指刘敬。《史记·刘敬叔孙通列传》："刘敬者，齐人也。"《索隐》："敬本姓娄，《汉书》作'娄敬'。高祖曰：'娄即刘也。'因姓刘耳。"同上书载："上（刘邦）使刘敬复往使匈奴，还报曰：'两国相击，此宜夸矜见所长。今臣往，徒见羸瘠老弱，此必欲见短，伏奇兵以争利。愚以为匈奴不可击也。'是时汉兵已踰句注，二十余万兵已业行。上怒，骂刘敬曰：'齐虏！以口舌得官，今乃妄言沮吾军。'械系敬广武。遂往，至平城，匈奴果出奇兵围高帝白登，七日然后得解。"这里苏轼自比刘敬，表面说自己以口舌得官，实际含有自己说了真话也被捕入狱的意思。

〔一八〕搀说：抢着说。

〔一九〕候虫时鸟：按气候时令活动的虫鸟。

〔二〇〕"扁舟草履"三句：苏辙《东坡先生墓志铭》记苏轼黄州生活云："公幅巾芒履，与田父野老，相从溪谷之间。"草履，草鞋。樵渔，樵夫（柴夫）渔父。

〔二一〕庶几免矣：或许能免除灾难了。

〔二二〕木有瘿：谢肇淛《五杂俎》："木之有瘿，乃木之病也，而后人乃取其瘿瘤砢碬者，截以为器，盖有瘿而后有旋文，磨而光之，亦自可观。"瘿，肉瘤。此指长在树上的木瘤。

〔二三〕晕：石头上光泽模糊的晕圈。

〔二四〕犀有通：段成式《酉阳杂俎》卷十六："犀角通者是其病。"

〔二五〕取妍于人：谓以病态美取悦于人。

〔二六〕华：通"花"。

附录

茅坤：看此等书，长公据几随手写出者，却自疏宕而深眇。(《苏文忠公文钞》卷十)

刘大櫆：本色语，自然工雅，然已开语录之渐。(《古文辞类纂评注》卷三十)

吴至父：此文可谓怨而不怒，养到之验，虽振笔直书，而气韵自然，非他家所及。(同上)

李光地：人以为牢骚玩世之语，实则自写平生实录也。文尤离奇可诵。(《御选唐宋文醇》卷四十)

储欣：谪黄情状略见于此。公知所过矣。能知其过，必有令图，所以异日卒有元祐之遇。(《东坡先生全集录》卷八)

书蒲永升画后〔一〕
苏 轼

古今画水多作平远细皱，其善者不过能为波头起伏，使人至以手扪之，谓有洼隆，以为至妙矣〔二〕。然其品格特与印板水纸争工拙于毫厘间耳。

唐广明中〔三〕，处士孙位始出新意〔四〕，画奔湍巨浪，与山石曲折，随物赋形，尽水之变，号称神逸。其后蜀人黄筌、孙知微皆得其笔法〔五〕。始知微欲于大慈寺寿宁院壁〔六〕，作湖滩水石四堵，营度经岁，终不肯下笔。一日仓皇入寺，索笔甚急，奋袂如风〔七〕，须臾而成，作输泻跳蹙之势〔八〕，汹汹欲崩屋也。知微既死，笔法中绝五十余年。

近岁成都人蒲永升，嗜酒放浪，性与画会，始作活水，得二孙本意。自黄居寀兄弟、李怀衮之流〔九〕，皆不及也。王公富人或以势力使之，永升辄嘻笑舍去。遇其欲画，不择贵贱，顷刻而成。尝与余临寿宁院水〔一〇〕，作二十

161

四幅，每夏日挂之高堂素壁，即阴风袭人，毛发为立。永升今老矣，画亦难得，而世之识真者亦少。如往时董羽[一一]，近日常州戚氏画水[一二]，世或传宝之。如董、戚之流，可谓死水，未可与永升同年而语也。

元丰三年十二月十八日夜，黄州临皋亭西斋戏书[一三]。

（七集本《东坡集》·卷二十三）

注

〔一〕元丰三年（1080）作。蒲永升，北宋中叶成都人，善画水。本文历评孙位、黄筌、孙知微、黄居寀、黄居宝、李怀衮、董羽、戚文秀和蒲永升的画水，以"活水""死水"评画水优劣，表现了不贵形似而贵神似的艺术见解；同时，对创作灵感的爆发作了生动形象的描绘，对蒲永升的画作和"欲画不择贵贱"的高尚品格，给予了很高评价。

〔二〕"使人至以手扪之"三句：沈括《梦溪笔谈》卷十七《书画》："又有观画而以手摸之，相传以为色不隐指者（手指感觉得出颜色）为佳画。"至，甚至于。扪，触摸。洼，低。隆，高。

〔三〕广明：唐僖宗年号（880—881）。

〔四〕孙位：又名孙遇。（宋）黄休复《益州名画录》卷上"逸格"："孙位者，东越人也。僖宗皇帝车驾在蜀，自京入蜀，号'会稽山人'。性情疏野，襟抱超然……其有龙拏水汹，千状万态，势欲飞动。松石墨竹，笔精墨妙，雄壮气象，莫可记述。"

〔五〕黄筌（约903—965）：字要叔，五代后蜀画家，与江南徐熙并称"黄徐"。《益州名画录》卷上"妙格中品"："黄筌者，成都人也，幼有画性，长负奇能。刁处士（刁光胤）入蜀，授而教之竹石花雀，又学孙位画龙水松石墨竹，学李升画山水竹树，皆曲尽其妙。"孙知微：字太古，四川彭山人，宋初画家。《东斋记事》卷四："蜀有孙太古知微，善画山水、仙官、星辰、人物。其性高介，不娶，隐于大面山，时时往来导江、青城，故二邑人家至今多藏孙画，亦藏画于成都。今寿宁院《十一曜》绝精妙，有先君题记在焉。"

〔六〕大慈寺：《蜀中名胜记》卷二《成都府》："大慈寺，唐至德年建，旧有肃宗书'大圣慈寺'四字，盖敕赐也。"郭若虚《图画见闻志》卷三："孙知微……善道佛，画于成都寿宁院炽圣光九曜及诸墙壁，时辈称服。"

〔七〕袂：衣袖。

〔八〕跳蹙：跳荡。

〔九〕黄居寀兄弟：《益州名画录》卷中"妙格下品"："（黄）居寀，字伯鸾，（黄）筌少子也，画艺敏赡，不让于父。""黄居宝，字辞玉，筌之次子也。画性最高，风姿俊爽。"李怀衮：北宋中叶蜀郡人，工画花竹翎毛，兼善山水（见《东斋记事》卷四）。

〔一〇〕尝与余临寿宁院水：《蜀中名胜记》卷二《成都府二》："大慈极乐院有至和丙申季春二十八日，眉阳苏轼与弟苏辙来观卢楞伽笔迹留题。"至和丙申季春即 1056 年三月，时苏轼兄弟因入京应试过成都。蒲永升为苏轼临水，可能就在此时。苏轼《与鞠持正书》："蜀人蒲永升临孙知微水图四面，颇为雄爽。杜子美所谓'白波吹素壁'者。愿挂公斋中，真可以一洗残暑也。"

〔一一〕董羽：字仲翔，常州人，善画龙水海鱼。初事南唐李后主，后归宋，为宋太宗绘端拱楼壁画（见《图画见闻志》卷四）。

〔一二〕戚氏：戚文秀，"工画水，笔力调畅"（《图画见闻志》卷四）。

〔一三〕临皋亭：《名胜志》："临皋亭在黄州朝宗门外"。

附录

王圣俞：东坡善画，故知画；知画，故言入底里。按，此评画水，其劣者曰印板水、死水，其妙者曰画水之变，洶洶欲崩屋，如阴风袭人，毛发为立。两者妍媸相远，自非长公了然心口，未能摹写及此。（《苏长公合作》补卷下引）

活水死水，可悟行文之法。中苍黄入寺一段，尤能状出神来之候。盖古今妙文，无有不成于神来者，天机忽动，得之自然，人力不与也。（《唐宋八家文读本》卷二十四）

方山子传〔一〕

苏 轼

方山子，光、黄间隐人也〔二〕。少时慕朱家、郭解为人〔三〕，闾里之侠皆宗之〔四〕。稍壮，折节读书〔五〕，欲以此驰骋当世，然终不遇。晚乃遁于光、黄间，曰岐亭〔六〕。庵居蔬食，不与世相闻。弃车马，毁冠服，徒步往来山中，人莫识也。见其所著帽，方屋而高〔七〕，曰："此岂古方山冠之遗像乎？"〔八〕因谓之方山子。

余谪居于黄，过岐亭，适见焉〔九〕。曰："呜呼！此吾故人陈慥季常也，何为而在此？"方山子亦矍然问余所以至此者〔一○〕。余告之故，俯而不答，仰而笑，呼余宿其家。环堵萧然〔一一〕，而妻子奴婢皆有自得之意。余既耸然异之〔一二〕。

独念方山子少时，使酒好剑，用财如粪土。前十有九年，余在岐下〔一三〕，见方山子从两骑，挟二矢，游西山。鹊起于前，使骑逐而射之，不获。方山子怒马独出〔一四〕，一发得之。因与余马上论用兵及古今成败，自谓一世豪士。今几日耳，精悍之色，犹见于眉间，而岂山中之人哉！

然方山子世有勋阀，当得官〔一五〕，使从事于其间，今已显闻。而其家在洛阳，园宅壮丽，与公侯等。河北有田，岁得帛千匹，亦足以富乐。皆弃不取，独来穷山中，此岂无得而然哉？余闻光、黄间多异人，往往阳狂垢污〔一六〕，不可得而见，方山子傥见之欤〔一七〕？

（卷十三）

注

〔一〕元丰三年（1080）贬官黄州时作。方山子：即陈慥，字季常，凤翔知府陈希亮之子。苏轼初仕凤翔时与之游。苏轼贬官黄州时，陈季常隐居岐亭（今湖北麻城）。文章首先概述了陈慥少、壮、晚时的为人及取号方山子的原因；接着写他们的岐亭相遇，然后转入对陈的回忆。全文不到五百字，并未详记其生平事迹，仅散记了他早年游侠生活和晚年隐居生活的二三事，而陈的"异人"形象已跃然纸上。

〔二〕光、黄：光州和黄州。光州在今河南省潢川县，与黄州相邻。

〔三〕朱家、郭解：皆汉初著名侠客。朱家专门救人之急，曾藏匿营救豪士数百人。刘邦即位，追捕原项羽部将季布，他曾用计使季布脱险。郭解为人以德报怨，救人从不矜功，后为朝廷杀害。二人事迹见《史记·游侠列传》。

〔四〕闾里：犹言乡里。周代在国城城外设置六乡、六遂。《周礼·天官·小宰》："听间里以版图。"孔颖达疏云:"在六乡则二十五家为间,在六遂则二十五家为里。"后即以之泛称民间乡里。

〔五〕折节:改变以往的志向和行为。《后汉书·段颎传》:"长乃折节好古学。"

〔六〕岐亭:镇名,在今湖北麻城市西南。

〔七〕方屋:方形的帽顶。《晋书·舆服志》:"江左时野人已着帽,但顶圆耳,后乃高其屋云。"

〔八〕方山冠:汉代祭祀时乐师舞女所戴的帽子。唐、宋时多为隐士所戴,用彩色丝织品做成。见《后汉书·舆服志下》。

〔九〕"余谪居于黄"三句:苏轼《岐亭》诗叙云:"元丰三年正月,余始谪黄州,至岐亭北二十五里,山上有白马青盖来迎者,则余故人陈慥季常也。为留五日,赋诗一篇而去。"

〔一〇〕矍然:惊视貌。班固《东都赋》:"主人之辞未终,西都宾矍然失容。"

〔一一〕环堵萧然:陶渊明《五柳先生传》:"环堵萧然,不蔽风日。"

〔一二〕耸然:惊异貌。

〔一三〕"前十有九年"二句:指宋仁宗嘉祐八年(1063),苏轼任凤翔府签书判官时。苏轼《陈公亮传》:"轼官于凤翔,实从公(陈希亮)二年。"岐下,岐山之下,此代指凤翔。

〔一四〕怒马:激怒马使其狂奔。

〔一五〕"然方山子世有勋阀"二句:苏轼《陈公弼(希亮字)传》说:"(陈公弼)子四人……慥未仕。当荫补子弟,辄先其族人,卒不及其子慥。"

〔一六〕阳狂:即佯狂,假作疯癫。垢污:谓故意把身上弄脏。

〔一七〕方山子傥见之欤:谓方山子或许见过光、黄间的异人吧?人以类聚,实际是称颂方山子为异人。傥,倘或。

附录

杨慎:按方山始席昄为侠,后隐光、黄间零落。此传却叙其弃富贵而甘萧索,为有自得,(有)回护他处。然中述其少年使酒一段,结语云"光、黄人,每佯狂垢污",自不可掩。(《三苏文范》卷十六)

茅坤:奇颇跌宕,似司马子长。此篇《三苏文粹》不载,余特爱其烟波生色处,往往能令人涕洟,故录入之。(《苏文忠公文钞》卷二十三)

袁宗道：方山子小有侠气耳，因子瞻用笔，隐见出没形容，遂似大侠。（同上）

储欣：隐字、侠字一篇骨子。始侠而今隐，侠处写得豪迈，须眉生动，则隐处亦复感慨淋漓。传神手也。（《唐宋八大家类选》卷十三）

刘大櫆：鹿门"烟波生色"四字，足尽此文之妙。（《唐宋文举要》甲编卷八引）

赤壁赋〔一〕

苏 轼

壬戌之秋〔二〕，七月既望〔三〕，苏子与客泛舟，游于赤壁之下。清风徐来，水波不兴。举酒属客，诵明月之诗〔四〕，歌窈窕之章〔五〕。少焉，月出于东山之上，徘徊于斗牛之间〔六〕。白露横江，水光接天。纵一苇之所如，凌万顷之茫然〔七〕。浩浩乎如冯虚御风〔八〕，而不知其所止；飘飘乎如遗世独立〔九〕，羽化而登仙〔一〇〕。

于是饮酒乐甚，扣舷而歌之。歌曰："桂棹兮兰桨，击空明兮溯流光〔一一〕。渺渺兮予怀，望美人兮天一方。"〔一二〕客有吹洞箫者〔一三〕，倚歌而和之。其声呜呜然，如怨，如慕；如泣，如诉。余音嫋嫋，不绝如缕。舞幽壑之潜蛟，泣孤舟之嫠妇〔一四〕。

苏子愀然〔一五〕，正襟危坐〔一六〕，而问客曰："何为其然也？"

客曰："'月明星稀，乌鹊南飞'〔一七〕，此非曹孟德之诗乎〔一八〕？西望夏口〔一九〕，东望武昌〔二〇〕，山川相缪〔二一〕，郁乎苍苍〔二二〕。此非孟德之困于周郎者乎〔二三〕？方其破荆州〔二四〕，下江陵〔二五〕，顺流而东也，舳舻千里〔二六〕，旌旗蔽空，酾酒临江〔二七〕，横槊赋诗〔二八〕，固一世之雄也，而今安在哉！况吾与子渔樵于江渚之上〔二九〕，侣鱼虾而友麋鹿〔三〇〕。驾一叶之扁舟，举匏樽以相属〔三一〕。寄蜉蝣于天地〔三二〕，渺沧海之一粟〔三三〕。哀吾生之须臾，羡长江之无穷，挟飞仙以遨游，抱明月而长终。知不可乎骤得，托遗响于悲风。"〔三四〕

苏子曰："客亦知夫水与月乎？逝者如斯[三五]，而未尝往也；盈虚者如彼[三六]，而卒莫消长也。盖将自其变者而观之，则天地曾不能以一瞬；自其不变者而观之，则物与我皆无尽也[三七]，而又何羡乎？且夫天地之间，物各有主。苟非吾之所有，虽一毫而莫取。惟江上之清风，与山间之明月，耳得之而为声，目遇之而成色，取之无禁，用之不竭：是造物者之无尽藏也，而吾与子之所共食。"[三八]

客喜而笑，洗盏更酌。肴核既尽，杯盘狼藉[三九]。相与枕藉乎舟中[四〇]，不知东方之既白。

（卷一）

注

〔一〕元丰五年（1082）贬官黄州时作。三国赤壁之战的赤壁，历来众说纷纭，但绝非黄冈城西北的赤壁矶。苏轼《赤壁洞穴》："黄州守居之数百步为赤壁，或言即周瑜破曹公处，不知果是否？"（《东坡志林》卷四）胡仔《苕溪渔隐丛话》卷二十八引东坡语："黄州西山麓，斗入江中，石色如丹。传云曹公败处，所谓赤壁者，或曰非也。……今赤壁少西，对岸即华容镇，庶几是也。然岳州复有华容县，竟不知孰是？"这篇赋先写月夜泛舟大江的美好景色和饮酒赋诗的舒畅心情。接着通过箫声自然转到主客间关于人生意义的辩论，而主客对话实际都是作者的自白，表现了他陷于深沉苦闷而又力求摆脱的矛盾心情。末以宾主狂饮，酣睡达旦作结，实际上仍掩藏着作者难以排解的苦闷。全文抒发了"凭吊江山，恨人生之如寄；流连风月，喜造物之无私"（张伯行《唐宋八大家文钞》卷八）两种矛盾的心情，也正是作者当时不得志的处境和旷达胸怀的写照。这是一篇文赋，保留了传统赋体的对话特点，同时又大量使用散句，挥洒自如，奔放豪迈；情、景、理水乳交融，景中含情，情中寓理；行文曲折起伏，由喜而悲，回悲为喜，喜中含悲，悲中见喜，确实堪称千古杰作。

〔二〕壬戌：即宋神宗元丰五年。

〔三〕既望：阴历每月十六日。既，尽，已过。望，十五日。

〔四〕明月之诗：指曹操《短歌行》，诗中有"明明如月，何时可掇"之句。

〔五〕窈窕之章：指《诗经·陈风·月出》，诗中有"月出皎兮，佼人僚兮，舒窈纠兮"。窈纠即窈窕。《诗经·周南·关雎》："窈窕淑女，君子好逑。"

〔六〕斗牛：斗宿和牛宿。《苏长公合作》卷一："斗牛，吴越分野，指（月）出东方言也。"

〔七〕"纵一苇之所如"二句：谓任凭小船在茫茫无际的江上飘荡。苇，形容小船。《诗·卫风·河广》："谁谓河广，一苇杭（同航）之。"如，入。凌，凌驾，越过。

〔八〕冯：同"凭"。冯虚：张衡《西京赋》："有凭虚公子者。"李善注："凭，依托也；虚，无也。"御风：乘风。《庄子·逍遥游》："列子御风而行。"

〔九〕遗世：离弃人世，超脱世俗。《抱朴子·博喻》："箕叟以遗世得意。"

〔一〇〕羽化：道家称飞升或成仙为羽化，认为成仙是"身生羽翼，变化飞行"（《抱朴子·对俗》）。

〔一一〕空明：指明澈的江水。溯：逆流而上。流光：船向前行，照在江面上的月光好像向后流去。

〔一二〕"渺渺兮予怀"二句：况周颐《蕙风词话》载宋人刘将孙读此二句为："渺渺兮予怀望，美人兮天一方"，亦通。渺渺，悠远貌。美人，指自己思慕的人，一说有隐喻君王之意。

〔一三〕吹洞箫者：在黄州与苏轼游而善吹洞箫的有两人。一为李委，苏轼《与范子丰书》："李委秀才来相别，因以小舟载酒饮赤壁下。李善吹笛，酒酣作数弄，风起水涌，大鱼皆出，上有栖鹘。坐念孟德、公瑾，如昨日耳。"一为杨世昌，赵翼《陔余丛考》卷二十四："东坡《赤壁赋》'客有吹洞箫者'，不著姓字。吴匏庵有诗云：'西飞一鹘去何祥，有客吹箫杨世昌。当日赋成谁与注，数行石刻旧曾藏。'据此，则客乃杨世昌。按东坡《次孔毅甫韵》：'不如西川杨道士，万里随身只两膝。'又云：'杨生自言识音律，洞箫入手清且哀。'则世昌之善吹箫可知，匏庵藏帖信不妄也。按世昌，绵竹道士，字子京，见《王注苏诗》。"《赤壁赋》中的吹洞箫者，究竟为李为杨，历来有争论。

〔一四〕"舞幽壑之潜蛟"二句：写箫声的感染力，谓箫声使深谷里的蛟龙起舞，孤舟上的寡妇哭泣。嫠妇，寡妇。

〔一五〕愀然：忧愁沮丧貌。

〔一六〕正襟危坐：整理衣襟端坐。

〔一七〕"月明星稀"二句：语出曹操《短歌行》。

〔一八〕曹孟德：曹操，字孟德。

〔一九〕夏口：今湖北武昌。

〔二〇〕武昌：今湖北鄂城。

〔二一〕缪：通"缭"，缭绕、纠结。

〔二二〕郁乎苍苍：形容草木茂盛，葱郁苍翠。

〔二三〕周郎：指周瑜（175—210），字公瑾，庐江舒（今安徽舒县）人，长壮有姿貌。少与孙策为友，后归策，授建威中郎将，时年二十四，吴中皆呼为周郎。策死，辅孙权，建安十三年（208），亲率吴军大破曹操于赤壁，赤壁因以闻名，故称周郎赤壁。事见《三国志·吴志·周瑜传》。

〔二四〕荆州：刘表时，治所在今湖北襄阳。据《资治通鉴》卷六十五载，汉献帝建安十三年（208）七月，曹操攻打荆州。八月，荆州牧刘表卒。九月，刘表次子刘琮降曹操。

〔二五〕江陵：今属湖北。同上书载，曹操破荆州后，又在当阳长坂坡败刘备，进占江陵。

〔二六〕舳舻千里：语出《汉书·武帝纪》。颜师古注引李斐曰："舳，船后持舵处也。舻，船前刺櫂处也。言其船多，前后相衔，千里不绝也。"

〔二七〕酾酒：斟酒。

〔二八〕横槊赋诗：元稹《唐故检校工部员外郎杜君（甫）墓系铭并序》："曹氏父子鞍马间为文，往往横槊赋诗。"槊，长矛。

〔二九〕渔樵：打鱼砍柴。渚：江中沙洲。

〔三〇〕麋：鹿的一种。

〔三一〕匏樽：葫芦作的酒器。

〔三二〕蜉蝣：朝生暮死的小虫。此句喻生命短促。

〔三三〕沧海：大海，因海水呈苍色，故名。沧海一粟喻人生渺小。

〔三四〕遗响：余音，指箫声。

〔三五〕逝者如斯：《论语·子罕》："子在川上曰：逝者如斯夫，不舍昼夜。"斯，这，代指水。

〔三六〕盈虚：指圆缺。彼：代指月。

〔三七〕"盖将自其变者而观之"四句：《庄子·德充符》："自其异者视之，肝胆楚越也；自其同者视之，万物皆一也。"均为万物齐一的观点。

〔三八〕食：享用。一作"适"，适意，畅快。

〔三九〕狼藉：散乱貌。

〔四〇〕枕藉：相互靠着睡。

附录

晁补之：《赤壁》前后赋者，苏公之所作也。……公谪黄冈，数游赤壁下，盖亡意于世矣。观江涛汹涌，慨然怀古，犹壮（周）瑜事而赋之。（《经进东坡文集

事略》卷一引）

史绳祖：《前赤壁赋》尾段一节，自"惟江上之清风，与山间之明月"至"相与枕藉乎舟中，不知东方之既白"，却只是用李白"清风明月不用一钱买，玉山自倒非人推"一联十六字，演成七十九字，愈奇妙也。（《学斋占笔》卷二）

唐庚：东坡《赤壁》二赋，一洗万古，欲仿佛其一语，毕世不可得也。（《唐子西文录》）

谢枋得：此赋学《庄》《骚》文法，无一句与《庄》《骚》相似，非超然之才，绝伦之识，不能为也。潇洒神奇，出尘绝俗，如乘云御风而立乎九霄之上，俯视六合，何物茫茫，非惟不挂之齿牙，亦不足入其灵台丹府也。（《文章轨范》卷七）

茅坤：余尝谓东坡文章仙也。读此二赋，令人有遗世之想。（《苏文忠公文钞》卷二十八）

方储欣：行歌笑傲，愤世嫉邪。（《东坡先生全集录》卷一）

方苞：所见无绝殊者，而文境邈不可攀，良由身闲地旷，胸无杂物，触处流露，斟酌饱满，不知其所以然而然。岂惟他人不能摹效，即使子瞻更为之，亦不能如此调适而鬯遂也。（《古文辞类纂》卷七十一引）

吴汝纶：此所谓文章天成，偶然得之者。是知奇妙之作，通于造化，非人力也。胸襟既高，识解亦复绝非常，不得如方氏（苞）之说，谓"所见无绝殊"也。（同上）

后赤壁赋[一]

苏　轼

是岁十月之望[二]，步自雪堂[三]，将归于临皋[四]。二客从予，过黄泥之坂[五]。霜露既降，木叶尽脱，人影在地，仰见明月。顾而乐之[六]，行歌相答。已而叹曰："有客无酒，有酒无肴，月白风清，如此良夜何？"客曰："今者薄暮[七]，举网得鱼，巨口细鳞，状似松江之鲈[八]，顾安所得酒乎？"归而谋诸妇。妇曰："我有斗酒，藏之久矣，以待子不时之须。"

于是携酒与鱼，复游于赤壁之下。江流有声，断岸千尺[九]。山高月小，水落石出〔一〇〕。曾日月之几何，而江山不可复识矣！予乃摄衣而上〔一一〕，履巉岩〔一二〕，披蒙茸〔一三〕。踞虎豹〔一四〕，登虬龙〔一五〕。攀栖鹘之危巢〔一六〕，俯冯夷之幽宫〔一七〕。盖二客不能从焉。划然长啸〔一八〕，草木震动。山鸣谷应，风起水涌〔一九〕。予亦悄然而悲，肃然而恐，凛乎其不可留也。反而登舟，放乎中流〔二〇〕，听其所止而休焉。

时夜将半，四顾寂寥。适有孤鹤，横江东来，翅如车轮，玄裳缟衣〔二一〕；戛然长鸣，掠予舟而西也〔二二〕。须臾客去，予亦就睡。梦一道士，羽衣蹁跹〔二三〕，过临皋之下，揖予而言曰："赤壁之游乐乎？"问其姓名，俯而不答。"呜呼！噫嘻！我知之矣！畴昔之夜，飞鸣而过我者，非子也耶？"〔二四〕道士顾笑，予亦惊寤。开户视之，不见其处。

（卷一）

注

〔一〕苏轼在写《赤壁赋》三个月以后的初冬十月，重游黄冈赤壁，写下这篇后赋。前人有"若无后赋，前赋不明；若无前赋，后赋无谓"（《天下才子必读书》卷十五）的评论。二赋虽然同赋赤壁，但各有各的特色。前次的活动限于舟中，这次主要在岸上。前赋写"月白风清"的秋光，字字秋色；后赋写"霜露既降，木叶尽脱"的气象，句句冬景。前赋环境恬静明朗，后赋气氛寂寥冷落。前赋主要谈玄说理，后赋侧重叙事写景。前赋旷逸达观，悲凉而不失开朗；后赋虚无缥缈，更加寒气袭人。

〔二〕是岁：承前赋言，即元丰五年。

〔三〕雪堂：苏轼《雪堂记》："苏子得废圃于东坡之胁，筑而垣之，作堂焉，号其正曰雪堂。堂以大雪中为之，因绘雪于四壁之间，无容隙也。"

〔四〕临皋：亭名，苏轼初到黄州寓居定惠院，后迁居临皋亭。

〔五〕黄泥之坂：即黄泥坂，为往来雪堂、临皋的必经之路。苏轼《黄泥坂词》："出临皋而东鹜兮，并丛祠而北转。走雪堂之坡陀兮，历黄泥之长坂。东江汩以左缭兮，渺云涛之舒卷。"坂，斜坡。

〔六〕顾：瞻望。下文"顾安所得酒"之"顾"为转折词，作"但是"解。

〔七〕薄暮：傍晚。薄，迫近。

〔八〕松江之鲈：松江即吴淞江，又叫苏州河，源出太湖瓜泾口，东流入黄浦江。《后汉书·左慈传》载曹操宴宾客云："今日高会，珍羞略备，所少吴淞江鲈鱼耳。"李善注："松江在今苏州东南，首受太湖。《神仙传》云：'松江出好鲈鱼，味异他处。'"

〔九〕断岸：陡峭的崖壁。苏轼《与范子丰书》："黄州少西，山麓斗入江中。"

〔一〇〕"山高月小"二句：前句化用杜甫"关山月一点"意（见《苏长公合作》卷一），后句化用欧阳修"水落而石出"语（《醉翁亭记》）。这两句历来为人所激赏，虞集云："陆士衡云：'赋体物而浏亮。'坡公《前赤壁赋》已曲尽其妙，后赋尤精于体物，如'山高月小，水落石出'，皆天然句法。"（《三苏文范》卷十六引）李九我云："玩'山高'二句，语自天巧。"（《苏长公合作》卷一引）

〔一一〕摄衣：撩起衣服。

〔一二〕履巉岩：踏着险峻的山岩。

〔一三〕披蒙茸：分开蒙密的草木。蒙茸，草木茂密貌。

〔一四〕踞虎豹：蹲在形如虎豹的怪石上。

〔一五〕登虬龙：攀登形似虬龙的古木。虬龙，一种盘曲的龙。

〔一六〕栖：栖宿。鹘，鸟名，性凶猛。危，高。苏轼《赤壁记》："断岸壁立，江水深碧，二鹘巢其上。"

〔一七〕冯夷：即传说中的水神河伯。《文选》张衡《思玄赋》注："河伯，华阴潼乡人也。姓冯氏，名夷，浴于河中而溺死，是为河伯。"幽宫：深宫，此指江水。

〔一八〕划然：形容清越悠长的声音。

〔一九〕"山鸣谷应"二句："眼前景，一经道破，便似宇宙今日始开。只'山高月小，水落石出''山鸣谷应，风起水涌'十六字，试读之，占几许风景。"（《苏长公合作》卷一）

〔二〇〕放乎中流：放舟于中流。《字汇》："放，纵也。"中流，指江心。

〔二一〕玄裳缟衣：黑裙白衣，形容鹤白身黑尾。缟，白绢。

〔二二〕"戛然长鸣"二句：苏轼为杨世昌书一帖云："十月十五日与杨道士泛舟赤壁，饮醉。夜半，有一鹤自江南来，掠予舟而西，不知其为何祥也。"（《施注苏轼》卷二十《次韵孔毅父久旱已而甚雨》注引）

〔二三〕羽衣：道士所服，《汉书·郊祀志》颜师古注："羽衣，以鸟羽为衣，取其神仙飞翔之意。"蹁跹：轻快飘举貌。

〔二四〕"畴昔之夜"三句：虞集云："末用道士化鹤之事，尤出人意表。"（《三苏文范》卷十六引）李九我云："末设梦与道士数句，尤见无中生有。"（《苏长公合作》卷一引）

附录

袁宏道：《前赤壁赋》为禅法道理所障，如老学究着深衣，遍体是板；后赋平叙中有无限光景，至末一段，即子瞻亦不知其所以妙。（《苏长公合作》卷一引）

李贽：前赋说道理，时有头巾气。此则空灵奇幻，笔笔欲仙。（同上）

华淑：《赤壁》后赋，直平叙去，有无限光景。（同上）

储欣：前赋设为问答，此赋不过写景叙事。而寄托之意，悠然言外者，与前赋初不殊也。（《唐宋八大家类选》卷十四）

张伯行：上文字字是秋景，此文字字是冬景，体物之工，其妙难言。（《唐宋八大家文钞》卷八）

沈石民：飘脱之至。前赋所谓冯虚御风，羽化登仙者，此文似之。（《三苏文评注读本》卷二）

王文濡：前篇是实，后篇是虚。虚以实写，至后幅始点醒。奇妙无以复加，易时不能再作。（《古文辞类纂》卷七十一）

与滕达道书〔一〕

苏 轼

某欲面见一言者〔二〕，盖谓吾侪新法之初，辄守偏见，至有异同之论〔三〕。虽此心耿耿〔四〕，归于忧国，而所言差谬，少有中理者。今圣德日新，众化大成〔五〕，回视向之所执，益觉疏矣。若变志易守，以求进取，固所不敢〔六〕；若谠谠不已〔七〕，则忧患愈深。

公此行，尚深示知，非静退意〔八〕。但以老病衰晚，旧臣之心，欲一望清光而已〔九〕。如此，恐必获一对〔一〇〕。公之至意，无乃出于此乎？

辄恃深眷，信笔直突，千万恕之。死罪。

（卷五十一）

注

〔一〕《宋史·滕元发传》："滕元发初名甫，字元发，以避高鲁王讳，改字为名，而字达道。"他是苏轼的好友，政治上也反对新法："王安石方立新法，天下讻讻。恐元发有言，神宗信之也，因事以翰林侍读学士出知郓州。"关于此信的写作，王文诰《苏诗总案》卷十八系于元丰二年（1079）正月，即乌台诗案前；蔡上翔《王荆公年谱考略》卷二十四系于元祐元年（1086）司马光当政，王安石去世后。今人多从蔡说，并据此断言这是苏轼反对新法的"忏悔书"。但据信中言及滕达道进京事，可断定此信作于元丰六年（1083）苏轼贬官黄州时。信的主旨是劝老友人京要以言为戒。

〔二〕某：作者自指。

〔三〕"盖谓吾侪新法之初"三句：吾侪，我们这一类人。异同，偏义词，指意见不同。这三句与下文"所言差谬，少有中理者""回视向之所执，益觉疏矣"，皆就以前反对新法而言。苏轼贬官黄州期间，说过大量类似的话。如《初到黄州谢表》："臣用意过当，日趋于迷。……叛违义理，辜负恩私。……深悟积年之非，永为多士之戒。"《答李端叔书》："谪居无事，默自观省，回视三十年以来所为，多其病者。"其他如《答毕仲举书》《与章子厚书》也有类似的话。这些自怨自艾之语与其说是对反对新法表示忏悔，还不如说是对自己"任意直前""强狠自用"，结果触"网罟"，陷"囹圄"，贬黄州表示"追悔"。

〔四〕耿耿：忠诚貌。

〔五〕"今圣德日新"二句：有人认为这是歌颂哲宗。但苏轼《狱中寄子由》有"圣主如天万物春"语，《谢量移汝州表》有"汤德日新，尧仁天覆。建原庙以安祖考，正六宫而修典型。百废俱新，多士爱集"语，均颂神宗之词。

〔六〕"若变志易守"三句：变志易守指改变对新法的态度。苏轼黄州所作《与李公择书》云："吾侪虽老且穷，而道理贯心肝，忠义填骨髓，直须谈笑生死之际。……虽怀坎壈于时，遇事有可尊主泽民者，便忘躯为之。祸福得丧，付与造物。"

〔七〕诶诶不已：指继续批评新法。《广雅·释训》："诶诶，语也。"

〔八〕"公此行"三句：谓神宗这次让您入京，是表示对您很了解，没有冷落的意思。

〔九〕"但以老病衰晚"三句：谓滕进京无非是想见到皇上（"一望清光"）。

〔一〇〕恐必获一对：恐怕一定会得到召对。郎晔《经进东坡文集事略》卷四十《代滕甫辨谤乞郡书》注："（滕）安州既罢，入朝，未对，左右中以飞语，上（神宗）出手诏付中书曰：'甫与李逢近亲，不宜令处京师，可与东南一小郡。'复贬筠州。"可见这次入京未获召对。

记承天夜游〔一〕

苏 轼

　　元丰六年十月十二日，夜，解衣欲睡，月色入户，欣然起行。念无与为乐者〔二〕，遂至承天寺寻张怀民〔三〕。怀民亦未寝，相与步于中庭〔四〕。庭下如积水空明，水中藻、荇交横〔五〕——盖竹柏影也。何夜无月？何处无竹柏？但少闲人如吾两人者耳〔六〕！黄州团练副使苏某书。

（卷七十一）

注

　　〔一〕元丰六年（1083）作。承天，即承天寺，在今湖北黄冈市南。《黄州府志·黄冈县》云："承天寺在大云寺前，今废，即东坡乘月访张怀民处。"苏轼贬黄州，过着不得志的闲居生活。本文虽寥寥八十五字，但却再现了深秋月夜的景色，而且感慨万端，表现了他贬官黄州时那种强作轻松愉快的苦闷心境，储欣称其"仙笔也，读之觉玉宇琼楼，高寒澄澈"（《唐宋十大家全集录·东坡集录》卷九）。

　　〔二〕念无与为乐者：想到没有可以和自己同乐的人。

　　〔三〕张怀民：据王文诰《苏诗总案》卷二十二，即张梦得，清河（今河北清河县）人，元丰六年贬谪黄州，寓居承天寺。

　　〔四〕中庭：庭中。

　　〔五〕藻、荇：水藻和荇菜。

　　〔六〕闲人：被贬谪的"闲人"，非真正的闲人。苏辙《黄州快哉亭记》："今张君（怀民）不以谪为患……自放于山水之间，此其中宜有以过人者。"

石钟山记〔一〕

苏　轼

《水经》云〔二〕："彭蠡之口〔三〕，有石钟山焉。"郦元以为〔四〕："下临深潭，微风鼓浪，水石相搏，声如洪钟。"是说也，人常疑之。今以钟磬置水中〔五〕，虽大风浪，不能鸣也，而况石乎？至唐李渤始访其遗踪〔六〕，得双石于潭上，扣而聆之，南声函胡，北音清越〔七〕。枹止响腾〔八〕，余韵徐歇，自以为得之矣。然是说也，余尤疑之。石之铿然有声者，所在皆是也，而此独以钟名，何哉？

元丰七年六月丁丑〔九〕，余自齐安舟行适临汝〔一〇〕，而长子迈将赴饶之德兴尉〔一一〕，送之至湖口，因得观所谓石钟者。寺僧使小童持斧，于乱石间择其一二扣之，硿硿焉〔一二〕，余固笑而不信也。至暮夜月明，独与迈乘小舟至绝壁下。大石侧立千仞，如猛兽奇鬼，森然欲搏人〔一三〕。而山上栖鹘，闻人声亦惊起，磔磔云霄间〔一四〕，又有若老人咳且笑于山谷中者，或曰："此鹳鹤也。"〔一五〕余方心动欲还，而大声发于水上，噌吰如钟鼓不绝〔一六〕，舟人大恐。徐而察之，则山下皆石穴罅〔一七〕，不知其浅深，微波入焉，涵澹澎湃而为此也〔一八〕。舟回至两山间〔一九〕，将入港口，有大石当中流，可坐百人，空中而多窍，与风水相吞吐，有窾坎镗鞳之声〔二〇〕，与向之噌吰者相应，如乐作焉。因笑谓迈曰："汝识之乎〔二一〕？噌吰者，周景王之无射也〔二二〕；窾坎镗鞳者，魏庄子之歌钟也〔二三〕。古之人不余欺也。"〔二四〕

事不目见耳闻，而臆断其有无，可乎？郦元之所见闻，殆与余同，而言之不详。士大夫终不肯以小舟夜泊绝壁之下，故莫能知。而渔工水师，虽知而不能言。此世所以不传也。而陋者乃以斧斤考击而求之〔二五〕，自以为得其实。余是以记之，盖叹郦元之简，而笑李渤之陋也。

（卷十一）

注 ——

　　〔一〕元丰七年（1084）六月苏轼由黄赴汝，途经石钟山时作。石钟山在今江西湖口县鄱阳湖畔。这是一篇带有考辨性质的游记，具有驳论文的某些特点。通篇围绕着石钟山山名的由来，先写郦道元和李渤对山名由来的看法，提出要证明和要反驳的观点；接着用亲访石钟山的所见所闻，证实并补充了郦道元的观点，驳斥了李渤的说法，使形象的景物描写为证明与反驳服务；最后在此基础上得出了强调"目见耳闻"，反对"臆断"的结论，交代了写作意图。《晚村精选八大家古文》云："此翻案也，李翻郦，苏又翻李，而以己之所独得，详前之所未备，则道元亦遭简点矣。文最奇致，古今绝调。"

　　〔二〕《水经》：我国第一部记述河道源流的地理书，文字简洁。《新唐书·艺文志》："桑钦《水经》三卷，一作（郭）璞撰。"苏轼所引《水经》两句，今本无。

　　〔三〕彭蠡：即鄱阳湖。

　　〔四〕郦元：即郦道元，字善长，北魏著名地理学家、文学家。所作《水经注》，文字优美，有很高的文学价值。苏轼所引《水经注》四句，今本亦无。

　　〔五〕磬：石代玉制或石制的打击乐器。

　　〔六〕李渤：字濬之，洛阳人。唐宪宗元和年间曾任江州（今江西九江）刺史，新旧《唐书》均有传。他在《辨石钟山记》中写道："有幽栖者（自指）寻纶东湖，沿澜穷此，遂跻崖穿洞，访其遗踪，次于南隅，忽遇双石，歌枕潭际，影沦波中。询诸水滨，乃曰：'石钟也，有铜铁之异焉。'……乃知山仍石名，旧矣。"

　　〔七〕"南声函胡"二句：写扣"双石"发出的声音。南、北为石之方位。函胡，声音模糊厚重。清越，清脆悠扬。

　　〔八〕枹：同"桴"，木制鼓槌。腾：扬起。

　　〔九〕六月丁丑：六月九日，阳历为七月十四日。

　　〔一〇〕齐安：即黄州。适：往。临汝：今属河南，时为汝州治所。

　　〔一一〕迈：苏迈，字伯达，苏轼长子。饶之德兴：即饶州德兴县，今属江西。尉：县尉，职在县令之下。

　　〔一二〕硿硿：形容斧、石相撞发出的声音。

　　〔一三〕森然：阴森可怕貌。搏：搏击。

　　〔一四〕磔磔：形容鸟鸣声。

　　〔一五〕鹳鹤：水鸟，形似鹤而头顶不红。

〔一六〕 噌吰（chēng hóng）：象声词，形容洪亮的声音。

〔一七〕 罅（xià）：裂缝。

〔一八〕 涵澹：水波动荡貌。澎湃：波涛汹涌貌。

〔一九〕 两山：石钟山分为上钟山和下钟山。

〔二〇〕 窾（kuǎn）坎：击物声。镗鞳（tāng tà）：钟鼓声。

〔二一〕 识（zhì）：记得。

〔二二〕 周景王：姓姬名贵，前554—前520年在位。无射（yì）：钟名。《左传·昭公二十一年》："春，天王（周景王）将铸无射。"孔颖达疏："无射，钟名，其声于律应无射（十二音律之一）之管，故以律名名钟。"

〔二三〕 魏庄子：魏绛，春秋时晋国大夫，谥庄子。歌钟：又叫编钟，用十六口钟按音阶排列而成。《左传·襄公十一年》载，郑国送给晋悼公"歌钟二肆（两套），及其镈磬、女乐二八（十六人）。晋侯以乐之半赐魏绛。"

〔二四〕 不余欺：倒装句，即"不欺余"。

〔二五〕 陋者：识见浅陋的人，此指李渤、寺僧。考击：拷击、敲击。

附录

刘克庄：坡公此记，议论，天下之名言也；笔力，天下之至文也；楷法，天下之妙画也。（《后村先生大全集》卷一一〇《坡公石钟山记》）

袁宏道：予涉历方内名山，与同志探幽选盛，退必记之。阅坡公集中记述，恍遇千古一知己。（《三苏文范》卷十四）

钟惺：真穷理之言，所谓身到处不肯放过也。（同上）

茅坤：风旨亦自《水经》来，然多奇峭之兴。（《苏文忠公文钞》卷二十五）

储欣：彭蠡有灵，致公夜泊绝壁，为名山吐气。（《东坡先生全集录》卷五）

方苞：潇洒自得，子瞻诸记中特出者。（《古文辞类纂》卷五十六）

刘大櫆：以心动欲还，跌出大声发于水上，才有波折，而兴会更觉淋漓。钟声二处，必取古钟二事以实之，具此诙谐，文章妙趣洋溢行间。坡公第一首记文。（同上）

· 苏 轼 ·

书吴道子画后〔一〕

苏 轼

知者创物，能者述焉〔二〕，非一人而成也。君子之于学，百工之于技，自三代历汉至唐而备矣〔三〕。故诗至于杜子美〔四〕，文至于韩退之〔五〕，书至于颜鲁公〔六〕，画至于吴道子，而古今之变，天下之能事毕矣。道子画人物，如以灯取影，逆来顺往，旁见侧出，横斜平直，各相乘除〔七〕，得自然之数〔八〕，不差毫末，出新意于法度之中，寄妙理于豪放之外〔九〕，所谓游刃余地〔一〇〕，运斤成风〔一一〕，盖古今一人而已。

余于他画，或不能必其主名〔一二〕，至于道子，望而知其真伪也，然世罕有真者，如史全叔所藏〔一三〕，平生盖一二见而已。元丰八年十一月七日书。

（卷七十）

注 ———————————————————————————————

〔一〕元丰八年（1085）作。吴道子：又名道玄，唐代阳翟（今河南禹州）人，著名画家，擅画佛道人物，画笔洗练，雄劲生动，富有立体感。本文首先指出，文学艺术的发展有一个逐渐完美的过程，而唐代的诗、文、书、画都取得了超越前人的巨大成就。表面看，这篇文章对吴道子的评价与《王维吴道子画》诗是矛盾的，在诗中他特别推崇王维的画，而在这篇文章中则说吴道子为"古今一人"。但实际上并不矛盾，诗是以文人画和画工画作比较，他更推崇文人的写意画。本文是就职业画家而言，认为吴道子超越了所有的职业画家。而吴道子比一般画工高明的地方就在于，他不仅能做到"画人物如以灯取影……不差毫末"，即所谓形似；而且还能"出新意于法度之中，寄妙理于豪放之外"，既守"法度"，又能自由挥洒，与一般拘守尺寸者有别。

〔二〕"知者创物"二句：语出《周礼·考工记》。知，同"智"。述，遵循，继承。

179

〔三〕三代：指夏、商、周三个朝代。

〔四〕杜子美：即杜甫。

〔五〕韩退之：即韩愈。

〔六〕颜鲁公：即颜真卿（708—784），字清臣，京兆万年（今陕西西安）人。唐代著名书法家，事迹见新旧《唐书》本传。

〔七〕乘除：增减。韩愈《三星行》："名声相乘除。"

〔八〕自然之数：自然之理。

〔九〕"出新意于法度之中"二句：《唐宋八大家文读本》卷二十四："千古行文之妙，不出此二语。"钱锺书先生说："从分散在他（苏轼）著作里的诗文评看来，这两句话也许可以现成的应用在他自己身上，概括他在诗歌里的理论和实践。后面一句说'豪放'更耐人寻味，并非发酒疯似的胡闹乱嚷。前面一句算得'豪放'的定义，用苏轼所能了解的话来说，就是'从心所欲，不逾矩'；用近代术语来说，就是自由，是以规律性的认识为基础，在艺术规律的容许之下，创造力有充分的自由活动。这正是苏轼所一再声明的，作文该像'行云流水'，或'泉源涌地'那样的自在活泼，可是同时很谨严的'行于所当行，止于所不可不止。'李白以后，古代大约没有人赶得上苏轼这种'豪放'。"（《宋诗选注》1979年版，第17页）

〔一○〕游刃余地：形容办事熟练自如。《庄子·养生主》："今臣之刀十九年矣，所解数千牛矣，而刀刃若新发于硎（磨刀石），彼节者有间，而刀刃者无厚，以无厚入有间，其于游刃必有余地矣。"

〔一一〕运斤成风：亦比喻技能熟练。《庄子·徐无鬼》载，郢人鼻端沾有石灰，让匠人砍去。匠人"运斤（挥斧）成风，听而斫之，尽垩（灰）而鼻不伤，郢人立不失容"。宋元君闻，要匠人再为之表演，匠人说："臣之质（即立不失容的郢人）死久矣。"

〔一二〕必其主名：肯定它的作者。

〔一三〕史全叔：不详其人。

附录

举一画而他可类推。道子之画，子瞻之评，唯圣神于此艺者能之。（《唐宋八大家文读本》卷二十四）

王安石赠太傅^{〔一〕}

苏 轼

敕^{〔二〕}：朕式观古初^{〔三〕}，灼见天命^{〔四〕}。将有非常之大事，必生希世之异人^{〔五〕}。使其名高一时，学贯千载^{〔六〕}；智足以达其道，辩足以行其言^{〔七〕}；瑰玮之文，足以藻饰万物^{〔八〕}；卓绝之行，足以风动四方^{〔九〕}。用能于期岁之间^{〔一〇〕}，靡然变天下之俗^{〔一一〕}。

具官王安石^{〔一二〕}，少学孔、孟，晚师瞿、聃^{〔一三〕}，罔罗六艺之遗文，断以己意^{〔一四〕}；糠秕百家之陈迹，作新斯人^{〔一五〕}。属熙宁之有为，冠群贤而首用^{〔一六〕}。信任之笃，古今所无。方需功业之成，遽起山林之兴^{〔一七〕}。浮云何有，脱屣如遗^{〔一八〕}。屡争席于渔樵，不乱群于麋鹿^{〔一九〕}。进退之美，雍容可观^{〔二〇〕}。

朕方临御之初^{〔二一〕}，哀疚罔极^{〔二二〕}。乃眷三朝之老^{〔二三〕}，邈在大江之南^{〔二四〕}。究观规摹^{〔二五〕}，想见风采^{〔二六〕}。岂谓告终之问^{〔二七〕}，在予谅暗之中^{〔二八〕}。胡不百年，为之一涕。於戏^{〔二九〕}！死生用舍之际，孰能违天？赠赙哀荣之文^{〔三〇〕}，岂不在我！宠以师臣之位^{〔三一〕}，蔚为儒者之光。庶几有知，服我休命^{〔三二〕}。

（卷三十八）

注

〔一〕元祐元年（1086）作。当时神宗已去世一年，哲宗即位，正逐一度弃新法，王安石在这年四月去世，任中书舍人的苏轼代皇帝起草了这篇制诰。关于本文的倾向，历来有不同看法。郎晔云："此虽褒词，然其言皆有微意。"（《经进东坡文集事略》卷三十九）蔡尚翔《王荆公年谱考略》卷二十四："此皆苏子由衷之言，洵为王公没世之光。"但客观看待此文可知，文中苏轼对王安石的才学、人品、道德、文章称颂备至，但对王安石一生的主要事业变法革新，反用寥寥数语带过，基本上是客观记述，算不上称赞，反映出作者对王安石变法的一贯态度。到苏轼时，北宋古文运动已经取得胜利，但制诰书启一般仍用四六文。只是这时的四六文也开始散文化，用典较少，文笔流畅。本文就是这种新式的四六文。

〔二〕敕：诏敕，皇帝颁发的命令、文告。

〔三〕朕：第一人称代词。从秦始皇开始，专用作皇帝自称。式：语助词，无实意。

〔四〕灼见：清楚地看见。

〔五〕"将有非常之大事"二句：《汉书·司马相如传》："盖世必有非常之人，然后有非常之事；有非常之事，然后有非常之功。非常者，固常人之所异也。"曾巩《上欧阳舍人书》："如此人者（指王安石），古今不常有。如今时所急，是无常人千万，不害也；顾如安石，不可失也。"

〔六〕"使其名高一时"二句：陈襄《与两浙安抚陈舍人荐士书》："有舒州通判王安石者，才性贤明，笃于古学，文辞政事，已著闻于时。"《宋史·王安石传》："馆阁之命屡下，安石屡辞。士大夫谓其无意于世，恨不识其面。"

〔七〕辩足以行其言：《宋史·王安石传》："安石议论奇高，能以辩博济其说。"辩，能言善辩。

〔八〕"瑰玮之文"二句：王安石是唐宋散文八大家之一。《宋史·王安石传》："其属文动笔如飞，初若不经意，既成，见者皆服其精妙。"瑰玮，奇伟、卓异。藻饰万物，谓用多彩的文笔描绘万物。

〔九〕"卓绝之行"二句：陈俱《麟台故事》载文彦博语："安石恬然自守，未易多得。"林鼎《临川王文公集序》："其行卓，其志坚，超越富贵之外，无一毫利欲之泊，少壮至老死如一。"风动，犹言带动。

〔一〇〕期岁：一周年，指熙宁二年（1069）推行新法时。

〔一一〕靡然：风吹草伏貌。

〔一二〕具官：唐、宋以来的公文文稿，常把应写明的官爵名称省略，以"具官"代之。

〔一三〕瞿：瞿昙，梵文译音，佛教创始人释迦牟尼的姓。聃：老聃，即老子，道家创始人。此句实为贬词，与苏轼《居士集叙》指责王安石"以佛老之似，乱周孔之真"同，这里只不过客观叙述而已。

〔一四〕"罔罗六艺之遗文"二句：《宋史·王安石传》："安石传经义，出己意，辩论辄

182

数百言，众不能诎。甚者谓'天变不足畏，祖宗不足法，人言不足恤'。"六艺，即"六经"，指《诗》《书》《礼》《易》《乐》《春秋》六种儒家经典。此指王安石所著《三经新义》。

〔一五〕"糠秕百家之陈迹"二句：视百家解经旧说为糠秕糟粕，而用新解释来教化百姓。王安石曾设置经义局，"训释《诗》《书》《周礼》，既成，颁之学官，天下号曰'新义'……一时学者，无敢不传习，主司纯用以取士，士莫得自名一说。先儒传注，一切废不用"（《宋史·王安石传》）。

〔一六〕"属熙宁之有为"二句：《宋史·王安石传》："（神宗）甫即位，命知江宁府。数月，召为翰林学士兼侍讲。熙宁元年四月，始造朝。""二年二月，拜参知政事。""于是设制置三司条例司，命与知枢密院事陈升之同领之。安石令其党吕惠卿任其事。而农田水利、青苗、均输、保甲、免役、市场、保马、方田诸役相继并兴，号为新法，遣提举官四十余辈，颁行天下。"即历史上著名的王安石变法。属，适值。

〔一七〕"方需功业之成"二句：指熙宁七年、九年因推行新法受阻，王安石两次罢相。他在第二次罢相前《与参政王禹玉书》中说："自春以来，求解职事，至于四五。今则病疾日甚，必无复任事之理。""欲及罪戾未积，得优游里闾，为圣时知止不殆之臣。"第二次罢相后，退居江宁十年，直到去世。山林之兴，指隐居不仕的兴致。

〔一八〕"浮云何有"二句：《论语·述而》："不义而富且贵，于我如浮云。"《淮南子·主术》："尧举天下而传之舜，犹却行而脱屣也。"此二句谓王安石视富贵如浮云，视罢相如丢掉鞋子。

〔一九〕"屡争席于渔樵"二句：谓即使王安石已与渔父樵夫（打柴人）打成一片，在麋鹿中也能安然相处。形容王安石与世无争，心情恬淡。争席，争座位（古人席地而坐）。

〔二〇〕雍容：儒雅大方。

〔二一〕临御之初：言神宗刚去世，自己（哲宗）刚开始治理国家。

〔二二〕哀疚：因丧事而哀痛。罔极：无限。

〔二三〕三朝之老：指王安石历仕仁宗、英宗、神宗三朝。

〔二四〕大江之南：指大江之南的金陵（今江苏南京），王安石罢相后隐居于此。

〔二五〕究观规摹：观察研究您的治国的方略。

〔二六〕风采：仪态风度。《汉书·霍光传》："天下想闻其风采。"

〔二七〕告终之问：报告去世的消息。问，通"闻"。

〔二八〕谅暗：天子居丧。

〔二九〕於戏：同"呜呼"，悲叹之声。

〔三〇〕赠赙：送治丧礼物。哀荣之文：对死者褒扬赞誉的文辞。

〔三一〕师臣：作帝王之师的臣子，即指太傅。

〔三二〕服我休命：接受我这美好的诏命。

附录

蔡上翔：此皆苏子由衷之言，洵为王公没世之光。"晚师瞿昙"一语，似不必有。公以经术自命，终生未之有易。苏、黄二公所著，尤喜说佛。若以此为定评，不知二公所以自为又何以云也？（《王荆公年谱考略》卷二十四）

王文诰：词曰"断以己意"，"古今所无"，"胡不百年，为之一涕"，想见其愤然而行笔也。（《苏诗总案》卷二十七）

答毛泽民书〔一〕
苏 轼

轼启：比日酷暑〔二〕，不审起居何如？顷承示长笺及诗文一轴〔三〕，日欲裁谢〔四〕，因循至今〔五〕，悚息〔六〕。今时为文者至多，可喜者亦众，然求如足下闲暇自得，清美可口者实少也。敬佩厚赐〔七〕，不敢独飨，当出之知者。

世间唯名实不可欺。文章如金玉，各有定价。先后进相汲引，因其言以信于世〔八〕，则有之矣。至其品目高下，盖付之众口，决非一夫所能抑扬。轼于黄鲁直、张文潜辈数子〔九〕，特先识之耳。始诵其文，盖疑信者相半，久乃自定，翕然称之，轼岂能为之轻重哉！非独轼如此，虽向之前辈，亦不过如此也。而况外物之进退〔一〇〕，此在造物者，非轼事。辱见贶之重〔一一〕，不敢不尽。承不久出都〔一二〕，尚得一见否？

（卷五十三）

184

注

〔一〕毛泽民：毛滂字泽民，毛维瞻之子，衢州江山（今属浙江）人。苏辙贬筠州，毛维瞻任知州，二人相得甚欢，颇多唱和，苏轼与维瞻亦有诗书往来。元祐初，苏轼还朝，毛滂入京求荐，此为苏轼答书。认为文章的价值决定于文章本身，而不决定于他人的褒贬；他人的褒贬也有作用，但应"付之众口，决非一夫所能抑扬"，一夫抑扬也能起"特先识之"的作用，但"为之轻重"的还是文章本身。毛滂《上苏内翰书》，有些急于进取，故苏轼婉言戒之。

〔二〕比日：近日。

〔三〕顷承示长笺及诗文一轴：毛滂《上苏内翰书》："自先生兄弟入朝，某由二浙历淮泗，至于京师。……谨献杂诗文一编，惟先生哀其意而幸教之。"

〔四〕裁谢：裁笺答谢。

〔五〕因循：拖沓。

〔六〕悚息：惶恐喘息，宋人书信中常用的客套话。

〔七〕厚赐：指毛滂所献诗文。

〔八〕信：取信，获得信任。

〔九〕黄鲁直：即黄庭坚。张文潜：即张耒。二人皆属苏门四学士。

〔一〇〕外物之进退：指荐举成与不成，仕与不仕。

〔一一〕见贶：加赐。

〔一二〕不久出都：毛滂有《出都寄二苏》诗，其序云："仆去年冬去田里而西，历春度夏，出关已秋。逆旅酸苦，节物感人，此诗书一时所遇之事以自见，寄献内翰（指苏轼）、舍人（指苏辙）苏公，伏惟一览幸甚。"

范文正公文集叙〔一〕

苏 轼

庆历三年〔二〕，轼始总角入乡校〔三〕，士有自京师来者，以鲁人石守道所作

《庆历圣德诗》示乡先生〔四〕。轼从旁窃观，则能诵习其词，问先生以所颂十一人者何人也〔五〕？先生曰："童子何用知之？"轼曰："此天人也耶，则不敢知；若亦人耳，何为其不可！"先生奇轼言，尽以告之，且曰："韩、范、富、欧阳〔六〕，此四人者，人杰也。"时虽未尽了，则已私识之矣。嘉祐二年，始举进士至京师〔七〕，则范公没〔八〕。既葬，而墓碑出〔九〕，读之至流涕，曰："吾得其为人。"盖十有五年而不一见其面〔一○〕，岂非命也欤。

是岁登第，始见知于欧阳公〔一一〕，因公以识韩、富，皆以国士待轼〔一二〕，曰："恨子不识范文正公。"〔一三〕其后三年，过许，始识公之仲子今丞相尧夫〔一四〕。又六年，始见其叔彝叟京师〔一五〕。又十一年，遂与其季德孺同僚于徐〔一六〕。皆一见如旧。且以公遗稿见属为叙〔一七〕。又十三年〔一八〕，乃克为之〔一九〕。

呜呼，公之功德，盖不待文而显，其文亦不待叙而传。然不敢辞者，自以八岁知敬爱公，今四十七年矣〔二○〕。彼三杰者，皆得从之游，而公独不识，以为平生之恨，若获挂名其文字中，以自托于门下士之末，岂非畴昔之愿也哉。

古之君子，如伊尹、太公、管仲、乐毅之流〔二一〕，其王霸之略，皆素定于畎亩中〔二二〕，非仕而后学者也。淮阴侯见高帝于汉中，论刘、项短长，画取三秦，如指诸掌，及佐帝定天下，汉中之言，无一不酬者〔二三〕。诸葛孔明卧草庐中，与先主策曹操、孙权，规取刘璋，因蜀之资，以争天下，终身不易其言〔二四〕。此岂口传耳受尝试为之而侥幸其或成者哉。

公在天圣中，居太夫人忧〔二五〕，则已有忧天下致太平之意〔二六〕，故为万言书以遗宰相，天下传诵。至用为将〔二七〕，擢为执政〔二八〕，考其平生所为，无出此书者。今其集二十卷，为诗赋二百六十八，为文一百六十五。其于仁义礼乐，忠信孝悌〔二九〕，盖如饥渴之于饮食，欲须臾忘而不可得。如火之热，如水之湿，盖其天性有不得不然者。虽弄翰戏语，率然而作，必归于此。故天下信其诚，争师尊之。孔子曰："有德者必有言。"〔三○〕非有言也，德之发于口者也。又曰："我战则克，祭则受福。"〔三一〕非能战也，德之见于怒者也。元祐四年四月十一日。

（卷十）

186

注

〔一〕范文正公：即范仲淹，见苏洵《上欧阳内翰第一书》注〔五〕。本文作于元祐四年（1089）四月，时苏轼自翰林学士、知制诰兼侍读学士改知杭州，即将离京赴任。文章"上半篇叙景慕之情，中言公规模先定，末乃言其文集底蕴"（张伯行《唐宋八大家文钞》卷八），叙事极为严整。这篇序的突出特点是不就文论文，而是论文先论人，论人先论德，与一般序言比起来，别具一格。

〔二〕庆历三年：公元 1043 年，苏轼八岁。

〔三〕总角：《礼记·内则》："拂髦，总角。"郑玄注："总角，收发结之。"角，小髻。后用"总角"代称童年时代。陶渊明《荣木》诗序："总角闻道，白首无成。"乡校：乡间学校。《东城志林》卷二《道士张易简》："吾八岁入小学，以道士张易简为师。"

〔四〕"以鲁人石守道"句：《宋史·石介传》："石介，字守道，兖州奉符人。……（庆历中）会吕夷简罢相，夏竦既除枢密使，复夺之，以（杜）衍代。章得象、晏殊、贾昌朝、范仲淹、富弼及（韩）琦同时执政，欧阳修、余靖、王素、蔡襄并为谏官。介喜曰：'此盛事也，歌颂吾职，其可以乎！'作《庆历圣德诗》。"兖州古属鲁国，故称"鲁人石守道"。

〔五〕所颂十一人：上杜衍至蔡襄共十一人。

〔六〕韩、范、富、欧阳：即韩琦、范仲淹、富弼、欧阳修。欧阳修、富弼见苏洵《上欧阳内翰第一书》注〔一〕〔六〕。韩琦（1008—1075），字稚圭，相州安阳（今属河南）人，历仕仁宗、英宗、神宗三朝，位至宰相，封魏国公，著有《安阳集》。

〔七〕"嘉祐二年"二句：参苏轼《上梅直讲书》注〔一九〕。

〔八〕范公：范仲淹。范仲淹死于皇祐四年（1052）。没：同"殁"。《三苏文范》卷十五："起案便占地步，以所颂十一人说归四人，四人说归文正公，叙事严整而有原委。"

〔九〕墓碑：指欧阳修所作《资政殿学士户部侍郎文正范公神道碑铭》。

〔一〇〕十有五年：庆历三年（1043）至嘉祐二年（1057），相距十五年。

〔一一〕"是岁登第"二句：参苏轼《省试刑赏忠厚之至论》注〔一〕。

〔一二〕国士：国中杰出之士。

〔一三〕恨：遗憾。

〔一四〕"其后三年"三句：指嘉祐五年（1060）作者服母丧期满后，自蜀返京，途经许（今河南许昌）时，遇范仲淹次子范纯仁。范纯仁（1027—1101），字尧夫。皇祐元年进士，嘉祐五年任许州签判，元祐中官至尚书仆射、中书侍郎，故称之为"今丞相"。

〔一五〕"又六年"二句：指治平二年（1065）作者罢凤翔府签书判官回京任职时，遇范仲淹第三子范纯礼（字彝叟）。叔，排行第三。

〔一六〕"又十一年"二句：指熙宁十年（1077）作者自密州改知徐州（今属江苏铜山县）时，遇范仲淹第四子范纯粹（字德孺）知滕县。滕县属徐州，故称"同僚"。季，排行第四。

〔一七〕遗稿：指《范文正公集》。

〔一八〕又十三年：熙宁十年至元祐四年，相距十三年。

〔一九〕克：能，有完成的意思。

〔二○〕四十七年：庆历三年至元祐四年相距四十七年。

〔二一〕伊尹、太公：见《留侯论》注〔一九〕。管仲：见苏洵《审势》注〔三九〕。乐毅：战国时燕将，燕昭王时任亚卿，曾率军击破齐国，连下七十余城。

〔二二〕"其王霸之略"二句：谓未作官时已定下了治国谋略。畎亩，田间、田地。《韩非子·说疑》："又亲操耒耨，以修畎亩。"

〔二三〕"淮阴侯见高帝于汉中"至"无一不酬者"：淮阴侯，韩信。见苏洵《御将》注〔一五〕。高帝，汉高祖刘邦，见苏洵《高祖》注〔一〕。《史记·淮阴侯列传》载韩信初见刘邦时，论"刘项短长"，并献计云："项王（羽）虽霸天下而臣诸侯，不居关中而都彭城。……所过无不残灭者，天下多怨，百姓不亲附，特劫于威强耳"，而"大王（刘邦）之入武关，秋毫无所害，除秦苛法，与秦约，法三章耳，秦民无不欲得大王王秦者"。故"今大王举而东，三秦可传檄而定也"。后刘邦从韩信计，果然定三秦。汉中，古郡名，因地处汉水上游而得名，治所在今陕西省汉中市东，辖境约为陕西省秦岭以南及湖北省西北部。划取，规划夺取。下"规取"意同。三秦，今陕西省一带地区，古为秦国。项羽灭秦后，分其地为雍、塞、翟三国，故称三秦。酬，实现。

〔二四〕"诸葛孔明卧草庐中"至"终身不易其言"：诸葛孔明即诸葛亮。先主指刘备。刘备三顾茅庐，诸葛亮隆中对策，建言跨有荆州、益州，联吴（孙权）抗曹（操），"天下有变，则命一上将将荆州之军以向宛、洛，将军身率益州之众出于秦川，百姓孰敢不箪食壶浆以迎将军者乎？诚如是，则霸业可成，汉室可兴矣"（《三国志·蜀志·诸葛亮传》）。刘璋，东汉末任益州（今四川成都）牧，昏庸无能，后为刘备所灭。因，凭借。《苏长公合作》卷二引姜宝云："淮阴论刘项，孔明论孙曹，不下数百言，今约以数语，真妙绝古今之文也。"又引钱东湖云："以文正公配淮阴侯、诸葛武侯，言其平生经略素定，非偶得勋取者，见此集为有用之书。"

〔二五〕"公在天圣中"二句：据《范仲淹年谱》，范仲淹于宋仁宗天圣四年（1026），丁母夫人忧。

〔二六〕"则已有忧天下"句：《宋史·范仲淹传》：天圣五年"晏殊知应天府，闻仲淹名，召寘府学。上书请择郡守、举县令、斥游惰、去冗僭、慎选举、抚将帅，凡万余言"。又《涑水记闻》："仲淹《上宰相书》言朝政得失，民间利病，凡万余言。"《苏长公合作》卷二引姜宝云："范文正公百代殊绝人物，而东坡叙其文，只就公万言书发，盖公终身事业尽在是矣。"

〔二七〕至用为将：《宋史·范仲淹传》："元昊反，召为天章阁待制，知永兴军，改陕西都转运使。会夏辣为陕西经略安抚招讨使，进仲淹龙图阁学士以副之。"

〔二八〕擢为执政：庆历三年春范仲淹任枢密副使，秋改任参知政事（副宰相）。擢，提升。

〔二九〕孝悌：孝敬父母，顺从兄长。

〔三〇〕有德者必有言：见《论语·宪问》。

〔三一〕"我战则克"二句：见《礼记·礼器》。孔颖达疏："此一节论孔子述知礼之人自称战克、祭受福之事。"

附录

吕祖谦：作文字不难于敷文，而难于叙事，盖叙事在严谨难也。看东坡自叙述处，大类司马公，而严整又不比司马之汗漫。（《三苏文范》卷十五引）

杨慎：前叙情，中赞美，后叙意。（同上）

茅坤：此作本率意而书者，而于中识度自远。（《苏文忠公文钞》卷二十三）

储欣：历叙因缘慕望处，情文并妙，双收谨严，尤于范公切合。（《东城先生全集录》卷五）

黠鼠赋〔一〕
苏 轼

苏子夜坐，有鼠方啮〔二〕。拊床而止之〔三〕，既止复作。使童子烛之〔四〕，有橐中空〔五〕。嘐嘐聱聱〔六〕，声在橐中。曰："嘻！此鼠之见闭而不得去者也。"〔七〕发而视之，寂无所有。举烛而索，中有死鼠。童子惊曰："是方啮也，而遽死耶〔八〕? 向为何声〔九〕，岂其鬼耶?"〔一〇〕覆而出之，堕地乃走〔一一〕，虽有敏者，莫措其手〔一二〕。

苏子叹曰："异哉! 是鼠之黠也。闭于橐中，橐坚而不可穴也〔一三〕。故不啮而啮，以声致人〔一四〕; 不死而死，以形求脱也〔一五〕。吾闻有生〔一六〕，莫智于人。扰龙伐蛟，登龟狩麟〔一七〕，役万物而君之〔一八〕，卒见使于一鼠; 堕此虫之计中，惊脱兔于处女〔一九〕。乌在其为智也?"〔二〇〕

坐而假寐〔二一〕，私念其故〔二二〕。若有告余者曰："汝惟多学而识之，望道而未见也〔二三〕。不一于汝，而二于物〔二四〕，故一鼠之啮而为之变也。'人能碎千金之璧，不能无失声于破釜; 能搏猛虎，不能无变色于蜂虿'〔二五〕: 此不一之患也。言出于汝〔二六〕，而忘之耶?"余俯而笑，仰而觉。使童子执笔，记余之作。

（卷一）

注

〔一〕黠鼠，狡猾的老鼠。这是一篇理趣兼胜的咏物小赋。首段写黠鼠骗人，得以逃脱; 次段分析老鼠骗人脱逃的伎俩，感慨身为万物之灵的人，也不免被老鼠蒙骗。末段"不一于汝，而二于物"是全赋的中心，即自己不能专心致志，反而受外物左右，这就是人被老鼠欺骗的真正原因。叶梦得《避暑录话》（卷下）云："苏子瞻扬州题诗之谤，作《黠鼠赋》。""扬州题诗之谤"指元祐六年（1091）政敌攻击苏轼的《归宜兴留题竹西寺》诗是庆幸神宗去世，这时苏轼五十六岁，故文中以"苏子"自称，并有童子使唤。弄清这篇赋的背景才能懂得它的主旨，即不要因"一鼠之啮而为之变"，不要因少数政敌的攻击而分散自己的注意力。

〔二〕啮: 咬。

〔三〕拊: 拍。

〔四〕烛之: 用蜡烛照一下。

〔五〕橐: 盛物的袋子。

〔六〕嘤嘤（xiāo）聱聱（áo）：象声词，形容老鼠咬物的声音。

〔七〕见：被。

〔八〕遽：突然。

〔九〕向：刚才，先前。

〔一〇〕鬼：指老鼠死后的魂魄。

〔一一〕走：逃跑。

〔一二〕莫措其手：即措手不及。

〔一三〕穴：动词，打洞。

〔一四〕"不啮而啮"二句：没有咬东西却装作咬东西，用声音来招惹人。致，使……至。

〔一五〕"不死而死"二句：没有死却装死。用死的样子来求得逃脱。

〔一六〕有生：有生命的东西。

〔一七〕"扰龙伐蛟"二句：扰龙，驯龙。《周礼·夏官·服不氏》："掌养猛兽而教扰之。"郑玄注："扰，驯也，教习使之驯服。"《礼记·月令》："令渔师伐蛟取鼍，登龟取鼋。"登龟，献龟，郑玄注："言登者，尊之也。"狩，猎取。

〔一八〕役万物而君之：役使万物而为之主。

〔一九〕脱兔：形容老鼠像逃脱的兔子一样敏捷。处女：形容老鼠装死时像未出嫁的女子一样文静。《孙子·九地》："始如处女，敌人开户；后如脱兔，敌不及拒。"

〔二〇〕乌：哪里。

〔二一〕假寐：闭目养神，打盹。

〔二二〕私念：独自想。

〔二三〕"汝惟多学而识之"二句：你只是学得多，记得多，望了望道而并未真正见到道。

〔二四〕"不一于汝"二句：你不专心一意，反而被外物分心。二，有二心。

〔二五〕虿：蝎子一类的毒虫。

〔二六〕言出于汝：据王宗稷《东城先生年谱》载，庆历五年（1045）苏轼十岁时，按父亲的要求作《夏侯太初论》，文中就有以上所引的一段话。

潮州韩文公庙碑〔一〕

苏 轼

匹夫而为百世师，一言而为天下法〔二〕，是皆有以参天地之化〔三〕，关盛衰之运。其生也有自来，其逝也有所为。故申、吕自岳降〔四〕，傅说为列星〔五〕，古今所传，不可诬也。孟子曰："吾善养吾浩然之气。"〔六〕是气也，寓于寻常之中，而塞乎天地之间。卒然遇之，则王公失其贵，晋、楚失其富〔七〕，良、平失其智〔八〕，贲、育失其勇〔九〕，仪、秦失其辩〔一〇〕。是孰使之然哉？其必有不依形而立，不恃力而行，不待生而存，不随死而亡者矣〔一一〕。故在天为星辰，在地为河岳，幽则为鬼神，而明则复为人〔一二〕。此理之常，无足怪者。

自东汉以来，道丧文弊，异端并起〔一三〕。历唐贞观、开元之盛，辅以房、杜、姚、宋而不能救〔一四〕。独韩文公起布衣，谈笑而麾之，天下靡然从公，复归于正〔一五〕，盖三百年于此矣〔一六〕。文起八代之衰〔一七〕，而道济天下之溺〔一八〕，忠犯人主之怒〔一九〕，而勇夺三军之帅〔二〇〕。岂非参天地，关盛衰，浩然而独存者乎？

盖尝论天人之辨〔二一〕：以谓人无所不至，惟天不容伪。智可以欺王公，不可以欺豚鱼〔二二〕；力可以得天下，不可以得匹夫匹妇之心。故公之精诚，能开衡山之云〔二三〕，而不能回宪宗之惑；能驯鳄鱼之暴〔二四〕，而不能弭皇甫镈、李逢吉之谤〔二五〕；能信于南海之民，庙食百世〔二六〕，而不能使其身一日安于朝廷之上〔二七〕。盖公之所能者，天也；所不能者，人也。

始，潮人未知学，公命进士赵德为之师〔二八〕。自是潮之士皆笃于文行，延及齐民〔二九〕，至于今，号称易治。信乎孔子之言："君子学道则爱人，小人学道则易使也。"〔三〇〕潮人之事公也，饮食必祭，水旱疾疫，凡有求必祷焉。而庙在刺史公堂之后，民以出入为艰。前守欲请诸朝作新庙，不果。元祐五年，朝散郎王君涤来守是邦〔三一〕，凡所以养士治民者，一以公为师。民既悦服，则出令曰："愿新公庙者，听。"〔三二〕民欢趋之，卜地于州城之南七里〔三三〕，期年而庙成〔三四〕。或曰："公去国万里，而谪于潮，不能一岁而归〔三五〕。没而有知，其不眷恋于潮审矣！"〔三六〕轼曰："不然，公之神在天下者，如水之在地中，无所往而不在也。而潮人独信之深，思之至，熏蒿凄怆〔三七〕，若或见之。譬如凿井得泉，而曰水专在是，岂理也哉！"元丰七年〔三八〕，诏封公昌黎伯，故榜曰"昌黎伯韩文公之庙"。潮人请书其事于石，因作诗以遗之，使歌以祀公。其词曰：

　　公昔骑龙白云乡〔三九〕，手抉云汉分天章〔四〇〕。天孙为织云锦裳〔四一〕，飘然乘风来帝旁。下与浊世扫秕糠〔四二〕，西游咸池略扶桑〔四三〕，草木衣被昭回光。追逐李、杜参翱翔〔四四〕，汗流籍、湜走且僵〔四五〕，灭没倒影不可望。作书诋佛讥君王，要观南海窥衡湘〔四六〕，历舜九疑吊英皇〔四七〕。祝融先驱海若藏〔四八〕，约束鲛鳄如驱羊。钧天无人帝悲伤〔四九〕，讴吟下招遣巫阳〔五〇〕。爆牲鸡卜羞我觞〔五一〕，於粲荔丹与蕉黄〔五二〕。公不少留我涕滂，翩然被发下大荒〔五三〕。

（卷十七）

注

　　〔一〕潮州：今广东潮安县。韩文公即韩愈，因反对唐宪宗迎佛骨入宫中，被贬为潮州刺史。元祐五年（1090）潮州人在城南为韩愈建新庙，元祐七年（1092）苏轼应潮州人士之请，作这篇碑文。本文"前一段（一、二自然段）见参天地，关盛衰，由于浩然之气；中一段（第三自然段）见公之合于天而乖于人，是所以贬斥之故；后一段是潮人所以立庙之故，脉理极清"（《唐宋八家文读本》卷二十四）。文章高度评价了韩愈振兴儒学之功，盛赞他"文起八代之衰"，歌颂了他在潮州的政绩，概括了他坎坷不平的一生，叙述了潮州人民对他的爱戴和怀念。全文虽也有一般碑传文褒扬过甚之嫌，但气势磅礴，风格雄浑，古往今来，上天下地，纵横驰骋，议论风生，"置之昌黎集中，几无以辨"（《纂评唐宋八大家文读本》卷七引唐介轩语）。

　　〔二〕"匹夫而为百世师"二句：《孟子·尽心下》："圣人，百世之师也。"《礼记·中庸》："（君子）言而世为天下则。"此化用其意。

　　〔三〕参天地之化：《礼记·中庸》："可以赞天地之化育，则可以与天地参矣。"朱熹注："与天地参，谓与天、地并立而三矣。"

　　〔四〕申、吕自岳降：周宣王时的申侯、吕侯，传说他们降生时，山岳有降神的吉兆。《诗·大雅·崧高》："崧高维岳，骏极于天。维岳降神，生甫（即吕侯）及申。维申及甫，维周之翰。四国于蕃，四方于宣。"苏轼举此证明"其生也有自来"。

　　〔五〕傅说为列星：傅说，商王武丁的大臣，传说他死后与众星并列。《庄子·大宗师》："（傅说）相武丁，奄有天下，乘东维，骑箕尾，而比于列星。"苏轼举此证明"其逝也有所为"。

〔六〕吾善养吾浩然之气：语见《孟子·公孙丑上》，并阐释说："其为气也，至大至刚，以直养而无害，则塞于天地之间。"

〔七〕晋、楚失其富：《孟子·公孙丑下》："曾子曰：晋楚之富，不可及也。"

〔八〕良、平：张良、陈平，见苏洵《高祖》注〔三〕〔二〕。

〔九〕贲、育：孟贲、夏育，见苏轼《留侯论》注〔一四〕。

〔一〇〕仪、秦：张仪、苏秦，见苏洵《谏论上》注〔二六〕。钱文登云："五个'失'字，如破竹之势，只一句锁住。"（《苏长合作》卷七引）归有光《文章指南》亦云："句法连下，一句紧一句，是谓破竹势也。如苏子瞻《潮州韩文公庙碑》首段，连下五'失'字似之。"

〔一一〕"其必有不依形而立"四句：钱文登云："复用四个'不'字，笔力过人。"（《苏长公合作》卷七引）

〔一二〕"幽则为鬼神"二句：化用《礼记·乐记》"明则有礼乐，幽则有鬼神"意。幽、明指死和生、阴间和阳间。

〔一三〕"自东汉以来"三句：韩愈《原道》："周道衰，孔子没，火于秦，黄老于汉，佛于晋、魏、梁、隋之间，其言道德仁义者不入于杨，则入于墨，不入于老，则入于佛。"异端，指正统儒学以外的学派，即韩愈所指斥的杨、墨、佛、老。

〔一四〕"历唐贞观、开元之盛"二句：贞观，唐太宗年号（627—649）。开元，唐玄宗年号（713—741）。房，房玄龄（579—648），名乔，齐州淄川（今山东淄博）人，唐太宗时宰相。杜，杜如晦（585—630），字克明，京兆杜陵（今陕西西安东南）人，唐太宗时宰相。姚，姚崇（650—721），陕州硖石（今河南三门峡南）人，历任武则天、睿宗、玄宗三朝宰相。宋，宋璟（663—737），邢州南和（今属河南）人，睿宗、玄宗朝宰相。四人皆唐代名相。欧阳修《苏氏文集序》："予尝考前世文章政理之盛衰，而怪唐太宗致治几乎三王之盛，而文章不能革五代（梁、陈、齐、周、隋）之余习。"

〔一五〕"独韩文公起布衣"四句：欧阳修《苏氏文集序》："后百余年，韩、柳之徒出，然后元和之文始复于古。"麾，通"挥"，指挥、号召。

〔一六〕三百年：约数，韩愈距苏轼不足三百年。

〔一七〕八代：指东汉、魏、晋、宋、齐、梁、陈、隋。

〔一八〕道济天下之溺：以儒家之道拯救了沉溺于佛老的天下之人。

〔一九〕忠犯人主之怒：唐宪宗崇佛，迎佛骨入禁中。韩愈上表极谏，触怒宪宗，贬潮州刺史。韩愈《左迁至蓝关示侄孙湘》："一封朝奏九重天，夕贬潮阳路八千。欲为圣明除弊事，敢将衰朽惜残年！"

〔二〇〕勇夺三军之帅：指唐穆宗时，镇州（今河北正定）发生兵变，杀田弘正，立王廷凑。韩愈奉诏宣抚。元稹言韩愈可惜，穆宗亦悔。但韩愈至镇州以正气折服了王廷凑等，平息了镇州兵乱 。事见《新唐书·韩愈传》。

〔二一〕天人之辨：天命、人事的区别。

〔二二〕不可以欺豚鱼：《易·中孚》："豚鱼，吉，信及豚鱼也。"反之，信不及豚鱼则不吉，进一步申言"天不容伪"。

〔二三〕开衡山之云：韩愈游衡山，天气阴晦，韩愈默祷，忽云散天晴，作《谒衡岳庙遂宿岳寺题门楼》诗记其事（参苏轼《登州海市》注〔六〕）。衡山，在湖南衡山县西，五岳之一，称南岳。

〔二四〕能驯鳄鱼之暴：《新唐书·韩愈传》："初，愈至潮，问民疾苦。皆曰：'恶溪有鳄鱼，食民畜产且尽，民以是穷。'数日，愈自往视之，令其属秦济以一羊一豚投溪水而祝之（韩愈有《祭鳄鱼文》）。……祝之夕，暴风震电起溪中，数日水尽涸，西徙六十里。自是潮无鳄鱼患。"

〔二五〕不能弭皇甫镈、李逢吉之谤：弭，消除。皇甫镈，唐宪宗时宰相。《新唐书·韩愈传》载，宪宗得到韩愈的潮州谢表后，"颇感悟，欲复用之。持示宰相曰：'愈前所论，是大爱朕，然不当言天子事佛乃年促耳。'皇甫镈素忌愈直，即奏言：'愈终狂疏，可且内移。'乃改袁州刺史。"李逢吉，唐穆宗时宰相，故意挑起韩愈和李绅的不和，然后两逐之。同上书载："宰相李逢吉恶李绅，欲逐之，遂以愈为京兆尹兼御史大夫，特诏不台参，而除绅中丞。绅果劾奏愈，愈以诏自解。其后文刺纷然，宰相以台、府不协，遂罢愈为兵部侍郎，而出绅江西观察使。"

〔二六〕庙食：立庙祭祀。

〔二七〕不能使其身一日安于朝廷之上：储欣云："公所自道耳。若韩公自知制诰后，功成名立，志得道行。虽以谏佛骨表穷，而贵戚大臣维持调护，及谢表朝以入，宪宗夕以悟。移袁而后，宠任滋沃矣。此碑终是借酒杯，浇块磊，未为确论也。"赖山阳云："'可''不可'二层，'能''不能'三层相配，与五'失'字、四'不'字为呼应势。然三层皆倒，'能''不能'当言'不能''能'则顺矣。然句势不能不如此。"（《纂评唐宋八大家文读本》卷七引）

〔二八〕公命进士赵德为之师：韩愈《潮州请置乡校牒》："赵德秀才，沈雅专进，颇通经，有文章，能知先王之道，论说且排异端，而宗孔氏，可以为师矣。请摄海阳县尉，为衙推官，专勾当州学，以督生徒，兴恺悌之风。"苏轼《与吴子野书》："《文公庙碑》，近已寄去。潮州自文公来到，则已有文行之士如赵德者，盖风俗之美久矣。"

〔二九〕齐民：平民。

〔三〇〕"君子学道则爱人"二句：见《论语·阳货》。

〔三一〕朝散郎王君涤：朝散郎，文散官，官阶从七品上。王涤，苏轼《与潮守王朝请涤二首》："承寄示士民所投牒及韩公庙图，此古之贤守留意于教化者所为，非簿书俗吏之所及也。""若公已移（移守他处），即告封此简与吴道人（吴子野）勾当也。"《续资治通鉴长编》卷三七五有元祐元年任河北转运司管勾文字官的王涤，不知即其人否。余不详。

〔三二〕听：听便。

〔三三〕卜地：择地。

〔三四〕期年：一整年。

〔三五〕不能一岁而归：韩愈于元和十四年（819）正月贬潮州刺史，同年十月移袁州刺史，贬潮州不足一年。

〔三六〕审：确实，明白无误。

〔三七〕熏蒿凄怆：语出《礼记·祭义》，孔颖达疏："熏，谓香臭也，言百物之气或香或臭。蒿，谓蒸出貌，言此香臭烝而上出，其气蒿然也。凄怆者，谓此等之气，人闻之，情有悽有怆。"

〔三八〕元丰七年：1084 年。

〔三九〕骑龙：《后汉书·矫慎传》："骑龙弄凤，翔嬉云间。"白云乡：仙乡。《庄子·天地》："乘彼白云，游于帝乡。"《飞燕外传》："后进合德，帝大悦，以辅属体，无所不靡，谓为温柔乡。曰：'吾老是乡矣，不能效武皇帝求白云乡也。'"洪迈《容斋随笔》卷八："骑龙白云之诗，蹈厉发越，直到《雅》《颂》，所谓若捕龙蛇，搏虎豹者，大哉言乎！"

〔四〇〕手抉云汉分天章：抉，择取。云汉，银河。天章，天之文彩，指分布于天上的日月星辰。

〔四一〕天孙：织女星。《史记·天官书》："织女，天女孙也。"

〔四二〕下与浊世扫秕糠：谓下到人间，为浑浊的人世横扫一切无用之物。秕，中空或不饱满的谷粒。糠，谷壳米皮。此以秕糠喻"道丧文弊，异端并起"。

〔四三〕西游咸池略扶桑：屈原《离骚》："饮余马于咸池兮，总余辔于扶桑。"咸池，神话传说中的地名。扶桑，《南史·东夷传》："扶桑在大汉国东二百余里。"此句写韩愈东奔西走，为国奔忙。

〔四四〕李、杜：李白、杜甫。韩愈《调张籍》："李杜文章在，光焰万丈长。……我愿生两翅，捕逐出八荒。"

〔四五〕籍、湜：张籍、皇甫湜。谓张籍、皇甫湜汗流浃背也赶不上韩愈。《新唐书·

韩愈传》："其徒李翱、李汉、皇甫湜从而效之，遽之及远甚。"

〔四六〕"作书诋佛讥君王"二句：史绳祖："'作书诋佛讥君王'一句，大有节病，君王岂可讥耶！"（《学斋占笔》卷一）魏了翁云："东坡在黄、在惠、在儋，不患不伟，患其伤于太豪，便欠畏威敬怒之意。如'兹游最奇绝'，'所欠唯一死'之句，词气不甚平。又如《韩文公庙碑》诗云：'作书诋佛讥君王，要观南海窥衡湘'，（韩）方作谏书时，亦冀谏行而迹隐，岂是故为诋讥，要为南海之行？盖后世词人多有此意，如'去国一身'，'高名千古'之类，十有八九若此。不知君臣义重，家国忧深，圣贤去鲁去齐，不若是恝者，非以一去为难也。"（罗大经《鹤林玉露》卷八引）这是从"君臣义重"角度批评苏轼不当这样写，但现在看来苏轼高出流辈者正在此。

〔四七〕九疑：山名，在湖南宁远县南，相传虞舜葬此。《水经注·湘水》："九疑山盘基苍梧之野，峰秀数郡之间，罗岩九举，各导一溪。岫壑互阻，异岭同势，游者疑焉，故曰九疑山。"英皇：女英、娥皇，尧之二女，舜之二妃，舜死苍梧，二妃奔至，亦死于此。《列女传》《述异记》等多有记载。

〔四八〕祝融：韩愈《南海神庙碑》："南海之神曰祝融。"海若：海神。屈原《离骚》："使湘灵鼓瑟兮，令海若舞冯夷。"此句谓韩愈在潮州使海神远徙。

〔四九〕钧天：天之中央。《吕氏春秋·有始》："天有九野……中央曰钧天。"

〔五〇〕讴吟下招遣巫阳：《楚辞·招魂》："帝告巫阳曰：'有人在下，我欲辅之。魂魄离散，汝筮予之。'"

〔五一〕㸆牲：以㸆牛为供品。鸡卜：以鸡骨占卜。《史记·孝武本纪》："祠天神上帝百鬼，而以鸡卜。"张守节《正义》："鸡卜法，用鸡一狗一，生祝愿讫，即杀鸡狗，煮熟又祭。独取鸡两眼骨，上自有孔裂，似人物形，即吉，不足则凶。今岭南犹此法也。"

〔五二〕於粲：色泽鲜明貌。韩愈《柳州罗池庙碑铭》："荔子丹兮蕉黄，杂肴蔬兮进侯堂。"苏轼化用其意，写潮州人民对韩愈的礼敬和挽留。

〔五三〕大荒：《山海经·大荒西经》："大荒之中有山名大荒之山，日月所入。"韩愈《杂诗》："翩然下大荒，被发骑骐骥。"此化用其意，写韩愈离潮而去，如日落大荒。

附录

朱熹：向尝闻东坡作《韩文公庙碑》，不能得一起头，起行百十遭。忽得两句云："匹夫而为百世师，一言而为天下法。"遂扫将去。（《朱子语类》卷一百三十九）

洪迈：刘梦得、李习之、皇甫持正、李汉皆称诵韩公之文，各极其挚。……是四人者，所以推高韩公，可谓尽矣。及东坡之碑一出，而后众说尽废。（《容斋

随笔》卷八）

　　谢枋得：后生熟读此等文章，下笔便有气力，有光彩。东坡平生作诗不经意，意思浅而味短。独此诗与《司马温公神道碑》《表忠观碑铭》三诗奇绝，皆刻意苦思之文也。（《文章轨范》卷四）

　　黄震：《韩文公庙辈》，非东坡不能为此，非韩公不足以当此，千古奇观也。（《三苏文范》卷十五引）

　　钱仁夫：宋人集中无此文字，直然凌越四百年，迫文公而上之。（《苏长公合作》卷七引）

　　王世贞：此碑自始至末，无一字懈怠。佳言格论，层见叠出，太牢悦口，夜明夺目。苏文古今所推，此尤其最得意者，其关系世道亦大矣。（《御选唐宋文醇》卷四十九引）

　　茅坤：予览此文，不是昌黎本色，前后议论多漫然。然苏长公生平气格独存，故录之。（《苏文忠公文钞》卷二十六）

　　储欣：歌词悲壮，竞爽韩诗。（《东坡先生全集录》卷五）

　　唐介轩：通篇历叙文公一生道德文章功业，而归本在养气上，可谓简括不漏。至行文之排宕宏伟，即置之昌黎集中，几无以辨。此长公出力模写之作。（《纂评唐宋八大家文读本》卷七引）

　　张伯行：此文只是一气挥成，更不用波澜起伏之势，与东坡他文不同。其磅礴澎湃处，与昌黎大略相似。（《唐宋八大家文钞》卷八）

与侄孙元老书〔一〕

苏　轼

　　侄孙元老秀才。久不闻问，不识即日体中佳否？蜀中骨肉，想不住得安讯。老人住海外如昨，但近来多病瘦瘁，不复如往日，不知余年复得相见否？循、惠不得书久矣〔二〕。旅况牢落〔三〕，不言可知。又海南连岁不熟，饮食百物艰难，及泉、广海舶绝不至〔四〕，药物鲊酱等皆无〔五〕，厄穷至此，委命而已。

老人与过子相对〔六〕，如两苦行僧尔。然胸中亦超然自得，不改其度，知之免忧。所要志文〔七〕，但数年不死便作，不食言也。侄孙既是东坡骨肉，人所觑看。住京凡百加关防，切祝切祝！今有一书与许下诸子〔八〕，又恐陈浩秀才不过许〔九〕，只令送与侄孙，切速为求便寄达。余惟万万自重，不一一。

（卷六十）

注

〔一〕元符元年（1098）十二月作。《宋史·苏元老传》："元老字子廷，幼孤力学，长于《春秋》。轼谪居海上，数以书往来。轼喜其为学有功，辙亦爱奖之。黄庭坚见而奇之，曰：'此苏氏之秀也。'"这封信叙述了海南生活的艰辛窘困，抒发了超然自得、不改其度的襟怀。

〔二〕循：循州，时苏辙谪迁于此。惠：惠州，时苏轼长子苏迈一家居此。

〔三〕牢落：孤零冷落。

〔四〕泉：泉州，今属福建。广：广州。皆当时海上贸易中心。

〔五〕药物鲊酱等皆无：苏轼《纵笔三首》："北船不到米如珠，醉饱萧条半月无。"

〔六〕过：苏过，苏轼幼子，随侍苏轼居海南。

〔七〕志文：苏轼另一《与侄孙元老书》云："十九郎墓表，本是老人欲作，今岂推辞。"志文即指《十九郎墓表》。王文诰《苏诗总案》卷四十二谓十九郎即苏千运。

〔八〕许下：即许州，今河南许昌，苏辙一家居此。苏轼《答徐得之书》："一家今作四处，住惠、筠（苏辙当时贬筠州，后迁雷州、循州）、许、常（苏轼一家居此）也。"

〔九〕陈浩：未详其人。

与谢民师推官书〔一〕

苏 轼

轼启。近奉违〔二〕，亟辱问讯〔三〕，具审起居佳胜〔四〕，感慰深矣！轼受性刚简〔五〕，学迂材下，坐废累年〔六〕，不敢复齿缙绅〔七〕。自还海北，见平生亲旧，惘然如隔世人〔八〕，况与左右无一日之雅〔九〕，而敢求交乎！数赐见临，倾盖如故〔一〇〕，幸甚过望，不可言也。

所示书教及诗赋杂文〔一一〕，观之熟矣：大略如行云流水，初无定质〔一二〕，但常行于所当行，常止于所不可不止，文理自然，姿态横生〔一三〕。孔子曰："言之不文，行而不远。"〔一四〕又曰："辞达而已矣。"〔一五〕夫言止于达意，即疑若不文——是大不然〔一六〕。求物之妙，如系风捕影〔一七〕，能使是物了然于心者，盖千万人而不一遇也。而况能使了然于口与手者乎〔一八〕！——是之谓辞达。辞至于能达，则文不可胜用矣。

扬雄好为艰深之词〔一九〕，以文浅易之说〔二〇〕；若正言之〔二一〕，则人人知之矣：此正所谓"雕虫篆刻"者〔二二〕。其《太玄》《法言》〔二三〕，皆是类也。而独悔于赋，何哉？终身雕虫，而独变其音节〔二四〕，便谓之"经"，可乎？屈原作《离骚经》，盖《风》《雅》之再变者，虽与日月争光可也〔二五〕。可以其似赋，而谓之雕虫乎？使贾谊见孔子，升堂有余矣，而乃以赋鄙之，至与司马相如同科〔二六〕。雄之陋如此比者甚众。可与知者道〔二七〕，难与俗人言也。因论文偶及之耳。

欧阳文忠公言："文章如精金美玉，市有定价，非人所能以口舌定贵贱也。"〔二八〕纷纷多言，岂能有益于左右，愧悚不已！

所须惠力"法雨"堂两字〔二九〕，轼本不善作大字，强作终不佳。又舟中局迫难写，未能如教。然轼方过临江〔三〇〕，当往游焉。或僧欲有所记录，当作数句留院中，慰左右念亲之意〔三一〕。今日已至峡山寺〔三二〕，少留即去。愈远。惟万万以时自爱。不宣。

（卷四十九）

注

〔一〕曾敏行《独醒杂志》卷一云："谢民师，名举廉，新淦人。博学工词章，远近从之者尝数百人。……东坡自岭南归，民师袖书及旧作遮谒，东坡览之，大见称赏。"元符三年（1100）苏轼遇赦，从海南岛儋县北归，途经广州。时谢任广州推官，以所作诗文求教。此书即苏轼离开广州到达临江（今广东清远县）时写给谢的。"此书大抵论文"（《三苏文范》卷十二引陈献章），文中关于文贵自然的主张，关于孔子"辞达而已矣"的理解，对扬雄"好为艰深之辞"的批评，以及"文有定价"等等，可以说总结了他一生的创作经验和文艺主张。

〔二〕奉违：犹言离别。奉，书信中常用的敬辞。

〔三〕亟：屡次。辱：谦辞，承蒙。

〔四〕具审：都明白了。起居：代指生活情况。

〔五〕受性刚简：秉性刚直简慢。

〔六〕坐废累年：因罪而废置多年。苏轼于绍圣元年（1094）至元符三年先贬惠州（今广东惠阳），再贬儋州（今广东海南岛儋州市），两次共七年，故言。

〔七〕复齿缙绅：再与士大夫同列。齿，并列。缙绅，即搢绅，本为官吏装束，后用为官宦代称。《晋书·舆服志》："所谓有搢绅之士者，搢（插）笏而垂绅带也。"

〔八〕惘然：怅惘、迷茫貌。

〔九〕无一日之雅：语出《汉书·谷永传》。颜师古注："雅，素也。……言非宿素之交。"

〔一〇〕倾盖如故：谓一见如故。邹阳《狱中上书自明》："语曰：'白头如新，倾盖如故。'"倾盖，两车之盖（车篷）相依而倾斜，即指停车（交谈）。《孔子家语·致思》："孔子之郯，遭程子于途，倾盖而语，终日甚相亲。"

〔一一〕书教：官场中常用的书启、谕告之类应用文章。

〔一二〕"大略如行云流水"二句：宋初田锡《贻宋小著书》："援毫之际，属思之时，以情合于性，以性合于道。……随其运用而得性，任其方圆而寓理，亦犹微风动水，了无定文；太虚浮云，莫有常态，则文章之有生气也，不亦宜哉！"定质，固定的形式。

〔一三〕"但常行于所当行"四句：苏轼《文说》："吾文如万斛泉源，不择地而出，在平地滔滔汩汩，虽一日千里无难。及其与山石曲折，随物赋形而不可知也。所可知者，常行于所当行，常止于不可不止，如是而已矣。其他虽吾亦不能知也。"故陈献章云："'行云流水'数语，此长公（苏轼）文字本色。"（《三苏文范》卷十二引）

〔一四〕"言之不文"二句：语出《左传·襄公二十五年》："仲尼曰：'志有之：言以足志，文以足言。不言，谁知其志。言之无文，行而不远。'"意谓语言若无文采，就不会流传很久。

〔一五〕辞达而已矣：语出《论语·卫灵公》。朱熹《集注》："辞取达意而止，不以富丽为工。"

〔一六〕"夫言止于达意"三句：过去一般都把"辞达而已矣"理解为轻视辞章，如何晏《论语集解》引孔安国语："辞达则足矣，不烦文艳之词。"司马光《答孔文忠司户书》："明其足以达意斯止矣，无事于华藻宏辞也。"苏轼表示不同意这种理解。

〔一七〕"求物之妙"二句：谓了解事物的奥妙有如拴住风、捉住影子一样困难。《汉书·郊祀志下》："求之，荡荡如系风捕景（影），终不可得。"

〔一八〕"能使是物了然于心者"三句：苏轼《答虔倅俞括书》："孔子曰：'辞，达而已矣。'物固有是理，患不知；知之，患不能达于口与手。所谓文者，能达于是而已。"

〔一九〕扬雄（前53—18）：字子云，成都人，西汉著名思想家、文学家、语言学家。《汉书》有传。

〔二〇〕文：文饰，掩饰。

〔二一〕正言之：直截了当地说。

〔二二〕雕虫篆刻：这是扬雄评论辞赋的话，苏轼用之讥刺扬雄。扬雄《法言·吾子》："或曰：'吾子少而好赋？'曰：'然。童子雕虫篆刻。'俄而曰：'状夫不为也。'"雕虫篆刻：虫、刻皆属秦书八体，西汉学童要学习书写。虫书笔画似虫形，刻符在符信上的字，皆纤巧难工。后用以比喻小技、小道。

〔二三〕《太玄》《法言》：《汉书·扬雄传赞》："其意欲求文章成名于后世，以为经莫大于《易》，故作《太玄》，传莫大于《论语》，作《法言》。"

〔二四〕变其音节：指扬雄作《太玄》《法言》不用作赋的音韵格律，而用散文。《御选唐宋文醇》卷三十九引李光地云："朱文公论文亦曰：'子云《太玄》《法言》，盖亦《长杨》《校猎》之流而粗变其音节。'"

〔二五〕"屈原作《离骚经》"三句：屈原名平，战国后期楚人，我国文学史上最早的伟大诗人。《离骚》是他的代表作，称《离骚》为"经"，始于东汉王逸的《楚辞章句》。《风》《雅》，《诗经》的组成部分。《史记·屈原列传》："《国风》好色而不淫，《小雅》怨诽而不怒。若《离骚》者，可谓兼之矣……推此志也，虽与日月争光可也。"

〔二六〕"使贾谊见孔子"四句：扬雄《法言·吾子》："如孔氏之门用赋也，则贾谊升堂，相如入室矣，如其不用何！"司马相如作赋重于雕绘辞藻，苏轼从"辞达"的角度出发，反对扬雄的看法，认为不能因贾谊作过赋，就把他与司马相如相提并论。古人以入门、升堂、入室比喻做学问等由浅而深的三种境界。《论语·先进》："由（子路）也升堂矣，未入于室也。"

〔二七〕知：同"智"。《汉书·司马迁传》："然此可为智者道，难为俗人言也。"

〔二八〕"欧阳文忠公言"四句：欧阳修《苏氏文集序》有"文章，金玉也"之语，原文不见《欧阳文忠公集》。

〔二九〕惠力：寺名，疑为慧力寺。《清一统志·临江府》：“慧力寺在清江县南二里，瀕江。即唐欧阳处士宅。寺创南唐，盛于宋。……有苏轼《金刚经》碑，今存其半。”法雨堂：当为寺中的堂名。

〔三〇〕方：将。

〔三一〕念亲之意：谢民师的家乡新淦属临江军所辖，故云。

〔三二〕峡山寺：在清远峡（今广东清远县东）山上。苏轼有《峡山寺》诗。

附录

陈献章：此书大抵论文，曰“行云流水”数语，此长公文字本色。至贬扬雄之《太玄》《法言》为雕虫，却当。（《三苏文范》卷十二引）

冯梦祯：长公论文，多以其人重。指雄为雕虫，美原之《离骚》近风雄，盖以（王）莽大夫与沉汨罗者，忠佞何啻霄壤也。（同上）

李光地：同时王荆公、曾子固、司马温公皆尊扬子，品题在孟、荀之上，坡公遂显攻之。（《御选唐宋文醇》卷三十九）

储欣：东坡论文，所谓见其一耳。此事当以韩（愈）、李（翱）书为主，而以坡公说参之。诋扬子云尤过，不足据依。（《唐宋十大家全集录·东坡集录》卷八）

传神记〔一〕
苏 轼

传神之难在目。顾虎头云〔二〕：“传形写影，都在阿堵中。”〔三〕其次在颧颊〔四〕。吾尝于灯下顾自见颊影，使人就壁模之，不作眉目。见者皆失笑，知其为吾也。目与颧颊似，余无不似者。眉与鼻、口，可以增减取似也。

传神与相一道〔五〕，欲得其人之天，法当于众中阴察之。今乃使人具衣冠坐〔六〕，注视一物，彼方敛容自持〔七〕，岂复见其天乎？

凡人意思各有所在，或在眉目，或在鼻口。虎头云：“颊上加三毛，觉精采殊胜。”〔八〕则此人意思，盖在须颊间也。优孟学孙叔敖抵掌谈笑，至使人谓死者复生〔九〕。此岂举体皆似，亦得其意思所在而已。使画者悟此理，则人人可以为顾、陆〔一〇〕。吾尝见僧维真画曾鲁公〔一一〕，初不甚似。一日往见公，归而喜甚，曰："吾得之矣。"乃于眉后加三纹，隐约可见，作俯首仰视，眉扬而额蹙者〔一二〕，遂大似。

南都程怀立〔一三〕，众称其能。于传吾神，大得其全。怀立举止如诸生，萧然有意于笔墨之外者也。故以吾所闻助发云。

（卷十二）

注

〔一〕苏轼论画贵神似。为做到传神，应集中精力画面颊，特别是眼睛，"目与颧颊似，余无不似者。"所谓神，是指人的天然神态、神情，矫揉造作不可谓神。因此，苏轼强调要"得其人之天"，"当于众中阴察之"。虽然所有的人都以"目与颧颊"最足以传神，但是，"凡人意思（神情），各有所在"。因此，还应把握各自特点，而无须追求"举体皆似"，而应追求各自的"意思所在"。

〔二〕顾虎头：即顾恺之（约345—406），字长康，小字虎头，无锡（今属江苏）人，东晋著名画家，兼工书法诗赋，有三绝（才绝、画绝、痴绝）之称。

〔三〕阿堵：这，六朝人口语。《晋书·顾恺之传》："恺之每画人成，或数年不点目睛。人问其故，答曰：'四体妍蚩，本无缺少于妙处，传神写影正在阿堵中。'"

〔四〕颧颊：颧骨面颊，此泛指容颜。

〔五〕相：相面。旧时迷信，通过观察人的容貌以测定其贵贱祸福。

〔六〕具衣冠坐：穿戴整齐地坐着。具，备办。

〔七〕敛容自持：正容持重，很严肃很做作的样子。

〔八〕"颊上加三毛"二句：语见《晋书·顾恺之传》："（顾）尝图裴楷象，颊上加三毛，观者觉神明殊胜。"

〔九〕"优孟学孙叔敖抵掌谈笑"二句：事见《史记·滑稽列传》。优孟，楚之乐人，多辩，尝以嬉笑讽谏。孙叔敖，楚相。死后，其子贫困而言于优孟。优孟"即为孙叔敖衣冠，抵掌谈笑，岁余，象孙叔敖"。见楚王，楚王大惊，"以为孙叔敖复生也，欲以为相"。优孟说："孙叔敖之为楚相，尽忠为廉以治楚，楚王得以霸。今死，其子无立锥之地，贫困负薪以自饮食。必如孙叔敖，不如自杀。"楚王谢优孟，封孙叔敖子。抵掌，击掌，合掌。

〔一〇〕顾：即顾恺之。陆：陆探微（？—约485），吴（今江苏苏州）人，南朝宋画家，擅画人物，兼工山水、草木、雀兽。

〔一一〕僧维真：《图画见闻录》卷三："僧维真，嘉禾（今浙江嘉兴）人，工传写，尝被旨写仁宗、英宗御容，赏赉殊厚。……名公贵人多召致传写，尤以善写贵人得名。"曾鲁公：即曾公亮（999—1073），字明仲，泉州晋江（今属福建）人，官至宰相，封鲁国公。《宋史》有传。

〔一二〕额蹙：皱额。

〔一三〕南都：今河南商丘市南。程怀立：《画继》卷六载其事，即取自苏轼此记，余不详。

附录

杨慎：深得传神之法，深得题外传神之妙。（《三苏文范》卷十四）

论始皇汉宣李斯〔一〕

苏 轼

秦始皇帝时，赵高有罪，蒙毅案之当死，始皇赦而用之〔二〕。长子扶苏好直谏，上怒，使北监蒙恬兵于上郡〔三〕。始皇东游会稽，并海走琅琊，少子胡亥、李斯、蒙毅、赵高从。道病，使蒙毅还祷山川，未反而上崩。李斯、赵高矫诏立胡亥，杀扶苏、蒙恬、蒙毅，卒以亡秦〔四〕。

苏子曰：始皇制天下轻重之势，使内外相形，以禁奸备乱者，可谓密矣。蒙恬将三十万人，威震北方，扶苏监其军，而蒙毅侍帷幄为谋臣〔五〕，虽有大奸贼，敢睥睨其间哉〔六〕？不幸道病，祷祠山川，尚有人也，而遣蒙毅，故高、斯得成其谋。始皇之遣毅，毅见始皇病，太子未立，而去左右，皆不可以言智。然天之亡人国，其祸败必出于智所不及。圣人为天下，不恃智以防乱，恃吾无致乱之道耳。始皇致乱之道，在用赵高。夫阉尹之祸〔七〕，如毒药猛兽，未有不裂肝碎胆者也。自书契以来[八]，惟东汉吕强[九]、后唐张承业二人号称善良[一○]，岂可望一二于千万，以徼必亡之祸哉[一一]？然世主皆甘心而不悔，如汉桓、灵，唐肃、代，犹不足深怪[一二]。始皇、汉宣皆英主，亦湛于赵高、恭、显之祸[一三]。彼自以为聪明人杰也，奴仆薰腐之馀何能为[一四]。及其亡国乱朝，乃与庸主不异。吾故表而出之，以戒后世人主如始皇、汉宣者。

或曰：李斯佐始皇定天下，不可谓不智。扶苏亲，始皇子，秦人戴之久矣[一五]，陈胜假其名，犹足以乱天下[一六]，而蒙恬持重兵在外，使二人不即受诛而复请之，则斯、高无遗类矣[一七]。以斯之智而不虑此，何哉？

苏子曰：呜呼，秦之失道，有自来矣，岂独始皇之罪？自商鞅变法[一八]，以殊死为轻典[一九]，以参夷为常法[二○]，人臣狼顾胁息[二一]，以得死为幸，何暇复请！方其法之行也，求无不获，禁无不止[二二]，鞅自以为轶尧、舜而驾汤、武矣[二三]。及其出亡而无所舍，然后知为法之弊[二四]。夫岂独鞅悔之，秦亦悔之矣。荆轲之变，持兵者熟视始皇环柱而走，莫之救者[二五]，以秦法重故也。李斯之立胡亥，不复忌二人者[二六]，知威令之素行，而臣子不敢复请也。二人之不敢请，亦知始皇之鸷悍而不可回也[二七]，岂料其伪也哉？周公曰："平易近民，民必归之。"[二八]孔子曰："有一言而可以终身行之，其恕矣乎?"[二九]夫以忠恕为心[三○]，而以平易为政，则上易知而下易达，虽有卖国之奸，无所投其隙[三一]，仓卒之变[三二]，无自发焉。然其令行禁止，盖有不及商鞅者矣，而圣人终不以彼易此。商鞅立信于徒木[三三]，立威于弃灰[三四]，刑其亲戚师傅[三五]，积威信之极。以及始皇，秦人视其君如雷电鬼神，不可测也。古者公族有罪，三宥然后制刑[三六]。今至使人矫杀其太子而不忌，太子亦不敢请，则威信之过故也。

夫以法毒天下者[三七]，未有不反中其身及其子孙也。汉武与始皇，皆果于杀者也，故其子如扶苏之仁，则宁死而不请；如戾太子之悍，则宁反而不诉[三八]，知诉之必不察也。戾太子岂欲反者哉？计出于无聊也[三九]。故为二君之子者[四○]，有死与反而已。李斯之智，盖足以知扶苏之必不反也。吾又表而出之，以戒后世人主之果于杀者。

（《东坡志林》卷五）

注

〔一〕苏轼晚年谪居海南时作。他在北归途中《与郑靖老书》中说："《志林》竟未成，但草得《书传》十三卷，甚赖公两借书籍检阅也"。郎晔《经进东坡文集事略》卷十二云："自此以下十六篇，谓之《志林》，亦谓之《海外论》。"本文即十六篇史论性《志林》（今本《东坡志林》，除史论外，还杂收苏轼一生的各种笔记文，已非《与郑靖老书》所说《志林》的本来面目）中的一篇。文章首段简叙"李斯、赵高矫诏立胡亥"的史实；第二段着重论"始皇致乱之道，在用赵高"；三、四两段论李斯，着重说明"以法毒天下者，未有不反中其身及其子孙者也"。这篇文章虽为史论，但具有强烈的现实针对性，所谓有"以法毒天下"显然是为王安石变法而发。

〔二〕"秦始皇帝时"四句：赵高（？—前207），秦宦官，"进入秦宫，管事二十余年"，任中车府令，兼行符玺令事。秦始皇死，与李斯伪造遗诏，逼使始皇长子扶苏自杀。立胡亥为二世皇帝（见下文）后，任郎中令，控制朝政。后杀李斯，任中丞相。不久又杀秦二世，立子婴为秦王，旋为子婴所杀。蒙毅，蒙恬（见下注）之弟，始皇谋臣，为秦二世所杀。《史记·蒙恬列传》："秦王（始皇）闻（赵）高强力，通于狱法，举以为中车府令。高即私事公子胡亥，喻之决狱。高有大罪，秦王令蒙毅法治之。毅不敢阿法，当高罪死，除其宦籍。帝以高之敦于事也，赦之，复其官爵。"按，通"案"，审问，查办。

〔三〕"长子扶苏好直谏"三句：蒙恬（？—前210），自祖父蒙骜起世代为秦名将。秦统一六国后，曾率兵三十万击退匈奴贵族，收河南地（今内蒙古河套一带），并修筑长城。后为秦二世所迫，自杀。《史记·秦始皇本纪》载："犯禁者四百六十余人，（始皇）皆坑之咸阳，使天下知之，以惩后。益发谪徙边。始皇长子扶苏谏曰：'天下初定，远方黔首未集，诸生皆诵法孔子。今上皆重法绳之，臣恐天下不安。唯上察之。'始皇怒，使扶苏北监蒙恬于上郡。"上郡，今陕西延安、榆林一带。

〔四〕"始皇东游会稽"至"卒以亡秦"：会稽，郡名，今浙江绍兴市一带。并，沿。琅琊，郡名，今山东诸城市一带，县东有琅琊山。李斯（？—前208），秦代政治家，战国末入秦，初为吕不韦舍人，后为秦王（始皇）客卿。秦统一六国后任丞相。矫诏，假作诏书（指遗诏）。《史记·蒙恬列传》："始皇三十七年（前210）冬，（秦始皇）行出游会稽，并海上北走琅琊。道病，使蒙毅还祷山川。未反，始皇至沙丘崩，秘之，群臣莫知。是时丞相李斯、公子胡亥、中车府令赵高常从。高雅得幸于胡亥，欲立之，又怨蒙毅法治之而不为己也，因有贼心，乃与丞相李斯、公子胡亥阴谋，立胡亥为太子。太子已立，遣使者以罪赐公子扶苏、蒙恬死。"

〔五〕"蒙恬将三十万人"四句:《史记·蒙恬列传》:"秦已并天下,乃使蒙恬将三十万众北逐戎狄,收河南,筑长城……是时蒙恬威振匈奴。始皇甚尊蒙氏,信任贤之。而亲近蒙毅,位至上卿,出则参乘,入则御前,恬任外事而毅常为内谋,名为忠信,故虽诸将相莫敢与之争焉。"

〔六〕睥睨:侧目窥视。《魏书·尔朱荣传论》:"希凯非望,睥睨宸极。"

〔七〕阉尹:宦官首领,此泛指宦官。《礼记·月令》:"命奄(同阉)尹。"郑玄注:"阉尹,主领阉竖之官也。"

〔八〕书契:文字。契,刻,古代文字多用刀刻,故名。此句谓自有文字记载以来。

〔九〕吕强:《后汉书·吕强传》:"吕强字汉盛,河南成皋人也。少以宦者为小黄门,再迁中常侍。为人清忠奉公。灵帝时例封宦者,以强为都乡侯。强辞让恳恻,固不敢当,帝乃听之,因上疏陈事……帝知其忠而不能用。"

〔一〇〕张承业:《新五代史·张承业传》:"张承业,字继元,唐僖宗宦者也。本姓康,幼阉为内侍张泰养子,为河东监军。晋王病且革,以庄宗属承业,庄宗与梁战河上十余年,军国之事,皆委承业。天祐十八年,庄宗已诺诸将即皇帝位。承业谏曰:'不可。'庄宗不听,承业仰天大哭,归太原不食而卒。"

〔一一〕徼:通"邀",邀取。

〔一二〕"如汉桓、灵"三句:汉桓帝、灵帝时,宦官如曹节、侯览等,唐肃宗、代宗时,宦官如李辅国、程元振等,皆专权用事,浊乱天下。详见《后汉书》及《新唐书》之《宦者传》。

〔一三〕湛:通"沉"。《说文》:"湛,没也。"恭、显:弘恭、石显。《汉书·佞幸传》:"石显字君房,济南人;弘恭,沛人也。皆少坐法腐刑(宫刑),为中黄门,以选为中尚书。宣帝时任中书官。……元帝即位数年,恭死,显代为中书令。"于是石显权倾天下,作恶多端。

〔一四〕薰腐:《后汉书·宦者传序》:"希附权强者,皆腐身熏子,以自衒达。"章怀注引韦昭曰:"腐刑必薰合之。"

〔一五〕戴:拥护,爱戴。

〔一六〕"陈胜假其名"二句:《史记·陈涉世家》载:秦二世元年(前209)"陈胜曰:'天下苦秦久矣。吾闻二世少子也,不当立,当立者乃公子扶苏。扶苏以数谏故,上使外将兵。今或闻无罪,二世杀之。百姓多闻其贤,未知其死也。项燕为楚将,数有功,爱士卒,楚人怜之,或以为死,或以为亡。今诚以吾众诈自称公子扶苏、项燕,为天下唱,宜多应者。'吴广以为然。"

〔一七〕无遗类：谓被杀尽。

〔一八〕商鞅（约前395—前338）：战国时政治家。卫国人，姓公孙，名鞅。又称卫鞅。入秦说秦孝公，孝公六年（前356）任左庶长，实行变法。旋升大良造。孝公十二年进一步变法。后因战功封商（今陕西商县东南）十五邑，因称商鞅或商君，秦孝公死后被贵族车裂而死。事见《史记·商君列传》。

〔一九〕殊死：斩首之刑。《汉书·高帝纪下》："其赦天下殊死以下。"颜师古注："殊，绝也，异也。言其身首离绝而异处也。"

〔二〇〕参夷：《汉书·刑法志》："秦用商鞅，连相坐之法，造参夷之刑。"颜师古注："参夷，夷三族。"参，通"三"。

〔二一〕狼顾：喻担惊受怕。《史记·苏秦列传》："秦虽欲深入则狼顾。"《正义》云："狼性怯，走常环顾。"胁息：喻紧张惧怕已极。《汉书·严延年传》："豪强胁息。"颜师古注："胁，敛也，屏气而息。"

〔二二〕"求无不获"二句：《管子·法法》："求必欲得，禁必欲止，令必欲行。"

〔二三〕轶：超越。驾：凌驾，此亦超越意。

〔二四〕"及其出亡而无所舍"二句：《史记·商君列传》："秦孝公卒，太子立。公子虔之徒告商君欲反，发吏捕商君。商君亡（逃）至关下，欲舍（住）客舍。客人不知其是商君也，曰：'商君之法，舍人无验者坐之。'商君喟然叹曰：'嗟呼，为法之敝一至此哉！'"

〔二五〕"荆轲之变"三句：荆轲，见《留侯论》注〔二〇〕，《史记·刺客列传》："荆轲逐秦王，秦王环柱而走。群臣皆愕，卒起不意，尽失其度。而秦法，群臣侍殿上者不得持尺寸之兵（武器），诸郎中执兵皆陈殿下，非有诏召不得上。方急时，不得召下兵，以故荆轲乃逐秦王。而卒惶急，无以击轲，而以手共搏之。"

〔二六〕忌：顾忌，害怕。

〔二七〕鸷悍：凶猛强暴。

〔二八〕"平易近民"二句：语见《史记·鲁世家》。

〔二九〕"有一言而可以终身行之"二句：《论语·卫灵公》："子贡问曰：'有一言而可以终身行之者乎？'子曰：'其恕乎！己所不欲，勿施于人。'"

〔三〇〕忠恕：《论语·里仁》："夫子之道，忠恕而已矣。"

〔三一〕无所投其隙：谓无空子可钻。

〔三二〕仓卒：同"仓猝"。

〔三三〕商鞅立信于徙木：《史记·商君列传》载商鞅初变法时，"令既具，未布，恐民之不信，己乃立三丈之木于国都市南门，募民有能徙置（搬来放到）北门者予十金。民怪之，莫敢徙。复曰‘能徙者予五十金’。有一人徙之，辄取五十金，以明不欺。卒下令”。

〔三四〕立威于弃灰：《史记·李斯列传》：“商君之法，刑弃灰于道者。”

〔三五〕刑其亲戚师傅：《史记·商君列传》：“太子犯法，卫鞅曰：‘法之不行，自上犯之。’将法太子。太子，君嗣也，不可施刑，刑其傅公子虔，黥其师公孙贾。”亲戚，指同族人，公孙贾与商鞅同姓。师傅，教导、辅佐帝王或王子的人。

〔三六〕“古者公族有罪”二句：《礼记·文王世子》：“公族无宫刑，狱成，有司谳于公，其死罪，则曰某之罪在大辟，其刑罪，则曰某之罪在小辟。公曰宥之，有司又曰在辟。公又曰宥之，有司又曰在辟。及三宥不对，走出，致刑于甸人。”公族，诸侯的同族。《诗·周南·麟之趾》：“振振公族。”《毛传》：“公族，公同祖也。”宥，赦罪，宽宥。置刑即“致刑”，执刑。

〔三七〕毒：役使。《易·师》：“以此毒天下。”王弼注：“毒犹役也。”

〔三八〕“如戾太子之悍”二句：戾太子，名据，汉武帝元狩元年立为皇太子。武帝末年，大臣江充恐武帝死后为戾太子所诛，就诬陷太子。太子从少傅石德计，收捕江充，人言太子反。详见《汉书·武五子传》。

〔三九〕无聊：本指无以为生，此指没有办法。

〔四〇〕二君：指秦始皇和汉武帝。

与二郎侄书〔一〕

苏 轼

二郎侄：得书知安，并议论可喜，书字亦进。文字亦若无难处，止有一事与汝说。凡文字，少小时须令气象峥嵘，采色绚烂，渐老渐熟，乃造平淡。其实不是平淡，绚烂之极也。汝只见爷伯而今平淡，一向只学此样。何不取旧日应举时文字看〔二〕，高下抑扬，如龙蛇捉不住。当且学此。只书字亦然，善思吾言。

注 ————————————————————————————

〔一〕这是苏轼写给苏辙次子苏适的一封信。这封信总结了自己和苏辙一生的创作过程和经验，并用以教育晚辈，对平淡的风格作了极其深刻的阐述。平淡是文章成熟的标志，是"绚烂之极"的表现。

〔二〕应举时文字：苏轼应试文字指《东坡应诏集》及《刑赏忠厚之至论》《重巽申命论》《孔子从先进论》《春秋定天下之邪正论》等。苏辙应试文字均收在《栾城应诏集》十二卷中。

苏辙

刑赏忠厚之至论[一]

苏 辙

古之君子立于天下，非有求胜于斯民也。为刑以待天下之罪戾[二]，而唯恐民之入于其中以不能自出也；为赏以待天下之贤才，而唯恐天下之无贤而其赏之无以加之也[三]。盖以君子先天下，而后有不得已焉[四]。夫不得已者，非吾君子之所志也[五]，民自为而召之也。故罪疑者从轻，功疑者从重[六]，皆顺天下之所欲从。

且夫以君临民，其强弱之势，上下之分，非待夫与之争寻常之是非而后能胜之矣。故宁委之于利，使之取其优而吾无求胜焉[七]。夫惟天下之罪恶暴著而不可掩[八]，别白而不可解[九]，不得已而用其刑；朝廷之无功，乡党之无义[一〇]，不得已而爱其赏[一一]。如此，然后知吾之用刑，而非吾之好杀人也；知吾之不赏，而非吾之不欲富贵人也。使夫其罪可以推而纳之于刑，其迹可以引而置之于无罪；其功与之而至于可赏[一二]，排之而至于不可赏[一三]。若是二者而不以与民，则天下将有以议我矣。使天下而皆知其可刑与不可赏也，则吾犹可以自解；使天下而知其可以无刑，可以有赏之说，则将以我为忍人而爱夫爵禄也[一四]。圣人不然，以为天下之人，不幸而有罪，可以刑，可以无刑，刑之而伤于仁；幸而有功，可以赏，可以无赏，无赏而害于信[一五]。与其不屈吾法，孰若使民全其肌肤，保其首领而无憾于其上？与其名器之不僭[一六]，孰若使民乐得为善之利而无望望不足之意[一七]？呜呼，知其有可以与之之道而不与，是亦志于残民而已矣[一八]！

且彼君子之与之也，岂徒曰与之而已也，与之而遂因以劝之焉耳[一九]。故舍有罪而从无罪者，是以耻劝之也；去轻赏而就重赏者，是以义劝之也。盖欲其思而得之也。故夫尧舜三代之盛，舍此而忠厚之化亦无以见于民矣！

（《栾城应诏集》卷十一）

注

〔一〕嘉祐二年（1057）应礼部考试试文。其时还作有《春秋对义》《民监赋》《鸾刀诗》《重巽申命论》等，皆失传。此文的观点与苏轼同题之作基本一致，亦以儒家的仁政思想立论，主张"罪疑者从轻，功疑者从重"（参见苏轼《省试刑赏忠厚之至论》注〔一〕）。但两篇文章的风格却明显不同。苏轼的文章虽是政论，但笔下含情，豪放不拘，并公然杜撰史实，很有气势。苏辙此文观点平稳，结构严整，语言明晰，与他"谨严"的性格相一致，虽能以理服人，但却不能像苏轼那样以情动人，以势胜人。

〔二〕戾：亦罪也。《左传·文公四年》："其敢干大礼以自取戾。"

〔三〕加：施及。

〔四〕"盖以君子先天下"二句：谓先以君子之道待天下之人，迫不得已才用刑。

〔五〕志：志向，意愿。

〔六〕"故罪疑者从轻"二句：参苏轼《省试刑赏忠厚之至论》注〔一〇〕。

〔七〕"故宁委之于利"二句：谓让百姓处于有利的一面，使他们选择最好的，而不是要去胜过他们。

〔八〕暴著：显露，暴露。

〔九〕别白：清楚明白。王融《永明九年策秀才文》："别白书之。"解：开脱。

〔一〇〕乡党：周制以一万二千五百家为乡，五百家为党，后以"乡党"泛指乡里。《汉书·司马迁传》："重为乡党戮笑。"

〔一一〕爱：吝惜。《孟子·梁惠王上》："百姓皆以王为爱也，臣固知王之不忍也。"朱熹注："爱，犹吝也。"

〔一二〕与：给予。

〔一三〕排：消除。

〔一四〕忍人：残忍的人。

〔一五〕信：信用，信誉。

〔一六〕名器：表示等级的称号、官爵。僭：僭越，超越身份。《左传·成公二年》："唯名与器，不可以假人。"苏辙反其意而用之。

〔一七〕望望：失意貌。《孟子·公孙丑下》："望望然去之。"

〔一八〕残民：伤害百姓。

〔一九〕劝：奖励。《左传·成公十四年》："惩恶而劝善。"

上枢密韩太尉书〔一〕

苏 辙

太尉执事〔二〕：辙生好为文，思之至深，以为文者气之所形〔三〕。然文不可以学而能，气可以养而致。孟子曰："我善养吾浩然之气。"〔四〕今观其文章，宽厚宏博，充乎天地之间，称其气之小大〔五〕。太史公行天下，周览四海名山大川〔六〕，与燕、赵间豪俊交游〔七〕，故其文疏荡〔八〕，颇有奇气。此二子者岂尝执笔学为如此之文哉？其气充乎其中而溢乎其貌，动乎其言而见乎其文〔九〕，而不自知也。

辙生十有九年矣，其居家所与游者，不过其邻里乡党之人〔一〇〕，所见不过数百里之间，无高山大野可登览以自广〔一一〕。百氏之书虽无所不读〔一二〕，然皆古人之陈迹，不足以激发其志气。恐遂汩没〔一三〕，故决然舍去〔一四〕，求天下奇闻壮观，以知天地之广大。过秦、汉之故都〔一五〕，恣观终南、嵩、华之高〔一六〕，北顾黄河之奔流〔一七〕，慨然想见古之豪杰〔一八〕。至京师仰观天子宫阙之壮〔一九〕，与仓廪府库城池苑囿之富且大也〔二〇〕，而后知天下之巨丽〔二一〕。见翰林欧阳公〔二二〕，听其议论之宏辩，观其容貌之秀伟，与其门人贤士大夫游，而后知天下之文章聚乎此也。

太尉以才略冠天下，天下之所恃以无忧，四夷之所惮以不敢发〔二三〕，入则周公、召公〔二四〕，出则方叔、召虎〔二五〕，而辙也未之见焉。且夫人之学也，不志其大〔二六〕，虽多而何为？辙之来也，于山见终南、嵩、华之高，于水见黄河之大且深，于人见欧阳公。而犹以为未见太尉也。故愿得观贤人之光耀，闻一言以自壮，然后可以尽天下之大观而无憾者矣〔二七〕。

辙年少，未能通习吏事。向之来非有取于斗升之禄〔二八〕，偶然得之，非其所乐。然幸得赐归待选〔二九〕，使得优游数年之间，将归益治其文〔三〇〕，且学为政。太尉苟以为可教而辱教之，又幸矣。

（《栾城集》卷二十二）

注

〔一〕枢密韩太尉：即韩琦（见苏洵《九日和韩魏公》注〔一〕）。太尉，官名，秦置，汉初因之，为全国军事首脑，后一般作为对武官的尊称。时韩琦任枢密使，为全国军事首脑，故称太尉。这是嘉祐二年（1057）苏辙进士及第时写给韩琦的求见信，信中除表示对韩琦的仰慕和求见之忱，还继承和发展了自孟子、曹丕、韩愈以来的"文气"说，提出养气以为文。三苏父子都反对为文而文，提倡不得不为之文，苏辙的文气说为此提供了理论根据。怎样养气以为文呢？苏辙首先提到了孟子的"我善养吾浩然之气"。孟子所谓的"气"是一种"配义与道""集义而生"的气，偏重于主观道德修养，这对为文是很重要的，理直则气壮，气壮则言畅。苏辙还以司马迁为例，说明阅历对养气为文的重要作用，这也是全文的重点。

〔二〕执事：见苏洵《上欧阳内翰第一书》注〔二〕。

〔三〕文者气之所形：文章是气所形成的，是气的表现形式。曹丕《典论·论文》："文以气为主。"韩愈《和李翊书》："气，水也；言，浮物也。水大而物浮者大小毕浮。气之与言犹是也，气盛则言之短长与声之高下者皆宜。"

〔四〕我善养吾浩然之气：见苏轼《潮州韩文公庙碑》注〔六〕。

〔五〕称：符合。

〔六〕"太史公行天下"二句：太史公即司马迁。《史记·太史公自序》："二十而南游江、淮，上会稽，探禹穴，窥九疑，浮于沅、湘，北涉汶、泗，讲业齐、鲁之都，观孔子之遗风，乡射邹、峄，厄困鄱、薛、彭城，过梁、楚以归。"《史记·五帝本纪》载司马迁言曰："余尝西至空峒，北至涿鹿，东渐于海，南浮江、淮矣。"

〔七〕燕、赵：古国名。燕的疆域相当于现在的河北北部和辽宁西端，赵的疆域相当于现在的山西中部、陕西东北角及河北西南部。韩愈《送董邵南序》："燕、赵，古称多慷慨悲歌之士。"与司马迁交游的田叔（见《史记·田叔列传》）、董仲舒（见《史记·太史公自序》）、徐乐（见《汉书·徐乐传》）等，皆燕、赵人。

〔八〕疏荡：疏放跌宕，意谓随意挥洒、无拘无束。

〔九〕"其气充乎其中而溢乎其貌"二句：这种气充满胸中，漫溢于外，流露于言辞，表现在文章里。见，同"现"。

〔一〇〕乡党：指乡里、家乡、乡族朋友。

〔一一〕自广：自我扩大其心胸。广，扩大。

〔一二〕百氏之书：指诸子百家的学说。

〔一三〕汩没：沉沦，埋没。

〔一四〕舍去：指离开家乡赴京应试。

〔一五〕秦、汉之故都：秦之故都在咸阳（今属陕西），西汉之故都在长安（今陕西西安），东汉之故都在洛阳（今属河南）。苏辙于嘉祐元年（1056）随父兄经成都、长安、洛阳至汴京。

〔一六〕恣观：纵情观览。终南：终南山，在今陕西西安市西南。嵩：嵩山，在今河南登丰县北。华：华山，在陕西东部。

〔一七〕北顾黄河：黄河适在其赴京旅途之北。

〔一八〕慨然：深有感慨的样子。

〔一九〕阙：宫门外两旁高台及其建筑物，因两阙间有空地，故称阙。宫阙泛指宫殿。

〔二〇〕仓廪：贮藏米谷的库房。府库：国家收藏财物文书的库房。城池：城墙和护城河。苑囿：帝王种植花木、畜养禽兽的园林。

〔二一〕巨丽：司马相如《上林赋》："君未睹夫巨丽也，独不闻天子之上林乎？"

〔二二〕翰林欧阳公：欧阳修于仁宗至和元年（1054）官翰林学士，时又以翰林学士知贡举。

〔二三〕"天下之所恃以无忧"二句：《宋史·韩琦传》："琦与范仲淹在兵间久，名重一时，人心归之，朝廷倚以为重。"仁宗康定元年（1040）至庆历三年（1043），韩琦经略陕西，当时民间有"军中有一韩，西贼闻之心胆寒"的谚语（《宋史纪事本末》卷三十）。庆历新政失败后，韩琦出知并州（治所在今山西太原市），收回了契丹冒占的土地，加强了对契丹的防御。四夷，指各少数民族。惮，畏惧。发，指发动战争。

〔二四〕入则周公、召公：周公，见苏洵《审势》注〔六〕。召公，名奭，采邑在召（今陕西岐山西南），辅佐周武王灭商，封于燕，为周代燕国始祖。此句谓韩琦在处理内政上犹如周公、召公之贤。

〔二五〕出则方叔、召虎：方叔，周宣王时大臣，曾率兵攻楚，获胜。召虎，即召伯虎，召公奭的后代，曾拥立周宣王，并率兵战胜淮夷。此句谓韩琦率兵有方叔、召虎那样的才能。

〔二六〕志：有志于。

〔二七〕大观：透彻洞达的观察。《周易·观》："大观在上，顺而巽，中正以观天下。"

〔二八〕向：过去，先前。斗升之禄：指微薄的俸禄。《汉书·梅福传》："民有上书求见者，辄使诣尚书，问其所言；言可采取者，秩以升斗之禄，赐以一束之帛。"

〔二九〕赐归待选：让其回去，等候选任官职。

〔三〇〕治：研治，研究。

附录

郝经：欲学（司马）迁之游而求助于外者，曷亦内游乎？身不离于衽席之上，而游于六合之外；生乎千古之下，而游于千古之上，岂区区于足迹之余，观赏之末者所能也？（《郝文忠公陵川文集》卷二十《内游》）

茅坤：胸次博大。（《苏文定公文钞》卷五）

储欣：亦疏宕有奇气。（《栾城先生全集录》卷一）

吴楚材、吴调侯：意只是欲求见太尉，以尽天下之大观，以激发其志气，却以得见欧阳公，引起求见太尉；以历见名山大川京华人物，引起得见欧阳公；以作文养气，引起历见名山大川京华人物。注意在此，而立言在彼，绝妙奇文。（《古文观止》卷十一）

郭绍虞：子瞻才高，能由文以致道，更能因道以成文。……子由上不能如子瞻之入化境，而下又不敢有作文之意……于是不得不求之于气。（《中国文学批评史》）

臣事策上一〔一〕

苏　辙

臣闻天下有权臣，有重臣，二者其迹相近而难明。天下之人知恶夫权臣之为，而世之重臣亦遂不容于其间〔二〕。夫权臣者，天下不可一日而有；而重臣者，天下不可一日而无也。天下徒见其外而不察其中〔三〕，见其皆侵天子之权，而不察其所为之不类〔四〕，是以举皆嫉之而无所喜，此亦已太过也。

今夫权臣之所为者，重臣之所切齿〔五〕；而重臣之所取者〔六〕，权臣之所不顾也。将为权臣邪，必将内悦其君之心，委曲听顺而无所违戾〔七〕；外窃其生杀予夺之柄，黜陟天下〔八〕，以见己之权，而没其君之威惠。内能使其君欢爱悦怿〔九〕，无所不顺，而安为之上；外能使其公卿大夫百官庶吏无所归命〔一〇〕，而争为之心腹。上爱下顺，合而为一，然后权臣之势遂成而不可拔〔一一〕。至于重臣则不然，君有所为，不可而必争，争之不能，而其事有所必不可听，则专行而不顾。待其成败之迹著，则其上之心将释然而自解〔一二〕。其在朝廷之中，天子为之踧然而有所畏〔一三〕，士大夫不敢安肆怠惰于其侧〔一四〕。爵禄庆赏，己得以议其可否，而不求以为己之私惠；刀锯斧钺〔一五〕，己得以参其轻重，而不求以为己之私势。要以使天子有所不可必为〔一六〕，而群下有所畏惧，而己不与其利。何者？为重臣者，不待天下之归己，而为权臣者，亦无所事天子之畏己也〔一七〕。故各因其行事而观其意之所在，则天下谁可欺者？臣故曰，为天下，安可一日而无重臣也！

且今使天下而无重臣，则朝廷之事，惟天子之所为，而无所可否。虽使天子有纳谏之明〔一八〕，而百官畏惧战慄，无平昔尊重之势，谁肯触忌讳，冒罪戾而为天下言者？惟其小小得失之际，乃敢上章，喧哗而无所惮〔一九〕。至于国之大事，安危存亡之所系，皆将卷舌而去，谁敢发而受其祸？此人主之所大患也。

悲夫，后世之君，徒见天下之权臣，出入唯唯〔二〇〕，以其有礼，而不知此乃所以潜溃其国〔二一〕；徒见天下之重臣，刚毅果敢，喜逆其意〔二二〕，则以为不逊〔二三〕，而不知其有社稷之虑〔二四〕。二者淆乱于心，而不能辨其邪正，是以丧乱相仍而不悟〔二五〕，可足伤也！昔者卫太子聚兵以诛江充，武帝震怒，发兵而攻之京师，至使丞相、太子，相与交战。不胜而走，又使天下极其所往，而剪灭其迹〔二六〕。当此之时，苟有重臣出身而当之，拥护太子，以待上意之少解〔二七〕，徐发其所蔽，而开其所怒，则其父子之际〔二八〕，尚可得而全也。惟无重臣，故天下皆能知之而不敢言。臣愚以为凡为天下，宜有以养其重臣之威，使天下百官有所畏忌，而缓急之间能有所坚忍持重而不可夺者。窃观方今四海无变，非常之事宜其息而不作。然及今日而虑之，则可以无异日之患。不然者，谁能知其果无有也，而不为之计哉！

抑臣闻之〔二九〕，今世之弊，弊在于法禁太密〔三〇〕。一举足不如律令，法吏且以为言，而不问其意之所属。是以虽天子之大臣，亦安敢有所为于法令之外，以安天下之大事？故为天子之计，莫若少宽其法，使大臣得有所守，而不为法之所夺。昔申屠嘉为丞相，至召天子之幸臣邓通立之堂下，而诘责其过。是时通几至于死而不救，天子知之亦不为怪，而申屠嘉亦卒非汉之权臣〔一三〕。由此观之，重臣何损于天下哉？

（《栾城应诏集》卷七）

注

〔一〕嘉祐五年（1060）所上二十五篇《进策》之一。《进策》也分为三部分。五篇《君术策》研究君主如何才能"明于天下之情而后得御天下之术"；十篇《臣事策》研究君主如何信用文臣武将，充分发挥各级官吏作用；十篇《民政策》全面研究宋代科举、兵制、田制、劳役等各个与民有关的问题。它们相当深刻地揭示了宋王朝在政治、经济、军事等各个方面的弊端，系统地提出了革新朝政的主张。宋王朝鉴于历史上权臣窃权和晚唐五代藩镇割据的教训，对文臣武将采取了一系列防范措施，使他们很难发挥作用。本文即针对这种情况，阐述权臣和重臣的根本不同，说明不可猜疑、防范一切大臣，强调治"天下不可一日而无"重臣。

〔二〕遂：就，于是。

〔三〕徒：只。

〔四〕不类：不相似。

〔五〕切齿：齿相磨切，谓愤恨到了极点。

〔六〕取：求取。

〔七〕委曲：意同"委屈"，曲意求全。违戾：违反。

〔八〕黜陟：指官吏的进退升降。黜，贬斥，废除。陟，升，登。《诗·周南·卷耳》："陟彼高冈。"

〔九〕悦怿：愉快，喜悦。

〔一〇〕庶吏：即百官。庶：众，多。

〔一一〕不可拔：不可动摇。

〔一二〕释然：疑虑消除的样子。

〔一三〕踧然：惊惧不安的样子。

〔一四〕安肆：安适放纵。《礼记·表记》："君子庄敬日强，安肆日偷。"

〔一五〕刀锯斧钺：皆刑具，此指刑罚。钺，刃圆可砍劈的刑具。

〔一六〕要：总要，大略。《盐铁论·相刺》："要在安国家，利人民。"

〔一七〕无所事天子之畏己也：不想做让天子惧怕自己的事。

〔一八〕纳谏：接受直言规劝。

〔一九〕惮：惧怕。

〔二〇〕唯唯：谦卑的应答，引申为奉命唯谨。

〔二一〕潜：暗暗地。溃其国：使国家崩溃。

〔二二〕逆：违逆，违背。

〔二三〕不逊：不恭顺，不礼貌。

〔二四〕社稷：古代帝王诸侯所祭的土神和谷神，后作国家的代称。

〔二五〕相仍：相继。仍，重复。

〔二六〕"昔者卫太子"至"而剪灭其迹"：卫太子（前128—前91），一作戾太子，即刘据，汉武帝卫皇后所生，元狩元年（前122）立为太子。汉武帝晚年多病，疑左右用巫术诅咒所致。征和元年（前91），丞相公孙贺被人告发用巫术诅咒，在驰道埋木偶人，死于狱中。次年，武帝派江充率胡巫四出追查，被杀害者数万人。江充又诬告卫太子在宫中埋有木人。卫太子为江充所诬，举兵诛江充，与丞相刘屈氂等战于长安，兵败逃亡。不久为吏围捕，自杀。详见《汉书·蒯伍江息夫传》。江充，字次倩，本名齐，赵国邯郸人，因告密得汉武帝宠信。诬太子事败后，为武帝所杀。

〔二七〕少解：稍微解开，明白。

〔二八〕际：彼此间的关系。

〔二九〕抑：发语词，无义。《左传·昭公十三年》："抑齐人不盟，若之何！"

〔三〇〕"今世之弊"二句：苏轼《决壅蔽》："今也法令明具，而用之至密，举天下惟法之知。所欲排者，有小不如法，而可指以为瑕。"

〔三一〕"昔申屠嘉为丞相"至"卒非汉之权臣"：申屠嘉（？—前155），汉文帝时任丞相。邓通，得汉文帝宠信，官至上大夫。《史记·张丞相列传》："（汉）文帝常燕饮（邓）通家，其宠如是。是时丞相（申屠嘉）入朝，而通居上傍，有怠慢之礼。……嘉为檄召邓通诣丞相府，不来，且斩通。通恐，入言文帝。文帝曰：'汝第往，吾今使人召若。'通至丞相府，免冠，徒跣，顿首谢。嘉坐自如，故不为礼，责曰：'夫朝廷者，高皇帝之朝廷也。通小臣，戏殿上，大不敬，当斩。吏今行斩之！'通顿首，首尽出血，不解。文帝度丞相已困通，使使者持节召通，而谢丞相曰：'此吾弄臣，君释之。'邓通既至，为文帝泣曰：'丞相几杀臣。'"

附录

茅坤：古人尝云文至韩昌黎，诗至杜子美，古今能事毕矣。予独以为人臣建言，感悟君上，如子由"重臣"一议，则千古绝调也。（《苏文定公文钞》卷十四）

储欣：开门见山，不似他篇迂缓，几有博士卖驴之诮。当时如韩（琦）、富（弼）数公可谓重臣矣。子由生其时，目睹其事，而见其效，故言之亲切。（《栾城先生全集录》卷六）

方苞：所论极当，而得其人甚难。其材贤，非间气不能生；其器识，非学道不能成，岂易言哉？（《古文辞类纂评注》卷二十三）

轼、辙皆有应制举拟策，乃场屋之文耳。虽烂然可观，而非所谓古之立言者也。自宋孝宗推崇之后，学者用以取金紫，翕然从风。当时鄙谚谓"苏文熟，吃羊肉；苏文生，吃菜羹"，良足嗤也。两苏文字皆自宦成后更事深，而学益进。顾学者多读其场屋之文，发为议论，每华而不实。宋儒因谓两苏学本纵横家。徒观此等文字，其言亦甚似而几矣。……此篇论权臣、重臣，分剖确切，有补治道。（《御选唐宋文醇》卷五十一）

三 国 论 〔一〕

苏 辙

天下皆怯而独勇，则勇者胜；皆暗而独智〔二〕，则智者胜。勇而遇勇，则勇者不足恃也；智而遇智，则智者不足用也〔三〕。夫惟智勇之不足以定天下，是以天下之难峰起而难平。盖尝闻之，古者英雄之君，其遇智勇也以不智不勇，而后真智大勇乃可得而见也〔四〕。悲夫，世之英雄其处于世亦有幸、不幸邪！

汉高祖、唐太宗〔五〕，是以智勇独过天下而得之者也。曹公、孙、刘〔六〕，是以智勇相遇而失之者也。以智攻智，以勇击勇，此譬如两虎相捽〔七〕，齿牙气力无以相胜，其势足以相扰，而不足以相毙。当此之时，惜乎无有以汉高帝之事制之者也。

　　昔者项籍乘百战百胜之威[八]，而执诸侯之柄[九]，咄嗟叱咤，奋其暴怒，西向以逆高祖[一〇]。其势飘忽震荡，如风雨之至，天下之人以为遂无汉矣。然高帝以其不智不勇之身，横塞其冲，徘徊而不进，其顽冒椎鲁足以为笑于天下[一一]，而卒能摧折项氏而待其死[一二]。此其故何也？夫人之勇力，用而不已，则必有所耗竭，而其智虑久而无成，则亦必有所倦怠而不举。彼欲就其所长以制我于一时，而我闭而拒之，使之失其所求，逡巡求去而不能去[一三]，而项籍固已败矣。

　　今夫曹公、孙权、刘备，此三人者，皆知以其才相取，而未知以不才取人也。世之言者曰："孙不如曹，而刘不如孙。"刘备惟智短而勇不足，故有所不若于二人者，而不知因其所不足以求胜，则亦已惑矣。盖刘备之才近似于高祖，而不知所以用之之术。昔高祖之所以自用其才者，其道有三焉耳：先据势胜之地，以示天下之形；广收信、越出奇之将[一四]，以自辅其所不逮；有果锐刚猛之气而不用，以深折项籍猖狂之势。此三事者，三国之君，其才皆无有能行之者。独有一刘备近之而未至，其中犹有翘然自喜之心，欲为椎鲁而不能纯，欲为果锐而不能达，二者交战于中，而未有所定，是故所为而不成，所欲而不遂。弃天下而入巴蜀，则非地也[一五]；用诸葛孔明治国之才，而当纷纭战伐之冲，则非将也[一六]；不忍忿忿之心，犯其所短，而自将以攻人，则是其气不足尚也[一七]。嗟夫，方其奔走于二袁之间[一八]，困于吕布[一九]，而狼狈于荆州[二〇]，百败而其志不折，不可谓无高帝之风矣，而终不知所以自用之方。夫古之英雄，唯汉高帝为不可及也夫！

（《栾城应诏集》卷二）

注

　　〔一〕嘉祐五年（1060）所上二十五篇《进论》之一。本文以立意新颖为特征，认为天下皆怯暗，则智勇胜；天下皆智勇，则不智不勇胜；"智勇相遇而失之者"，则曹操、孙权、刘备。但文章没有全面论述曹、孙、刘三雄，而是把刘备和刘邦作对比，着重说明"才近似于高祖（刘邦）"的刘备，却不能像高祖那样自用其"不智不勇之身"而得天下。苏辙的散文一般立论平稳，行文婉转，此文却以立论新和气势大胜。

〔二〕暗：愚昧不明。《晋书·周颛母李氏传》："名重而识暗。"

〔三〕"勇而遇勇"四句：《申子》："智均不相使，力均不相胜。"《尹子》："两智不能相救，两贵不能相临，两辩不能相屈，力均势敌故也。"

〔四〕"其遇智勇也以不智不勇"二句：《六韬》："大勇不勇。"《老子》："大智若愚。"

〔五〕汉高祖：见苏洵《高祖》注〔一〕。唐太宗（599—649）：即李世民。隋大业十三年（617）策动其父起兵反隋，任尚书令，封唐王。屡为主将统兵，镇压农民起义，消灭割据势力，逐步统一全国。唐武德九年（626）立为太子，是年为帝。

〔六〕曹公：指曹操。孙：孙权（182—252），字仲谋，吴郡富春（今属浙江）人，三国时吴国的建立者。刘：刘备（161—223），字玄德，涿郡涿县（今属河北）人，三国时蜀汉的建立者。

〔七〕捽：抵触，冲突。《庄子·列御寇》："齐人之井饮者相捽也。"

〔八〕昔者项籍乘百战百胜之威：苏轼《留侯论》："项籍唯不能忍，是以百战百胜，而轻用其锋。"

〔九〕执诸侯之柄：《史记·项羽本纪》：秦二世三年（前207），项羽杀宋义，引兵渡漳河，在巨鹿（今河北平乡西南）大"破秦军，项羽召见诸侯将，入辕门，无不膝行而前，莫敢仰视。项羽由是始为诸侯上将军，诸侯皆属焉"。

〔一〇〕西向以逆高祖：《资治通鉴》卷九《汉纪一》载，刘邦破秦军，西入咸阳，派兵攻函谷关以拒项羽。羽大怒，使黥布等攻破函谷关，并屠咸阳，自立为西楚霸王，立刘邦为汉王，王巴、蜀、汉中。

〔一一〕"然高帝以其不智不勇之身"四句：同上书载，刘邦对王汉中之恶地很不满，欲攻项羽，萧何等皆谏阻之，遂就国，烧绝所过栈道，示无东意。后用韩信计，引兵从故道出，还定三秦，借口项羽放杀义帝而东击楚。项羽以精兵三万大破汉军。汉卒十余万入睢水，水为之不流。刘邦仅与数十骑得脱。楚汉战争中，刘邦多败，故云其"顽冒椎鲁足以为笑于天下"。

〔一二〕而卒能摧折项氏而待其死：汉高祖五年（前202），项羽在垓下（今安徽灵璧东南）被围，突围南走，至乌江（今和县东北），被汉军追及，自刭。

〔一三〕逡巡：欲进不进、迟疑不决的样子。白居易《重赋》："里胥迫我纳，不许暂逡巡。"

〔一四〕信：韩信。越：彭越。见苏洵《御将》注〔一五〕〔一七〕。

〔一五〕"弃天下而入巴蜀"二句：《资治通鉴》卷六十六载，建安十六年（211），刘备用诸葛亮、法正等计，"留诸葛亮、关羽等守荆州，以赵云领留营司马，备将步卒数万人入益州"。苏洵《项籍论》："诸葛孔明弃荆州而就西蜀，吾知其无能为也。……吾尝观蜀之险，其守不可出，其出不可继，兢兢而自完，犹且不给，而何足以制中原哉！"苏辙之见与其父同。

〔一六〕"用诸葛孔明治国之才"三句：《三国志·诸葛亮传》："诸葛亮之为相国也，扶百姓，示仪轨，约官职，从权制，开诚心，布公道……可谓识治之良才，管萧之亚匹也。然连年动众，未能成功，盖应变将略，非其所长欤！"

〔一七〕"不忍忿忿之心"四句：《三国志·先主传》："先主（刘备）忿孙权之袭关羽，将东征。秋七月，遂帅诸军伐吴。孙权遗书请和，先主盛怒不许。"结果为吴所大败。

〔一八〕二袁：指袁绍、袁术。袁绍（？—202），字本初，汝南汝阳（今河南商水西南）人。他诛宦官，讨董卓，据有冀、青、幽、并四州。在官渡之战中为曹操所败，不久病死。袁术，袁绍弟，割据扬州，称帝于寿春。后为曹操所破，病死。《三国志·先主传》："袁术来攻先主……先主与术相持经月"；"先主走青州，绍遣将道路奉迎，身去邺二百里，与先主相见"。

〔一九〕吕布（？—198）：字奉先，五原九原（今内蒙古包头西北）人，割据徐州，后为曹操擒杀。据《三国志·先主传》：刘备与袁术相持经月，吕布乘虚袭刘备据点下邳，掳其妻子。刘备求和于吕布，布还其妻子。刘备还小沛，复合兵得万余人。吕布恶之，自出兵攻之，刘备败走归曹操。

〔二〇〕狼狈于荆州：据《三国志·先主传》，曹操既破袁绍，自南击刘备。刘备投荆州刘表，表明礼遇而阴御之。会表卒，子刘琮降操。刘备率众十余万，辎重数千辆遁逃，日行十余里。曹操将精兵五千追之，刘备弃妻子，与数十骑走，操大获其辎重。

附录

吕祖谦：此篇要看开合抑扬法。（《古文关键》卷二）

茅坤：论三国而独挈刘备，亦堪舆家取窝之说。（《苏文定公文钞》卷六）

储欣：汪洋淡荡，神理愈完。名论名论！但其责刘备有过当处。当是时，天下大势粗定，先主无容足之地，所可规取独荆、益耳。荆为孙氏必争之地，不入巴蜀将安归乎？孔明，谋主也，定计于中；而五虎臣飞扬角逐于外，蜀自有将。

今以用孔明为将非其人者，亦过也。独忿忿自将之，失为无所逃其责耳。（《栾城先生全集录》卷五）

方苞：于刘项、三国情事俱不切，而在作者诸论中尚为拔出者。（《古文辞类纂评注》卷五）

六 国 论〔一〕

苏 辙

愚读六国世家〔二〕，窃怪天下之诸侯，以五倍之地，十倍之众，发愤西向，以攻山西千里之秦〔三〕，而不免于灭亡。常为之深思远虑，以为必有可以自安之计。盖未尝不咎其当时之士虑患之疏而见利之浅〔四〕，且不知天下之势也。

夫秦之所与诸侯争天下者，不在齐、楚、燕、赵也，而在韩、魏。秦之有韩、魏，譬如人之有腹心之疾也。韩、魏塞秦之冲，而蔽山东之诸侯，故夫天下之所重者，莫如韩、魏也〔五〕。昔者范雎用于秦而收韩〔六〕，商鞅用于秦而收魏〔七〕；昭王未得韩、魏之心，而出兵以攻齐之刚寿，而范雎以为忧〔八〕。然则秦之所忌者可以见矣。秦之用兵于燕、赵，秦之危事也。越韩过魏而攻人之国都，燕、赵拒之于前，而韩、魏乘之于后，此危道也。而秦之攻燕、赵〔九〕，未尝有韩、魏之忧，则韩、魏之附秦故也〔一○〕。夫韩、魏，诸侯之障，而使秦人得出入于其间，此岂知天下之势邪？委区区之韩、魏以当强虎狼之秦〔一一〕，彼安得不折而入于秦哉〔一二〕？韩、魏折而入于秦，然后秦人得通其兵于东诸侯〔一三〕，而使天下遍受其祸。

夫韩、魏不能独当秦，而天下之诸侯藉之以蔽其西，故莫如厚韩亲魏以摈秦〔一四〕。秦人不敢逾韩、魏以窥齐、楚、燕、赵之国，而齐、楚、燕、赵之国因得以自安于其间矣。以四无事之国，佐当寇之韩、魏，使韩、魏无东顾之忧，而为天下出身以当秦兵〔一五〕。以二国委秦，而四国休息于内，以阴助其急〔一六〕，若此，可以应夫无穷，彼秦者将何为哉？不知出此，而乃贪疆场尺寸之利，背盟败约，以自相屠灭，秦兵未出，而天下诸侯已自困矣。至使秦人得间其隙，以取其国，可不悲哉！

（《栾城应诏集》卷一）

注

〔一〕嘉祐五年（1060）所上二十五篇《进论》之一。六国：见苏洵《六国论》注〔一〕。苏洵"六国破灭""弊在赂秦"，暗刺宋王朝厚赂契丹和西夏的错误政策。此文则通篇从地理位置着眼，论述为秦咽喉、六国蔽障的韩、魏不当"附秦"，"使秦人得出入于其间"，"然后秦人得通其兵于东诸侯（其余四国），而使天下遍受其祸"；齐、楚、燕、赵四国当助韩、魏抗秦，不当贪"尺寸之利，背盟败约，以自相屠灭"，暗刺北宋王朝前方受敌而后方苟且偷安的现实。

〔二〕六国世家：指《史记》中的齐、燕、楚、赵、魏、韩《世家》。

〔三〕山西千里之秦：战国、秦、汉时代，通称崤山（在今河南省洛宁县西北）或华山（在今陕西省华阴市）以西为山西。《史记·太史公自序》："萧何填抚山西。"下文中"山东"指崤山或华山以东。《战国策·秦策一》苏秦谓秦"东有崤（崤山）、函（函谷关）之固"，则秦在山西。

〔四〕咎：怪罪。

〔五〕"夫秦之所与"至"莫如韩、魏也"：当时七国的地理分布是，楚在南，赵在北，燕在东北，秦在西，齐在东，韩、魏夹在中间。故说"韩、魏塞秦之冲（交通要道），而蔽山东之诸侯"。

〔六〕范雎用于秦而收韩：范雎，字叔，曾化名张禄，战国时魏国人，多次入秦游说秦昭王，主张加强中央集权，采取"远交近攻"的政策，使秦国强大起来。秦昭王四十一年（前266）任相国，后因围攻赵都邯郸失败自请免相。《战国策·秦策三》范雎说秦昭王攻韩曰："秦、韩之地形，相错如绣。秦之有韩，若木之有蠹，人之病心腹。天下有变，为秦害者莫大于韩。王不如收韩。"昭王曰："善。"

〔七〕商鞅用于秦而收魏：《史记·商君列传》：秦孝公二十二年（前340）"卫鞅（即商鞅）说（秦）孝公曰：'秦之与魏，譬若人之有腹心疾，非魏并秦，秦即并魏。……而魏往年大破于齐，诸侯畔之，可因此时伐魏……'孝公以为然，使卫鞅将而伐魏。"商鞅果破魏，俘魏公子卬。

〔八〕"昭王未得韩、魏之心"三句：《史记·范雎蔡泽列传》："穰侯（秦昭王母宣太后之弟）为秦将，且欲越韩、魏而伐齐刚寿"，范雎进言于昭王曰："夫穰侯越韩、魏而攻齐刚寿，非计也。少出师则不足以伤齐，多出师则害于秦。……今见与国（结盟的国家，此指韩、魏）之不亲也，越人之国而攻，可乎？其于计疏矣。……王不如远交而近攻……今释此而远攻，不亦缪乎！"刚寿，战国时齐邑，在今山东东平县西南。

〔九〕秦之攻燕、赵：参苏洵《六国论》注〔一〇〕、〔一二〕、〔一三〕、〔一四〕。

〔一〇〕韩、魏之附秦：魏附秦事，参苏洵《六国论》注〔四〕。韩附秦事，见《史记·韩世家》：韩宣惠王二十一年，"（韩）与秦共攻楚"；韩襄王四年，"与秦伐楚，败楚将唐眛"；韩釐王十二年，"佐秦攻齐"，等等。

〔一一〕委：委弃，放弃。下文"以二国委秦"之"委"，作委随、应付讲。

〔一二〕折：反转，转变方向。

〔一三〕东诸侯：山东的诸侯国，此指齐、楚、燕、赵。

〔一四〕摈：拒斥。

〔一五〕出身：犹言出面。

〔一六〕阴助：暗中帮助。

附录

茅坤：识见大而行文亦妙。（《苏文定公文钞》卷六）

唐顺之：此文甚得天下之势。（同上）

王志坚：当时苏秦非不为此论，所以卒不成者，六国无明君，朝聚暮散，为秦人所欺而不悟也。（《御选唐宋文醇》卷五十一）

储欣：老泉论六国之弊在赂秦，盖借以规宋也，故其言激切而淋漓。颍滨论天下之势在韩、魏，直设身处地为六国谋矣，故其言笃实而明著。两作未易议优劣也。（《栾城先生全集录》卷五）

吴楚材、吴调侯：感叹作结，遗恨千古。是论只在"不知天下之势"一句。苏秦之说六国，意正如此。当时六国之策，万万无出于亲韩、魏者。计不出此，而自相屠灭。六国之愚，何至于斯？读之可发一笑。（《古文观止》卷十一）

清高宗：洞彻当时天下形势，故立论行文，爽健乃尔。（《御选唐宋文醇》卷五十一）

·苏 辙·

御试制策（节选）〔一〕
苏 辙

制策曰："德有所未至，教有所未孚，阙政尚多，和气或戾。"〔二〕陛下思虑至此，此则圣人之用心也。臣请为陛下推其本原，而极言其故。

臣闻之《书》曰："与治同道，罔不兴；与乱同事，罔不亡。"〔三〕昔者夏之衰也有太康〔四〕，商之微也有祖甲〔五〕，周之败也有穆王〔六〕，汉之卑也有成帝〔七〕，唐之乱也有穆宗、恭宗〔八〕。此六帝王者，皆以天下之治安，朝夕不戒，沉湎于酒，荒耽于色，晚朝早罢〔九〕，早寝晏起〔一〇〕。大臣不得尽言，小臣不得极谏。左右前后惟妇人是侍，法度正直之言不留于心，而惟妇言是听。谒行于内〔一一〕，势横于外，心荒气乱，邪僻而无所主。赏罚失次〔一二〕，万事无纪，以至于天下大乱，而其心不知也。是以三代之季，诗人疾而悲伤之曰："匪教匪戒，时惟妇寺。"〔一三〕"听言则对，诵言如醉。"〔一四〕又曰："乱匪降自天，生自妇人。"〔一五〕"赫赫宗周，褒姒灭之。"〔一六〕盖伤其不可告教而至于败也。

臣疏贱之臣，窃闻之道路：陛下自近岁以来，宫中贵姬至以千数。歌舞饮酒，欢乐失节；坐朝不闻咨谟，便殿无所顾问〔一七〕。夫三代之衰，汉、唐之季，其所以召乱之由，陛下已知之矣。久而不正，百蠹将由之而出〔一八〕。内则将为蛊惑之污〔一九〕，以伤和伐性〔二〇〕；外则将为请谒之所乱，以败政害事。妇人之情，无有厌足〔二一〕，迭相夸尚，争为侈靡。赐予不足以自给，则不惮于受赂贿。赂贿既至，则不惮于私谒。私谒既行，则内外将乱。陛下无谓好色于内而不害外事也。且臣闻之，欲极必厌，乐极必反。方其极甚之时，一陷于其中而不能以自出，然及其觉悟之后，未始不以自悔也。陛下何不试于清闲之时，上思宗庙社稷之可忧〔二二〕，内思疾疚病恙之可恶〔二三〕，下思庶人百姓之可畏，则夫嫔御满前〔二四〕，适足以为陛下忧，而未足以为陛下乐也。

伏惟圣心未之思焉，是以迟迟而不去。《诗》云："颠沛之揭，枝叶未有害，本实先拨。"[二五]方今承祖宗之基，四方无虞[二六]，法令修明[二七]，百官缮完。而陛下奈何先自拨其本哉？臣恐如此，德教日以陵迟[二八]，阙政将至于败，戾气将至于灾[二九]，而不可救也。

（《栾城应诏集》卷十二）

注

〔一〕嘉祐六年（1061）八月，宋仁宗亲至崇政殿，策试所举"贤良方正、能直言极谏"之士。苏辙在其所作《御试制策》中，指责仁宗怠于政事，溺于声色，赋敛繁重，滥用民财，好务虚名，在朝廷内引起轩然大波，胡宿等力请黜之。仁宗说："吾以直言求士，士以直言告我，今而黜之，天下其谓我何！"（苏辙《遗老斋记》）这样，苏辙才入第四等。节选的部分，是苏辙针对策问中"朕德有所未至"四句，批评仁宗沉于声色之乐，告诫他要以历代耽于酒色的亡国之君为鉴，希望他上思国家之可忧，内思疾病之可恶，下思百姓之可畏。文章词锋犀利，气势不凡，如洪钟巨响，令人振聋发聩。御试：皇帝亲自考试。制策：见苏洵《广士》注〔二六〕。

〔二〕仁宗策问的开头几句是："皇帝若曰：朕承祖宗之大统，先帝之休烈，深惟寡昧，未烛于理。志勤道远，治不加进。夙兴夜寐，于兹三纪。朕德有所未至……"（中华书局版《苏轼文集》卷九）孚：为人所信服。阙政：政事有缺失。《汉书·严助传》："朝无阙政，民无谤言。"和气：和顺之气。戾：背弃，违戾。

〔三〕"臣闻之《书》曰"至"罔不亡"：语见《尚书·商书·太甲下》。孔颖达疏："任贤则兴，任佞则亡，故安危在所任；于善则治，于恶则乱，故治乱在所法。"罔，无，没有。

〔四〕夏之衰也有太康：《史记·夏本纪》："夏后帝启崩，子帝太康立。帝太康失国。"《集解》引孔安国曰：太康"盘于游田，不恤民事，为羿（东夷族后羿）所逐，不得反国"。

〔五〕商之微也有祖甲：《史记·殷本纪》："帝祖庚崩，弟祖甲立，是为帝甲。帝甲淫乱，殷复衰。"微，衰微。

〔六〕周之败也有穆王：苏轼《刑赏忠厚之至论》："成、康既没，穆王立，而周道始衰。"

〔七〕汉之卑也有成帝：汉成帝刘骜，元帝子，公元前32—前7年在位，专宠赵飞燕姐妹十余年，暴卒。《汉书·成帝纪》赞曰："遭世承平，上下和睦。然湛于酒色，赵氏乱内，外家擅朝，言之可为于邑（短气貌）。"

〔八〕唐之乱也有穆宗、恭宗：唐穆宗李桓（795—824），宪宗第三子，821—824年在位，游幸无常，昵比群小，击球奏乐，久不视朝。长庆四年（824）因服金丹致死。恭宗（809—826）即唐敬宗李湛，825—826年在位，穆宗子，游戏无度，耽于声色犬马之乐，宝历二年（826）十二月为宦官刘克明等所弑。

〔九〕晚朝早罢：晚上朝早退朝。

〔一〇〕晏：晚、迟。

〔一一〕谒行于内：请谒行于宫内。谒，下对上的请求，此指非分之请。

〔一二〕次：次第。赏罚失次指不按规定进行赏罚。

〔一三〕"匪教匪戒"二句：语见《诗·大雅·瞻卬》，今本"戒"作"诲"。匪，通"非"。寺，《毛传》："寺，近也。"《郑笺》："今王之有此乱政……非有人教王为乱，语王为恶者，是惟近爱妇人用其言故也。"

〔一四〕"听言则对"二句：语见《诗·大雅·桑柔》。《郑笺》："对，答也。贪恶之人见道听之言则应答之，见诵《诗》《书》之言则冥卧如醉。居上位而行此，人或效之。"引此说明"不可告教"。

〔一五〕"乱匪降自天"二句：语见《诗·大雅·瞻卬》。《郑笺》："今王之有此乱政，非从天而下，但从妇人出耳。"

〔一六〕"赫赫宗周"二句：语见《诗·小雅·正月》。郑笺："宗周，镐京（西周国都，今陕西长安区）也。褒，国也。姒，姓也。……有褒国之女，幽王惑焉，而以为后。诗人知其必灭周也。"赫赫：强盛貌。《史记·周本纪》："褒姒不好笑，幽王欲其笑万方，故不笑。幽王为燧燧大鼓，有寇至则举燧火。诸侯悉至，至而无寇，褒姒乃大笑。幽王悦之，为数举燧火。其后不信，诸侯益亦不至。"后"西夷犬戎攻幽王，幽王举燧火征兵，兵莫至。遂杀幽王骊山下，虏褒姒，尽取周赂而去"。

〔一七〕"陛下自近岁以来"至"便殿无所顾问"：江少虞《宋朝事实类苑》卷五："嘉祐中，苏辙举贤良对策，极言阙失……考官以为初无此事，辙妄言，欲黜之。"但也并非全无事实。《宋史·后妃传上》："初，帝（仁宗）宠张美人，其后尚美人、杨美人俱美，数与后忿争。一日，尚氏于上前有侵后语，后不胜忿，批其颊，上自起救之，误批上颈，上大怒。……后遂废。"苏辙对策后两年，仁宗去世，英宗于治平元年"放宫女百三十五人"，二年又"放宫女百八十人"（《宋史·真宗纪》），这也间接可证仁宗时宫女不少。咨谟，询问治国的谋略。便殿，非正式上朝的别殿，此谓下朝之后。

〔一八〕蠹：蛀虫，喻侵蚀或消耗国家财物的人或事。

〔一九〕蛊惑：迷惑，迷乱。此指为妇人迷惑。

〔二〇〕伤和伐性：伤害自己的协和之气，残害自己的性命。杜甫《栀子》："于身色有用，与道气伤和。"枚乘《七发》："皓齿娥眉，命自伐性之斧。"

〔二一〕厌足：满足。厌，通"餍"，饱，满足。

〔二二〕宗庙、社稷：皆代指国家。

〔二三〕疢：久病。恙：疾病。

〔二四〕嫔御：《左传·哀公元年》："宿有妃嫱嫔御。"杜预注："妃嫱，贵者；嫔御，贱者。皆内官。"

〔二五〕"颠沛之揭"三句：语见《诗·大雅·荡》。《毛传》："颠，仆。沛，拔也。揭，见根貌。"《郑笺》："言大木揭然将蹶，枝叶未有折伤，其根本实先绝，乃相随俱颠拔。喻纣之官职虽俱存，纣诛，亦皆死。"引此谓皇帝倒了，国家的根本也就完了。

〔二六〕四方无虞：这是奉承之语。虞，贻误。《诗·鲁颂·閟宫》："无二无虞。"

〔二七〕修明：昌明，整治清明。《韩诗外传》卷五："礼义修明，则君子怀之。"

〔二八〕陵迟：迤逦渐平，引申为衰颓。

〔二九〕戾气：暴戾之气，与"和气"相对。

上两制诸公书〔一〕

苏 辙

辙读书至于诸子百家纷纭同异之辨〔二〕，后世工巧组绣钻研离析之学〔三〕，盖尝喟然太息〔四〕，以为圣人之道譬如山海薮泽之奥〔五〕，人之入于其中者，莫不皆得其所欲，充足饱满，各自以为有余，而无慕乎其外。今夫班输、共工旦而操斧斤以游其丛林〔六〕，取其大者以为楹〔七〕，小者以为桷〔八〕，圆者以为轮，挺者以为轴〔九〕，长者扰云霓〔一〇〕，短者蔽牛马，大者拥丘陵〔一一〕，小者伏菱莽〔一二〕，芟夷蹶取〔一三〕，皆自以为尽山林之奇怪矣。而猎夫鱼师结网聚饵，左强弓，右毒矢，陆攻则毙象犀，水伐则执鲛鮀〔一四〕，熊罴虎豹之皮毛，鼋龟犀兕之骨革〔一五〕，上尽飞鸟，下及走兽昆虫之类，纷纷籍籍〔一六〕，折翅掭足〔一七〕，鳞鬣委顿〔一八〕，纵横满前，肉登鼎俎〔一九〕，膏润砧几〔二〇〕，皮革齿骨，披裂四出，被于器用〔二一〕。求珠之工，隋侯夜光〔二二〕，间以颣玭〔二三〕，磊落的皪〔二四〕，充满其家。求金之工，辉赫晃荡，铿锵交戛〔二五〕，遍为天下冠冕佩带饮食之饰。此数者皆自以为能尽山海之珍，然山海之藏终满而莫见其尽。

　　昔者，夫子及其生而从之游者，盖三千余人〔二六〕。是三千人者，莫不皆有得于其师。是以从之周旋奔走，逐于宋、鲁〔二七〕，饥饿于陈、蔡，困厄而莫有去之者〔二八〕，是诚有得乎尔也。盖颜渊见于夫子，出而告人曰："吾能知之。"〔二九〕子路、子贡、冉有出而告人亦曰〔三〇〕："吾知之。"下而至于邽巽、孔忠、公西舆、公西箴〔三一〕，此数子者门人之下第者也，窃窥于道德之光华，而有闻于议论之末，皆以自得于一世。其后田子方、段干木之徒，讲之不详，乃窃以为虚无淡泊之说。而吴起、禽滑釐之类又以猖狂于战国〔三二〕。盖夫子之道分散四布，后之人得其遗波余泽者，至于如此。而杨朱、墨翟、庄周、邹衍、田骈、慎到、韩非、申不害之徒〔三三〕，又不见夫子之大道，皇皇惑乱〔三四〕，譬如陷于大泽之陂〔三五〕，荆榛棘茨，蹊蹥灭绝〔三六〕，求以自致于通衢而不可得，乃妄冒蒹葭〔三七〕，蹈崖谷，崎岖缭绕而不能自止。何者？彼亦自以为己之得之也。

　　辙尝怪古之圣人既已知之矣，而不遂以明告天下而著之六经〔三八〕。六经之说皆微见其端，而非所以破天下之疑惑，使之一见而窥者〔三九〕，是以世之君子纷纷至此而不可执也〔四〇〕。今夫《易》者，圣人之所以尽天下刚柔喜怒之情，勇敢畏惧之性，而寓之八物，因八物之相遇，吉凶得失之际，以教天下之趋利避害，盖亦如是而已〔四一〕。而世之说者，王氏、韩氏至以老子之虚无〔四二〕，京房、焦贡至以阴阳灾异之数〔四三〕。言《诗》者不言咏歌勤苦、酒食燕乐之际，极欢极戚而不违于道〔四四〕，而言五际子午卯酉之事〔四五〕。言《书》者不言其君臣之欢，呼俞嗟叹，有以深感天下〔四六〕，而论其《费誓》《秦誓》之不当作也〔四七〕。夫孔子岂不知后世之至此极欤？其意以为后之学者无所据依，感发以自尽其才，是以设为六经而使之求之，盖又欲其深思而得之也。是以不为明著其说，使天下各以其所长而求之，故曰："仁者见之谓之仁，智

235

者见之谓之智。"〔四八〕而子贡亦曰："在人，贤者识其大者，不贤者识其小者。"〔四九〕夫使仁者效其仁，智者效其智，大者推明其大而不遗其小，小者乐致其小以自附于大，各因其才而尽其力，以求其至微至密之地，则天下将有终身于其说而无倦者矣。至于后世不明其意，患乎异说之多而学者之难明也，于是举圣人之微言而折之以一人之私意，而传、疏之学横放于天下〔五○〕，由是学者愈怠而圣人之说益以不明。今夫使天下之人因说者之异同，得以纵观博览而辨其是非，论其可否，推其精粗，而后至于微密之际，则讲之当益深，守之当益固。孟子曰："君子深造之以道，欲其自得之也。自得之则居之安，居之安则资之深，资之深则取之左右逢其原，故君子欲其自得之也〔五一〕。"

昔者辙之始学也，得一书伏而读之，不求其传，而惟其书之知。求之而莫得，则反复而思之。至于终日而莫见，而后退而求其传。何者？惧其入于心之易，而守之不坚也。及既长，乃观百家之书，纵横颠倒，可喜可愕，无所不读，泛然无所适从。盖晚而读《孟子》，而后遍观乎百家而不乱也。而世之言者曰：学者不可以读天下之杂说〔五二〕，不幸而见之，则小道异术将乘间而入于其中。虽扬雄尚然，曰吾不观非圣之书〔五三〕。以为世之贤人所以自养其心者，如人之弱子幼弟，不当出而置之于纷华杂扰之地。此何其不思之甚也！古之所谓知道者，邪词入之而不能荡，诐词犯之而不能诈〔五四〕，爵禄不能使之骄，贫贱不能使之辱〔五五〕，如使深居自闭于闺闼之中〔五六〕，兀然颓然，而曰知道知道云者，此乃所谓腐儒者也。

古者伯夷隘，柳下惠不恭，隘与不恭，是君子之所不为也〔五七〕。而孔子曰：伯夷、叔齐"不降其志，不辱其身"，"柳下惠、少连降志而辱身，言中伦，行中虑"，"虞仲、夷逸隐居放言，身中清，废中权。而我则异于是，无可无不可"〔五八〕。夫伯夷、柳下惠是君子之所不为，而不弃于孔子，此孟子所谓孔子集大成者也〔五九〕。至于孟子恶乡原之败俗〔六○〕，而知于陵仲子之不可常也〔六一〕；美禹、稷之汲汲于天下，而知颜氏子自乐之非固也〔六二〕；知天下之诸侯其所取之为盗，而知王者之不必尽诛也〔六三〕；知贤者之不可召，而知召之役之为义也〔六四〕。故士之言学者皆曰孔、孟，何者？以其知道而已。

今辙山林之匹夫，其才术技艺无以大过于中人〔六五〕，而何敢自附于孟子？

然其所以泛观天下之异说，三代以来兴亡治乱之际，而皎然其有以折之者〔六六〕，盖其学出于《孟子》而不可诬也。今年春，天子将求直言之士，而辙适来调官京师〔六七〕，舍人杨公不知其不肖〔六八〕，取其鄙野之文五十篇而荐之〔六九〕，俾与明诏之末〔七〇〕。伏惟执事方今之伟人而朝之名卿也，其德业之所服〔七一〕，声华之所耀，孰不欲一见以效薄技于左右？夫其五十篇之文从中而下，则执事亦既见之矣，是以不敢复以为献。姑述其所以为学之道，而执事试观焉。

（《栾城集》卷二十二）

注

〔一〕嘉祐五年（1060）作。两制：见苏洵《送石昌言使北引》注〔一五〕。本文"述其所以为学之道"，而下笔甚远。前两段以山海薮泽之奥比圣人之道丰富无尽，说明后人仅得其余波遗泽；第三段阐述圣人著"六经"而不明告天下，意在使后人"深思而得之"；四、五段承上叙述自己"不求其传，而惟其书之知"和遍"观百家之书"的学习方法；末段为一般书信应答之词。文中提倡的贵自得，不迷信圣贤之言的学习方法，很有见地；公开反对"不观非圣人之书"，并斥之为"腐儒之论"，这在当时也是非常大胆的。

〔二〕诸子百家：先秦至汉初各个学派的总称。诸子指各学派的代表人物（如儒家的孔子、道家的老子），亦指其代表作。百家指各学派。《汉书·艺文志·诸子略》分各学派为儒、道、阴阳、法、名、墨、纵横、杂、农、小说十家，又著录各家著作"凡诸子百八十九家，四千三百二十四篇"。同异之辩：名家惠施（约前370—前310）学派提出"万物毕同毕异"的命题，这里指各家学说的异同。

〔三〕工巧组绣：工致精巧。钻研离析：深入研究（此有钻牛角尖之意），条分缕析。这些词在这里均含贬义。

〔四〕喟然：感叹的样子。太息：即叹息。

〔五〕薮泽：湖泽。薮：大泽。

〔六〕班输：《汉书·叙传上》："班输榷巧于斧斤。"颜师古注："班输，即鲁公输班也。一说，班，鲁班也，与公输氏为二人也，皆有巧艺。《古乐府》云：'谁能为此器，公输与鲁班。'榷，专也，一曰竞也。"共公：古史传说人物。据《尚书·尧典》及《史记·五帝本纪》载，是尧的臣子，试授工师（掌管百工和手工业）之职。

〔七〕楹：厅堂前部的柱子。

〔八〕桷：方的椽子，安在梁上支架屋面和瓦片的木条。

〔九〕轴：车轴。

〔一〇〕扰云霓：言其高。扰，纷扰，此指伸入云天。

〔一一〕拥：围裹。

〔一二〕榛莽：荆棘草木。

〔一三〕芟夷蹶取：谓用各种方法取得。芟夷，割除。《左传·隐公六年》："如农夫之务去草焉，芟夷蕴崇（堆积）之。"引申为割除。蹶，踏，用脚推。

〔一四〕鲛：即鲨鱼。《说文·鱼部》："鲛，海鱼也，皮可饰刀。"段玉裁注："今所谓沙鱼。"鲢：淡水小型鱼类。

〔一五〕鼋：即绿团鱼，俗称癞头鼋。兕：古代犀牛一类的兽，皮厚可制甲。

〔一六〕纷纷籍籍：纷乱、众多貌。

〔一七〕折翅摵足：即翅折足摵。摵，扭转。

〔一八〕鬣：鱼颔旁的鬐。委顿：疲乏狼狈。

〔一九〕肉登鼎俎：肉用来上席。登，上。鼎，炊器，青铜制，圆形，三足两耳。俎，古代祭祀时盛牛羊的礼器。

〔二〇〕膏：油脂。砧几：割肉所用的砧板。欧阳修《憎蝇赋》："杯盂残沥，砧几余醒。"

〔二一〕被于器用：作为各种器具使用。被，遍及。

〔二二〕隋侯夜光：指隋侯珠，传说中的明珠。《淮南子·览冥训》："譬如隋侯之珠，和氏之璧，得之者富，失之者贫。"高诱注："隋侯，汉东之国，姬姓诸侯也。隋侯见大蛇伤断，以药傅之。后蛇于江中衔大珠以报之，因曰隋侯之珠，盖明月珠也。"

〔二三〕颣：丝上的疙瘩，引申为有缺点。《淮南子·氾论训》："明月之珠，不能无颣。"珌：珠。颣珌：指较隋侯珠稍次的珠。

〔二四〕磊落：众多杂沓貌。的皪：明亮貌。

〔二五〕铿锵：金属相击声，形容声音响亮。交戛：交击。

〔二六〕"昔者"三句：夫子，指孔子。《史记·孔子世家》："孔子以诗、书、礼、乐教，弟子盖三千焉。"

〔二七〕"是以从之周旋奔走"二句：参苏轼《贾谊论》注〔一〇〕。周旋，谓追随驰逐。逐于宋、鲁：《史记·孔子世家》："（孔子）已而去鲁，斥乎齐，逐于宋、卫。"宋、鲁，春秋时期诸侯国。

〔二八〕"饥饿于陈、蔡"二句：《史记·孔子世家》："吴伐陈，楚救陈，军于城父。闻孔子在陈、蔡之间，楚使人聘孔子，孔子将往拜礼。陈蔡大夫谋曰：'孔子，贤者，所刺讥皆中诸侯之疾。今者久留陈、蔡之间，诸大夫所设行皆非仲尼之意。今楚，大国也，来聘孔子。孔子用于楚，则陈、蔡用事大夫危矣。'乃相与发徒役围孔子于野。不得已，绝粮。从者病，莫能兴。孔子讲诵弦歌不衰。"

〔二九〕"盖颜渊见于夫子"三句：颜渊，孔子弟子。"吾能知之"及下句"吾知之"，似非原文，未详出处。

〔三〇〕子路、子贡、冉有：《史记·仲尼弟子列传》："仲由字子路，卞人也，少孔子九岁。""端沐赐，卫人，字子贡，少孔子三十一岁。""有若（即冉有）少孔子四十三岁。"三人皆孔子弟子。

〔三一〕邦巽、孔忠、公西舆、公西箴：《史记·仲尼弟子列传》载"无年及不见书传者"四十二人，其中有"邦（一作邦）巽字子敛。孔忠。公西舆如（苏辙误为公西舆）字子上。公西箴字子上"。

〔三二〕"其后田子方、段干木之徒"四句：《史记·儒林列传》："自孔子卒后，七十子之徒散游诸侯……子夏居西河……如田子方、段干木、吴起、禽滑釐之属，皆受业于子夏之伦，为王者师。是时独魏文侯好学，后陵迟以至于始皇，天下并争于战国，儒术既绌焉。"田子方，战国时人，与子夏、段干木同为魏文侯所礼。段干木，见苏洵《上韩舍人书》注〔七〕。吴起（？—前381），战国初期政治家、军事家。《史记·孙子吴起列传》："吴起者，卫人也，好用兵，尝学于曾子（名参，字子舆，孔子弟子）。"禽滑釐，战国时人，一说为墨子弟子（见《墨子》）。

〔三三〕杨朱：战国初哲学家，他反对墨子的"兼爱"和儒家的伦理思想，主张"贵生""重己""全性葆真，不以物累形"，重视个人生命的保存，反对互相侵略。墨翟（约前468—前376）：春秋战国之际思想家，墨家创始人。其尚同、尚贤、非攻、尊天等思想与儒家大致相同；其兼爱、节用、非乐、非命等思想，则与儒家对立。邹衍（约前305—前240）：战国末阴阳家。《史记·孟子荀卿列传》："慎到，赵人。田骈……齐人。……皆学黄老道德之术，因发明序其指意。"又言邹衍、慎到、田骈等"各著书言治乱之事，以干世主"。《史记·老子韩非列传》："申不害者，京人也。……申子之学本于黄老而主刑名。……韩非者……喜刑名法术之学，而其归本于黄老。"《史记·商君列传》："（商）鞅少好刑名之学。"

〔三四〕皇皇：惊恐貌。

〔三五〕陂：圩岸。《诗·陈风·泽陂》："彼泽之陂，有蒲与荷。"

〔三六〕茨：蒺藜。蹊蹊：山间小路。《庄子·马蹄》："山无蹊蹊，泽无舟梁。"

〔三七〕蒺藜：草名，果实带刺。

〔三八〕六经：见苏轼《王安石赠太傅》注〔一四〕。

〔三九〕瘳：瘳瘳，理解。

〔四〇〕执：控制，驾驭。

〔四一〕"今夫《易》者"至"盖亦如是而已"：八物，即八卦，《周易》中的八种基本图形，象征天、地、雷、风、水、火、山、泽，通过八卦推测自然和社会的变迁。《易·系辞下》："八卦以象告（以图象告人），爻象以情言。刚柔杂居，而吉凶可见矣。变动以利言，吉凶以情迁，是故爱恶相攻而吉凶生，远近相取而悔吝生，情伪相感而利害生。"苏辙父子剥掉了历代文人加在《周易》上的神秘外衣，善于用对立统一的观点解释《易》，苏辙在《东坡先生墓志铭》中说："先君（苏洵）晚岁读《易》，玩其爻象，得其刚柔、远近、喜怒、逆顺之情，以观其词，皆迎刃而解。"苏辙这一段论述，正与苏洵的观点相同。

〔四二〕王氏：指王弼（226—249），字嗣宗，三国魏人。好老子，著有《周易注》《老子注》。《三国志》卷二十八《魏志·钟会传》裴松之注引孙盛曰："世之注解（指注《易》），殆皆妄也。况（王）弼以傅会之辨而欲笼统玄旨者乎？"韩氏：指韩康伯，晋颍川长社（今河南长葛东）人。《晋书》卷七十五有传。《周易注》中的上下经注及略例为王弼注；系辞、说卦、序卦、杂卦等为韩康伯注。

〔四三〕京房（前77—前37）：西汉今文易学"京氏学"的开创者，曾学《易》于焦赣，以"通变"说"易"，好讲灾异。今存《京氏易传》三卷。焦赣：即焦赣，字延寿，西汉人。相传曾作《易林》十六卷，为后来以术数说《易》者所推崇。《汉书》卷七十五《京房传》："京房字君明，东郡顿丘人也。治《易》，事梁人焦延寿……其说长于灾变。"

〔四四〕"言《诗》者不言"二句：《诗经》十五《国风》为"民俗歌谣之诗"（朱熹《诗集传》卷一），其中有不少歌咏劳动生活的欢乐艰辛的诗篇。《雅》《颂》中一部分诗篇表现了贵族生活的宴饮之乐。"极欢极戚而不违于道"即《毛诗序》所谓"发乎情，止乎礼义"。

〔四五〕五际子午卯酉之事：指汉代《齐诗》学者翼奉把《诗经》中的篇章和阴阳五行相配合，用以推论政治得失。他认为：午亥之际为革命，卯酉之际为改正。卯为《天保》，酉为《祈父》，午为《采芑》，亥为《大明》（《天保》等皆为《诗经》篇名）。又以亥为革命，是一际；亥又为天门，出入候听，是二际；卯为阴阳交际，是三际；午为阳谢阴兴，是四际；酉为阴盛阳微，是五际。详见清人陈寿祺《左海经辨·诗有六情五际辨》。

〔四六〕"言《书》者不言"三句：苏轼《省试刑赏忠厚之至论》："故其吁俞之声，欢休惨戚，见于《虞》《夏》《商》《周》之书（即《尚书》）。"

〔四七〕《费誓》《秦誓》：皆《尚书》篇名。言《费誓》《秦誓》不当作者，未详何人。司马光《论风俗札子》："新进后生，口传耳剽。读《易》未识卦爻，已谓《十翼》非孔子之言；读《礼》未知篇数，已谓《周官》为战国之书；读《诗》未尽《召南》《周南》，已谓毛、郑为章句之学；读《春秋》未知十二公，已谓三传可束之高阁。"苏辙之语，也很可能指当时正兴起的一种疑古思潮。

〔四八〕"仁者见之谓之仁"二句：语见《易·系辞上》。

〔四九〕"在人"三句：语见《论语·子张》。

〔五〇〕传、疏之学：解释阐述经义的学问。下文"不求其传""退而求其传"之"传"同此。

〔五一〕"君子深造之以道"至"自得之也"：语见《孟子·离娄下》。资，《说文》："资，货也。"段玉裁注云："资者积也。"原，同"源"。左右逢源谓得心应手，顺利无碍。

〔五二〕杂说：指儒家经典以外的学说。

〔五三〕"虽扬雄尚然"二句：《汉书·扬雄传》："自有大度，非圣哲之书不好也。"

〔五四〕邪词：邪辟不正之辞。诐词：险诐之言。《孟子·公孙丑上》："诐词知其所蔽"，"邪辞知其所离"。

〔五五〕"爵禄不能使之骄"二句：《孟子·滕文公下》："富贵不能淫，贫贱不能移。"

〔五六〕闺闼：犹言闺阁，指内室。

〔五七〕"古者伯夷隘"四句：《孟子·公孙丑上》孟子曰："伯夷隘（器量小），柳下惠不恭（不严肃）。隘与不恭，君子不由（行）也。"孟子所言"伯夷隘"事，指伯益"非其君不事，非其友不友，不立于恶人之朝"（同上书）等。柳下惠，《淮南子·说林训》高诱注："柳下惠，鲁大夫展无骇之子，名获，字禽。家有大柳，树惠德，因号柳下惠。"柳下惠能容忍与己不同之人，他曾说："尔为尔，我为我，虽祖裼裸裎（赤身露体）于我侧，尔焉能浼（玷污）我哉？"（同上书）此即孟子所言"不恭"事。

〔五八〕"而孔子曰"至"无可无不可"：所引孔子数语皆见《论语·微子》。少连、虞仲、夷逸三人言行已多不可考。少连曾见《礼记·杂记》，孔子说他善于守孝。虞仲，前人认为就是吴太伯之弟仲雍。夷逸曾见《尸子》，有人劝他做官，他不肯。言中伦，言语合乎法度。行中虑，行为经过考虑。放言，放肆直言。身中清，谓其身不仕浊世，合于纯洁。废中权，谓遭世乱，自废弃以免患，合于权变。

〔五九〕此孟子所谓孔子集大成者也：《孟子·万章下》孟子曰："伯夷，圣之清者也；

伊尹，圣之任者也；柳下惠，圣之和者也；孔子，圣之时者（识时务的人）也。孔子之谓集大成。"

〔六〇〕孟子恶乡原之败俗：乡原，原通"愿"，指言行不一，伪善欺世的人。语出《论语·阳货》："乡原，德之贼也。"《孟子·尽心下》释"乡原"为"同乎流俗，合乎污世，居之似忠信，行之似廉洁，众皆悦之，自以为是，而不可与入尧、舜之首，故曰'德之贼'也"。

〔六一〕于陵仲子之不可常也：于陵仲子，即陈仲子，廉士，因曾居于陵（今山东长山县南），故名。《淮南子·氾论训》："陈仲子立世抗行，不入洿君之朝，不食乱世之食，遂饿而死。"高诱注："陈仲子，齐人，孟子弟子。"《孟子·滕文公下》孟子说陈仲子"以兄之禄为不义之禄而不食也，以兄之室为不义之室而不居也，辟（避）兄离母，处于于陵"。"充仲子之操，则蚓而后可者也（谓要推行陈仲子的节操，只有把人变成蚯蚓后才能办到）。"可见孟子是不赞成陈仲子的所作所为的。不可常，谓不能持久。

〔六二〕"美禹、稷之汲汲于天下"二句：《孟子·离娄下》："禹、稷当平世，三过其（家）门而不入，孔子贤之。颜子当乱世，居于陋巷，一箪食，一瓢饮，人不堪其忧，颜子不改其乐，孔子贤之。孟子曰：'禹、稷、颜回同道。禹思天下有溺者，由己溺之也，稷思天下有饥者，由己饥之也，是以如是其急也。禹、稷、颜子易地则皆然。'"禹，夏禹。稷，后稷，古代周族始祖，据传是开始种稷和麦的人。"三过不入本禹事，而连及之"（杨树达《汉语文言修辞学·私名连及例》）。汲汲于天下，为天下奔波忙碌。汲汲，急切貌。颜氏子，指颜回，孔子弟子。非固也，与前"不可常"并举，亦有不能持久之意。

〔六三〕"知天下之诸侯"二句：《孟子·万章下》孟子对万章说："子以为有王者作，将比今之诸侯而诛之乎？其教之不改而后诛之乎？夫谓非其有而取之者盗也，充类至义之尽也（谓提高到极点来说的）。"

〔六四〕"知贤者之不可召"二句：《孟子·公孙丑下》："大有为之君，必有所不召之臣。……管仲且犹不可召，而况不为管仲者乎？"又《万章下》："万章曰：'庶人，召之役则往役；君欲见之，召之，则不往见之，何也?'曰：'往役，义也；往见，不义也。'"

〔六五〕中人：中间一等的人，即普通人。《汉书·古今人表》："可与为善，可与为不善，是谓中人。"

〔六六〕皎然：清楚貌。折之：判断异说及其兴亡原因。折，判断。

〔六七〕"今年春"三句：嘉祐五年（1060）苏辙为调官到京师，授河南府渑池县主簿，因第二年举制策，未赴任。天子将求直言之士，见苏辙《御试制策（节选）》注〔一〕。

〔六八〕杨公：杨畋，字乐道，新泰（今属山东）人，出身将家，折节喜学，清介谨畏，为士大夫所称。官至龙图直学士，知谏院。苏辙有《杨乐道龙图哀辞》。不肖：不贤。

〔六九〕取其鄙野之文五十篇而荐之：即五十篇《进论》《进策》，参苏辙《商论》注〔一〕。

〔七〇〕俾与明诏之末：谦辞，谓使我能参与应直言极谏科考试的末位。明诏，指宋仁宗举行制科考试的诏令。

〔七一〕服：被服，覆盖。"所服"与下句"所耀"并举。

附录

茅坤：览其文如广陵之涛，砰磕溷悍而不可制，然其骨理少切，譬之挥斤成风，特属耀眼。（《苏文定公文钞》卷五）

新论上〔一〕
苏 辙

古之君子，因天下之治以安其成功〔二〕，因天下之乱以济其所不足〔三〕。不诬治以为乱，不援乱以为治〔四〕。援乱以为治，是愚其君也；诬治以为乱，是胁其君也。愚君胁君，是君子之所不忍，而世俗之所徼幸也〔五〕。故莫若言天下之诚势。

请言当今之势。当今天下之事，治而不至于安，乱而不至于危，纪纲粗立而不举，无急变而有缓病，此天下之所共知而不可欺者也〔六〕。然而世之言事者，为大则曰无乱，为异则曰有变。以为无乱，则可以无所复为；以为有变，则其势常至于更制〔七〕。是二者皆非今世之忠言至计也。

今世之弊，患在欲治天下而不立为治之地〔八〕。夫有意于为治而无其地，譬犹欲耕而无其田，欲贾而无其财〔九〕，虽有钼耰车马〔一〇〕，精心强力，而无所施之。故古之圣人将治天下，常先为其所无有，而补其所不足。使天下凡可以无患而后徜徉翱翔，惟其所欲为而无所不可，此所谓为治之地也。为治之地既立，然后从其所有而施之。植之以禾而生禾〔一一〕，播之以菽而生菽〔一二〕，艺之以松柏梧槚〔一三〕，丛莽朴樕〔一四〕，无不盛茂而如意。是故施之以仁义，动之以礼乐，安而受之而为王；齐之以刑法，作之以信义，安而受之而为霸；督之以勤俭，厉之以勇力，安而受之而为强国。其下有其地而无以施之，而犹得以安存。最下者抱其所有，怅怅然无地而施之〔一五〕，抚左而右动，镇前而后起，不得以安全，而救患之不给〔一六〕。故夫王霸之略，富强之利，是为治之具而非为治之地也〔一七〕。有其地而无其具，其弊不过于无功；有其具而无其地，吾不知其所以用之。

昔之君子惟其才之不同，故其成功不齐；然其能有立于世，未始不先为其地也。古者伏羲、神农、黄帝既有天下，则建其父子，立其君臣，正其夫妇，联其兄弟，殖之五种，服牛乘马，作为宫室、衣服、器械〔一八〕，以利天下。天下之人生有以养，死有以葬，欢乐有以相爱，哀戚有以相吊，而后伏羲、神农、黄帝之道得行于其间。凡今世之所谓长幼之节，生养之道者〔一九〕，是上古为治之地也。至于尧、舜、三代之君〔二〇〕，皆因其所缺而时补之，故尧命羲和历日月，以授民时〔二一〕；舜命禹平水土，以定民居〔二二〕；命益驱鸟兽，以安民生〔二三〕；命弃播百谷，以济民饥〔二四〕。三代之间，治其井田沟洫步亩之法〔二五〕，比闾族党州乡之制〔二六〕。夫家卒乘车马之数〔二七〕，冠昏丧祭之节〔二八〕，岁时交会之礼，养生除害之术，所以利安其人者凡皆已定，而后施其圣人之德。是故施之而无所龃龉。举今周官三百六十人之所治者〔二九〕，皆其所以为治之地，而圣人之德不与也。故周之衰也，其诗曰："虽无老成人，尚有典刑。"〔三〇〕由此言之，幽、厉之际〔三一〕，天下乱矣，而文、武之法犹在也。文、武之法犹在，而天下不免于乱，则幽、厉之所以施之者不仁也。施之者不仁，而遗法尚在，故天下虽乱而不至于遂亡。及其甚也，法度大坏，欲为治者无容足之地。泛泛乎如乘舟无楫而浮乎江湖，幸而无振风之忧〔三二〕，则悠然唯水之所漂，东西南北非吾心也。不幸而遇风，则覆没而不能止。故三季之极，乘之以暴君，加之以虐政，则天下涂地而莫之救。

然世之贤人起于乱亡之中，将以治其国家，亦必于此焉先之。齐桓用管仲辨四民之业〔三三〕，连五家之兵〔三四〕，卒伍整于里，军旅整于郊〔三五〕，相地而衰征，山林川泽各致其时，陵阜陆墐各均其宜〔三六〕，邑乡县属各立其正〔三七〕。

举齐国之地如画一之可数。于是北伐山戎，南伐楚〔三八〕，九合诸侯〔三九〕，存邢、卫〔四○〕，定鲁之社稷〔四一〕，西尊周室〔四二〕，施义于天下，天下称伯〔四三〕。晋文反国，属其百官，赋职任功，轻关易道，通商宽农，懋穑劝分，省财足用，利器明德，举善援能，政平民阜，财用不匮〔四四〕。然后入定襄王〔四五〕，救宋、卫，大败荆人于城濮〔四六〕，追齐桓之烈〔四七〕，天下称之曰二伯〔四八〕。其后子产用之于郑〔四九〕，大夫种用之于越〔五○〕，商鞅用之于秦，诸葛孔明用之于蜀，王猛用之于符坚〔五一〕，而其国皆以富强。是数人者虽其所施之不同，而其所以为地者一也。夫惟其所以为地者一也，故其国皆以安存；惟其所施之不同，故王霸之不齐，长短之不一。是二者不可不察也。

当今之世，无惑乎天下之不跻于大治〔五二〕，而亦不陷于大乱也。祖宗之法具存而不举，百姓之患略备而未极。贤人君子不知尤其地之不立〔五三〕，而罪其所施之不当；种之不生，而不知其无容种之地也，是亦大惑而已矣。且夫其不跻于大治与不陷于大乱，是在治乱之间也。徘徊彷徨于治乱之间，而不能自立，虽授之以贤才无所为用。不幸而加之以不肖，天下遂败而不可治。故曰：莫若先立其地，其地立而天下定矣。

（《栾城集》卷十九）

注 ─────────────────────────

〔一〕嘉祐七年（1062）苏辙作《新论》三篇，发挥《进策》的改革主张，此为其中第一篇。文章首先提出分析形势的原则："不诬治以为乱，不援乱以为治。"即既不丑化也不美化现实。二、三段根据这一原则论"当今之势"和"今世之弊，患在欲治天下而不立为治之地。"所谓"为治之地"即治国的根本。四、五段援引大量史实说明"为治之地"的具体内容，就是要有完善的法制，如伏羲、神农、黄帝、尧、舜、三代之君，齐桓、晋文、子产、大夫种、商鞅、诸葛亮、王猛之以法治国。末段再次为"当今之世"敲警钟，强调立"为治之地"的重要性。全文体现了苏辙重法治的思想。

〔二〕安：安适，安然自足。

〔三〕济：救助。

〔四〕援：攀援附会。

〔五〕徼幸：又作"侥幸"，非分的希望。《释文》："侥幸，求利不止貌。"

〔六〕"当今天下之事"至"不可欺者也"：苏轼《策略第一》论形势说："国家无大兵革几百年矣。天下有治平之名，而无治平之实；有可忧之势，而无可忧之形。此其有未测者也。方今天下非有水旱、盗贼、人民流离之祸，而咨嗟怨愤，常若不安其生；非有乱臣割据，四分五裂之忧，而休养生息，常若不足于用；非有权臣专制，擅作威福之弊，而上下不交，君臣不亲；非有四夷交侵，边鄙不宁之灾，而中国惶惶常有外忧。"又把宋王朝比作一个病人："其言语、饮食、起居、动作，固无以异于常人，此庸医之所以为无足忧，而扁鹊、仓公之望而惊也！"可参读。纪纲，指法制。举，全，完全。

〔七〕更制：改变制度。

〔八〕地：此有基地、基础、根本的意思。为治之地即治国之本。

〔九〕贾（gǔ）：做买卖。《韩非子·五蠹》："长袖善舞，多钱善贾。"

〔一〇〕钼：通"锄"。耰：农具，形如榔头，用来击碎土块，平整土地。

〔一一〕禾：即粟，亦总称黍、稷、稻等粮食作物。

〔一二〕菽：大豆，亦总称豆类。

〔一三〕艺：种植。《书·酒诰》："其艺黍稷。"梧：梧桐。槚：木名，即楸，常同松树一起种在坟前。《左传·哀公十一年》："树吾墓槚。"

〔一四〕朴樕：亦作"樕朴"，木名，《诗·召南·野有死麕》："林有朴樕。"《毛传》："朴樕，小木也。"

〔一五〕伥伥然：迷茫不知所措貌。《荀子·修身》："人无法则伥伥然。"

〔一六〕给：丰足，满足。不给：谓忙不过来。

〔一七〕具：器具，此指措施、办法。

〔一八〕"古者伏羲"至"衣服、器械"：伏羲，神话中人类始祖，传说人类由他和女娲氏相婚而产生。神农，即炎帝，传说中农业和医药的发明者。黄帝，传说中中原各族的共同祖先，姬姓，号轩辕氏。有关他们的记载，多属神话传说，并不可靠。《太平御览》卷七九，言黄帝治天下"明上下，等贵贱"。《绎史》卷四引《周书》："神农之时，天雨粟，神农遂耕而种之，然后五谷兴助，百果藏实。"《史记·五帝本纪》言黄帝："艺五种，抚万民。"《集解》引郑玄曰："五种，黍、稷、菽、麦、稻也。"《索引》："五种即五谷也。"《易·系辞下》谓黄帝"服（驾御）牛乘马，引重致远，以利天下"（即服牛以引重，乘马以致远）。《史记·五帝本纪》张守节《正义》："黄帝之前，未有衣裳屋宇。及黄帝造屋宇，制衣服，营殡葬，万民故免存亡之难。"《易·系辞下》言伏羲"作结绳而为网罟，以佃以渔"；言神农"斫木为耜，揉木为耒。耒耨之利，以教天下"；言黄帝时"刳木为舟，剡木为楫"，"断木为杵，掘地为臼"，等等。

〔一九〕"凡今世之所谓长幼之节"二句：《礼记·文王世子》："长幼之道，得而治国。"《礼记·祭统》："孝子之事亲也……生则养。"

〔二〇〕三代：夏、商、周三代。

〔二一〕"故尧命羲和历日月"二句：羲和，传说中掌天文历法的官吏。《史记·五帝本纪》尧"乃命羲和敬顺昊天，数法日月星辰，敬授民时"。《索引》："《尚书》作'历象日月'，此则言'数法'，是训'历象'二字，谓命羲和以历数之法观察日月星辰之早晚，以敬授人时也。"

〔二二〕"舜命禹平水土"二句：《史记·五帝本纪》："舜曰：'嗟，然！禹，汝平水土，维是勉哉。'"

〔二三〕"命益驱鸟兽"二句：《史记·五帝本纪》："舜曰：'谁能驯予上下草木鸟兽？'皆曰益可。于是以益为朕虞。"《集解》引马融曰："虞，掌山泽之官名。"益，一作"翳"，古代嬴姓各族的祖先，相传善于畜牧和狩猎，被舜任为虞。

〔二四〕"命弃播百谷"二句：《史记·五帝本纪》："舜曰：'弃，黎民始饥，汝后稷播时百谷。'"《正义》："稷，农官也。'播时'谓顺四时而种百谷。"弃，又称"后稷"，古代周族始祖，善于种植各种粮食作物。

〔二五〕井田沟洫步亩之法：此指古代传说中的田制。井田，《孟子·滕文公上》："方里而井，井九百亩，其中为公田，八家皆私百亩，同养公田。"沟洫，《周礼·匠人》："九夫为井，井间广四尺，深四尺，谓之沟；方十里为成，成间广八尺，深八尺，谓之洫。"步亩，《周礼·小司徒》："九夫为井。"郑玄注："六尺为步，步百为亩。"

〔二六〕比间族党州乡之制：周代地方基层组织，《周礼·大司徒》："令五家为比，使之相保；五比为闾，使之相受；四闾为族，使之相葬；五族为党，使之相救；五党为州，使之相赒；五州为乡，使之相宾。"

〔二七〕夫家：《周礼·辈师》："凡民无常业者，罚之，使出夫家之征也。"江永注："诸经凡言夫家者，犹云男女，无妻者为夫，有妻者为家。"卒乘：《左传·隐公元年》："缮甲兵，具卒乘。"杜预注："步曰卒，车曰乘。"

〔二八〕冠：冠礼，古代男子成年举行加冠之礼。《礼记·曲礼上》："男子二十冠。"昏：同"婚"，指婚礼。

〔二九〕周官三百六十人之所治者：指《周礼·天官》所载三百六十种官所管理的事。《周礼·冢宰》郑玄注："天有三百六十余度，天官亦总三百六十官。"

〔三〇〕"虽无老成人"二句：语见《诗·大雅·荡》。《郑笺》云："老成人谓若伊尹、伊陟、臣扈之属，虽无此臣，犹有常事，故法可案用也。"该诗《序》云："《荡》，召穆公伤周室大坏也，厉王无道，天下荡荡，无纲纪文章，故作是诗也。"

〔三一〕幽：周幽王，参苏辙《御试制策（节选）》注〔一六〕。厉：周厉王，残酷镇压平民、奴隶，引起人民反抗。

〔三二〕振风：疾风。江淹《诣建平王上书》："振风袭于齐台。"

〔三三〕齐桓用管仲辨四民之业：《国语·齐语》："（齐）桓公曰：'成民之事若何？'管子（管仲）对曰：'四民者，勿使杂处，杂处则其言哤（乱貌），其事易（变也）。'公曰：'处士、农、工、商若何？'管子对曰：'昔圣王之处士也，使就闲燕（清净）；处工，就官府；处商，就市井；处农，就田野。'"韦昭注："四民，谓士、农、工、商。"

〔三四〕连五家之兵：《史记·齐太公世家》："桓公既得管仲……修齐国政，连五家之兵。"《集解》："《国语》曰：'管子制国，五家为轨，十轨为里，四里为连，十连为乡，以为军令。'"

〔三五〕"卒伍整于里"二句：《国语·齐语》载管仲制国云："春以蒐振旅，秋以狝治兵。是故卒伍整于里，军旅整于郊。"韦如注："《周礼》：'五人为伍，百人为卒。'今管子亦以五人为伍，而以二百人为卒。"

〔三六〕"相地而衰征"三句：《国语·齐语》："桓公曰：'伍鄙（指郊以外之地）若何？'管子对曰：'相地而衰征，则民不移；政不旅旧（不以故人为师旅），则民不偷（苟且）；山泽各致其时，则民不苟；陆、阜、陵、墐、井、田、畴均，则民不憾。'"韦昭注："相，视也。衰，差也。视土地之美恶及所生出，以差征赋之轻重也。移，徙也。""高平曰陆，大陆曰阜，大阜曰陵。墐，沟上之道也。九夫为井，井间有沟。谷地曰田，麻地曰畴。均，平也。憾，恨也。"

〔三七〕邑乡县属各立其正：《国语·齐语》："桓公曰：'定民之居若何？'管子对曰：'制鄙（制野鄙之政）。三十家为邑，邑有司；十邑为卒，卒有卒帅；十卒为乡，乡有乡帅；三乡为县，县有县帅；十县为属，属有大夫。五属，故立五大夫，各使治一属焉；立五正，各使听一属焉。'"韦昭注："正，长也。"

〔三八〕"于是北伐山戎"二句：《史记·齐太公世家》："（齐桓公）二十三年（前663），山戎伐燕，燕告急于齐。齐桓公救燕，遂伐山戎。"《集解》引服虔曰："山戎，北狄，盖今鲜卑也。"同上书云："（齐桓公）三十年（前656）春，齐桓公率诸侯伐蔡，蔡溃，遂伐楚。"

〔三九〕九合诸侯：《国语·齐语》谓齐桓公"兵车之属六，乘车之会三"。韦昭注：

"属，亦会也。兵车之会，谓鲁庄十三年（前681）会于北杏（今山东聊城东），十四年会于鄄（今山东鄄城），十五年复会于鄄，鲁僖元年（前659）会于柽（今河南淮阳附近），十三年会于咸，十六年会于淮；乘车之会，在僖（公）三年会于阳谷，五年会于首止（今河南睢县东南），九年会于葵丘：九会也。"又《史记·齐太公世家》齐桓公曰："寡人兵车之会三，乘车之会六，九合诸侯，一匡天下。"

〔四〇〕存邢、卫：《国语·齐语》："狄人攻邢，（齐）桓公筑夷仪以封之。……狄人攻卫，卫人出庐于曹，桓公城楚丘以封之。……于是天下诸侯知桓公之非为己动也，是故诸侯归之。"韦昭注："邢，姬姓，周公之后。夷仪（今山东聊城西南），邢邑也。狄人攻邢，在庄（公）三十二年（前662）；封而迁之，在鲁僖（公）元年（前659）。""楚丘，卫地，桓公迁其国而封之，事在鲁僖二年。"

〔四一〕定鲁之社稷：《史记·齐太公世家》："（齐桓公）二十七年（前659），鲁闵公母曰哀姜，桓公女弟也。哀姜淫于鲁公子庆父，庆父弑闵公，哀姜欲立庆父，鲁人更立厘公（即鲁僖公）。桓公召哀姜，杀之。"定鲁之社稷即指此事。

〔四二〕西尊周室：《国语·齐语》言齐桓公"帅诸侯而朝天子"。

〔四三〕"施义于天下"二句：《国语·齐语》："桓公知天下诸侯多与己也，故又大施忠焉……而伯功立。"伯，通"霸"。

〔四四〕"晋文反国"至"财用不匮"：晋文即晋文公重耳。《国语·晋语四》载晋文公元年（前636）："公属百官，赋职任功……轻关易道，通商宽农，懋穑劝分，省用足财，利器明德，以厚民性，举善援能……政平民阜，财用不匮。"韦昭注："属，会也。赋，授也。授职事，任有功。""轻关，轻其税。易道，除盗贼。通商，利商旅。宽农，宽其政，不夺其时。""懋，勉也，勉稼穑也。劝分，劝有分无。省，减，减国用。足财，备凶年。""阜，安也。"

〔四五〕入定襄王：周襄王十六年（前636）废隗后，狄攻周，立太叔带为王。襄王奔郑，求救于诸侯。"十七年，襄王告急于晋，晋文公纳王而谋太叔带，襄王乃赐晋文公圭鬯弓矢，为伯。"（《史记·周本纪》）

〔四六〕"救宋、卫"二句：即历史上著名的以弱胜强的城濮之战。周襄王十九年（前633），楚成王率陈、蔡等国军队围攻宋国，宋向晋国求救。次年，晋文公派兵进攻楚的盟国曹、卫（卫人畏晋，卫成公出奔。城濮之战后，晋命卫成公回国），迫使楚军北上援救。时楚军占优势，晋军故意退却九十里，在城濮（今河南范县西南）和楚军会战，大败楚军。战后不久，晋文公即成为霸主。荆人，即楚人。在城濮之战中，卫实为晋敌国，晋文公亦无其他救卫事。

〔四七〕烈：功绩，功业。

〔四八〕二伯：指齐桓公、晋文公。晋文公五年（前632）"天子（周襄王）使王子虎（周大夫）命晋侯为伯"（《史记·晋世家》）。

〔四九〕子产（？—前522）：即公孙侨，春秋时郑国人，历仕简公、定公、献公、声公数朝。执政期间，整沟洫，立赋制，铸刑书，郑国因以富强。

〔五〇〕大夫种：即文种，春秋末楚国郢（今湖北江陵西北）人，越国大夫。越为吴败，他佐助越王勾践忍辱图强，消灭吴国。后勾践听信谗言，赐死。

〔五一〕王猛、苻坚：见苏轼《决壅蔽》注〔二三〕、〔二四〕。

〔五二〕跻：齐，登。引申为达到。

〔五三〕尤：责备，归咎。

附录

茅坤：此三篇原是一意。其所言"为国之地"，即子瞻所谓"为国先定其规模"之说。（《苏文定公文钞》卷十二）

黄楼赋并叙〔一〕

苏 辙

熙宁十年秋七月乙丑〔二〕，河决于澶渊〔三〕，东流入钜野〔四〕，北溢于济〔五〕，南溢于泗〔六〕。八月戊戌〔七〕，水及彭城下〔八〕。余兄子瞻适为彭城守〔九〕。水未至，使民具畚锸〔一〇〕，畜土石〔一一〕，积刍茭〔一二〕，完室隙穴〔一三〕，以为水备，故水至而民不恐。自戊戌至九月戊申〔一四〕，水及城下者二丈八尺，塞东西北门，水皆自城际山〔一五〕，雨昼夜不止。子瞻衣制履屦〔一六〕，庐于城上，调急夫、发禁卒以从事〔一七〕，令民无得窃出避水〔一八〕，以身帅之，与城存亡，故水大至而民不溃。方水之淫也，汗漫千余里，漂庐舍，败冢墓，老弱蔽川而下，壮者狂走，无所得食，槁死于丘陵林木之上〔一九〕。子瞻使习水者浮舟楫，载糗饵以济之〔二〇〕，得脱者无数。水既涸〔二一〕，朝廷方塞澶渊〔二二〕，未暇及徐。

子瞻曰："澶渊诚塞，徐则无害。塞不塞，天也〔二三〕，不可使徐人重被其患。"乃请增筑徐城，相水之冲，以木堤捍之〔二四〕。水虽复至，不能以病徐也〔二五〕。故水既去，而民益亲，于是即城之东门为大楼焉，垩以黄土，曰："土实胜水。"〔二六〕徐人相劝成之〔二七〕。辙方从事于宋〔二八〕，将登黄楼，览观山川，吊水之遗迹，乃作黄楼之赋〔二九〕。其词曰：

子瞻与客游于黄楼之上，客仰面望，俯而叹曰："噫嘻殆哉〔三〇〕！在汉元光，河决瓠子，腾蹙钜野，衍溢淮、泗〔三一〕，梁、楚受害二十余岁〔三二〕。下者为污泽〔三三〕，上者为沮洳〔三四〕。民为鱼鳖〔三五〕，郡县无所。天子封祀太山，徜祥东方，哀民之无辜，流死不藏，使公卿负薪以塞。宣房《瓠子之歌》，至今伤之〔三六〕。嗟惟此邦，俯仰千载〔三七〕。河东倾而南泄〔三八〕，蹈汉世之遗害。包原隰而为一〔三九〕，窥吾墉之摧败〔四〇〕。吕梁龃龉〔四一〕，横绝乎其前；四山连属，合围乎其外〔四二〕。水洄洑而不进，环孤城以为海〔四三〕。舞鱼龙于隍壑〔四四〕，阅帆樯于睥睨〔四五〕。方飘风之迅发〔四六〕，震鞞鼓之惊骇〔四七〕。诚蚁穴之不救〔四八〕，分闾阎之横溃〔四九〕。幸冬日之既迫〔五〇〕，水泉缩以自退。栖流枿于乔木〔五一〕，遗枯蚌于水裔〔五二〕。听澶渊之奏功〔五三〕，非天意吾谁赖？今我与公，冠冕裳衣〔五四〕，设几布筵，斗酒相属〔五五〕，饮酣乐作，开口而笑，夫岂偶然也哉？"

子瞻曰："今夫安于乐者，不知乐之为乐也，必涉于害者而后知之。吾尝与子冯兹楼而四顾〔五六〕，览天宇之宏大。缭青山以为城，引长河而为带。平皋衍其如席〔五七〕，桑麻蔚乎旆旆〔五八〕。画阡陌之纵横，分园庐之向背。放田渔于江浦，散牛羊于烟际。清风时起，微云霮霮〔五九〕。山川开阖，苍莽千里。东望则连山参差，与水皆驰。群石倾奔，绝流而西。百步涌波〔六〇〕，舟楫纷披〔六一〕。鱼鳖颠沛，没人所嬉〔六二〕。声崩震雷，城堞为危〔六三〕。南望则戏马之台〔六四〕，巨佛之峰〔六五〕，岿乎特起。下窥城中，楼观翱翔，嵬峨相重。激水既平，眇莽浮空。骈洲接浦，下与淮通。西望则山断为玦〔六六〕，伤心极目。麦熟禾秀，离离满隰。飞鸿群往，白鸟孤没。横烟淡淡，俯见落日。北望则泗水淡漫〔六七〕，古汴入焉，汇为涛渊，蛟龙所蟠。古木蔽空，乌鸟号呼。贾客连樯，联络城隅。送夕阳之西尽，导明月之东出。金钲涌于青嶂〔六八〕，阴氛为之辟易〔六九〕。窥人寰而直上，委余彩于沙碛。激飞楹而入户〔七〇〕，使人体寒而战栗。息汹汹于群动〔七一〕，听川流之荡潏〔七二〕。可以起舞相命〔七三〕，一饮千石，遗弃忧患，超然自得。且子独不见夫昔之居此者乎？前则项籍〔七四〕、刘戊〔七五〕，后则光弼〔七六〕、建封〔七七〕。战马成群，猛士成林。振臂长啸，风动云兴。朱阁青楼，舞女歌童。势穷力竭，化为虚空。山高水深，草生故墟。盖将问其遗老，既已灰灭而无余矣。故吾将与子，吊古人之既逝，闵河决于畴昔。知变化之无在，付杯酒以终日。"

于是众客释然而笑〔七八〕，颓然而就醉〔七九〕。河倾月坠，携扶而出。

（《栾城集》卷十七）

注

〔一〕熙宁十年（1077）七月黄河决口，八月水汇徐州城下，时苏轼知徐州，亲率防洪，徐州得以保全。次年（元丰元年，1078）为防洪水再至，苏轼又组织徐州百姓改筑外城，功成，在徐州东门建一大楼，以黄土刷墙，名曰"黄楼"。这年重阳节，苏轼在黄楼大宴宾客，时苏辙签书南京（今河南商丘南）判官，因公务繁忙未能亲临盛会，但写下这篇著名的赋。前面的叙文，叙述了徐州洪水之严重及苏轼率民防洪和修建黄楼的经过，是一篇优美的散文。赋的首段把这次徐州洪灾和汉代河决瓠子相比较，表现了防洪成功的喜悦之情；次段凭楼四顾，集中描写徐州东南西北的形胜，慨叹徐州古代的英雄业迹早已"化为虚空"；末以颓然就醉作结，回味无穷。全赋的中心是"安于乐者，不知乐之为乐也，必涉于害者而后知之"，而又充满了古今兴废的深沉感慨。苏辙之文本以冲雅淡泊、不事雕琢为特征，但这篇赋却竭尽铺张雕琢之能事，特别是描写徐州形胜一段。苏辙说："余《黄楼赋》，学《两都（赋）》也，晚年来不作此工夫之文。"（《栾城遗言》）苏辙不但晚年不作此工夫之文，即使早年也所作不多。正因为这篇赋与苏辙的固有文风不同，所以当时就有人怀疑为苏轼代作。苏轼感慨道："子由之文实胜仆，而世俗不知，乃以为不如。……作《黄楼赋》乃稍自振厉，若欲以警发愦愦者，而或者便谓仆代作，此尤可笑。"（《答张文潜书》）苏轼本来想作《黄楼记》，待此赋出后，亦为之搁笔（《书子由〈黄楼赋〉后》）。

〔二〕乙丑：十七日。

〔三〕河：黄河。澶渊：湖泊名，故址在今河南濮阳县西。《宋史·河渠志二》载神宗熙宁十年七月"乙丑，（河）遂大决于澶州曹村，澶渊北流断绝，河道南徙，东汇于梁山、张泽泺，分为二派：一合南清河入于淮，一合北清河入于海，凡灌郡县四十五，而濮、齐、郓、徐尤甚，坏田逾三十万顷"。

〔四〕钜野：又名"大野"，泽名，故址在今山东巨野县北，古济水中流在此通过，向东又有水道和古泗水相接。

〔五〕济：水名，发源河北赞皇县西南，东流经高邑县南。至宁晋县南，注入泜水。

〔六〕泗：水名，在山东省中部。

〔七〕戊戌：二十一日。

〔八〕彭城：即徐州。

〔九〕适：恰好，正好。

〔一〇〕具：备办。畚：用草绳做成的盛器，编竹为之，即畚箕。《唐书·张志和传》："县令使浚渠，执畚无怍色。"锸：即锹，用来插地起土的工具。

〔一一〕畜：通"蓄"，储蓄，储存。

〔一二〕刍茭：原指喂牲口的干草。《书·费誓》："峙（储备）乃刍茭。"此泛指干草、草把。

〔一三〕完窒隙穴：修治堵塞洞穴。窒，塞。

〔一四〕戊申：初一日。

〔一五〕"水及城下者二丈八尺"三句：苏辙《和子瞻自徐移湖》："我昔去彭城，明日河流至。不见五斗泥，但见二竿水。"苏轼《河复》诗序云："彭门城下水二丈八尺，七十余日不退，吏民疲于守御。"际，接。《汉书·严助传》："称三代至盛，际天接地，人迹所及，咸尽宾服。"

〔一六〕衣制履屦：即穿衣着鞋。衣，动词，穿衣。制，裳。《左传·定公九年》："晰帻而衣狸制。"履，着鞋。《史记·留侯世家》："父曰：'履我（给我穿鞋）。'"屦，麻、葛等制成的单底鞋。

〔一七〕调急夫、发禁卒以从事：《宋史·苏轼传》载苏轼徐州防洪云："轼诣武卫营，呼卒长曰：'河将害城，事急矣，虽禁军且为我尽力。'卒长曰：'太守犹不避涂潦，吾侪小人，当效命。'"急夫，即差夫、工役，从事运输、修河等。非常时紧急调发差夫，谓之急夫。禁卒，即禁兵，北宋正规军，更戍各地，依限回驻京师。

〔一八〕令民无得窃出避水：《宋史·苏轼传》："城将败，富民争出避水。轼曰：'富民出，民皆动摇，吾谁与守？吾在是，水决不能败城。'驱使复入。"

〔一九〕"方水之淫也"至"林木之上"：淫，过度，无节制。汗漫，漫无边际。冢，即坟。老弱蔽川而下，谓老弱被淹死，到处漂流着尸首。走，逃跑。槁死，枯死，《韩非子·说疑》："或伏死于窟穴，或槁死于槁木。"苏辙有不少诗写到这次洪灾，如《寄孔武仲》："尔来钜野溢，流潦压城垒。池塘漫不知，亭榭日倾弛。官吏困堤障，麻鞋污泥滓。"《寄济南守李公择》："钜野一汗漫，河济相腾蹴。流沙翳桑土，蛟鼍处人屋。农亩分沉埋，城门遭板筑。"《送转运判官李公恕还朝》："黄河东注竭昆仑，钜野横流入州县。民事萧条委浊流，扁舟出入随奔电。"可见灾情的严重。

〔二〇〕糗：炒熟的米、麦等食物。饵：糕饼。糗饵，此泛指食物。

〔二一〕涸：枯竭，此指水退。苏轼《河复》诗序云："十月十三日，澶州大风终日。既上，而河流一支，已复故道，闻之甚喜，庶几可塞乎。"

〔二二〕朝廷方塞澶渊：《续资治通鉴》卷七十三神宗元丰元年："（四月）戊辰，塞曹村决河。"五月甲戌朔"曹村决口新堤成，河还北流。自闰正月丙戌首事距此，凡用功一百九十余万，材一千二百八十九万，钱、米各三十万，堤长一百一十四里"。

〔二三〕塞不塞，天也：是否堵得住决口，决定于天。谓还很难预料。

〔二四〕"乃请增筑徐城"三句：苏轼《与欧阳仲纯书》："彭城最处下游，水患甲于东北。奏乞钱与夫为夏秋之备，数章皆不报。"《宋史·苏轼传》："复请调来岁夫增筑故城，为木岸，以虞水之再至。朝廷从之。"相水之冲，观察水之要冲。相，视，观察。

〔二五〕病：害。

〔二六〕"于是即城之"三句：秦观《黄楼赋》序："太守苏公守彭城之明年（指元丰元年），既治河决之变，民以更生，又因修缮其城，作黄楼于东门之上。以为水受制于土，而土之色黄，故取名焉。"垩，粉刷。《考工记·匠人》郑玄注："以蜃灰垩墙，所以饰成宫室。"

〔二七〕劝：勉励，尽力。

〔二八〕辙方从事于宋：从事，州郡长官的僚属。宋，即商丘，春秋时为宋都，北宋时为应天（南京）府治。此指自己任南京签判。

〔二九〕"将登黄楼"四句：苏轼《九日黄楼作》自注："坐客三十余人，多知名之士。"苏辙自然也在应邀之列。这几句表明苏辙也准备去，但后因公务繁忙，未能亲临盛会。苏辙《送王巩之徐州》："黄楼适已就，白酒行亦熟。……恨我闭笼樊，无由托君毂。"《和子瞻自徐移湖》："邀我三日饮，不去如笼禽。使君今吴越，虽往将谁寻！"

〔三〇〕噫嘻：感叹声。殆哉：危险啊！

〔三一〕"在汉元光"四句：《汉书·沟洫志》："孝武（即汉武帝）元光中，河决于瓠子，东南注钜野，通于淮、泗。"元光，汉武帝年号（前134—前129）。瓠子，即瓠子河，古水名，自今河南濮阳南分黄河水东出，经山东鄄城、郓城南，折北经梁山西、阳谷东南，至阿城镇折东北，经茌平南，东注济水。腾蹥，奔腾践踏。蹥，同"躔"，踩踏。淮，淮河，源出河南桐柏山，东流经河南、安徽至江苏入洪泽湖。泗，见注〔六〕。

〔三二〕梁、楚受害二十余岁：《汉书·沟洫志》："自河决瓠子后二十余岁，岁因以不登，而梁、楚之地尤甚。"梁，指今河南一带。楚，古代楚地包括今山东南部、江苏北部，此即指鲁南、苏北。

〔三三〕污泽：停积不流的水。《荀子·王制》："污池渊沼川泽，谨其时禁。"

〔三四〕沮洳：《诗·魏风·汾沮洳》："彼汾沮洳。"孔颖达疏："沮洳，润泽之处。"

〔三五〕鳖：即团鱼，爬行动物，生活在河湖、池沼中。

〔三六〕"天子封祀太山"至"至今伤之"：《汉书·武帝纪》载元封二年（前109）"夏四月，（汉武帝）还祠泰山。至瓠子，临决河，命从臣将军以下皆负薪塞河堤，作《瓠子之歌》"。《汉书·沟洫志》："于是卒塞瓠子，筑宫其上，名曰'宣房'。"汉武帝所作《瓠子之歌》二首见《汉书·沟洫志》。天子，指汉武帝。封祀，即封禅，战国时齐、鲁一些儒士认为五岳中泰山最高，帝王应到泰山祭祀，登泰山筑坛祭天曰"封"，在山南梁父山上辟基祭地曰"禅"。薪，柴。

〔三七〕俯仰：犹瞬息，表示时间短暂。王羲之《兰亭集序》："俯仰之间，已为陈迹。"

〔三八〕河东倾而南泄：即叙中"东流入钜野"，"南溢于泗"。

〔三九〕原隰：高平曰原，下湿曰隰。《诗·小雅·皇皇者雍》："于彼原隰。"包原隰而为一，指无论高处低处都被水淹没了。

〔四〇〕堞：城墙，此指城。摧败：崩裂败坏。

〔四一〕吕梁：此指今江苏铜山东南的吕梁洪，分上下二洪，巨石齿列，波流汹涌。龃龉：参差不齐貌。

〔四二〕"四山连属"二句：苏轼《徐州上皇帝书》："臣观其地，三面被山，独其西平川数百里，西走梁、宋。"属，亦连也。

〔四三〕"水洄洑而不进"二句：苏轼《徐州上皇帝书》："其城三面阻水，楼堞之下，以汴、泗为池，独其南可通车马。"洄洑，水回旋而流。

〔四四〕隍堑，护城河。隍，无水的护城壕。《易·泰》："城复于隍。"堑，深沟，坑谷。

〔四五〕帆樯：代指船。睥睨：城墙上的小墙。《水经注·谷水》："城上西面列观，五十步一睥睨。"

〔四六〕飘风：暴风。《诗·小雅·何人斯》："其为飘风。"《毛传》："飘风，暴起之风。"

〔四七〕鞞：同"鼙"，古代军中所击的小鼓，一说为骑鼓，见《说文·鼓部》。《礼记·月令》："命乐师修鞀鞞鼓。"

〔四八〕蚁穴：比喻可以酿成大祸的小漏洞。《韩非子·喻老》："千丈之堤，以蝼蚁之穴溃。"

〔四九〕分：名分，引申为注定。闾阎：里巷，平民所居之地。

〔五〇〕迫：迫近。

〔五一〕栖流枿于乔木：乔木上留下了很多漂来的树根。

〔五二〕水裔：水边。曹植《九咏》："遇游女于水裔。"

〔五三〕澶渊之奏功：即指澶渊新堤成，河复故道。

〔五四〕冠：帽子。冕：礼帽。裳衣：衣服，上曰衣，下曰裳。此句谓穿戴整齐。

〔五五〕属：劝酒。

〔五六〕冯：通"凭"，靠着。

〔五七〕平皋：平坦的水泽。衍：展延开来。

〔五八〕施施：猛长貌。《诗·大雅·生民》："荏菽施施。"

〔五九〕霡霂：云密集貌。

〔六〇〕百步：百涉洪，又叫徐州洪，在今徐州市东南二里，为泗水所经，有激流险滩，凡百余步，故名。

〔六一〕披：散开。

〔六二〕没人：潜水的人。

〔六三〕堞：城上矮墙。

〔六四〕戏马之台：《读史方舆纪要·徐州》载，戏马台在徐州城南，高十仞，广数百步，项羽所筑。刘裕至彭城，大会军士于此。

〔六五〕巨佛：山峰名。

〔六六〕玦：环形有缺口的玉器。

〔六七〕淡漫：旷远之貌。

〔六八〕钲：《考工记·凫氏》："鼓上谓之钲。"金钲即金鼓。金钲涌于青嶂喻夕阳落山。

〔六九〕辟易：惊退。《史记·项羽本纪》："人马俱惊，辟易数里。"

〔七〇〕激飞楹而入户：谓月光穿过楹柱照入室内。楹，堂前柱子。

〔七一〕息汹汹于群动：万物喧扰的声音停止了，此写夜深人静。

〔七二〕荡濒：摇荡汹涌之声。

〔七三〕相命：相告。杜甫《西阁二首》："百鸟各相命。"

〔七四〕项籍：即项羽。

〔七五〕刘戊：楚元王刘交之后，王彭城等三十六县。《汉书·楚元王世家》："景帝之三年也，削（藩）书到，遂应吴王反。其相张尚、太傅赵夷吾谏，不听。遂杀尚、夷吾，起兵会吴西攻梁，破棘壁。至昌邑南，与汉将周亚夫战。汉绝吴、楚粮道，吴王走，戊自杀，军遂降汉。"

〔七六〕光弼：李光弼，唐代名将，平定安史之乱，功推第一。《旧唐书·李光弼传》："史朝义乘芒山之胜，寇申、光等十三州，自领精骑围李岑于宋州。将士皆惧，请南保扬州，光弼径赴徐州以镇之。……广德二年七月卒于徐州，时年五十七。"

〔七七〕建封：张建封。

〔七八〕释然：怡悦貌。

〔七九〕颓然：颓靡疲倦貌。

附录

储欣：有秀句。（《栾城先生全集录》卷一）

墨 竹 赋〔一〕

苏 辙

与可以墨为竹〔二〕，视之良竹也。客见而惊焉，曰："今夫受命于天，赋形于地〔三〕。涵濡雨露〔四〕，振荡风气。春而萌芽，夏而解弛〔五〕。散柯布叶〔六〕，逮冬而遂〔七〕。性刚洁而疏直，姿婵娟以闲媚〔八〕。涉寒暑之徂变〔九〕，傲冰雪之凌厉。均一气于草木〔一〇〕，嗟壤同而性异〔一一〕。信物生之自然，虽造化其能使〔一二〕？今子研青松之煤〔一三〕，运脱兔之毫〔一四〕。睥睨墙堵〔一五〕，振洒缯绡〔一六〕。须臾而成〔一七〕，郁乎萧骚〔一八〕。曲直横斜，秾纤庳高〔一九〕。窃造物之潜思〔二〇〕，赋生意于崇朝〔二一〕。子岂诚有道者耶？"

与可听然而笑曰："夫予之所好者道也，放乎竹矣〔二二〕。始予隐乎崇山之阳〔二三〕，庐乎修竹之林〔二四〕，视听漠然〔二五〕，无概乎予心〔二六〕。朝与竹乎为游，莫与竹乎为朋〔二七〕，饮食乎竹间，偃息乎竹阴〔二八〕，观竹之变也多矣。若乎风止雨霁〔二九〕，山空日出，猗猗其长〔三○〕，森乎满谷〔三一〕。叶如翠羽，筠如苍玉〔三二〕。澹乎自持〔三三〕，凄兮欲滴〔三四〕。蝉鸣鸟噪，人响寂历〔三五〕。忽依风而长啸，眇掩冉以终日〔三六〕。笋含箨而将坠〔三七〕，根得土而横逸〔三八〕。绝涧谷而蔓延〔三九〕，散子孙乎千亿〔四○〕。至若丛薄之余〔四一〕，斤斧所施；山石荦确〔四二〕，荆棘生之。蹇将抽而莫达，纷既折而犹持〔四三〕。气虽伤而益壮，身已病而增奇。凄风号怒乎隙穴，飞雪凝沍乎陂池〔四四〕。悲众木之无赖〔四五〕，虽百围而莫支〔四六〕。犹复苍然于既寒之后〔四七〕，凛乎无可怜之姿〔四八〕。追松柏以自偶〔四九〕，窃仁人之所为〔五○〕。此则竹之所以为竹也。始也余见而悦之，今也悦之而不自知也。忽乎忘笔之在手〔五一〕，与纸之在前。勃然而兴〔五二〕，而修竹森然。虽天造之无朕〔五三〕，亦何以异于兹焉！"

客曰："盖予闻之：庖丁，解牛者也，而养生者取之；轮扁，斫轮者也，而读书者与之〔五四〕。万物一理也，其所从为之者异尔〔五五〕。况夫夫子之托于斯竹也〔五六〕，而予以为有道者，则非耶？"

与可曰："唯唯。"

（《栾城集》卷十七）

〔一〕元丰元年（1078）任南京签判时作。这篇赋记载了文与可对自己画竹经验的总结。首段写竹的整个生长过程，和它刚洁疏直的品性，婵娟娴媚的风姿，以及文与可一挥而就、巧夺天工的画竹造诣。次段通过文与可之口，写他因长期与竹相处，为竹子淡泊自重、不屈不挠的品质感染，所以他的墨竹才画得那样好，实际上说明了这样一个文艺理论问题：文学艺术都是客观事物的反映，细致观察客观事物是文艺创作的前提；但这种反映不是机械的反映，作为创作主体的人必须要与客观事物发生共鸣，才能触发灵感，进入创作高潮，达到忘物、忘我的境界，创造出优秀作品。最后两段再次赞扬文与可画竹"有道"。需要注意的是，全文谈画竹只强调"道"，而不强调技法，忽视了创作实践的重要性。苏轼就对此不满，所以他在《文与可画筼筜谷偃竹记》中说："子由未尝画也，故得其意而已；若予者，岂独得其意，并得其法。"

〔二〕与可：文同字与可，见苏洵《与可许惠所画舒景，以诗督之》注〔一〕。以墨为竹：用墨画竹。

〔三〕"今夫受命于天"二句：谓（竹子）接受大自然赋予的生命，在大地上成长。

〔四〕涵濡：滋润，浸渍。元结《补乐歌》之三《云门》："玄云溶溶兮垂雨濛濛，类我圣泽兮涵濡不穷。"

〔五〕解弛：松懈。《汉书·贾山传》："臣恐朝廷之解弛。"此指竹笋脱箨（竹壳）生长。

〔六〕散柯布叶：枝叶散布开来。柯，枝条。

〔七〕逮冬而遂：到了冬天就长成了。

〔八〕婵娟：姿态美好貌。孟郊《婵娟篇》："竹婵娟，笼晓烟。"闲，同"娴"。闲媚，娴雅妩媚。

〔九〕涉：经历。徂变：迁移，变化。徂，消逝。

〔一〇〕均一气于草木：和草木一样同受天地之气。

〔一一〕嗟壤同而性异：谓竹与草木同在土壤中长成而品性不同。

〔一二〕"信物生之自然"二句：确实是万物生长的自然过程，即使是老天爷，能指挥它吗？造化，即造物，古代以为万物都是天创造化育而来，故称天为造物。

〔一三〕青松之煤：以松烟煤做墨。屠隆《考槃余事》卷二："松烟墨深重而不姿媚。"

〔一四〕脱兔之毫：用兔毛制的笔。脱兔，奔逃的兔子。

〔一五〕睥睨：斜视。墙堵：墙壁，可在上画竹。

〔一六〕振洒缯绡：在画布上奋笔挥洒。缯，丝织品的总称。绡，生丝织成的薄绸。这里均指作画用的绢帛。

〔一七〕须臾：一会儿。

〔一八〕郁乎：繁茂貌。萧骚：微风吹拂竹子枝叶发出的声音。

〔一九〕秾纤庳高：有的繁茂（秾），有的纤细，有的矮（庳），有的高。

〔二〇〕窃造物之潜思：（好像）窃取了造物主还没有表现出来的构思。

〔二一〕赋生意于崇朝：赋予早晨的竹子以生命。崇朝，早晨。《诗·卫风·河广》："谁谓宋远，曾不崇朝。"

〔二二〕放：扩展，此作寄托解。

〔二三〕崇山：高山。阳：山南为阳，山北为阴。

〔二四〕庐：结庐居住。修：美好。

〔二五〕漠然：冷淡、不关心的样子。

〔二六〕无概乎予心：不放在心上。概，系念。《后汉书·冯衍传》："千金之富，不得其愿，不概于怀。"

〔二七〕莫：通"暮"。

〔二八〕偃息：卧下休息。

〔二九〕霁：雨停。

〔三〇〕猗猗：秀丽丰满貌。《诗·卫风·淇奥》："绿竹猗猗。"

〔三一〕森乎：茂密貌。

〔三二〕筠：竹子的青皮。苍玉：青色的玉。

〔三三〕澹：淡泊。持：持重。

〔三四〕凄兮：云雨起貌。欲滴：指竹上寒露欲滴。

〔三五〕寂历：寂寞、清静无声。韩偓《曲江晚思》："云物阴寂历，竹木寒青苍。"

〔三六〕眇：高远。掩冉：又作"掩苒"，风吹物靡（倒伏）貌。柳宗元《袁家渴记》："掩苒众草。"

〔三七〕箨：笋壳。

〔三八〕横逸：谓四处生长。逸，奔逸。

〔三九〕绝：穿过，横越。

〔四〇〕子孙：指竹笋。

〔四一〕丛薄：草木丛生的地方。《楚辞·招隐士》："丛薄深林兮人上栗。"

〔四二〕荦确：险峻不平貌。韩愈《山石》："山石荦确行径微。"

〔四三〕"蹇将抽而莫达"二句：蹇，艰难。纷，纷扰。蹇、纷即指"丛薄之余，斤斧所施；山石荦确，荆棘生之"的不良环境。"将抽而莫达"指竹笋将抽芽因环境艰难而不能畅达生长。"既折而犹持"指竹子已经折断了仍能不断生长。

〔四四〕凝冱：凝结。冱，冻结。陂池：池沼。《礼记·月令》："毋漉陂池。"

〔四五〕无赖：同"无奈"，无可奈何。

〔四六〕围：两手拇指和食指合起来的长度。百围，形容竹之大。

〔四七〕苍然：青翠茂盛貌。

〔四八〕凛乎：严冷可畏貌。

〔四九〕自偶：使自己与之（松柏）并列。

〔五〇〕窃：窃取。此意为效取。

〔五一〕忽乎：倏忽，突然。

〔五二〕勃然：奋发貌。兴：起。

〔五三〕天造之无朕：谓天衣无缝。朕，缝隙。

〔五四〕"庖丁"至"读书者与之"：见苏轼《文与可画筼筜谷偃竹记》注〔一四〕、〔一五〕。

〔五五〕其所从为之者异尔：谓万物表现不同而已。

〔五六〕夫子：指文与可。

为兄轼下狱上书〔一〕

苏 辙

　　臣闻困急而呼天，疾痛而呼父母者，人之至情也〔二〕。臣虽草芥之微，而有危迫之恳〔三〕，惟天地父母哀而怜之。

　　臣早失怙恃〔四〕，惟兄轼一人相须为命。今者窃闻其得罪，逮捕赴狱，举家惊号，忧在不测。臣窃思念轼居家在官，无大过恶。惟是赋性愚直〔五〕，好谈古今得失。前后上章论事〔六〕，其言不一。陛下圣德广大，不加谴责。轼狂狷寡虑〔七〕，窃恃天地包含之恩〔八〕，不自抑畏〔九〕。顷年通判杭州及知密州日，每遇物托兴，作为歌诗，语或轻发〔一〇〕。向者曾经臣僚缴进，陛下置而不问〔一一〕。轼感荷恩贷〔一二〕，自此深自悔咎〔一三〕，不敢复有所为，但其旧诗已自传播。臣诚哀轼愚于自信，不知文字轻易〔一四〕，迹涉不逊〔一五〕。虽改过自新，而已陷于刑辟〔一六〕，不可救止。轼之将就逮也，使谓臣曰："轼早衰多病，必死于牢狱，死固分也〔一七〕。然所恨者〔一八〕，少抱有为之志，而遇不世出之主〔一九〕，虽龃龉于当年〔二〇〕，终欲效尺寸于晚节。今遇此祸，虽欲改过自新，洗心以事明主，其道无由。况立朝最孤，左右亲近，必无为言者。惟兄弟之亲，试求哀于陛下而已。"臣窃哀其志，不胜手足之情，故为冒死一言。

　　昔汉淳于公得罪，其女子缇萦请设为官婢，以赎其父，汉文因之遂罢肉刑〔二一〕。今臣蝼蚁之诚〔二二〕，虽万万不及缇萦，而陛下聪明仁圣，过于汉文远甚。臣欲乞纳在身官以赎兄轼，非敢望末减其罪〔二三〕，但得免下狱死为幸。兄轼所犯，若显有文字，必不敢拒抗不承，以重得罪。若蒙陛下哀怜，赦其万死，使得出于牢狱，则死而复生，宜何以报？臣愿与兄轼洗心改过，粉骨报效，惟陛下所使，死而后已。臣不胜孤危迫切，无所告诉，归诚陛下。惟宽其狂妄，特许所乞。臣无任祈天请命，激切陨越之至〔二四〕。

（《栾城集》卷三十五）

注

〔一〕元丰二年（1079）七月乌台诗案发后，苏辙作此书上神宗营救苏轼。文章一开头就呼天抢地，表达苏轼获罪下狱，给自己带来的痛苦和悲伤；接着动之以手足之情，申之以罪有可恕；最后以古喻今，希望神宗像汉文帝为缇萦救父所感那样，"免（苏轼）下狱死"。但对这样一篇哀婉动人的上书，朝廷竟置之不理。苏辙也因此贬监筠州盐酒税。

〔二〕"臣闻困急而呼天"三句：《史记·屈原传》："夫天者，人之始也；父母者，人之本也。人穷则反本，故劳苦倦极，未尝不呼天也；疾痛惨怛，未尝不呼父母也。"

〔三〕恳：请求。

〔四〕怙恃：依靠、凭恃，此代指父母。《诗·小雅·蓼莪》："无父何怙？无母何恃？"后因用"怙恃"为父母的代称。辙父苏洵卒于治平三年（1066），时苏辙年二十八；辙母程氏卒于嘉祐二年（1057），时苏辙年十九。

〔五〕赋性：天性，禀性。

〔六〕前后上章论事：乌台诗案前，苏轼上章论事有：《议学校贡举状》《谏买浙灯状》《上神宗皇帝书》《再上皇帝书》《论河北京东盗贼状》《徐州上皇帝书》《乞医疗病囚状》等。

〔七〕狂狷：狂妄偏激。

〔八〕天地：指皇帝。包含：同"包涵"，宽容、原谅。

〔九〕抑畏：克制畏惧。《尚书·无逸》："厥亦惟我周太王王季，克自抑畏。"

〔一〇〕"顷年通判杭州及知密州日"四句：顷年，近年。苏轼于熙宁四年（1071）至七年通判杭州，熙宁八年至九年知密州。乌台诗案起于御史中丞李定、御史舒亶等弹劾苏轼谤讪朝政，作诗讥刺神宗所行新法，并举苏轼诗二十余首为证，其中不少即作于杭州和密任上，如杭州任上所作《王复秀才所居双桧二首》《山村五绝》。

〔一一〕"向者曾经臣僚缴进"二句：王铚《元祐补录》："沈括素与苏轼同在馆阁，轼论事与时异，补外。括察访两浙，陛辞，神宗语括曰：'苏轼通判杭州，卿其善遇之。'括至杭，与轼论旧，求手录近诗一通，归即笺贴以进，云词旨讪怼。轼闻之，复寄诗刘恕，戏曰：'不忧进了也！'"

〔一二〕感荷恩贷：感谢受到恩惠和宽恕。

〔一三〕悔咎：悔过。咎，过咎，罪咎。

〔一四〕轻易：轻率，简慢。

〔一五〕不逊：不恭敬。

〔一六〕刑辟：刑法。《说文·辟部》："辟，法也。"

〔一七〕死固分也：死本来就是该得的。

〔一八〕恨：遗恨，遗憾。

〔一九〕不世出之主：不是每个时代都能出现的君主。

〔二○〕虽龃龉于当年：龃龉，上下齿不相配合，比喻不合、不融洽。熙宁初，苏轼两次上书神宗，全面反对新法。新党怒，谢景温诬奏苏轼居丧期间贩运私盐。司马光奏对垂拱殿，神宗谕曰："苏轼非佳士，卿误知之。"光曰："安石素恶轼，陛下岂不知安石以姻家为鹰犬，使攻之？"不久，苏轼就被命出任杭州通判。（见《苏诗总案》卷六）

〔二一〕"昔汉淳于公得罪"四句：淳于公指汉太仓令淳于意，缇萦是其幼女。汉文即汉文帝。意获罪，缇萦"上书：'妾父为吏，齐中称其廉平，今坐罪当刑。妾切痛死者不可复生，而刑者不可复续，虽欲改过自新，其道莫由，终不可得。妾愿入身为官婢，以赎父刑罪，使得改行自新也。'书闻，上（汉文帝）悲其意，此岁中亦除肉刑法"（《史记·仓公列传》）。婢，女奴。古代罪人的眷属没入官为婢。肉刑，一般指切断肢体或割裂肌肤的墨、劓、剕、宫等刑法。

〔二二〕蝼蚁：蝼蛄和蚂蚁，喻无足轻重。

〔二三〕末减：定罪后减刑。《左传·昭公十四年》："三数叔鱼之恶，不为末减。"杜预注："末，薄也；减，轻也。"

〔二四〕"臣无任祈天请命"二句：古代奏议末的套语。无任，犹不胜。陨越，《国语·齐语》："恐陨越于下，以为天下羞。"意为失职，此有情急的意思。

附录

储欣：兄弟急难，不可不存。序长公所以得罪，吐茹宜玩。（《栾城先生全集录》卷二）

答黄庭坚书[一]

苏 辙

辙之不肖，何足以求交于鲁直？然家兄子瞻与鲁直往还甚久[二]，辙与鲁直舅氏公择相知不疏[三]，读君之文，诵其诗，愿一见者久矣。性拙且懒，终不能奉咫尺之书致殷勤于左右。乃使鲁直以书先之[四]，其为愧恨可量也。

自废弃以来[五]，颓然自放，顽鄙愈甚。见者往往嗤笑，而鲁直犹有以取之[六]。观鲁直之书所以见爱者，与辙之爱鲁直无异也。然则书之先后，不君则我，未足以为恨也。

比闻鲁直吏事之余，独居而蔬食，陶然自得[七]。盖古之君子不用于世，必寄于物以自遣。阮籍以酒[八]，嵇康以琴[九]，阮无酒，嵇无琴，则其食草木而友麋鹿有不安者矣。独颜氏子饮水啜菽，居于陋巷，无假于外而不改其乐，此孔子所以叹其不可及也[一〇]。今鲁直目不求色，口不求味，此其中所有过人远矣，而犹以问人[一一]，何也？闻鲁直喜与禅僧语，盖聊以是探其有无耶？渐寒，比日起居甚安。惟以时自重。

（《栾城集》卷二十二）

注

〔一〕元丰三年（1080）贬官筠州时作，时黄庭坚知吉州太和县，与筠州相距不远。黄庭坚：见苏轼《答李端叔书》注〔一〇〕。这封信以信笔抒意，曲折顿挫见长。首段写慕黄已久而先得黄书，甚为愧恨；次段写黄之慕己，彼此互爱，书之先后，未足为恨，又取消了自己的问题；末段以阮籍、嵇康为反衬，以颜回比黄，颂黄之为人，实际是进一步写"爱鲁直"之因。

〔二〕然家兄子瞻与鲁直往还甚久：苏轼与黄庭坚直接有书信往来开始于元丰元年

（1078）三月徐州任上，时黄庭坚自京城上书苏轼，并献《古风二首》。苏轼有《答黄鲁直书》："轼始知足下诗文于孙莘老之座上……其后过李公择于济南，则见足下之诗文愈多。……今者辱书词累幅，执礼甚恭，如见所畏者，何哉！"

〔三〕辙与鲁直舅氏公择相知不疏：李常字公择，见苏轼《李氏山房藏书记》注〔一〕。黄庭坚为其外甥。熙宁初为秘阁校理，王安石与之善，用作三司条例司检详官，改右正言、知谏院，因反对王安石的青苗法，出任滑州通判，知鄂、湖、齐等州。苏辙与李于熙宁初在朝任职时即相知，熙宁九年（1076）辙任齐州掌书记时，李任知州，二人唱和颇多，有"故人赠答无千里，好事安排巧一时"（《次韵李公择以惠泉答章子厚新茶二首》）之句。

〔四〕乃使鲁直以书先之：指黄庭坚《寄苏子由书》。

〔五〕自废弃以来：指元丰二年（1079）十二月贬监筠州盐酒税。

〔六〕而鲁直犹有以取之：黄庭坚《寄苏子由书》称美苏辙说："诵执事之文章，而愿见二十余年矣。……执事治气养心之美，大德不逾，小物不废，沉潜而乐易，致曲以遂直，欲亲之不可媒，欲疏之不能忘。虽形迹阔疏，而平生咏叹如千载寂寥，闻伯夷、柳下惠之风而动心者然。"

〔七〕"比闻鲁直吏事之余"三句：孙升《孙公谈圃》卷下："后妻死，作《发愿文》，绝嗜欲，不御酒肉。"

〔八〕阮籍以酒：参苏轼《放鹤亭记》注〔一七〕。

〔九〕嵇康以琴：嵇康（224—263），字叔夜，谯郡铚（今安徽宿县西南）人，三国魏文学家。善鼓琴，以弹《广陵散》著名；曾作《琴赋》，对琴的奏法和表现力，作了细致而生动的描写。

〔一〇〕"独颜氏子饮水啜菽"四句：参见苏辙《上两制诸公书》注〔六二〕。

〔一一〕而犹以问人：黄庭坚《寄苏子由书》："恭惟闻道先我，为世和、扁，有病于此，初固闻而知之，因来尚赐药石之诲，抱疾呻吟，仁者哀怜。"

附录

茅坤：雅致。（《苏文定公文钞》卷五）

储欣：有见道语。（《栾城先生全集录》卷一）

庐山栖贤寺新修僧堂记〔一〕

苏 辙

元丰三年余得罪迁高安〔二〕，夏六月过庐山〔三〕，知其胜而不敢留。留二日，涉其山之阳〔四〕，入栖贤谷〔五〕。谷中多大石，㟑嶪相倚〔六〕。水行石间，其声如雷霆，如千乘车行者，震掉不能自持〔七〕，虽三峡之险不过也〔八〕，故其桥曰"三峡"〔九〕。渡桥而东，依山循水，水平如白练〔一〇〕，横触巨石，汇为大车轮，流转汹涌，穷水之变。院据其上流，右倚石壁，左俯流水。石壁之趾〔一一〕，僧堂在焉。狂峰怪石，翔舞于檐上。杉松竹箭，横生倒植，葱蒨相纠〔一二〕。每大风雨至，堂中之人疑将压焉。问之习庐山者，曰：虽兹山之胜，栖贤盖以一二数矣。

明年，长老智迁使其徒惠迁调余于高安〔一三〕，曰："吾僧堂自始建至今六十年矣，瓦败木朽，无以待四方之客。惠迁能以其勤力新之，完壮邃密〔一四〕，非复其旧，愿为文以志之。"余闻之，求道者非有饮食、衣服、居处之求，然使其饮食得充，衣服得完，居处得安，于以求道而无外扰，则其为道也轻〔一五〕。此古之达者所以必因山林筑室庐，畜蔬米，以待四方之游者，而二迁之所以置力而不懈也〔一六〕。夫士居于尘垢之中，纷纭之变日遘于前〔一七〕，而中心未始一日忘道〔一八〕。况乎深山之崖，野水之垠〔一九〕，有堂以居，有食以饱，是非荣辱不接于心耳，而忽焉不省也哉〔二〇〕？孔子曰："朝闻道，夕死可矣。"〔二一〕今夫骈骛乎欲学而不闻大道〔二二〕，虽勤劳没齿〔二三〕，余知其无以死也〔二四〕。苟一日闻道，虽即死无余事矣。故余因二迁之意，而以告其来者，夫岂无人乎哉？

四年五月初九日眉阳苏辙记〔二五〕。

（《栾城集》卷二十三）

·苏 辙·

注

〔一〕元丰四年（1081）监筠州盐酒税时，应庐山栖贤寺长老智迁之请作。栖贤寺：初建于南齐永明七年（489），原址在今江西二十里处。唐宝历初，刺史李渤把它迁置入庐山。相传李渤曾在此读书，故名"栖贤寺"。《记》的第一段首写栖贤谷水石相击之声如雷霆巨响、千乘车行；次写水石相击汹涌流转，如大车轮之状；再写僧院倚石俯江的险要位置；最后写僧堂的阴森可怖，怪石翔舞，松竹倒植，大有石将崩而堂将压之势。第二、三段交代写作缘由和时间，并赞扬智迁、惠迁二僧"置力而不懈"的求道精神。就状物写景而言，苏辙的赋当以《黄楼赋》为第一，记则当以此篇为冠冕。苏轼《与李公择书》云："子由近作《栖贤堂记》，读之惨懔，觉崩崖飞瀑逼人寒栗。"《跋子由栖贤堂记》："读之便如在堂中，见水石阴森，草木胶葛。"

〔二〕元丰三年余得罪迁高安：见苏辙《武昌九曲亭记》注〔一〕。高安，即筠州。

〔三〕夏六月过庐山：元丰三年（1080）夏六月苏辙赴筠州贬所，途经江州（今江西九江），游庐山，有《江州五咏》《游庐山山阳七咏》等诗。

〔四〕阳：山的南面。

〔五〕栖贤谷：庐山三大谷之一，栖贤寺即在谷中。

〔六〕岌嶪：高耸貌。张衡《西京赋》："状巍峨以岌嶪。"

〔七〕震掉：震颤。《宋史·乐志一》："乃试考击，钟声拿郁震掉，不和滋甚。"

〔八〕三峡：此指长江三峡，即瞿塘峡、巫峡、西陵峡。

〔九〕故其桥曰"三峡"：三峡桥又叫栖贤桥，位于栖贤谷中，建于宋大中祥符七年（1014），是江西省境内最早的一座大型石拱桥，至今保存完好。苏辙《游庐山山阳七咏·三峡石桥》："三峡波涛饱溯沿，过桥雷电记当年。江声仿佛瞿唐口，石角参差滟滪前。"

〔一〇〕练：洁白的熟绢，多用以形容江水。

〔一一〕趾：脚趾，石壁之趾谓石壁之底部。

〔一二〕葱蒨：苍翠茂盛貌。

〔一三〕智迁、惠迁：事迹不详。

〔一四〕完壮邃密：完备雄壮、深邃精致。

〔一五〕轻：轻松容易。

〔一六〕二迁：指智迁、惠迁。

〔一七〕遘：遇。

〔一八〕中心：即心中。

〔一九〕垠：边际，尽头。

〔二〇〕忽焉不省：恍惚，不明白。

〔二一〕"朝闻道"二句：语见《论语·里仁》。

〔二二〕骋骛：疾趋，追逐。俗学：世俗文学，苏轼兄弟有时又称为时学，当时指王安石推行的新学。

〔二三〕没齿：犹言没世，一辈子。

〔二四〕以：缘由。无以死也：谓死得没有缘由，没有价值，即不是闻道而死。

〔二五〕眉阳：即眉山。

附录

王士禛：颍滨《栖贤寺记》造语奇特，虽唐作者如刘梦得（禹锡）、柳子厚（宗元）妙于语言，亦不能过之。……予游庐山至此，然后知其形容之妙，如丹青画图，后人不能及也。（《带经堂诗话》卷三）

武昌九曲亭记〔一〕

苏 辙

　　子瞻迁于齐安，庐于江上〔二〕。齐安无名山，而江之南武昌诸山陂陁蔓延〔三〕，涧谷深密，中有浮图精舍〔四〕。西曰西山，东曰寒溪〔五〕。依山临壑，隐蔽松枥〔六〕，萧然绝俗〔七〕，车马之迹不至。每风止日出，江水伏息〔八〕，子瞻杖策载酒〔九〕，乘渔舟乱流而南〔一〇〕。山中有二三子好客而喜游，闻子瞻至，幅巾迎笑〔一一〕，相携倘佯而上〔一二〕，穷山之深，力极而息，扫叶席草，酌酒相劳，意适忘反，往往留宿于山上。以此居齐安三年〔一三〕，不知其久也。

　　然将适西山，行于松柏之间，羊肠九曲而获少平〔一四〕，游者至此必息。倚怪石，荫茂木，俯视大江，仰瞻陵阜〔一五〕，旁瞩溪谷，风云变化，林麓向背〔一六〕，皆效于左右〔一七〕。有废亭焉，其遗址甚狭，不足以席众客〔一八〕。其旁古木数十，其大皆百围千尺，不可加以斤斧。子瞻每至其下，辄睥睨终日〔一九〕。一旦，大风雷雨拔去其一，斥其所据〔二〇〕，亭得以广。子瞻与客入山，视之笑曰："兹欲以成吾亭耶？"遂相与营之。亭成而西山之胜始具，子瞻于是最乐。

昔余少年从子瞻游，有山可登，有水可浮，子瞻未始不褰裳先之〔二一〕。有不得至，为之怅然移日〔二二〕。至其翩然独往，逍遥泉石之上，撷林卉〔二三〕，拾涧实〔二四〕，酌水而饮之，见者以为仙也。盖天下之乐无穷，而以适意为悦。方其得意，万物无以易之；及其既厌，未有不洒然自笑者也〔二五〕。譬之饮食杂陈于前，要之一饱而同委于臭腐〔二六〕。夫孰知得失之所在？惟其无愧于中，无责于外，而姑寓焉〔二七〕。此子瞻之所以有乐于是也。

（《栾城集》卷二十四）

注

〔一〕元丰五年（1082）监筠州盐酒税时作。元丰二年苏辙因上书营救苏轼，贬监筠州盐酒税。次年赴贬所途中，与苏轼会于黄州，并同游武昌（今湖北鄂城）西山，有《黄州陪子瞻游武昌西山》诗。元丰五年，苏轼建武昌九曲亭，苏辙作此记。九曲亭在武昌县西九曲岭上。文章首段写武昌诸山萧然秀丽的景色和苏轼乐游忘返；次段写游西山，建九曲亭，苏轼最乐；末段说明苏轼之乐在于"无愧于中，无责于外"，"而以适意为悦"。全文以"乐"字为中心，表现了苏轼不以贬谪为患而纵情山水的情怀。

〔二〕"子瞻迁于齐安"二句：迁，调动官职，此指贬谪。齐安即黄州。庐，结庐居住。苏轼于元丰三年（1080）二月贬官至黄州，初居定惠院，不久迁居城南临皋亭。苏轼《与范子丰书》："临皋亭下不数十步，便是大江。"苏轼《与朱康叔书》："已迁居江上临皋亭。"故云"庐于江上"。

〔三〕陂陁：倾斜而下貌。司马相如《子虚赋》："其山……罢池陂陁，下属江河。"此谓山势起伏。

〔四〕浮图：梵文译音，指佛教徒。精舍：僧、道居住或讲道说法的地方。《晋书·孝武帝纪》："帝初奉佛法，立精舍于殿内。"

〔五〕"西曰西山"二句：《清一统志》："樊山在武昌县西，一名袁山，一名来山，一名西山，一名寿昌山，一名樊冈，上有九曲岭。寒溪在武昌县西樊山下。"又《寰宇记》："鄂州武昌县：樊山在州西一百七十二里，山东十步有冈，冈下有寒溪。"

〔六〕枥：木名，即"栎"。韩愈《山石》："时见松枥皆十围。"

〔七〕萧然：清静寂寥貌。

〔八〕江水伏息：谓江上没有波涛。伏息，藏匿。《汉书·礼乐志》："奸伪不萌，妖孽伏息。"

〔九〕杖策：又作"策杖"，拄着拐杖。白行简《李娃传》："十旬，方杖策而起。"

〔一〇〕乱：横渡。《书·禹贡》："乱于河。"孔安国传："绝流曰乱。"

〔一一〕幅巾：用绢一幅束发，一种儒雅的装束。《后汉书·鲍永传》："悉罢兵，但幅巾，与诸将及同心客百余人诣河内。"李贤注："谓不著冠，但幅巾束首也。"

〔一二〕徜徉：自由自在地来往。

〔一三〕居齐安三年：苏轼自元丰三年二月到达黄州贬所，至元丰五年刚好三年。

〔一四〕羊肠：形容迂回狭窄的路。曹操《苦寒行》："羊肠坂诘屈，车轮为之摧。"少：通"稍"。

〔一五〕陵：大土山。阜：土山。《诗·小雅·天保》："如山如阜，如冈如陵。"陵阜泛指山。

〔一六〕麓：山脚。向背：正反两面。

〔一七〕效：献出，引申为呈献。

〔一八〕席众客：古人席地而坐，此谓供众客坐。

〔一九〕睥睨：侧目观察。《史记·魏其武安侯列传》："睥睨两宫间，幸天下有变。"此暗写苏轼观察地形，准备改建废亭。

〔二〇〕斥：开拓。所据：所占的地方。

〔二一〕褰：抠，揭起。《诗·郑风·褰裳》："褰裳涉溱。"

〔二二〕移日：过了一天。

〔二三〕撷林卉：采摘林中花卉。

〔二四〕拾涧实：拾取山涧中的野果。

〔二五〕洒然：诧异貌。《庄子·庚桑楚》："吾洒然异之。"

〔二六〕委：委弃。

〔二七〕姑寓焉：姑且寄托情怀于此，指纵情山水。

附录

茅坤：情兴、心思俱入佳处。（《苏文定公文钞》卷十九）

储欣：小品之冠。风流在摩诘（王维）、乐天（白居易）之间。（《栾城先生全集录》卷一）

吴至父：此文后幅实为超妙，而前之叙次颇繁。（《古文辞类纂评注》卷五十六引）

黄州快哉亭记[一]

苏 辙

江出西陵[二]，始得平地。其流奔放肆大[三]，南合湘、沅[四]，北合汉、沔[五]，其势益张[六]。至于赤壁之下[七]，波流浸灌，与海相若[八]。清河张君梦得谪居齐安[九]，即其庐之西南为亭，以览观江流之胜，而余兄子瞻名之曰"快哉"。

盖亭之所见，南北百里，东西一舍[一〇]，涛澜汹涌，风云开阖[一一]。昼则舟楫出没于其前，夜则鱼龙悲啸于其下。变化倏忽[一二]，动心骇目，不可久视。今乃得玩之几席之上[一三]，举目而足。西望武昌诸山[一四]，冈陵起伏，草木行列，烟消日出，渔夫樵父之舍，皆可指数[一五]，此其所以为快哉者也。至于长洲之滨[一六]，故城之墟[一七]，曹孟德、孙仲谋之所睥睨[一八]，周瑜、陆逊之所骋骛[一九]，其流风遗迹，亦足以称快世俗。

昔楚襄王从宋玉、景差于兰台之宫，有风飒然至者，王披襟当之曰："快哉此风，寡人所与庶人共者耶？"宋玉曰："此独大王之雄风耳，庶人安得共之？"[二〇]玉之言盖有讽焉。夫风无雌雄之异，而人有遇不遇之变。楚王之所以为乐，与庶人之所以为忧，此则人之变也，而风何与焉？士生于世，使其中不自得[二一]，将何往而非病？使其中坦然，不以物伤性[二二]，将何适而非快[二三]？今张君不以谪为患，窃会计之余功[二四]，而自放山水之间，此其中宜有以过人者。将蓬户瓮牖无所不快[二五]，而况乎濯长江之清流[二六]，揖西山之白云[二七]，穷耳木之胜以自适也哉？不然，连山绝壑，长林古木，振之以清风，照之以明月，此皆骚人思士之所以悲伤憔悴而不能胜者[二八]，乌睹其为快也哉？元丰六年十一月朔日赵郡苏辙记[二九]。

（《栾城集》卷二十四）

注

〔一〕元丰六年（1083）谪监筠州（治所在今江西省高安县）盐酒税时作。《黄冈县志·古迹》："快哉亭，在城南。"文章首段由江写到亭，点出黄州快哉亭。次段写快哉亭之所以为快，固然在于长江、西山之景"得玩之几席之上"，在于"足以称快世俗"的赤壁之战的流风遗迹，说明了"快哉亭"命名的意义。末段从楚襄王所谓的"快哉此风"之快说起，揭示了只有"不以物伤性"，"不以谪为患"，才能无往而不快，深化了文章主题。苏辙贬官筠州，在政治上很不得意，本文反映了他不以得失为怀的思想感情。全文雄放而有风致，笔势纡徐而条畅，汪洋淡泊中贯注着不平之气。

〔二〕江：长江。西陵：即西陵峡，长江三峡之一，西起湖北省巴东县，东至宜昌县。

〔三〕肆大：水流无阻，水势浩大。

〔四〕湘、沅：湘江和沅江，在今湖南省，北入洞庭湖，在长江汇合。

〔五〕汉、沔：本一水，流经沔县称沔水，至汉中称汉水，流经湖北省西北部至武汉市入长江。

〔六〕张：开廓。

〔七〕赤壁：见苏轼《赤壁赋》注〔一〕。

〔八〕相若：相似。

〔九〕清河：今河北清河县。张君梦得：即张怀民，见苏轼《记承天寺夜游》注〔三〕。齐安：即黄冈。

〔一〇〕一舍：三十里。《左传·僖公二十三年》："晋、楚治兵，遇于中原，其辟（避）君三舍。"贾逵注："三舍，九十里也。"（《春秋左传贾服注辑述》卷七）

〔一一〕阖：同"合"。开阖：犹言变化。

〔一二〕倏忽：急速。

〔一三〕玩：玩赏。几：矮小的桌子，用以搁置物件和凭靠。席：古人坐卧之具。《史记·礼书》："床第几席，所以养体也。"

〔一四〕武昌：见苏轼《赤壁赋》注〔二〇〕。

〔一五〕指数：一一指点计算。

〔一六〕长洲：苏轼《东坡志林·记樊山》："自余所居临皋亭下，乱流而西，泊于樊山，为樊口。……其上为卢洲。孙仲谋泛江遇大风，柂师请所之，仲谋欲往卢洲。其仆谷利以刀拟柂师，使泊樊口。遂自樊口凿山通路归武昌。"疑长州即指卢洲。一说长洲为泛指。

〔一七〕故城：指孙权的故都。《水经注》卷三十五《鄂县北》引《九州记》云："鄂，今武昌也。孙权以黄初元年自公安徙此，曰武昌。"又苏轼《次韵乐著作野步》诗自注云："黄州对岸武昌有孙权故宫。"墟：废墟。

〔一八〕睥睨：侧目斜视。此谓窥视争夺。

〔一九〕陆逊：字伯言，三国时吴将。《三国志·吴志·孙权传》载黄龙元年（229）"征上大将军陆逊辅太子登，掌武昌留事"。又载赤乌四年（241）"秋八月陆逊城邾"（黄冈为古邾城）。骋骛：疾趋，追逐。

〔二〇〕"昔楚襄王从宋玉"至"庶人安得共之"：见宋玉《风赋》（文字略异）。吕向注："《史记》云：宋玉，郢人也，为楚大夫。时襄王骄奢，故宋玉作此赋以讽之。"《史记·屈原贾生列传》："屈原既死之后，楚有宋玉、唐勒、景差之徒者，皆好辞而以赋见称。"兰台，今湖北省钟祥市东。飒然，风声。披襟，敞开衣襟。

〔二一〕中：心中。

〔二二〕不以物伤性：不因为身外之物（如荣辱得失）而伤害其本性。

〔二三〕何适：与前"何往"并举，意思相近。

〔二四〕窃会计之余功：谓任职之余偷闲。会计，掌赋税钱谷等事物。张梦得贬官黄州的官职不详，从此看似为主簿一类的小官。

〔二五〕蓬户瓮牖：语见《礼记·儒行》。孔颖达疏："蓬户，谓编蓬为户。又以蓬塞门谓之蓬户。瓮牖者，谓牖窗圆如瓮口也。又云以败瓮口为牖。"

〔二六〕濯：洗涤。左思《咏史》之五："振衣千仞冈，濯足万里流。"

〔二七〕揖西山之白云：向西山白云致敬。揖，拱手为礼。西山，即樊山，在鄂县西，见苏辙《武昌九曲亭记》注〔五〕。

〔二八〕骚人：指忧伤的诗人。思士：感慨极深之人。胜：承受。

〔二九〕朔日：阴历每月初一。赵郡：苏辙的祖先为赵郡栾城（今河北藁城县）人。

附录

茅坤：入宋调而其风旨自佳。（《苏文定公文钞》卷十九）

储欣：反掉佳。（《栾城先生全集录》卷一）

吴楚材、吴调侯：前幅握定"快哉"二字洗发，后幅俱从谪居中生意，文势汪洋，笔力雄壮，读之令心胸旷达，宠辱都忘。（《古文观止》卷十一）

汝州杨文公诗石记〔一〕

苏　辙

祥符六年，杨公大年以翰林学士请急还阳翟省亲疾，继称病求解官〔二〕。章圣皇帝以其才高名重，排群议，贷不加罪〔三〕。逾年，以秘书监知汝州〔四〕。

公至汝，常称病，以事付僚吏，以文墨自娱，得诗百余篇。既还朝〔五〕，汝人刻之于石。皇祐中〔六〕，郡守王君为建思贤亭于北园之东偏〔七〕。绍圣元年四月，予自门下侍郎得罪出守兹土，时亭弊已甚，诗石散落，亡者过半。取公《汝阳编》诗而刻之〔八〕，乃增广思贤，龛石于左右壁。

呜呼！公以文学鉴裁，独步咸平、祥符间〔九〕，事业比唐燕、许无愧〔一〇〕，所与交皆贤公相，一时名士多出其门〔一一〕。然方其时，则已有流落之叹〔一二〕。既没十有五年〔一三〕，声名犹籍籍于士大夫〔一四〕，而思贤废于隶舍马厩之后〔一五〕，诗石散于高台华屋之下矣。凡假外物以为荣观，盖不足恃，而公之清风雅量〔一六〕，固自不随世磨灭耶？然予独拳拳未忍其委于荒榛野草〔一七〕，而复完之〔一八〕，抑非陋欤？抑非陋欤？

（《栾城后集》卷二十一）

注 ————————————————————————————————————

〔一〕绍圣元年（1094）知汝州时作。杨文公：即杨亿（947—1020），字大年，仁宗时追谥为"文"，建州浦城（今属福建）人。亿幼聪颖，七岁能属文，十一岁时太宗召试词艺，授秘书省正字。淳化中赐进士及第，直集贤院。真宗时拜左正言，官至翰林学士、户部侍郎。亿为人刚介耿直，工文章，诗学李商隐，辞藻华丽，号"西昆体"。杨亿曾知汝州，作诗百余篇，还朝后，汝人刻其诗于石，并为他建思贤亭。苏辙贬官汝州时，亭已很破败，诗石亦散失过半，于是重刻杨亿汝州诗，增广思贤亭，龛诗石于亭壁，并作此记。这篇文章高度评价杨亿的人品和他在文学史上的地位，赞扬他乐于奖掖后进的精神，并为他生前屡遭谗毁鸣不平——这与苏辙兄弟的境遇颇有相似之处，所以这篇《记》写得很动感情。

〔二〕"祥符六年"三句：《宋史·杨亿传》："亿有别墅在阳翟，亿母往视之，因得疾，请归省，不待报而行。上亲缄药剂，加金帛以赐。亿素体羸，至是，以病闻，请解官。"又范镇《东斋记事》卷一谓杨亿"省亲疾"只是借口："初，真皇欲立庄献为皇后，（杨）文公不草诏，庄献既立，不自安，乃托母疾而行。"祥符六年，宋真宗大中祥符六年（1013）。阳翟，今河南禹县。省，探望，问候。

〔三〕"章圣皇帝以其才高名重"三句：《宋史·杨亿传》载祥符五年杨亿"以久疾，求解近职，优诏不许，但权免朝直。亿刚介寡合……当时文士，咸赖其题品，或被贬议者，退多怨诽。王钦若骤贵，亿素薄其人，钦若衔之，屡抉其失；陈彭年方以文忠售进，忌亿名出其右，相与毁誉。上（真宗）素重亿，皆不惑其说"。章圣皇帝，即宋真宗。贷，饶恕，宽免。

〔四〕"逾年"二句：《宋史·杨亿传》："《册府元龟》（杨亿与王钦若同修）成，进秩秘书监。（祥符）七年，病愈，起知汝州。"

〔五〕既还朝：《宋史·杨亿传》："会加上玉皇圣号，表求陪预，即代还，以为参详仪制副使，知礼仪院，判秘阁太常寺。"《宋史·真宗纪》：大中祥符七年九月"辛卯尊上玉皇圣号"。又八年春正月壬午朔，谒玉清昭应宫，"奉表告尊上玉皇大天帝圣号"。可见杨亿还朝当在大中祥符七年九月至八年正月之间。

〔六〕皇祐：宋仁宗年号（1049—1054）。

〔七〕郡守王君：《正德汝州志》卷二："宋祥符中知州杨亿有贤名，后王珣瑜继守，思之，因建此亭。"宋庠《元宪集》卷二十四有《签书西京留守判官厅公事王珣瑜可太子右赞善大夫制》，《欧阳文忠公集》卷八十一有《殿中丞王珣瑜磨勘改官制》，余不详。

〔八〕《汝阳编》：指杨亿《汝阳集》，已佚。

〔九〕"公以文学鉴裁"二句：《宋史·杨亿传》："亿天性颖悟，自幼及终，不离翰墨。文格雄健，才思敏捷，略不凝滞，对客谈笑，挥翰不辍。精密有规裁，善细字起草，一幅数千言，不加点窜，当时学者，翕然宗之。"鉴裁，鉴赏，识别。此意为长于观察和衡量他人的文才。咸平、祥符，皆宋真宗年号。

〔一○〕燕、许：指唐大臣张说、苏颋。张封燕国公，苏袭封许国公。《新唐书·苏颋传》："自景龙后，与张说以文章显，称望略等，故时号燕、许大手笔。"

〔一一〕一时名士多出其门：《宋史·杨亿传》谓杨亿"喜诲诱后进，以成名者甚众。人有片辞可纪，必为讽颂。手集当世之述作，为《笔苑时文录》数十篇"。

〔一二〕流落之叹：杨亿因为人耿介，多次被命出任地方官，其《偶书》诗云："朱轮远守未成欢，薄宦令人意渐阑。……已是三年不闻问，何如归去把鱼竿！"

〔一三〕既没十有五年：疑当作"七十有五"，脱"七"字。自杨亿去世（1020）至苏辙知汝（1094）恰为七十五年。但诸本皆作"十有五年"，故不擅改。

〔一四〕籍籍：交横众多貌。此形容其名声之盛。

〔一五〕隶舍：奴仆住处。马厩：马圈。

〔一六〕公之清风雅量：苏轼在《议学校贡举状》中也称杨亿为"忠清鲠亮之士"。

〔一七〕拳拳：牢握不舍，引申为恳切。委：弃。榛：树丛。

〔一八〕完：修治。

汝州龙兴寺修吴画殿记〔一〕

苏 辙

予先君宫师平生好画，家居甚贫，而购画常若不及〔二〕。予兄子瞻少而知画，不学而得用笔之理。辙少闻其余〔三〕，虽不能深造之，亦庶几焉〔四〕。

凡今世自隋、晋以上，画之存者无一二矣。自唐以来，乃时有见者。世之志于画者，不以此为师，则非画也。予昔游成都〔五〕，唐人遗迹遍于老、佛之居〔六〕。先蜀之老有能评之者，曰画格有四，曰能、妙、神、逸〔七〕。盖能不及妙，妙不及神，神不及逸。称神者二人，曰范琼〔八〕、赵公祐〔九〕；而称逸者一人，孙遇而已〔一○〕。范、赵之工，方圆不以规矩〔一一〕，雄杰伟丽，见者皆知爱之。而孙氏纵横放肆，出于法度之外，循法者不逮其精，有从心不逾矩之妙〔一二〕。于眉之福海精舍为《行道天王》〔一三〕，其记曰："集润州高座寺张僧繇。"〔一四〕予每观之，辄叹曰："古之画者必至于此，然后为极欤！"其后东游至岐下〔一五〕，始见吴道子画〔一六〕，乃惊曰："信矣，画必以此为极也！"盖道子之迹，比范、赵为奇，而比孙遇为正，其称画圣，抑以此耶〔一七〕？

绍圣元年四月，予以罪谪守汝阳〔一八〕，间与通守李君纯绎游龙兴寺〔一九〕，观华严小殿，其东西夹皆道子所画〔二○〕。东为维摩、文殊，西为佛成道〔二一〕，比岐下所见，笔迹尤放。然屋瓦弊漏，涂栈缺弛，几侵于风雨。盖事之精不可传者，常存乎其人。人亡而迹存，达者犹有以知之。故道子得之隋、晋之际，而范、赵得之道子之后。使其迹亡，虽有达者，尚谁发之？时有僧惠真方葺寺大殿〔二二〕，乃喻使先治此，予与李君亦少助焉〔二三〕。不逾月，坚完如新。于殿埃之中得记曰〔二四〕："治平丙午苏氏惟政所葺。"〔二五〕众异之，曰："前后葺此皆苏氏，岂偶然也哉？"惠真治石请记。五月二十五日。

（《栾城后集》卷二十一）

注

〔一〕汝州：今河南临汝。吴画殿：指有吴道子画的汝州龙兴寺华严小殿。本文写作时间及背景已见文中。此《记》主要论画。苏辙赞成"画格有四（能、妙、神、逸）"的评画标准，认为其中的神，特别是逸是最难达到的。从苏辙的具体解释看，所谓神就是"方圆不以规矩"，随手画来都能酷似。所谓逸就是放逸，就是"纵横放肆，出于法度之外"而又不逾法度，即所谓"从心不逾矩"。前者偏于正，后者偏于奇。而苏辙最钦赏的是二者的结合，认为吴道子之所以被称为"画圣"，就在于兼有二者。

〔二〕"予先君宫师平生好画"三句：苏轼《四菩萨阁记》："始吾先君于物无所好，燕居如斋，言笑有时。顾尝嗜画，弟子门人无以悦之，则争致其所嗜，庶几一解其颜。故虽为布衣，而致画与公卿等。"先君，已去世的父亲。宫师，东宫太师，即太子太师，苏洵后追赠太子太师。若不及，好像怕赶不上，形容购画心情迫切。

〔三〕其余：谦辞，指父、兄论画的次要部分。

〔四〕庶几：近似，差不多。此谓差不多与父、兄一样嗜画。苏辙《王维吴道子画》："我非画中师，偶亦识画理。"

〔五〕予昔游成都：苏辙游成都，见于记载的，一在嘉祐元年（1056）赴京应试时路过成都，一在嘉祐三年（1058）居母丧期间去成都拜谒赵抃。成都离眉山甚近，游成都当不止这两次。

〔六〕老、佛之居：指道观、佛寺。

〔七〕"先蜀之老有能评之者"三句：蜀之老指宋初黄休复，字归本，籍里不详，疑为蜀人。著《益州名画录》三卷，载录唐乾元初至北宋乾德间在蜀画家五十八人，分逸、神、妙、能四格，逸格一人，神格二人，妙格二十八人，能格二十七人。妙、能二格又各分上、中、下三品。

〔八〕范琼：唐代画家，流寓成都，以善画人物佛像著称。

〔九〕赵公祐：唐代画家，长安（今陕西西安）人，寓蜀，工人物画，尤善画佛像鬼神。

〔一〇〕孙遇：即孙位，见苏轼《书蒲永升画后》注〔四〕。

〔一一〕方圆不以规矩：不用规和矩校正方和圆。规、矩，古代校正圆形和方形的两种工具。

〔一二〕从心不逾矩：《论语·为政》："子曰：'吾十有五而志于学，三十而立，四十而不惑，五十而知天命，六十而耳顺，七十而从心所欲，不逾矩。'"谓顺心所欲而又不越出规矩（法度）。

〔一三〕"于眉之福海精舍"句：《益州名画录》卷上："悟达国师请（孙遇）于眉州福海院画《行道天王》。"眉，眉州，今四川省眉山市。精舍，僧教徒居住或讲道说法之处。行道天王：佛家所谓护法神四大天王之一，名北方毗沙门天王（一名多闻天王）。

〔一四〕集润州高座寺张僧繇：《行道天王》题记内容不详出处，但《益州名画录》卷上说："昭觉寺休梦长老请（孙遇）画《浮沤先生、松石、墨竹》一堵，仿润州高座寺张僧繇《战胜》一堵。"可见孙遇是学张僧繇的。润州，今江苏镇江。张僧繇，南朝梁画家，擅长人物画和宗教画。

〔一五〕岐下：岐山（在今陕西省岐山县东北）之下。嘉祐元年（1056）苏辙兄弟入京应试，曾途经这一地区，苏轼《凤鸣驿记》有"丙申岁举进士过扶风"语，苏辙《次韵子瞻太白山下早行题崇寿院》有"据我应梦我，联骑昔尝曾"语。

〔一六〕始见吴道子画：凤翔普门寺和开元寺有吴道子画，苏轼《王维吴道子画》："何处访吴画？普门与开元。"吴道子，见苏轼《书吴道子画后》注〔一〕。

〔一七〕抑以此耶：抑或因为这个原因吧。

〔一八〕"绍圣元年四月"二句：绍圣元年（1094）三月廷策进士，李邦直撰策题，历诋元祐之政。苏辙上疏复奏，予以反驳，哲宗不悦。苏辙以门下侍郎出知汝州，四月到达。汝阳，指汝州。

〔一九〕通守：即通判，官位略次于知州。

〔二〇〕东西夹：指东西两侧的殿壁。

〔二一〕"东为维摩、文殊"二句：维摩，梵文音译，又作"维摩诘"，为佛典中现身说法、辩才无碍的人。文殊，梵文音译，又作"文殊师利"，佛教大乘菩萨之一，以"智慧"知名。佛，佛教徒对释迦牟尼的尊称。《韵语阳秋》卷十四："余时随家先文康公至汝州，尝至龙兴寺观吴道子画两壁。一壁作维摩示寂，文殊来问，天女散花；一壁作太子游四门，释迦降魔成道。笔法奇绝。壁用黄沙捣泥为之，其坚如铁。"

〔二二〕惠真：事迹不详。

〔二三〕予与李君亦少助焉：葛立方《韵语阳秋》卷十四："后刘元忠传得东坡寄子由诗，方知子由曾施百缣，所谓'似闻遗墨留汝海，古壁蜗蜒可垂涎。力捐金帛扶栋宇，错落浮云卷新霁'是也。"东坡寄子由诗，诗题为《子由新修汝州龙兴寺吴画壁》。

〔二四〕殿堨：殿中倒塌的墙壁。

〔二五〕治平丙午：宋英宗治平三年（1066）。苏惟政：事迹不详。

子瞻和陶渊明诗集引〔一〕

苏　辙

　　东坡先生谪居儋耳，置家罗浮之下〔二〕，独与幼子过负担渡海〔三〕，葺茅竹而居之〔四〕。日啖荼芋〔五〕，而华屋玉食之念不存于胸中〔六〕。平生无所嗜好，以图史为园囿，文章为鼓吹〔七〕，至此亦皆罢去。独喜为诗，精深华妙，不见老人衰惫之气。

　　是时辙亦迁海康〔八〕，书来告曰："古之诗人有拟古之作矣，未有追和古人者也。追和古人则始于东坡〔九〕。吾于诗人无所甚好，独好渊明之诗。渊明作诗不多，然其诗质而实绮，癯而实腴，自曹、刘、鲍、谢、李、杜诸人〔一〇〕，皆莫及也。吾前后和其诗凡百数十篇〔一一〕，至其得意，自谓不甚愧渊明。今将集而并录之，以遗后之君子，子为我志之。然吾于渊明，岂独好其诗也哉？如其为人，实有感焉。渊明临终疏告俨等：'吾少而穷苦，每以家弊东西游走，性刚才拙，与物多忤，自量为己，必贻俗患，黾勉辞世，使汝等幼而饥寒。'〔一二〕渊明此语盖实录也。吾今真有此病，而不早自知。半生出仕，以犯世患，此所以深服渊明，欲以晚节师范其万一也。"〔一三〕

嗟夫！渊明不肯为五斗米一束带见乡里小人〔一四〕，而子瞻出仕三十余年〔一五〕，为狱吏所折困〔一六〕，终不能悛〔一七〕，以陷于大难〔一八〕，乃欲以桑榆之末景〔一九〕，自托于渊明，其谁肯信之？虽然，子瞻之仕，其出入进退犹可考也〔二〇〕。后之君子其必有以处之矣〔二一〕。孔子曰："述而不作，信而好古，窃比于我老彭。"〔二二〕孟子曰："曾子、子思同道。"〔二三〕区区之迹，盖未足以论士也。

辙少而无师，子瞻既冠而学成，先君使命辙师焉〔二四〕。子瞻常称辙诗有古人之风，自以为不若也。然自其斥居东坡〔二五〕，其学日进，沛然如川之方至〔二六〕，其诗比杜子美、李太白为有余，遂与渊明比。辙虽驰骤从之，常出其后。其和渊明，辙继之者亦一二焉〔二七〕。绍圣四年十二月十九日海康城南东斋引〔二八〕。

（《栾城后集》卷二十一）

注

〔一〕和：仿照他人诗词的题材或体裁作诗。这篇《引》的价值首先在于转录了苏轼晚年写给苏辙的一封信，这封信对陶渊明的为人和诗歌艺术特色作了评价。苏轼说陶诗"质而实绮，癯而实腴"，即表面质朴而绮丽，表面清瘦而实际丰腴，即所谓"外枯而中膏"，确实把握住了陶诗的特色。苏轼曾经说："古今诗人众矣，而杜子美（杜甫）为首。"（《王定国诗集叙》）而在这封信中却说，曹植、刘桢、鲍照、谢朓、李白、杜甫皆不及陶。前一论断反映了苏轼早年积极用世的思想，后一论断反映了他后期因屡遭迫害，于是避谈政治，而偏重于诗歌艺术的探求。苏轼兄弟认为陶潜高于李、杜的观点未必会被今人接受，但他们所追求的质而实绮、癯而实腴、外枯中膏的艺术境界确实是很高的，是不容易达到的。这篇《引》的价值还在于评价了苏轼的诗。诗穷而后工，苏轼在政治上越倒霉，他的诗文就作得越好。贬官黄州，是苏轼的一个创作高峰："谪居于黄，杜门深居，驰骋翰墨，其文一变。"（苏辙《亡兄子瞻墓志铭》）贬官岭南，是苏轼一生的又一个创作高潮，其诗又一变："精深华妙，不见老人衰惫之气。"有人特别喜欢苏轼晚年的诗，不是没有原因的，他晚年诗歌的艺术成就确实超过了早年。

〔二〕儋耳：今海南省儋州市。绍圣四年（1097）至元符三年（1100）苏轼谪居儋耳。罗浮：即罗浮山，在今广东东江北岸，增城、博罗、河源等县间。此指惠州白鹤峰。王文诰《苏诗总案》卷四十二："罗浮之名，古时甚宽。唐以前送人归粤，概云还罗浮，其后为惠州尚称罗浮。"

〔三〕独与幼子过负担渡海：绍圣元年至四年苏轼贬官惠州（今广东惠阳）。绍圣四年（1097）闰二月苏轼在惠州白鹤峰建成新居，长子苏迈携孙子苏符等来探望，四月苏轼就远谪儋耳。苏轼遂让苏迈等留居白鹤峰新居，独携苏过渡海赴儋耳贬所。

〔四〕葺茅竹而居之：苏轼《与郑靖老书》："初赁官屋数间居之，既不可住，又不欲与官员相交涉。近买地起居五间一灶头，在南污池之侧，茂竹之下，亦萧然可以杜门面壁少休也。"

〔五〕日啖荼芋：每天吃苦菜和芋头。

〔六〕华屋玉食：华丽的房屋和精美的食品。

〔七〕"以图史为园囿"二句：谓以读书、作文为乐。园囿，种植花木、畜养珍禽异兽，供人休息玩赏的地方。鼓吹，即鼓吹乐，古代的一种器乐合奏，用鼓、钲、箫、笳等乐器。

〔八〕是时辙亦迁海康：苏辙于绍圣四年二月再贬雷州（今广东雷州半岛的海康境内），六月到达贬所。苏轼《和陶止酒并引》："丁丑岁（即绍圣四年），予谪海南，子由亦贬雷州。"

〔九〕"古之诗人有拟古之作矣"三句：在苏轼以前，已有拟古诗，南朝江淹的《杂诗》三十首，模拟自汉至南朝宋代的诗人代表作，惟妙惟肖，几可乱真。晁说之《和陶诗辨》认为，和古人诗也非自苏轼始，但并不次韵。以次韵的方式和同时代人的诗歌，在唐代就有了，但一般限于朋友间的唱和。把拟古和次韵结合起来，追和古人之诗，几乎尽和某一古人之诗，这是苏轼的创造。

〔一〇〕曹：指曹植（192—232），三国魏诗人，字子建，沛国谯县（今安徽亳州）人。所作诗歌以五言为主，词采华茂。刘：指刘桢（？—217），三国魏诗人，字公干，东平（今山东平县）人。擅长五言诗。其诗刚劲挺拔，重气势不重雕琢。鲍：指鲍照（约414—466），字明远，东海（今江苏连云港市东）人，南朝宋文学家，诗以七言歌行最有名，风格俊逸。谢：指谢朓（464—499），字玄晖，陈郡阳夏（今河南太康）人，南朝齐诗人，诗风清俊，长于描绘自然景色。李：指李白。杜：指杜甫。

〔一一〕"吾前后和其诗"句：苏轼在元祐七年（1092）于扬州始作《和陶饮酒二十首》；后在惠州、儋州"尽和其诗"（苏轼《和陶归园田居六首》小引），在苏轼写这封信时，已和一百零九首；加上以后所作，共一百二十四首。

〔一二〕"渊明临终疏告俨等"至"幼而饥寒"：俨等，指陶渊明之子俨、俟、份、佚、佟五人。此段话引自陶渊明《与子俨等疏》。与物多忤，与外界事物多抵触。必贻俗患，必定留下世俗之患。黾勉辞世，尽力隐居避世。黾勉，努力。

〔一三〕晚节：晚年。师范：以为效法的榜样。

〔一四〕"渊明不肯为"句：《晋书·陶渊明传》载，陶渊明为彭泽令，"会郡遣督邮至县，吏请曰：'应束带见之。'渊明叹曰：'我岂能为五斗米折腰向乡里小儿！'即日解绶去职"。束带，整束衣带，以示恭敬。

〔一五〕子瞻出仕三十余年：苏辙作此文时苏轼六十二岁，距二十六岁时首次出仕任凤翔府签判（1061）三十六年。

〔一六〕为狱吏所折困：指元丰二年的乌台诗案。

〔一七〕悛：改悔。

〔一八〕陷于大难：指绍圣元年贬官惠州，绍圣四年再贬儋州。

〔一九〕桑榆之末景：本指日暮，常喻人的晚年。《后汉书·冯异传》："失之东隅，收之桑榆。"东隅指日出处，桑榆指日落处。

〔二〇〕其出入进退犹可考也：谓苏轼在朝廷和地方上做官的事迹还可考察。

〔二一〕必有以处之：谓必定能正确对待苏轼的出入进退。处，对待。

〔二二〕"述而不作"三句：语见《论语·述而》。谓阐述前人观点而不自己写作，相信并喜爱古代文化，我私自和我那老彭相比。老彭，一说是殷商时代的彭祖，一说是老子和彭祖两人。

〔二三〕曾子、子思同道：语见《孟子·离娄下》。曾子即曾参，孔子弟子。子思，《史记·孔子世家》："孔子生鲤，字伯鱼。伯鱼年五十，先孔子死。伯鱼生伋，字子思，年六十二，尝困于宋。子思作《中庸》。"

〔二四〕先君：指父亲苏洵。

〔二五〕斥居东坡：指贬官黄州，在元丰三年（1080）至七年期间。东坡，东坡在黄冈山下州治东百余步，苏轼贬官黄州期间，在此躬耕，并自号东坡。

〔二六〕沛然：水势湍急貌。

〔二七〕"其和渊明"二句：苏辙也跟着苏轼写了少量和陶诗。如《次韵子瞻和陶渊明饮酒二十首》《次韵子瞻和陶公止酒》《次韵子瞻和渊明拟古九首》等。

〔二八〕绍圣四年：公元 1097 年。

附录

茅坤：文不着意而神理自铸。其评子瞻浑然。（《苏文定公文钞》卷十八）

书白乐天集后二首（选一）〔一〕

苏 辙

元符元年夏六月〔二〕，予自海康再谪龙川〔三〕，冒大暑，水陆行数千里。至罗浮，水益小，舟益庳，惕然有瘴暍之虑。乃留家于山下〔四〕，独与幼子远葛衫布被，乘叶舟，秋八月而至〔五〕。既至，庐于城东圣寿僧舍，闭门索然，无以终日。欲借书于居人，而民家无畜书者，独西邻黄氏世为儒，粗有简册，乃得《乐天文集》阅之〔六〕。

乐天少年知读佛书，习禅定，既涉世屡忧患，胸中了然，照诸幻之空也〔七〕。故其还朝为从官，小不合即舍去，分司东洛，优游终老〔八〕。盖唐世士大夫，达者如乐天寡矣！予方流转风浪，未知所止息，观其遗文，中甚愧之〔九〕。然乐天处世，不幸在牛、李党中，观其平生，端而不倚，非有附丽者也，盖势有所至，而不能已耳〔一〇〕。会昌之初〔一一〕，李文饶用事〔一二〕，乐天适已七十，遂求致仕，不一二年而没〔一三〕。嗟夫！文饶尚不能置一乐天于分司中耶？然乐天每闲冷衰病，发于咏叹，辄以公卿投荒僇死，不获其终者自解〔一四〕，予亦鄙之。至其闻文饶谪朱崖三绝句，刻覈尤甚，乐天虽陋，盖不至此也。且乐天死于会昌末年，而文饶之窜，在大中之初，此决非乐天之诗〔一五〕。岂乐天之徒浅陋不学者附益之耶？乐天之贤，当为辨之。

（《栾城后集》卷二十一）

注 ————————————————————————————————————

〔一〕元符元年（1098）谪居龙川时作 。白乐天：即白居易。本文通过追叙白居易的事迹，充分表达了苏辙贬官循州时的心情。白居易一生处在牛、李党争中，"非有附丽"；苏辙兄弟也正是如此，他们身处新旧党争中，正因为独立不倚，结果才遭到新旧两党的打击排斥，所以白居易的身世引起了作者深深的共鸣。有所不同的是，白居易抽身较早，得以优闲地度过晚年；而他们兄弟二人因为未能及时抽身，结果才以六十高龄远谪岭南，历尽忧患，所以苏辙仰慕白居易的旷达。但苏辙也有看不起白居易的地方，那就是他鄙视白居易庆喜自己未"投荒僇死"，表明苏辙对自己投荒岭南并不后悔。后来苏辙在徽宗朝杜门闲居十二年，完全是形势所迫，并非他的初衷。

〔二〕元符元年：公元 1098 年。

〔三〕海康：雷州治所，在今广东雷州半岛中部。龙川：循州治所，在今广东东北。

〔四〕"至罗浮"至"乃留家于山下"：罗浮亦指惠州白鹤峰，参见苏辙《子瞻和陶渊明诗集引》注〔二〕、〔三〕。王文诰《苏诗总案》卷四十二："若谓罗浮山下，则又自为一处，其去惠也尚远，而循又在惠之上 ，相距盖七百里。山下荒僻寥落，耕牧散处，言语不通，饮食无有，子由与（苏）远去后，妇姑何以自存？且自惠以达龙川，水道艰涩难行，计程十日。公尝使（苏）过屡至河循，而（苏）迈亦自此到惠。其间般挈之难，子由茫如，而公则了了也。况又衅隙而去，官民畏避，何处问屋？此盖子由过惠，明以家累同居德有邻堂，托（苏）迈管顾，而自与（苏）远往，其情显然。"庳，低下。因水小而船低。惕然，恐惧貌。瘴，瘴气，南方山林中湿热蒸郁，致人疾病，称为瘴。暍，受暴热中暑。

〔五〕"独与幼子远葛衫布被"三句：苏辙幼子苏逊，原名远，字叔宽，小字虎儿。其妻黄氏死于随苏辙贬居循州（龙川）期间 。苏辙《祭八新妇黄氏文》："吾不善处世，得罪于朝，播迁南荒，水陆万里。家有三子，季子（即苏逊）季妇，实从此行。自筠徙雷，自雷徙循，风波恐惧，蹞遂颠绝。所至言语不通，饮食异和，瘴雾昏翳，医药无有。岁行方闰，气候殊恶，昼热如汤，夜寒如冰。行道僵仆，居室困瘁。始自仆隶，浸淫不已。十病六七，而汝独甚。天乎何辜，遂殒乎瘴。"可见苏辙贬居生活的艰辛。

〔六〕"独西邻黄氏世为儒"三句：苏辙在循州期间同黄氏关系很密切。苏辙初到循州时暂住在圣寿僧舍，不久以五十千钱买了曾氏小宅，宅中紫竹找不到一根可作挂杖的，苏辙曾向黄氏"乞得一茎，劲挺可喜"（《求黄家紫竹杖》）。苏辙《龙川略志·引》："有黄氏老 ，宦学家也，有书不能读。时假其一二，将以寓目。"

〔七〕"乐天少年知读佛书"至"照诸幻之空也"：禅定，佛教名词，"禅"和"定"的合称。禅，梵文音译"禅那"之略，意译为"静虑""弃恶"等，谓心注一境、正审思虑。定，梵文意译，亦译为"等持"，谓心专注一境而不迷乱的精神状态。照诸幻之空，佛家认为现实世界都是空幻的。

〔八〕"故其还朝为从官"四句：《旧唐书·白居易传》："（杭州刺史）秩满，除太子左庶子，分司东都。宝历中，复出为苏州刺史。文宗即位，征拜秘书监，赐金紫。九月上诞节，召居易与僧惟澄、道士赵常盈对御讲论于麟德殿。居易论难锋起，辞辨泉注。上疑宿构，深嗟挹之。太和二年正月，转刑部侍郎，封晋阳县男，食邑三百户。三年称病东归，求为分司官。……致身散地，冀于远害。凡所居官，未尝终秩，率以病免，固求分务，识者多之。""还朝"即指自杭州、苏州还朝，"为从官"即指除太子左庶子、拜秘书监。从官，《汉书·文帝纪》颜师古注："亲近天子，常侍从者皆是也。""分司东洛"即"分司东都"，"称病东归，求为分司官"。洛阳在长安之东，为东都。

〔九〕中：心中。

〔一〇〕"然乐天处世"至"而不能已耳"：唐代穆宗至宣宗年间（821—859），以牛僧孺、李宗闵为首和以李德裕为首的朋党间争权夺利的斗争，持续近四十年。《旧唐书·白居易传》："李宗闵、李德裕朋党事起，是非排陷，朝升暮黜，天子亦无如之何。杨颖士、杨虞卿与宗闵善，居易妻，颖士从父妹也。居易愈不自安，惧以党人见斥，乃求致身散地，冀于远害。"同书谓白居易在牛、李党争中"终不附离"，"完节自高"。不倚，即不偏不倚，保持中立。附丽，亦作"附离"，附着，依附。

〔一一〕会昌：唐武宗年号（841—846）。

〔一二〕李文饶：李德裕，字文饶，赵郡（治今河北赵县）人，牛李党争中李派首领。840年九月武宗即位后不久任相。

〔一三〕"乐天适已七十"三句：《旧唐书·白居易传》："会昌中（会昌二年，842），请罢太子少傅，以刑部尚书致仕。""大中元年（即会昌六年，846）卒，时年七十六。""不一二年而没"言时间之短，非准确数字。

〔一四〕"然乐天每闲冷衰病"四句：这类诗在白居易集中较多，如《感旧》诗云："晦叔（崔玄亮）坟荒草已陈，梦得（刘禹锡）墓湿土犹新。微之（元稹）捐馆将一纪，杓直（李建）归丘二十春。……四人先去我在后，一枝蒲柳衰残身。……人生莫羡苦长命，命长感旧多悲辛。"

〔一五〕"至其闻文饶"至"此决非乐天之诗"：《旧唐书·李德裕传》载李德裕因受牛派打击，于"大中二年（848），自洛阳水路经江、淮赴潮州。其年冬，至潮阳，又贬崖州司户"。次年病卒。朱崖，旧郡名，汉置，唐武德初改为崖州，治所在舍城（今海南海口市琼山区东南）。胡仔《苕溪渔隐丛话后集》卷十三书苏辙此文后云："及其（李德裕）贬（崖州司户）也，（白居易）故为诗云：'昨夜新生黄雀儿，飞来直上紫藤枝。摆头撼脑花园里，将为春光总属伊。''开园不解栽桃李，满地惟闻种蒺藜。万里崖州君自去，临行惆怅欲怨谁?''乐天曾任苏州日，要勒烦文用礼仪。从此结成千万恨，今朝果中白家诗。'然《醉吟先生传》及《实录》皆谓白居易会昌六年卒，而德裕贬于大中二年，或谓此诗为伪。余又以《新唐书》二人本传考之，会昌初，白居易以刑部尚书致政，六年卒。李德裕大中二年贬崖州司户参军，会昌尽六年，距大中二年，正隔三年，则此三诗非乐天所作明甚。"刻覈，刻薄苛严。会昌末年指唐武宗会昌六年（846），"大中之初"指唐宣宗大中二年（848）。

附录

茅坤：予观苏氏兄弟于斥废后。并托禅宗一脉以自解脱，此类可见。此篇虽非子由刻意为文，而以罢归颍上之后，时已得禅门宗旨。（《苏文定公文钞》卷二十）

巢谷传[一]

苏　辙

　　巢谷字元修，父中世，眉山农家也[二]，少从士大夫读书，老为里校师[三]。谷幼传父学，虽朴而博。举进士京师，见举武艺者[四]，心好之。谷素多力，遂弃其旧学，畜弓箭[五]，习骑射。久之，业成而不中第。

　　闻西边多骁勇[六]，骑射击刺为四方冠，去游秦、凤、泾、原间[七]，所至友其秀杰。有韩存宝者[八]，尤与之善，谷教之兵书，二人相与为金石交[九]。熙宁中，存宝为河州将，有功，号熙河名将，朝廷稍奇之。会泸州蛮乞弟扰边，诸郡不能制，乃命存宝出兵讨之。存宝不习蛮事，邀谷至军中问焉。及存宝得罪，将就逮，自料必死[一〇]，谓谷曰："我泾、原武夫，死非所惜。顾

286

妻子不免寒饿，橐中有银数百两[一一]，非君莫使遗之者。"谷许诺，即变姓名，怀银步行，往授其子，人无知者。存宝死，谷逃避江、淮间[一二]，会赦乃出[一三]。予以乡闾[一四]，故幼而识之，知其志节，缓急可托者也[一五]。

予之在朝[一六]，谷浮沉里中，未尝一见。绍圣初，予以罪谪居筠州，自筠徙雷，自雷徙循[一七]，予兄子瞻亦自惠再徙昌化[一八]，士大夫皆讳与予兄弟游，平生亲友无复相闻者。谷独慨然自眉山诵言[一九]，欲徒步访吾兄弟。闻者皆笑其狂。元符二年春正月，自梅州遣予书曰[二〇]："我万里步行见公，不自意全[二一]，今至梅矣。不旬日必见[二二]，死无恨矣。"予惊喜曰："此非今世人，古之人也。"既见，握手相泣，已而道平生[二三]，逾月不厌。时谷年七十有三矣，瘦瘠多病，非复昔日元修也。将复见子瞻于海南，予愍其老且病[二四]，止之曰："君意则善，然自此至儋数千里，复当渡海，非老人事也。"谷曰："我自视未即死也，公无止我。"留之不可，阅其橐中无数千钱，予方乏困[二五]，亦强资遣之。船行至新会[二六]，有蛮隶窃其橐装以逃[二七]，获于新州[二八]，谷从之至新，遂病死。予闻哭之失声，恨其不用吾言，然亦奇其不用吾言而行其志也。

昔赵襄子厄于晋阳，知伯率韩、魏决水围之，城不沉者三版。县釜而爨，易子而食，群臣皆懈，惟高恭不失人臣之礼。及襄子用张孟谈计，三家之围解，行赏群臣，以恭为先，谈曰："晋阳之难，惟恭无功，曷为先之？"襄子曰："晋阳之难，君臣皆懈，惟恭不失人臣之礼，吾是以先之。"[二九]谷于朋友之义，实无愧高恭者，惜其不遇襄子，而前遇存宝，后遇予兄弟。予方杂居南夷[三〇]，与之起居出入，盖将终焉，虽知其贤，尚何以发之？闻谷有子蒙在泾原军中[三一]，故为作传，异日以授之。谷始名毂，及见之循州，改名谷云。

（《栾城后集》卷二十四）

注

[一] 元符二年（1099）贬居循州（治所在今广东龙川）时作。巢谷（1027—1099）：

初名谷，字元修，苏辙的同乡，《宋史》卷四百五十九《卓行传》。本文首叙巢谷的身世，次叙他与韩存宝的金石之交；接着着重叙述苏辙兄弟还朝官居高位时，沉沦乡里的巢谷从不高攀他们，而他们远谪岭南时，年逾七十的巢谷却不远万里，徒步到岭南慰问他们兄弟二人，终于死在去儋州探望苏轼的途中。文章以此作对比，展现了巢谷的可贵品质，感人至深。末段拓开一层，以古人高恭比巢谷，进一步表达了对巢谷的尊敬。

〔二〕眉山：今四川眉山市。

〔三〕里校：乡里学校。

〔四〕举武艺：即"武举"，贡举科目之一。《宋史·选举志三》："天圣八年，亲试武举十二人，先阅其骑射而试之，以策为去留，弓马为高下。"

〔五〕畜：通"蓄"。

〔六〕骁勇：指勇猛矫健的人。

〔七〕秦：秦州，今甘肃天水。凤：凤州，今陕西凤县东北。泾：泾州，今甘肃泾川北。原：原州，今宁夏固原。

〔八〕韩存宝：《宋史》无传。据《宋史·忠义传七》载，熙宁中，景思立知河州，韩为钤辖，夏人以书抵思立，词不逊，思立不能忍，帅兵六千攻之于踏白城。韩等交止之，不听。后为夏人所围，思立、存宝突围出。《宋史·卓行传》："熙宁中，存宝为河州将，有功，号熙河名将。"元丰中，泸州蛮反，诏韩存宝讨之，以擅引兵还，被斩。（详下）

〔九〕金石交：谓交谊深厚，如金石之坚固。《汉书·韩信传》："今足下虽自以为与汉王为金石交，然终为汉王所擒矣。"

〔一〇〕"会泸州蛮乞弟扰边"至"自料必死"：泸州蛮，宋少数族名，居今四川南部及贵州北部，种落甚多。庆历初，建姚州，以乌蛮（族名）王子得盖为刺史。得盖死后，乌蛮有二酋领，一是晏子，一是斧望箇恕。乞弟为箇恕之子（详见《宋史·蛮夷四》）。江少虞《宋朝事实类苑》卷七十六《泸州蛮》："元丰三年，泸州蛮乞弟犯边，诏四方馆使韩存宝将兵讨之。乞弟所居曰归来州，距泸州东南七百里。十月，存宝出兵，值久雨，十余日出寨，才六十余里，留屯不进。遣人诏乞弟，有文书服罪请降，军中食尽，存宝引还。自发泸州至还，凡六十余日。朝廷责其不待诏，擅引兵还，命知杂御史何正臣就按斩之。"苏轼《答李琮书》："今韩存宝诸军，既不敢与乞弟战，但翱翔于近界百余里间……械存宝狱中。"

〔一一〕橐：袋子。

〔一二〕江、淮：长江、淮河。所谓"谷逃避江、淮间"，实际即逃到黄州，教苏轼之子读书。苏轼《大寒步至东坡赠曹三》王文诰按："韩存宝坐逗留无功伏诛，在元丰四年七月内。是巢谷逃避江、淮，仅年余之事。其至黄（州），正在变姓名时也。公馆之雪堂，使迨、过二子受业，逾年归蜀。"

〔一三〕会赦乃出：赦情不详。苏轼《元修菜》托巢谷"归致其（种）子"，显为巢谷将返蜀时所作。诗叙有"余去乡十有五年"语，苏轼于熙宁元年冬离蜀，下推十五年，则为元丰六年。王文诰《苏诗总案》卷二十二谓巢谷辞归眉山，当在"六年冬杪"，是大体可信的。

〔一四〕乡闾：乡里、家乡，此谓同乡。

〔一五〕缓急：偏义复词，困厄，情势急迫。《史记·游侠列传》："且缓急人之所时有也。"

〔一六〕予之在朝：苏辙于元祐元年（1086）二月还朝，至绍圣元年（1094）四月出知汝州，在朝凡九年。

〔一七〕"绍圣初"四句：绍圣元年七月苏辙分司南京，筠州居住；绍圣四年复迁雷州；元符元年（1098）复迁循州，直至元符三年还居颍昌。苏辙《龙川略志·引》："余自筠徙雷，自雷徙循，二年之间，水陆几万里。"

〔一八〕予兄子瞻亦自惠再徙昌化：绍圣元年苏轼贬官惠州，绍圣四年再谪儋州。儋州于熙宁六年（1073）改为昌化军，见《儋县志》卷一《沿革》。

〔一九〕慨然：愤激貌。诵言：谓陈述他的想法。

〔二〇〕梅州：治所在今广东梅县。

〔二一〕不自意全：自己没有料到能保全。《庄子·庚桑楚》："全汝形。"

〔二二〕不旬日：谓要不了多久。旬，十天。

〔二三〕已而：旋即，接着就。

〔二四〕愍：哀怜。

〔二五〕予方乏困：苏辙《龙川略志·引》自述云："老幼百数十指，衣食仅自致也。平生家无尤物，有书数百卷，尽付之他人。既之龙川，虽僧庐道室，法皆不许入。哀囊中之余五十千以易民居，大小十间，补苴弊漏，粗庇风雨。"

〔二六〕新会：今广东省新会县。

〔二七〕隶：差役。

〔二八〕新州：治所在今广东新兴。

〔二九〕"昔赵襄子厄于晋阳"至"吾以是先之"：《史记·赵世家》："知伯乃立昭公曾孙骄，是为晋懿公。知伯益骄。请地韩、魏，韩、魏与之。请地赵，赵不与，以其围郑之辱。知伯怒，遂率韩、魏攻赵。赵襄子惧，乃奔保晋阳。三国（晋、韩、魏）攻晋阳，岁余，引汾水灌其城，城不浸者三版。城中悬釜而炊，易子而食。群臣皆有外心，礼益慢，唯高共（恭）不敢失礼。襄子惧，乃夜使相张孟同（司马迁避父谈讳，改谈为同）私于韩、魏，韩、魏与合谋，以三月丙戌，三国（赵、韩、魏）反灭知氏，共分其地。于是襄子行赏，高共为上。张孟同曰：'晋阳之难，唯共无功。'襄子曰：'方晋阳急，群臣皆懈，惟共不敢失人臣礼，是以先之。'"厄，苦难，困穷。晋阳，古邑名，故址在今山西太原市南晋源镇，战国时属赵。决，开通水道放水。版，《史记·赵世家》引何休云："八尺曰版。"县，通"悬"。釜，古代炊器。爨（cuàn），烧火煮饭。曷，为什么。

〔三〇〕南夷：南方少数民族聚居之地，此指龙川。

〔三一〕闻谷有子蒙在泾原军中：苏轼《与孙叔静书》："眉山人有巢谷者，字元修，曾应进士武举，皆无成，笃于风义，已七十余矣。闻某谪海南，徒步万里，来相劳问，至新兴病亡，官为稿殡，录其遗物于官库。元修有子蒙在里中，某已使人呼蒙来迎丧，颇助其路费，仍约过永而南，当更资之，但未到耳。旅殡无人照管，或毁坏暴露，愿公愍其不幸，因巡检至其所，特为一言于彼守令，得稍修治其殡，常戒主者保护之，以须其主之至，则恩及存亡耳。"可与本文参读。

附录

茅坤：叙谷豪举处有生色，可爱。（《苏文定公文钞》卷十八）

藏书室记〔一〕

苏　辙

予幼师事先君〔二〕，听其言，观其行事。今老矣，犹志其一二〔三〕。先君平居不治生业，有田一廛〔四〕，无衣食之忧；有书数千卷，手缉而校之〔五〕，以遗子孙。曰："读是，内以治身，外以治人〔六〕，足矣。此孔氏之遗法也。"〔七〕先君之遗言今犹在耳，其遗书在椟〔八〕，将复以遗诸子，有能受而行之，吾世其庶矣乎〔九〕！

盖孔氏之所以教人者，始于洒扫应对进退。及其安之，然后申之以弦歌，广之以读书，曰道在是矣〔一〇〕。仁者见之斯以为仁，智者见之斯以为智矣〔一〕。颜、闵由是以得其德，予、赐由是以得其言，求、由由是以得其政，游、夏由是以得其文〔二〕。皆因其才而成之。譬如农夫垦田，以植草木，小大长短，甘辛咸苦，皆其性也。吾无加损焉，能养而不伤耳。

孔子曰："十室之邑，必有忠信如丘者焉，不如丘之好学也。"〔三〕如孔子犹养之以学而后成，故古之知道者必由学〔四〕，学者必由读书。傅说之诏其君亦曰〔五〕："学于古训，乃有获。""念终始典于学，厥德修罔觉。"〔六〕而况余人乎？子路之于孔氏，有兼人之才而不安于学〔七〕，尝谓孔子有民人社稷，何必读书然后为学〔八〕，孔子非之。曰："汝闻六言六蔽矣乎？好仁不好学，其蔽也愚；好智不好学，其蔽也荡；好信不好学，其蔽也贼；好直不好学，其蔽也绞；好勇不好学，其蔽也乱；好刚不好学，其蔽也狂。"〔九〕凡学而不读书者，皆子路也。信其所好，而不知古人之成败与所遇之可否，未有不为病者〔二〇〕。

虽然，孔子尝语子贡矣，曰："赐也，汝以予为多学而识之者欤？"曰："然，非欤？"曰："非也，予一以贯之。"〔二一〕一以贯之，非多学之所能致〔二二〕，则子路之不读书未可非耶？曰：非此之谓也。老子曰："为学日益，为道日损。"〔二三〕以日益之学，求日损之道，而后一以贯之者，可得而见也。孟子论学道之要曰："必有事焉而勿正，心勿忘，勿助长也。"〔二四〕心勿忘则莫如学，必有事则莫如读书。朝夕从事于诗书，待其久而自得，则勿忘勿助之谓也。譬之稼穑〔二五〕，以为无益而舍之，则不耘苗者也；助之长，则揠苗者也〔二六〕。以孔、孟之说考之，乃得先君之遗意。

（《栾城三集》卷十）

注 ——————————————————————————

〔一〕崇宁三年（1104）苏辙从汝南还居颍昌后不久，就一面买屋，一面改筑。大观元年（1107）筑室盈百间，"藏书室"为其一。苏辙晚年闲居颍昌的主要生活内容之一就是"教敕诸弟子"（《次韵子瞻感旧》）。本文虽为"记"，但并未记藏书室，实际上是一篇劝学的文章。全文历举孔子、傅说、老子、孟子以及父亲苏洵的遗言，既强调了读书学习的重要性，又说明了学习对于生活实践来说是第二位的。在教育方法上，主张因材施教，即"因其才而成之"；在学习方法上，主张循序渐进，"待其久而自得"，反对"揠苗助长"。这些，对今人仍是有所启发的。

〔二〕予幼师事先君：先君指苏洵。苏辙《再祭亡兄端明文》："惟我与兄，出处昔同。幼学无师，先君是从。游戏图书，寤寐其中。"《历代论引》："予少而力学，先君，予师也。"

〔三〕志：通"誌"，记在心里。

〔四〕廛：古代一夫之田，即百亩，此非实指。

〔五〕缉：会合。手缉谓亲手收集。校：校订。

〔六〕"内以治身"二句：苏辙《历代论引》记苏洵言云："士生于世，治气养心，无恶于身。推是以施之人，不为苟生也；不幸不用，犹当以其所知，著之翰墨，使人有闻焉。"意同此。

〔七〕孔氏：指孔子，下同。孔子说："用之则行，舍之则藏。"（《论语·述而》）"天下有道则见，无道则隐。"（《论语·泰伯》）"'君子疾没世而名不称焉。吾道不行矣，吾何以自见于后世哉！'乃因史记作《春秋》。"（《史记·孔子世家》引孔子语）以上即苏洵所本。

〔八〕椟：木柜，此指书柜。

〔九〕吾世其庶矣乎：谓我这一生就差不多了（表示满意）。庶，庶几，差不多。

〔一〇〕"盖孔氏之所以教人者"至"曰道在是矣"：《论语·子张》："子曰：'子夏之门人小子，当洒扫应对进退则可矣，亦末矣；本之则无如之何。'"《史记·孔子世家》："孔子以诗书礼乐教。"在孔子看来，教之以洒扫应对进退是最起码的，更重要的是教以诗书礼乐，道在诗书礼乐中。

〔一一〕"仁者见之斯以为仁"二句：语出《周易·系辞上》，文字略有不同。

〔一二〕"颜、闵由是以得其德"四句：《史记·仲尼弟子列传》："孔子曰：'受业身通者七十有七人'，皆异能之士也。德行：颜渊，闵子骞，冉伯牛，仲弓。政事：冉有，季路。言语：宰我，子贡。文学：子游，子夏。"颜即颜渊，闵即闵子骞，予即宰予（字子我，又称宰我），赐即端木赐（字子贡），求即冉求（字子有，又称冉有），由即仲由（字子路，又字季路），游即言偃（字子游），夏即卜商（字子夏）。

〔一三〕"十室之邑"三句：语见《论语·公冶长》。十室之邑指住有十户人家的地方。忠信，忠诚和信实。

〔一四〕知道者：懂得道的人。

〔一五〕傅说：商王武丁的大臣。相传原是傅岩地方从事版筑的奴隶，后被武丁任为大臣，治理国政。其君，指武丁。

〔一六〕"学于古训"二句和"念终始典于学"二句：语见《尚书·说命下》。《尚书·说命上》："高宗（即武丁）梦得（傅）说，使百工营求诸野，得诸傅岩，作《说命》三篇。""学于"二句孔安国传云："王者求多闻以立事，学于古训乃有所得。""念终"二句孔安国传云："终始常念学，则其德之修无能自觉。"

〔一七〕兼人：胜过人。《论语·先进》孔子云："由（即子路）也兼人。"《史记·仲尼弟子列传》："子路性鄙，好勇力，志伉直。"孔子云："由也好勇过我。"

〔一八〕"尝谓孔子有民人社稷"二句：《论语·先进》："子路曰：'有民人焉，有社稷焉，何必读书，然后为学？'子曰：'是故恶夫佞者。'"民人，即今日所谓"人民"，老百姓。社，土地之神。稷，五谷之神。社稷此指土地和五谷。

〔一九〕"汝闻六言六蔽矣乎"至"其蔽也狂"：见《论语·阳货》。原文在"六蔽矣乎"后有"对曰'未也。''居！吾语汝。'"言，名曰"言"，实指"德"。愚，朱熹《论语集注》云："愚若可陷可罔之类。"即容易被人愚弄。荡，孔安国云："荡，无所适守也。""好信"二句：管同《四书纪闻》："大人之所以不必信者，惟其为学而知义之所在也。苟好信不好学，则惟知重然诺而不明事理之是非，谨厚者则硁硁为小人；苟又挟以刚勇之气，必如周、汉刺客游侠，轻身殉人，扞文网而犯公义，自圣贤观之，非贼而何？"信，诚。贼，害。直，直率。绞，指说话尖刻，刺痛人心。

〔二〇〕病：弊害，困乏。

〔二一〕"赐也"至"予一以贯之"：见《论语·卫灵公》。一以贯之，《论语·里仁》："子曰：'参乎！吾道一以贯之。'曾子曰：'唯。'子出，门人问曰：'何谓也？'曾子曰：'夫子之道，忠恕而已矣'。"即孔子以"忠恕"这个基本概念贯穿他的整个学说。忠、恕以孔子自己下的定义来说，就是"己欲立而立人，己欲达而达人"和"己所不欲，勿施于人"。

〔二二〕致：达到，求得。

〔二三〕"为学日益"二句：语见《老子》第四十八章。谓从事于学问，一天比一天增加；从事于"道"，一天比一天减少。

〔二四〕"必有事焉而勿正"三句：语见《孟子·公孙丑上》，是孟子就培养内心"浩然之气"而说的几句话，谓一定要培养它（"浩然之气"），但不要有特定的目的，心里不要忘记，但也不要（违背规律）帮助它生长。正，王夫之《孟子稗疏》云："'正'读如《士昏礼》'必有正焉'之'正'。正者，征也，的也，指物以为征准使必然也。"

〔二五〕稼穑：播种和收获。

〔二六〕"以为无益而舍之"四句：《孟子·公孙丑上》："宋人有闵其苗之不长而揠之者，芒芒然归，谓其人曰：'今日病矣！予助苗长矣！'其子趋而往视之，苗则槁矣。天下之不助苗长者寡矣。以为无益而舍之者，不耘苗者也；助之长者，揠苗者也——非徒无益，而又害之。"耘，除草。揠，拔。

待月轩记[一]

苏 辙

昔予游庐山[二]，见隐者焉，为予言性命之理[三]，曰："性犹日也，身犹月也。"予疑而诘之[四]。则曰："人始有性而已，性之所寓为身。天始有日而已，日之所寓为月。日出于东，方其出也，万物咸赖焉[五]。有目者以视，有手者以执，有足者以履。至于山石草木，亦非日不遂[六]。及其入也，天下黯然[七]，无物不废，然日则未始有变也。惟其所寓，则有盈阙，一盈一阙者月也。惟性亦然，出生入死，出而生者未尝增也，入而死者未尝耗也，性一而已。惟其所寓则有死生，一生一死者身也。虽有生死，然而死此生彼，未尝息也。身与月皆然，古之治术者知之[八]，故日出于卯谓之命[九]，月之所在谓之身。日入地中，虽未尝变，而不为世用，复出于东，然后物无不睹，非命而何？月不自明，由日以为明，以日之远近为月之盈阙，非身而何？此术也，而合于道。世之治术者知其说，不知其所以说也。"

予异其言，而志之久矣[一〇]。筑室于斯，辟其东南为小轩。轩之前廓然无障[一一]，几与天际[一二]。每月之望[一三]，开户以须月之至[一四]。月入吾轩，则吾坐于轩上，与之徘徊而不去。一夕举酒延客[一五]。道隐者之语。客漫不喻曰[一六]："吾尝治术矣，初不闻是说也。"予为之反复其理，客徐悟曰："唯唯。"因志其言于壁。

注 ————————————————————————————————

〔一〕大观元年（1107）苏辙闲居颍昌筑室盈百间，在居室东南建一小轩，名待月轩，作此《记》。这篇《记》写他有天晚上同一位客人在待月轩讨论"性命之理"，养身之术。他认为身与性的关系犹如月与日的关系。日之所寓为月，月有盈有阙，日虽有出有入却"未始有变"。性之所寓为身，身有生有死，但"性一而已"，也是不变的。苏辙认为有一种不变的性，当然是错误的。但他的目的在于说明一个人无论处境如何变化，都应独立不移，这对一个身处劣境的人来说，未尝没有意义。他在这里用抽象的玄理所要说明的无非是"苦寒不改色"的松柏精神："此心点检终如一，时事无端日日新"（《栾城后集》卷四《岁暮口号二绝》）；"岁云暮矣谁能守？唯有此心初不移"（《栾城三集》卷一《守岁》）。苏辙还把《待月轩记》中的思想概括在《初成遗老斋待月轩藏书室三首》诗中："怜渠生死未能免，顾我盈亏略已通。"月有盈亏，但实际上并无消长。人有遇不遇，但志可不移。有生必有死，但精神可以不朽。这就是苏辙"略已通"的生死盈亏之理。

〔二〕昔予游庐山：指元丰三年（1080）夏六月苏辙赴筠州贬所，途经江州（今江西九江），游庐山。

〔三〕性命：古代哲学范畴。《易·乾》："乾道变化，各正性命。"古代哲人有的认为人、物之性都是天生的，人性是天命或天理在人身上的体现。如《礼记·中庸》："天命之谓性"；孟子提出"存心"以"养性"和"修身"以"立命"的主张（《孟子·尽心》）；程颐认为"在天为命，在人为性"（《二程遗书》第十八），基本上是唯心的。有的则不同意这种观点，如王充强调人生性命皆"初禀自然之气"，"命谓初所禀得而生也，人生受性则受命矣"（《论衡·初禀》），有一定积极意义。本文所谈的"性命之理"是属前一种观点。

〔四〕诘：问。

〔五〕万物咸赖：谓万物都依靠它生长。

〔六〕遂：成功，顺利，引申为成长。《礼记·乐记》："气衰则生物不遂。"

〔七〕黯然：阴暗貌。

〔八〕治术者：指讲天文和阴阳灾异的方士。

〔九〕卯：十二时辰之一，早晨五时至七时。

〔一〇〕志：通"诌"，记。

〔一一〕廓然：空阔貌。

〔一二〕际：交会，会合。

〔一三〕望：农历每月十五日。

〔一四〕须：等待。《诗·邶风·匏有苦叶》："卬须我友。"

〔一五〕延：邀请。

〔一六〕漫：随意，不在意。

附录

茅坤：文不著意，而援隐者之言论身与性，似入解。（《苏文定公文钞》卷十九）

卜居赋 并引〔一〕
苏 辙

昔予先君，以布衣学四方，尝过洛阳，爱其山川，慨然有卜居意，而贫不能遂〔二〕。予年将五十，与兄子瞻皆仕于朝〔三〕，裒橐中之余，将以成就先志〔四〕，而获罪于时，相继出走〔五〕。予初守临汝，不数月而南迁，道出颍川，顾犹有后忧，乃留一子居焉，曰："姑糊口于是。"〔六〕既而自筠迁雷，自雷迁循，凡七年而归〔七〕。颍川之西三十里有田二顷，而僦庐以居〔八〕。西望故乡，犹数千里，势不能返。则又曰："姑寓于此。"居五年，筑室于城之西，稍益买田，几倍其故，曰："可以止矣。"〔九〕盖卜居于此，初非吾意也。昔先君相彭、眉之间为归全之宅，指其庚壬曰："此而兄弟之居也。"〔一〇〕今子瞻不幸已藏于郏山矣〔一一〕，予年七十有三，异日当追蹈前约。然则颍川亦非予居也。昔贡少翁为御史大夫，年八十一，家在琅琊，有一子年十二，自忧不得归葬。元帝哀之，许以王命办护其丧〔一二〕。谯允南年七十二终洛阳，家在巴西，遗令其子轻棺以归〔一三〕。今予废弃久矣，少翁之宠非所敢望，而允南旧事庶几可得。然平昔好道，今三十余年矣〔一四〕。老死所未以免，而道术之余，此心了然，或未随物沦散，然则卜居之地，惟所遇可也。作《卜居赋》以示知者。

吾将卜居，居于何所？西望吾乡，山谷重阻。兄弟沦丧，顾有诸子〔一五〕。吾将归居，归与谁处？寄籍颍川，筑室耕田。食粟饮水，若将终焉。念我先君，昔有遗言：父子相从，归安老泉〔一六〕。阅岁四十〔一七〕，松竹森然。诸子送我，历井扪天〔一八〕。汝不忘我，我不忘先。庶几百年〔一九〕，归扫故阡。我师孔公，师其致一。亦入瞿昙、老聃之室〔二〇〕。此心皎然，与物皆寂。身则有尽，惟心不没。所遇而安，孰匪吾宅〔二一〕？西从吾父，东从吾子。四方上下，安有常处？老聃有言：夫惟不居，是以不去〔二二〕。

（《栾城三集》卷五）

注

〔一〕卜居：择地居住。政和元年（1111）闲居颍昌（今河南许昌市东）时作。苏辙自三十岁时居父丧回京以后，再也没有机会返蜀。元符三年（1100）苏辙兄弟自岭南北归，任便居住时，苏辙直归颍昌，苏轼则在颍昌、常州之间犹豫不决。二人都不敢提出回蜀居住，除了因故庐荒芜，年近衰暮，路途遥远外，主要原因是与蜀中赵捴一案有关。《朱子语类》卷一百三十三云："蜀中有赵教授（赵捴）者，因二苏斥逐，以此摇动人心，遂反。"结果赵捴兄弟被诛，父母妻子皆被流窜。苏辙兄弟若回故乡居住，必然给政敌以话柄，所以苏辙晚年卜居颍昌的心情是很矛盾的：一方面他因父亲有卜居洛阳之意，故在颍昌买田置宅，"以成就先志"；另一方面故乡"势不能返"，而父亲又曾指着先茔对他们兄弟二人说"此而兄弟之居也"，因此他又准备"追蹈前约"，归葬故乡。这篇赋即表达了苏辙晚年流落他乡的矛盾痛苦心情，以及对故乡的无限思念。

〔二〕"昔予先君"至"而贫不能遂"：苏洵《（嘉祐）丙申岁（1056），余在京师……尝有意于嵩山之下，洛水之上，买地筑室，以为休息之馆，而未果》（《嘉祐集》卷二十）并为诗云："经行天下爱嵩岳，遂欲买地居妻孥"。苏轼《别子由三首兼别迟》："先君昔爱洛城居。"布衣，平民。遂，如意。

〔三〕"予年将五十"二句：元祐元年（1086）苏辙四十八岁时罢绩溪令至京师，除右司谏，直至绍圣元年（1094）以门下侍郎出知汝州，一直在朝做官。元丰八年（1085）苏轼自登州任上被召还朝任礼部郎中，直至元祐四年三月以龙图阁学士出知杭州，一直在朝做官；其后则奔波于朝廷和地方任上。

〔四〕"衰橐中之余"二句：苏辙《颍滨遗老传》："有田在颍川。"苏辙置田颍川大约在元祐五年后不久，元祐五年苏辙作《送文彦博致仕还洛》诗："我欲试求三亩宅，从公他日赋归欤。"自注云："先人昔游洛中，有卜筑之意，不肖常欲率就先志，顾未暇耳。"衰，聚集。橐，口袋。

〔五〕"而获罪于时"二句：苏辙绍圣元年"获罪"贬知汝州事见《汝州龙兴寺修吴画殿记》注〔一四〕。这年苏轼也以"诽谤先帝"的罪名贬知英州（今广东英德）。未至贬所，又再谪为远宁军节度副使，惠州（今广东惠阳）安置。

〔六〕"予初守临汝"至"姑糊口于是"：绍圣元年四月苏辙到达汝州（今河南临汝）贬所；六月贬袁州（今江西宜春），赴袁途经颍川（今河南禹县，宋属颍昌府）；七月再谪，分司南京，筠州居住。九月到达筠州。"一子"疑为"二子"（苏迟、苏适）之误。苏辙《次迟韵》："三子留二子，嵩少道路长。累以二孺女，辛勤具糇粮。"

〔七〕"既而自筠迁雷"三句：见苏辙《巢谷传》注〔一七〕。

〔八〕"颍川之西三十里有田二顷"二句：崇宁元年（1102）苏辙作《十一月十三日雪》："我田在城西。"崇宁四年作《和迟田舍杂诗九首并引》："中窜岭南，诸子不能尽从，留之颍滨，买田筑室，赊饥寒之患。既蒙恩北还，因而居焉。"僦，租赁。苏辙还居颍昌后，因人口太多，不断租买房屋，如租卞氏宅（《闻诸子欲再质卞氏宅》）；还买了南邻孙家的房子（《初得南园》）；又有柴氏厅三间要卖，他因经济困难而未买（《因旧》）；《葺东斋》云："况复非吾庐，聊耳避风雨。"说明东斋也是租的。

〔九〕"居五年"至"可以止矣"：指大观元年（1107）苏辙在颍昌城西西湖之滨筑成房屋百余间，此时他已闲居颍昌五年。崇宁二年（1103）他曾独居汝南（今属河南）一年。

〔一〇〕"昔先君相彭、眉之间"三句：彭，彭州（今四川彭州市）。眉，眉州（今四川眉山市）。归全之宅：安葬之地。归全亦作"全归"。《论语·泰伯》集注引程子语："君子（死）曰终，小人曰死。全子保其身以没，为终其事也。故曾子以全归为免矣。"庚壬，古以干支代表方位，庚壬指西北方。而，尔，你们。

〔一一〕今子瞻不幸已藏于郏山矣：建中靖国元年（1101）七月苏辙卒于常州，次年闰六月葬于汝州郏城县钧台乡上瑞里嵩阳峨眉山（即今河南郏县三苏坟）。

〔一二〕"昔贡少翁为御史大夫"至"办护其丧"：贡禹字少翁，琅琊（治所在今山东诸城）人，汉元帝初即位时为谏议大夫，后任御史大夫，数月而卒。《汉书·贡禹传》载贡禹上书元帝云："臣禹犬马之齿八十一，血气衰竭，耳目不聪明……自痛去家三千里，凡有一子，年十二，非有在家为臣具棺椁者也。诚恐一旦蹎仆气竭，不复自还，污席荐于宫室，骸骨弃捐，孤魂不归。不胜私愿，愿乞骸骨，及身生归乡里，死亡所恨。"元帝报曰："夫以王命办护生家，虽百子何以加！"

〔一三〕"谯允南年七十二终洛阳"三句：谯周字允南，三国时蜀汉巴西（治所在今四川阆中）人。《三国志·蜀书·谯周传》载咸熙六年（269）冬谯周以散骑常侍卒于洛阳，时"年过七十"。裴松之注云："（谯）周临终属（谯）熙（周长子）曰：'久抱疾，未曾朝见，若国恩赐朝服衣物者，勿以加身。当还旧墓，道险行难，豫作轻棺。殡敛已毕，上还所赐。'"

〔一四〕"然平昔好道"二句：苏辙《和（苏）迟田舍杂咏》："少小本好道，意在三神州。"他在青年时代就作有《老聃论》，在贬官筠州期间又开始作《老子解》，贬筠至此时已"三十余年"。《颍滨遗老传》："谪监筠州盐酒税，五年不得调。……老子书与佛书大类而世不知，亦欲为之注。"

〔一五〕顾：回视，环视。诸子：指自己和苏轼的后代。

〔一六〕老泉：指眉山先茔老翁泉。

〔一七〕阅岁四十：苏辙自熙宁元年（1068）居父丧后返京至作此赋时，已四十余年。

〔一八〕历井扪天：井，星宿名，属双子座。李白《蜀道难》："扪参历井仰胁息，以手抚膺坐长叹。""历井扪天"与"扪参历井"同义，皆形容仰天长叹。

〔一九〕庶几：表希望、推测之词。百年：死的讳称。《诗·唐风·葛生》："百岁之后，归于其居。"

〔二〇〕"我师孔公"四句：谓自己兼学儒（孔公）、释（瞿昙）、道（老聃）。

〔二一〕匪：通"非"。

〔二二〕"夫惟不居"二句：语见《老子》第二章。《老子》本谓正由于不居功，所以才不会失去功绩。此处"居"指居住。

管幼安画赞　并引〔一〕
苏　辙

予自龙川归居颍川十有三年〔二〕，杜门幽居，无以自适，稍取旧书阅之，将求古人而与之友。盖于三国得一焉，曰管幼安宁。幼安少而遭乱，渡海居辽东三十七年而归。归于田庐，不应朝命，年八十有四而没。功业不加于人，而予独何取焉？取其明于知时，而审于处己云尔。盖东汉之衰，士大夫以风节相尚，其立志行义贤于西汉。然时方大乱，其出而应世，鲜有能自全者。颍川荀文若以智策辅曹公[三]，方其擒吕布[四]，毙袁绍[五]，皆谈笑而办，其才与张子房比[六]。然至于九锡之议，卒不能免其身[七]。彭城张子布忠亮刚简[八]，事孙氏兄弟，成江东之业。然终以直不见容，力争公孙渊事，君臣之义几绝[九]。平原华子鱼以德量重于曹氏[一○]，父子致位三公[一一]。然曹公之杀伏后，子鱼将命，至破壁出后而害之[一二]。汝南许文休以人物臧否闻于世，晚入蜀依刘璋。先主将克成都，文休逾城出降。虽卒以为司徒，而蜀人鄙之[一三]。此四人者，皆一时贤人也。然直己者终害其身[一四]，而枉己者终丧其德[一五]。处乱而能全，非幼安而谁与哉？旧史言幼安虽老不病，著白帽布襦裤布裙。宅后数十步有流水，夏暑能策杖临水盥手足，行园圃。岁时祀先人，絮帽布单衣荐馈馔，跪拜成礼[一六]。予欲使画工以意仿佛画之。昔李公麟善画[一七]，有顾、陆遗思[一八]，今公麟死久矣，恨莫能成吾意者。姑为之赞曰：

幼安之贤，无以过人，予独何以谓贤？贤其明于知时，审于处己，以能自全。幼安之老，归自海东。一亩之宫，闭不求通。白帽布裙，舞雩而风[一九]。四时烝尝[二○]，馈奠必躬[二一]。八十有四，蝉蜕而终[二二]。少非汉人，老非魏人。何以命之。何以命之？天之逸民。

（《栾城三集》卷五）

注 ——————————

〔一〕政和二年（1112）闲居颍昌时作，这年十月三日苏辙就去世了。管宁（158—241），字幼安，三国时北海朱虚（今山东临朐东南）人。时天下大乱，避难辽东三十七年。魏文帝征他为太中大夫，明帝征他为光禄勋，都固辞不就。卒，年八十四。事见《三国志·魏志·管宁传》。本文把管宁和三国天下大乱之时"出而应世"的荀彧、张昭、华歆、许靖作对比，赞扬管宁"明于知时而审于处己"，"处乱而能全"，感叹后四人"直己者终害其身，而枉己者终丧其德"，含蓄地说明了作者晚年之所以杜门深居颍昌，也在于"知时"

"处己"。当时蔡京当权，将大乱，苏辙死后十五年北宋就灭亡了。

〔二〕"予自龙川"句：元符三年（1100）苏辙从循州（龙川为其治所）还居颍昌，直至去世，共十三年。

〔三〕荀文若：即荀彧（163—212），颍川颍阴（今河南许昌）人，初依袁绍，后归曹操，初任司马，后任尚书令，成为曹操谋士。曾建议曹操迎汉献帝归许，挟天子以令诸侯，取得政治上的主动地位。又为曹操击败吕布、袁绍出谋划策。后因反对曹操称魏公，被迫自杀。事见《三国志·荀彧传》。

〔四〕吕布：见苏辙《三国论》注〔一九〕。《三国志·荀彧传》载，荀彧曾对曹操说："不先取吕布，河北亦未易图也。"

〔五〕袁绍：见苏辙《三国论》注〔一八〕。《三国志·荀彧传》载，在官渡之战中，曹操被袁绍包围，欲退兵。彧曰："公以十分居一之众，画地而守之，扼其喉而不得进，已半年矣。情见势竭，必将有变，此用奇之时，不可失也。"操遂以奇兵袭绍，绍败，不久病死。

〔六〕其才与张子房比：《三国志·荀彧传》："彧去绍从太祖（曹操），太祖大悦曰：'吾之子房也！'"张子房即张良，刘邦谋士。

〔七〕"然至于九锡之议"二句：《三国志·荀彧传》："董昭等谓太祖宜进爵国公，九锡备物，以彰殊勋，密以咨彧。彧以为太祖本兴义兵以匡朝宁国，秉忠贞之诚，守退让之实。君子爱人以德，不宜如此。太祖由是心不能平。会征孙权……太祖军至濡须，彧疾留寿春，以忧没，时年五十。"

〔八〕张子布：张昭（156—236），字子布，彭城（今江苏徐州）人。东汉末渡江，任孙策长史、抚军中郎将。策临卒，以弟孙权托昭。权立，拜辅吴将军。

〔九〕"力争公孙渊事"二句：公孙渊，魏辽东太守，南孙权，权遣使立为燕王。渊恐权远不可恃，斩其使。后自称燕王，为司马懿所杀。《三国志·张昭传》："权以公孙渊称藩，遣张弥、许晏至辽东拜渊为燕王。昭谏曰：'渊背魏惧讨，远来求援，非本志也。若渊改图，欲自明于魏，两使不迫，不亦取笑于天下乎？'权与相反复，昭意弥切。权不能堪，按刀而怒曰：'吴国士人入宫则拜孤，出宫则拜君，孤之敬君，亦为至矣，而数于众中折孤，孤尝恐失计。'……昭忿言之不用，称疾不朝。权恨之，土塞其门，昭又于内以土封之"。

〔一〇〕华子鱼：华歆（157—232），字子鱼，平原高唐（今山东禹城西南）人。汉献帝时，任豫章太守。孙策占有江东后被征入京。"歆至，拜议郎，参司空军事，入为尚书，转侍中，代（荀）彧为尚书令。太祖（曹操）征孙权，表歆为军师。魏国既建，为御史大

夫。文帝（曹丕）即王位，拜相国，封安乐乡侯。及践阼，改为司徒。"（《三国志·华歆传》）

〔一一〕父子致位三公：据《三国志·华歆传》，歆子华表，咸熙中为尚书。裴松之注引华峤《谱叙》："华表字伟容，仕晋，历太子少傅、太常。"

〔一二〕"然曹公之杀伏后"三句：《后汉书·伏太后传》载，汉献帝伏皇后讳寿，曾与父伏完书，言曹操残逼献帝之状，令密图之。事泄，操大怒，令华歆入宫收宫。后"闭户藏壁中，歆就牵后出"，"将后下暴室，以幽崩。所生二皇子，皆鸩杀之"。

〔一三〕"汝南许文休"至"蜀人鄙之"：许文休，即许靖，字文休，平兴人。谋诛董卓，事败入蜀依刘璋，为巴郡广汉太守。刘备克蜀，以靖为长使太傅、司徒。事见《三国志·许靖传》。常璩《华阳国志》卷五：刘备围成都，"蜀郡太守汝南许靖逾城出降，（刘）璋知，不敢诛"。卷六载，刘备克蜀，"不用许靖。法正说曰：'有获虚誉而无实者，靖也。然其浮名称播海内，人将谓公轻士'。乃以为长史"。

〔一四〕直己者：指荀彧、张昭之类的人。

〔一五〕枉己者：指华歆、许靖之类的人。

〔一六〕"旧史言幼安虽老不病"至"跪拜成礼"：《三国志·管宁传》引族人管贡语："宁常著皂帽，布襦裤，布裙，随时单复，出入闺庭，能自任杖，不须扶持。四时祠祭，辄自力强，改加衣服，著絮巾，故在辽东所有白布单衣，亲荐馔馈，跪拜成礼。……又居宅离水七八十步，夏时诣水中澡洒手足，窥于园圃。"

〔一七〕李公麟（1049—1106）：字伯时，舒州舒城（今属安徽）人。南唐先主李昇诸孙。举进士，博学好古，长于诗，画特精绝，是宋代最有成就的画家。

〔一八〕顾：顾恺之。陆：陆探微。见苏轼《传神记》注〔二〕〔一〇〕。

〔一九〕舞雩：《论语·先进》："风乎舞雩。"朱熹注："舞雩，祭天祷雨之处，有坛墠树木也。"

〔二〇〕烝尝：祭祀名。《诗·小雅·天保》："禴祠烝尝。"《毛传》："春曰祠，夏曰禴，秋曰尝，冬曰烝。"

〔二一〕馈奠：敬献祭奠。

〔二二〕蝉蜕：古人称有道之人的死为登仙，如蝉脱壳，故叫蝉蜕。

附录

茅坤：子由涉世难后，故其文如此。（《苏文定公文钞》卷二十）

·苏 辙·

《历代论》引[一]

苏 辙

予少而力学。先君[二]，予师也。亡兄子瞻[三]，予师友也。父兄之学，皆以古今成败得失为议论之要。以为士生于世，治气养心[四]，无恶于身[五]，推是以施之人，不为苟生也[六]。不幸不用，犹当以其所知，著之翰墨[七]，使人有闻焉。

予既壮而仕，仕宦之余，未尝废书，为《诗》《春秋》集传[八]，因古之遗文[九]，而得圣贤处身临事之微意[一○]。喟然太息[一一]，知先儒昔有所未悟也。其后复作《古史》，所论益广，以为略备矣。

元符庚辰，蒙恩归自岭南，卜居颍川[一二]。身世相忘，俯仰六年[一三]，洗然无所用心[一四]，复自放图史之间，偶有所感，时复论著。然已老矣，目眩于观书，手战于执笔，心烦于虑事，其于平昔之交，益以疏矣。然心之所嗜，不能自已，辄存之于纸，凡四十有五篇，分五卷。

（《栾城后集》卷七）

注

〔一〕苏辙晚年闲居颍昌（今河南许昌）作《历代论》四十五篇。这是继二十五篇《进论》之后的另一组史论。《进论》以评论各朝得失为主。《历代论》则以评价各朝历史人物为主，从远古的尧舜一直评到五代时的冯道，名为论史，实为论政，其中不少篇都是有感于现实而发。这篇《引》历述了作者一生的治学经历以及他们三父子的治学原则。苏氏父子三人治学"皆以古今成败得失为议论之要"，通过研究"古今成败得失"的经验教训，来为宋王朝提供借鉴。文中进一步论述了"治气养心"的目的，首先是为了"施之人"，不能"施之人"才"著之翰墨"，传于后世。可见"治气"是为了治国，而为文的目的也是为治

303

国服务，体现了三苏父子"有为而作"的思想。

〔二〕先君：指父亲苏洵。

〔三〕亡兄子瞻：此文作于崇宁五年（1106），时苏轼已去世五年。

〔四〕治气养心：培养正义之气、善良之心。《荀子·备身》："凡治气养心之术，莫径由礼。"

〔五〕无恶于身：自身没做过坏事。

〔六〕苟生：苟且偷生。

〔七〕翰墨：笔墨，指文章。

〔八〕为《诗》《春秋》集传：《宋史·苏辙传》："所著《诗传》《春秋传》《古史》《老子解》《栾城文集》并行于世。"

〔九〕因：根据。

〔一〇〕处身临事之微意：对待自己和对待外事外物的深刻用意。

〔一一〕喟然：感叹声。太息：叹息。

〔一二〕"元符庚辰"三句：元符庚辰即1100年。苏辙从绍圣元年（1094）起先后贬官汝州（今河南临汝）、筠州（今江西高安）、雷州（今广东海康境内）、循州（今广东龙川），直到徽宗即位，才北归居颍川，直至去世。

〔一三〕俯仰六年：据此可知此文作于崇宁五年（1106）。

〔一四〕洗然：一尘不染的样子。

附录

茅坤：《历代论》四十五首，盖子由于罢官颍上时，其年已老，其气已衰，无复向所为飘飘驰骤，若云之出岫者，马之下坂者之态。然而阅世既久，于古今得失处，参验已熟。虽无心于为文，而其折衷于道处，往往中肯綮，切事情语。所谓老人之言是已。（《苏文定公文钞》卷八）

汉 文 帝[一]

苏 辙

老子曰："柔胜刚，弱胜强。"[二]汉文帝以柔御天下，刚强者皆乘风而靡〔三〕。尉佗称号南越〔四〕，帝复其坟墓，召贵其兄弟。佗去帝号，俯伏称臣〔五〕。匈奴桀敖，陵驾中国〔六〕。帝屈体遣书〔七〕，厚以缯絮〔八〕，虽未能调伏〔九〕，然兵革之祸〔一〇〕，比武帝世十一、二耳〔一一〕。吴王濞包藏祸心〔一二〕，称病不朝，帝赐之几杖。濞无所发怒，乱以不作〔一三〕。使文帝尚在，不出十年，濞亦已老死〔一四〕，则东南之乱无由起矣〔一五〕。至景帝不能忍，用晁错之计，削诸侯地〔一六〕，濞因之号召七国，西向入关〔一七〕。汉遣三十六将军，竭天下之力〔一八〕，仅乃破之〔一九〕。错言："诸侯强大，削之亦反，不削亦反；削之反疾而祸小，不削反迟而祸大。"〔二〇〕世皆以其言为信〔二一〕。吾以为不然。诚如文帝，忍而不削，濞必未反。迁延数岁之后，变故不一，徐因其变而为之备〔二二〕，所以制之者固多术矣。猛虎在山，日食牛羊，人不能堪〔二三〕，荷戈而往刺之。幸则虎毙，不幸则人死，其为害亟矣。晁错之计，何以异此？若能高其垣墙，深其陷阱，时伺而谨防之，虎安能必为害？此则文帝之所以备吴也。於乎〔二四〕，为天下虑患，而使好名贪利小丈夫制之，其不为晁错者鲜矣〔二五〕！

（《栾城后集》卷七）

注

〔一〕《历代论》四十五篇之一。汉文帝，见苏轼《贾谊论》注〔九〕。本文通过对汉文帝和汉景帝的对比，赞颂"汉文帝以柔御天下"的治国之道，提倡因势利导，防患于未然的治国之术。

〔二〕"柔胜刚"二句：《老子》第三十六章："柔弱胜刚强。"第七十八章："弱之胜强，柔之胜刚，天下莫不知。"

〔三〕靡：倒下。《左传·庄公十年》："望其旗，靡。"

〔四〕尉佗称号南越：《史记·南越列传》："南越王尉佗者，真定人也，姓赵氏。"秦时为南海龙川（今广东龙川县西北）令，秦二世时为南海（治所在今广州市）尉，秦亡后自立为南越武王。汉高祖十一年（前196），遣陆贾使南越，封赵佗为南越王。汉高后四年（前184），因禁南越关市，不准运铁器入岭南，"佗乃自尊号为南越武帝"，"以兵威边"，

"与中国侔（对等）"。南越，亦作南奥，今广东、广西一带。

〔五〕"帝复其坟墓"四句：《史记·南越列传》："及孝文帝元年（前179），初镇抚天下，使告诸侯四夷从代（代王，即汉文帝）来即位意，喻盛德焉。乃为（赵）佗亲冢在真定，置守邑，岁时奉祀。召其从昆弟，尊官厚赐宠之。"是年陆贾再赴南越，说赵佗去帝号，佗上书称臣。

〔六〕"匈奴桀敖"二句：战国时，匈奴族活动于燕、赵、秦以北地区。秦汉之际，冒顿单于统一各部，势力强盛，统治大漠南北广大地区，建立了奴隶制军事政权。汉初，匈奴不断南下进行武装掠夺。由于西汉内部统治还不巩固，经济尚未恢复，无力对匈奴进行大规模军事反击，所以从汉高祖起，经过文帝、景帝，直至武帝初年，一直对匈奴采取和亲政策。桀敖，凶暴而倔强。中国，指中原地区。

〔七〕帝屈体遣书：汉文帝时，曾多次遣书匈奴议和。详见《史记·孝文本纪》和同书《匈奴列传》。

〔八〕厚以缯絮：《史记·匈奴列传》："匈奴好汉缯絮食物。"汉文帝前六年（前174），汉遣匈奴书云："服绣袷绮衣，绣袷长襦、锦袷袍各一，比余一，黄金饰具带一，黄金胥纰一，绣十匹，锦三十匹，赤绨、绿缯各四十匹，使中大夫意，谒者令肩遗单于。"

〔九〕虽未能调伏：文帝的和亲政策，并未使匈奴放弃对汉的掠夺。如文帝前十四年（前166）匈奴老上单于帅十四万骑入塞，候骑至雍（今陕西凤翔南）、甘泉（今淳化西北）。匈奴留塞内月余，大掠人畜而去。文帝后六年（前158），匈奴大入上郡、云中，各三万骑，杀掠甚众，烽火通于甘泉、长安。详见《史记·匈奴列传》。

〔一○〕兵革：兵器、衣甲（用皮革制成）的总称，引申指战争。

〔一一〕比武帝世十一、二耳：汉武帝元光二年（前133）至元狩四年（前119）间，任用卫青、霍去病为大将，连续发动反击匈奴的战争，解除了匈奴的威胁，匈奴势力渐衰。十一、二，即十分之一、二。

〔一二〕吴王濞包藏祸心：吴王濞即刘濞（前215—前154），西汉诸侯王。沛县（今属江苏）人，刘邦侄，封吴王。他在封国内大量铸钱、煮盐，并招纳工商奴隶主和"任侠奸人"，扩张割据势力，图谋篡夺帝位。

〔一三〕"称病不朝"四句：《史记·吴王濞列传》："孝文时，吴太子入见，得侍皇太子饮博。吴太子师傅皆楚人，轻悍，又素骄，博，争道，不恭，皇太子引博局提吴太子，杀之。于是遣其丧归葬。至吴，吴王愠曰：'天下同宗，死长安即葬长安，何必来葬为！'复遣丧之长安葬。吴王由此稍失藩臣之礼，称病不朝。京师知其以子故称病不朝，验问实不病，诸吴使来，辄系责治之。吴王恐，为谋滋甚。"但文帝"赦吴使者归之，而赐吴王几杖，老，不朝。吴王得释其罪，谋亦益解"。几杖，《礼记·曲礼上》："谋于长者，必操几杖以从之。"孔颖达疏："杖可以策身，几可以扶己，俱是养尊者之物。"古时常以几杖表示敬老。

〔一四〕"使文帝尚在"三句：汉文帝死于前157年，吴王濞死于前154年，年六十二岁，仅比文帝晚死四年。

〔一五〕东南之乱：指汉景帝时吴、楚、赵、胶东、胶西、济南、淄川七国诸侯叛乱，史称"吴楚七国之乱"。

〔一六〕"至景帝不能忍"三句：晁错（前200—前154），颍川（今河南禹县）人。文帝时任太常掌故，后为太子家令，得太子（即景帝）信任。景帝即位，任御史大夫。他坚持"重本抑末"政策，反对工商奴隶主及土地兼并，积极备御抗击匈奴，又建议逐步削夺诸侯封地（见下文引晁错语），得到景帝采纳。吴楚七国之乱中，为政敌袁盎攻击中伤，被杀。

〔一七〕"濞因之号召七国"二句：《史记·吴王濞列传》：汉景帝前三年（前154）"诸侯既新削罚，振恐，多怨晁错。及削吴会稽、豫章郡书至，则吴王先起兵，胶西正月丙午诛汉吏二千石以下，胶东、淄川、济南、楚、赵亦然，遂发兵西"。

〔一八〕"汉遣三十六将军"二句：《史记·吴王濞列传》："七国反书闻天子，天子乃遣太尉条侯周亚夫将三十六将军，往击吴、楚；遣曲周侯郦寄击赵；将军栾布击齐；大将军窦婴屯荥阳，监齐、赵兵。"

〔一九〕仅乃破之：太尉周亚夫破吴、楚军，楚王戊自杀，吴王濞逃至东越，被杀。吴、楚七国叛乱仅三月而败，其余诸王分别自杀或被杀。详见《史记·吴王濞列传》。

〔二〇〕"诸侯强大"至"不削反迟而祸大"：见《史记·吴王濞列传》，文字略有出入。

〔二一〕信：诚实不欺。

〔二二〕徐：慢慢。因：沿，根据。

〔二三〕堪：忍受。

〔二四〕於乎：感叹声。

〔二五〕鲜：少。

附录

茅坤：此等见解，子由晚年还颍上历世故多，故能为论如此。（《苏文定公文钞》卷八）

储欣：恨安石、王韶之开边，而历数汉文帝之柔胜为万世法。（《栾城先生全

集录》卷四）

此亦有感于王韶开边而言，而于汉代当日情事未能胭合，只图说得畅快耳。
（《古文辞类纂评注》卷五）

与王介甫论青苗盐法铸钱利害[一]

苏 辙

熙宁三年，予自蜀至京师，上书言事，神宗皇帝即日召见延和殿，授制置三司条例检详文字[二]。时参政王介甫[三]、副枢陈旸叔同管条例事[四]，二公皆未尝知予者。久之，介甫召予与吕惠卿、张端会食私第[五]，出一卷书，曰："此青苗法也，君三人阅之，有疑以告，得详议之，无为他人所称也。"予知此书惠卿所为，其言多害事者，即疏其尤甚，以示惠卿。惠卿面颈皆赤，归即改之。予问谒介甫，介甫问予可否，予曰："以钱贷民，使出息二分，本以援救民之困，非为利也。然出纳之际，吏缘为奸，虽重法不可禁；钱入民手，虽良民不免非理之费；及其纳钱，虽富家不免违限。如此，则鞭笞必用，自此恐州县事不胜繁矣。唐刘晏掌国用，未尝有所假贷，有尤其靳者，晏曰：'民侥幸得钱，非国之福，吏以法责督，非民之利便。吾虽未尝假贷，而四方丰凶贵贱，知之不逾时，有贱必籴，有贵必粜，故自掌利柄以来，四方无甚贵甚贱之病，又何必贷也？'[六]晏子所言，则汉常平之法矣[七]。今此法见在，而患不修举；公诚有意于民，举而行之，刘晏之功可立俟也。"介甫曰："君言甚长，当徐议而行之。此后有异论，幸相告，勿相外也。"自此逾月不言青苗法。会河北转运判官王广廉召议事[八]，予阅条例司所撰诸法，皆知其难行，而广廉尝上言乞出度牒数十道鬻[九]，而依关中漕司行青苗事[一〇]，春散秋敛以侔利，与惠卿所造略相似，即请之以出施河北，而青苗法遂行于四方。

予在条例司，王介甫问南盐利害[一一]，对曰："旧说有三而已：其一，立盐纲赏格[一二]，使官盐少拌和[一三]，则私盐难行；其二，减官价，使私贩少

308

利；其三，增沿江巡检，使私贩知所畏。若三说并用，则盐利宜稍增。然利之所在，欲绝私贩，恐理难也。"介甫曰："不然，但法不峻耳。"对曰："今私盐法至死[一四]，非不峻也，而终不可止，将何法以加之？"介甫曰："不然。一村百家俱贩私盐，而败者止一二，其余必曰：'此不善贩，安有败？'此所以贩不止也。若五家败，则其余少惧矣。十家败，则其余必戢矣[一五]；若二十家至三十家败，则不敢贩矣。人知必败，何故不止？此古人所谓'铄金百镒，盗跖不掇'也。"[一六]对曰："如此诚不贩矣，但恐二三十家坐盐而败，则起为他变矣！"

一日复问铸钱，对曰："唐'开通'钱最善[一七]，今难及矣！天禧、天圣以前钱犹好，非今日之比，故盗铸难行。然是时，官铸大率无利，盖钱法本以均通有无，而不为利也。旧一日铸八九百耳，近钱务多以求利，今一日千三四百矣。钱日滥恶，故盗铸日多[一八]，今但稍复旧，法渐正矣。"介甫曰："何必铸钱？古人以铜为器皿，精而能久，善于瓷漆。今河东铜器，其价极高，若官勿铸钱而铸器，其利比钱甚厚。"对曰："自古所以禁铸铜为器皿者[一九]，为害钱法也。今若不禁铜器，则人争坏钱为器矣。"介甫曰："铸钱不如铸器之利，又安以钱为？"对曰："人私铸铜器，则官铜器亦将不售。"介甫曰："是不难，勒工名可也。"[二〇]不对而退。其后铜器行而钱法坏[二一]。

（《龙川略志》卷三）

注

〔一〕元符二年（1099）贬官循州（龙川）时作。苏辙在循州，追忆平生所参与的政治活动，命幼子苏远书于纸，成《龙川略志》十卷，本文即选自卷三。苏辙一生见过很多朝廷名臣，元祐年间刘贡父曾对苏辙说："予一二人死，前言往行堙灭不载矣。君苟能记之，尚有传也。"（《龙川别志·序》）但他当时政务繁忙，无暇记名臣言行。在循，他完成《龙川略志》后，又追记平日所闻前贤、时贤轶事，成《龙川别志》四卷（今本为上下两卷）。苏轼晚年写了很多即兴式的笔记；而苏辙的这两种笔记的写作却是有计划的，《略志》记所历，《别志》记所闻。苏轼的《志林》和《仇池笔记》多记奇幻怪异之事；苏辙的笔记，除少量写炼丹术、养生术外，绝大多数都是记严肃的朝政。苏轼笔记的文学色彩浓，苏辙笔记却政治色彩浓。正如《四库全书总目》所说，朱熹"极不满于二苏，而所作《名臣言行录》引辙此志，几及其半，则其说信而有征，亦可以见矣"。王介甫即王安石。本文首记青苗法的出笼经过，表明王安石最初还是能听取不同意见的；次记与王讨论盐法，表现了王安石推行新法的严峻态度；末记与王讨论铸钱，揭示了王安石的所作所为确实在为宋王朝逐利。这篇笔记不仅"信而有征"，而且写得栩栩如生，从中不难看出王安石、吕惠卿以及苏辙自己的个性，几乎可与司马迁的史传文学比美。

〔二〕"熙宁三年"至"检详文字"：苏辙《颍滨遗老传上》："乃除（父）丧，神宗嗣既三年矣，求治甚急。辙以书言事，即日召对延和殿。时王介甫新得幸，以执政领三司条例，上以辙为之属，不敢辞。"又《自齐州回论时事书》："臣自少读书，好言治乱。方陛下求治之初，上书言事。陛下不废狂狷，召对便殿。"据苏辙《上皇帝书》，上书时间当是"熙宁二年三月"。

〔三〕参政王介甫：据《续资治通鉴》卷六十六载，熙宁二年（1069）二月以翰林学士王安石为右谏议大夫、参知政事。

〔四〕副枢陈旸叔：陈升之（1011—1079），字旸叔，建阳（今属福建）人。时为枢密副使，熙宁二年（1079）十月拜同中书门下平章事。初附王安石，既为相，时为小异，表面上似不与王同。事详《宋史》本传。《续资治通鉴》卷六十六：熙宁二年（1069）二月"设制置三司条例司，掌经画邦计，计变旧法以通天下之利，命陈升之、王安石领其事"。

〔五〕吕惠卿（1032—1111）：字吉甫，晋江（今属福建）人。王安石与之论经义，意多合，荐于朝，任三司条例司检详文字，事无大小必与谋。后王罢相，为夺取相位，不惜公布王给他的私人信件。事详《宋史》本传。张端：《宋史》无传。据《续资治通鉴长编》卷二一八载，熙宁三年（1070）张端任三司条例司勾当公事；卷四八八载蔡蹈言："先帝尝问安石曰：'著作佐郎张端言榷河北盐事，如何？'安石对：'恐亦可为。'"

〔六〕"唐刘晏掌国用"至"又何必贷也"：刘晏（715—780），字士安，曹州南华（今山东东明）人，历任户部侍郎、度支等使，官至同平章事。他整顿盐法，推行平准法，理财达二十余年。后为杨炎陷构而死。尤，责怪。靳，吝惜。所引刘晏语，见《新唐书·刘晏传》。

〔七〕汉常平之法：汉宣帝时，根据耿寿昌的建议，于谷贱时用较高的价格收购，谷贵时以较低的价格出售，以调节粮价，备荒赈恤，称为常平。事见《汉书·食货志上》。

〔八〕王广廉：《宋史》无传。《宋史·食货志上四》："会河北转运司干当公事王广廉召议事，广廉尝奏乞度僧牒数千道为本钱，于陕西转运司私行青苗法，春散秋敛，与安石意合。至是，请施行之河北，于是安石决意行之，而常平、广惠仓之法遂变而为青苗矣。苏辙以议不合罢。"

〔九〕度牒：由官府发给出家僧尼的凭证。官府常出售度牒，充军政费用。详见赞宁《僧史略》下《度僧规》。鬻：卖。

〔一〇〕关中漕司行青苗事：《宋史·李参传》："李参字清臣，郓州须城人。……历知兴元府，淮南、京西、陕西转运使。部多戍兵，苦食少。参审定其缺，令民自隐度麦粟之赢，先贷以钱，俟谷熟还之官，号青苗钱。经数年，廪有羡余。熙宁青苗法，盖萌于此矣。"曹司即诸道转运使，掌催征赋税，出纳钱粮，办理上供及漕运等事。

〔一一〕南盐：《宋史·食货志下三》：宋自削平诸国，天下盐利皆归县官。官鬻、通商，随州郡所宜。"凡通商州军，在京西者为南盐，在陕西者为西盐，若禁盐地则为东盐，各有经界，以防侵越。"

〔一二〕盐纲：盐的纲运，成批编组运盐。赏格：悬赏所定的奖赏标准。

〔一三〕使官盐少拌和：谓提高官盐质量。《宋史·食货志下三》载盛度等言通商五利说："纲吏侵盗，杂以泥沙硝石，其味苦恶，疾生重腽，今皆得食真盐，三利也。"

〔一四〕今私盐法至死：《宋史·食货志下三》："建隆二年，始定官盐阑入法，禁地贸易至十斤，鬻碱盐至三斤者乃坐死。"其后略有优宽。

〔一五〕戢：收敛。

〔一六〕"铄金百镒"二句：语出《韩非子·五蠹》。铄金，销金，熔金。镒，二十两，一说二十四两。跖，春秋战国之际农民起义领袖，旧时被诬称为盗跖。掇，掠夺。

〔一七〕唐"开通"钱：即开元通宝，唐武德四年始铸，钱文可循环读，"流俗谓之开通元宝钱"（《旧唐书·食货志上》）。

〔一八〕"旧一日铸八九百耳"至"故盗铸日多"：日铸钱数，史无明文，但《宋史·食货志下二》谓"至道中岁铸八十万贯，景德中增至一百八十三万贯"，即为"务多以求利"之明证。又云："军兴，陕西移用不足。……因敕江南铸大铜钱，而江、池、饶、仪、虢又铸铁钱，悉辇至关中，数州钱杂行。大约小铜钱三可铸当大十铜钱一，以故民间盗铸者众，钱文大乱，物价翔踊，公私患之。"

〔一九〕自古所以禁铸铜为器皿者：《太平御览》卷八一三引唐李珏语："今州府禁铜为器……禁铜之令必在严切，斯其要也。"《宋史·食货志下二》："自天圣以来，毁钱铸钟及为铜器皆有禁。"

〔二〇〕勒工名：刻上铸工的名字。意谓通过勒名，只许官铸铜器，禁止私铸铜器。

〔二一〕其后铜器行而钱法坏：《宋史·食货志下二》载张方平语："自废罢铜禁，民间销毁（铜钱）无复可办。销熔十钱得精铜一两，造作器用，获利五倍。如此则逐州置炉（铸钱），每炉增数，是犹畎亩之益，而供尾闾之泄也。"

诗病五事（选三）〔一〕

苏　辙

其　二

《大雅·绵》九章，初诵太王迁豳，建都邑，营宫室而已〔二〕。至其八章乃曰："肆不殄厥愠，亦不陨厥问。"〔三〕始及昆夷之怨〔四〕，尚可也。至其九章乃曰："虞、芮质厥成〔五〕，文王蹶厥生〔六〕。予曰有疏附，予曰有先后，予曰有奔奏，予曰有御侮。"〔七〕事不接，文不属〔八〕，如连山断岭，虽相去绝远〔九〕，而气象联络，观者知其脉理之为一也。盖附离不以凿枘〔一〇〕，此最为文之高致耳。

老杜陷贼时有诗曰〔一一〕："少陵野老吞声哭〔一二〕，春日潜行曲江曲〔一三〕。江头宫殿锁千门〔一四〕，细柳新蒲为谁绿？忆昔霓旌下南苑〔一五〕，苑中万物生颜色。昭阳殿里第一人〔一六〕，同辇随君侍君侧〔一七〕。辇前才人带弓箭〔一八〕，白马嚼啮黄金勒〔一九〕。翻身向天仰射云，一笑正坠双飞翼〔二〇〕。明眸皓齿今何在〔二一〕？血污游魂归不得〔二二〕。清渭东流剑阁深，去住彼此无消息〔二三〕。人生有情泪沾臆〔二四〕，江水江花岂终极？黄昏胡骑尘满城〔二五〕，欲往城南忘南北。"予爱其词气如百金战马，注坡蓦涧如履平地〔二六〕，得诗人之遗法。如白乐天诗，词甚工，然拙于纪事，寸步不遗〔二七〕，犹恐失之。此所以望老杜之藩垣而不及也〔二八〕。

其　三

诗人咏歌文、武征伐之事，其于克密曰："无矢我陵，我陵我阿。无饮我泉，我泉我池。"〔二九〕其于克崇曰："崇墉言言，临冲闲闲。执讯连连，攸馘安安。是类是祸，是致是附，四方以无侮。"〔三〇〕其于克商曰："维师尚父，时惟鹰扬。谅彼武王，肆伐大商，会朝清明。"〔三一〕其形容征伐之盛极于此矣。

韩退之作《元和圣德诗》〔三二〕，言刘辟之死曰："宛宛弱子，赤立伛偻。牵头曳足，先断腰膂。次及其徒，体骸撑挂。末乃取辟，骇汗如泻。挥刀纷纭，争切脍脯。"〔三三〕此李斯颂秦所不忍言〔三四〕，而退之自谓无愧于《雅》《颂》〔三五〕，何其陋也！

其　五

圣人之御天下，非无大邦也，使大邦畏其力，小邦怀其德而已；非无巨室也，不得罪于巨室，巨室之所慕，一国慕之矣〔三六〕。鲁昭公未能得民，而欲逐季氏，则至于失国〔三七〕。汉景帝患诸侯之强，制之不以道，削夺吴、楚，以致七国之变，竭天下之力，仅能胜之〔三八〕。由此观之，大邦巨室，非为国之患，患无以安之耳。

祖宗承五代之乱〔三九〕，法制明具〔四〇〕，州郡无藩镇之强，公卿无世官之弊〔四一〕。古者大邦巨室之害，不见于今矣。惟州县之间，随其大小皆有富民，此理势之所必至，所谓"物之不齐，物之情也"〔四二〕。然州县赖之以为强，国家恃之以为固。非所当忧，亦非所当去也。能使富民安其富而不横，贫民安其贫而不匮，贫富相恃，以为长久，而天下定矣。

王介甫，小丈夫也。不忍贫民而深疾富民〔四三〕，志欲破富民以惠贫民，不知其不可也。方其未得志也，为《兼并》之诗，其诗曰："三代子百姓〔四四〕，公私无异财〔四五〕。人主擅操柄，如天持斗魁〔四六〕。赋予皆自我，兼并乃奸回〔四七〕。奸回法有诛，势亦无自来。后世始倒持，黔首遂难裁〔四八〕。秦王不知此，更筑怀清台〔四九〕。礼义日以媮〔五〇〕，圣经久埋埃〔五一〕。法尚有存者，欲言时所咍〔五二〕。俗吏不知方，掊克乃为才〔五三〕。俗儒不知变，兼并可无摧。利孔至百出〔五四〕，小人私阓开〔五五〕。有司与之争，民愈可怜哉！"及其得志，专以此为事，设青苗法以夺富民之利〔五六〕。民无贫富，两税之外〔五七〕，皆重出息十二。吏缘为奸，至倍息。公私皆病矣。吕惠卿继之〔五八〕，作手实之法〔五九〕，私家一毫以上，皆籍于官。民知其有夺取之心，至于卖田杀牛以避其祸。朝廷觉其不可，中止不行，仅乃免于乱。然其徒世守其学，刻下媚上，谓之享上〔六〇〕。有一不享上，皆废不用。至于今日，民遂大病，源其祸出于此诗。盖昔之诗病，未有若此酷者也。

（《栾城三集》卷八）

注 ——

〔一〕苏辙晚年杜门颍昌时作。文章批评了作诗的五种弊病：一是李白的"不知义理"，二是白居易（乐天）的"拙于纪事"，三是韩愈（退之）的歌颂残杀，四是孟郊的啼饥号寒，五是王安石（介甫）的以诗害政。这"五事"既涉及诗歌的思想内容，又涉及艺术形式，而以前者为主。苏辙所持的观点，有些是颇成问题的。如《其五》对王安石《兼并》诗的指责，就不公正，已是在论政，而不全是论诗了。但《其二》论诗歌既要有跳跃性，又要气象联络，脉理为一，反对"寸步不遗"，流水账式的"纪事"诗，却很有见地。《其三》讥刺韩愈为了歌功颂德而不惜歌颂鲜血淋漓的残杀，也令人拍手称快。北宋人的诗话偏重于记载轶闻轶事，而这篇类似诗话的文章却偏重于诗歌理论；宋人诗话都偏重于谈艺术技巧，而这篇准诗话却偏重于分析诗歌的思想内容，同时也重视艺术技巧，这都是本文的特色。

〔二〕"《大雅·绵》九章"四句：朱熹《诗集传》卷十六："《绵》九章，章六句。一章言在豳，二章言至岐，三章言定宅，四章言授田居民，五章言作宗庙，六章言治宫室，七章言作门社，八章言至文王而服混夷，九章遂言文王受命之事。"初，本来。诵，陈述。太王，即周太王古公亶父，周文王的祖父。太王因戎、狄威逼，由豳（今陕西旬邑）迁到岐山下的周（今陕西岐山），建筑城郭家室，设置官吏，发展农业生产，使周族逐渐强盛。

〔三〕"肆不殄厥愠"二句：朱熹注："言大（太）王虽不能殄绝混（昆）夷之愠怒，亦不陨坠己之声闻。盖虽圣贤不能必人之不怒己，但不废其自修之实耳。"肆，遂，于是。殄，绝。厥，其。陨，坠。问，通"闻"，声闻、声誉。

〔四〕昆夷：殷、周时我国西北部的少数民族部落。朱熹注第八章："大王始至此岐山之时，林木深阻，人物鲜少。至于其后，生齿渐繁，归附日众，则木拔道通。混夷畏之，而奔突窜伏，维其喙息而已。言盛德而混夷自服也，盖已为文王之时矣。"

〔五〕虞、芮质厥成：虞、芮，古国名。虞在今山西平陆北，芮在今陕西大荔县朝邑城南。质，评断，取正。成，平。《毛诗》传云：“虞、芮之君，相与争田，久而不平，乃相与朝周。入其境，则耕者让畔，行者让路。入其邑，男女异路，斑白者不提挈。入其朝，士让为大夫，大夫让为卿。二国之君感而相谓曰：‘我等小人，不可以履君子之境。’乃相让以其所争田为闲田而退。”

〔六〕文王蹶厥生：朱熹注：“言昆夷既服，而虞、芮来质其讼之成，于是诸侯归服者众，而文王由此动其兴起之势。”蹶，动。生，起。

〔七〕“予曰有疏附”四句：朱熹注：“予，诗人自予也。率下亲上曰疏附，相道前后曰先后，喻德宣誉曰奔奏，武臣折冲曰御侮。”此四句感叹诸侯归服文王。

〔八〕文不属：上下文不连贯。

〔九〕绝远：极远。

〔一〇〕附离不以凿枘：附离，附着、依附。《庄子·骈拇》：“附离不以胶漆。”凿，榫卯。枘，榫头。

〔一一〕老杜：即杜甫。所引诗为杜甫的《哀江头》。安史之乱爆发后，杜甫奔赴灵武，投奔唐肃宗，中途为贼所得，被送至已被乱军占领的长安，作《哀江头》。

〔一二〕少陵野老：杜甫自称。杜甫曾在长安少陵以西住过。吞声哭：哭不敢出声。

〔一三〕潜行曲江曲：暗中来到曲江的深曲之处。曲江，在长安东南。

〔一四〕江头宫殿：《旧唐书·文宗纪》：“上（文宗）好为诗，每诵杜甫《曲江行》（即《哀江头》）……乃知天宝已前，曲江四岸皆有行宫台殿、百司廨署。”王嗣奭《杜臆》卷二：“曲江，帝与妃游幸之所，故有宫殿。”

〔一五〕霓旌：皇帝的旌旗。司马相如《上林赋》：“拖蜺（同‘霓’）旌。”李善注引张揖曰：“析羽毛，染以五采，缀以缕为旌，有似虹蜺之气也。”南苑：即芙蓉苑，在曲江之南。

〔一六〕昭阳殿里第一人：指杨贵妃。昭阳殿，汉殿名。《三辅黄图》：“（汉）成帝赵皇后（飞燕）居昭阳殿。”第一人：最受皇帝宠爱的人。唐人诗中多以杨贵妃比赵飞燕。杨伦注：“李白诗（《宫中行乐词》）：‘宫中谁第一？飞燕在昭阳。’亦指贵妃也。”（《杜诗镜铨》卷三）

〔一七〕辇：皇帝坐的车子。

〔一八〕才人带弓箭：才人，宫中女官。唐朝宫中有娴熟武艺的宫女，称“射生宫女”。王建《宫词》：“射生宫女宿红妆，把得新弓各自张。临上马时齐赐酒，男儿跪拜谢君王。”

〔一九〕嚼啮黄金勒：含着金黄色的嚼口。啮，咬。勒，笼头上的嚼口。

〔二〇〕一笑正坠双飞翼：才人射落了双飞鸟，引起杨贵妃一笑。

〔二一〕明眸皓齿：指杨贵妃。眸，眼珠。皓，白。

〔二二〕血污游魂归不得，指安史之乱爆发后，玄宗逃蜀，行至马嵬驿，发生兵变，杨贵妃被缢死。

〔二三〕"清渭东流剑阁深"二句：仇兆鳌注："马嵬驿，在京兆府兴平县（今属陕西省），渭水自陇西而来，经过兴平。盖杨妃稿葬渭滨，上皇（玄宗）巡行剑阁，是去住西东，两无消息也。"（《杜少陵集详注》卷四）清渭，即渭水。剑阁，在今四川省剑阁县的北面，为由长安入蜀的必经之道。

〔二四〕泪沾臆：泪湿胸襟。

〔二五〕胡骑：指安、史乱军。

〔二六〕"予爱其词气如百金战马"二句：良马下坡，越过沟涧如在平地上跑一样。蓦，越过。蓦，越过。履，踩、踏。前句形容杜诗一气贯注，后句形容杜诗无艰难劳苦之态。

〔二七〕寸步不遗：一点不敢走样。遗，遗漏。

〔二八〕藩垣：围墙。

〔二九〕"其于克密曰"至"我泉我池"：语见《诗·大雅·皇矣》第六章。大意谓：（在文王攻克密国后），密人不敢陈兵于山陵，因为山陵已是文王的山陵；不敢饮水于泉旁，因为泉水已是文王的泉水。极言密人不敢抗拒。密，古国名，在今甘肃灵台西南。矢，陈兵。阿，大的丘陵。

〔三〇〕"其于克崇曰"至"四方以无侮"：语见《皇矣》第八章。朱熹注："言文王伐崇之初，缓攻徐战，告祀群神，以致附来者，而四方无不畏服。"（《诗集传》卷十六）崇：古国名，在今河南嵩县北。墉，城。言言，高大貌。临，临车，由上往下攻的车。冲，冲车，从旁往内冲的车。闲闲，徐缓。执，逮捕。讯，审问。连连，连续不断。攸，语助词，无意义。馘，割耳。安安，不轻暴。是，承上启下之词。类，出师祭上帝。祃，至所征之地而祭始造军法者。致，使之至。附，使之来附。

〔三一〕"其于克商曰"至"会朝清明"：语见《诗·大雅·大明》第八章。朱熹注："此章言武王师众之盛，将帅之贤，伐商以除秽浊，不崇朝而天下清明。"（《诗集传》卷十六）维，发语词。后一"惟"字作"乃"讲。师尚父，即吕尚，姜姓，吕氏，名望，字子牙，助武王灭商，封于齐，俗称姜太公。鹰扬，如鹰之飞扬而将击，言其猛。凉，佐助。肆，纵兵。商，商朝，此指商朝的最后一个君主商纣王。会朝，会战的朝晨。

〔三二〕《元和圣德诗》：元和，唐宪宗年号（806—820）。宪宗初即位，西川节度副使刘辟求兼领三川，朝廷不许，辟遂发兵反叛。朝廷派兵讨辟，攻克成都，擒刘辟送京师处死。韩愈的《元和圣德诗》，就是歌颂宪宗这一"圣德"的。

〔三三〕"宛宛弱子"至"争切脍脯"：宛宛，曲屈貌。伛偻，躬身。曳，拖。膂，脊骨。劈，刘劈。脍脯，脍本指细切的鱼肉，脯指干肉，此谓切成肉片。

〔三四〕李斯颂秦所不忍言：李斯（？—前208），楚上蔡（今河南上蔡西南）人，入秦为客卿，后为丞相。他佐助秦始皇统一中国，并在泰山、琅琊等地刻石颂秦德，主要是正面歌颂秦"初并天下，罔不宾服"，并未写残杀敌人。

〔三五〕退之自谓无愧于《雅》《颂》：《雅》《颂》代指《诗经》。《诗经》多为四言诗，韩愈在《元和圣德诗序》中有"依古作四言"之语，苏辙故有此讥。

〔三六〕"圣人之御天下"至"一国慕之矣"："大邦畏其力"二句语见《尚书·武成》：大、小邦指大小诸侯国。巨室，指世家大族。《孟子·离娄上》："为政不难，不得罪于巨室。"

〔三七〕"鲁昭公未能得民"三句：鲁昭公，春秋后期鲁国国君。季氏，季平子，春秋后期鲁国贵族，鲁国的实际掌权者。《史记·鲁周公世家》载鲁昭公二十五年（前517）九月"伐季氏，遂入。平子登台请曰：'君以谗不察臣罪，诛之，请迁沂上。'弗许。请囚于鄪，弗许。请以五乘亡，弗许。子家驹曰：'君其许之。政自季氏久矣，为徒者众，众将合谋。'弗听"。后叔孙氏、孟孙氏救季氏，败昭公，昭公奔齐。

〔三八〕"汉景帝患诸侯之强"至"仅能胜之"：参苏辙《汉文帝》注〔一六〕、〔一七〕、〔一八〕、〔一九〕。

〔三九〕祖宗承五代之乱：祖宗指宋朝的开国君主太祖赵匡胤（927—976），960—976年在位。五代是中国历史上大分裂的时期，朝代更替频繁，直至960年赵匡胤发动陈桥兵变，夺取后周政权，并先后攻灭割据势力，中国才复归统一。

〔四〇〕明具：精明完备。

〔四一〕世官：世代承袭的官职。

〔四二〕"物之不齐"二句：语出《孟子·滕文公上》。谓事物参差不齐是事物的本性。

〔四三〕不忍贫民：对贫民不忍心（即同情平民）。

〔四四〕子百姓：以百姓为子，谓爱护百姓。

〔四五〕公私无异财：谓三代公私收入有常制，赋税以时，没有违反常制的收入。

〔四六〕斗魁：魁星。

〔四七〕奸回：奸恶邪僻之人。

〔四八〕黔首：老百姓。裁：处理，治理。

〔四九〕"秦王不知此"二句：秦王，指秦始皇。怀清台，在今重庆长寿区南。《史记·货殖列传》："巴寡妇清，其先得丹穴，而擅其利数也，家亦不訾（不可訾量）。清，寡妇也，能守其业，用财自卫，不见侵犯。秦皇帝以为贞妇而客之，为筑女怀清台。"

〔五〇〕日以媮：越来越浇薄。

〔五一〕圣经：指儒家经典。

〔五二〕时所哈：被时人所讥笑。哈，讥笑。

〔五三〕掊克：聚敛贪狠。

〔五四〕利孔：获利的孔道。

〔五五〕开：即开阖。阖：通"合"。

〔五六〕青苗法：王安石推行的新法之一。每年春夏两收前，民户可向官府借贷，收庄稼后归还，取利二分，实际多达三四分。实行此法的目的在于打击高利贷，但实际变成了政府放债取息。

〔五七〕两税：夏秋两次征收的赋税。

〔五八〕吕惠卿：见苏辙《与王介甫论青苗盐法铸钱利害》注〔五〕。

〔五九〕手实之法：指手实法，令民自报田地财产以作为征税根据的法令。《宋史·吕惠卿传》："惠卿用弟和卿计，置五等丁产簿，使民自供手实，尺椽寸土，检括无余，下至鸡豚，亦遍抄之。隐匿者许告，以赀三之一充赏。"

〔六〇〕"然其徒世守其学"三句："其徒"可能指蔡京。蔡京当权，以恢复新法为名，大肆聚敛，以供徽宗挥霍。刻下，对下刻薄。享上：进献皇上。